Wuppertaler Studienbibel

Wuppertaler Studienbibel

Begründet von

Fritz Rienecker

Reihe: Neues Testament

Herausgegeben von

Werner de Boor

und

Adolf Pohl

R. Brockhaus Verlag Wuppertal

Die Briefe des Johannes

erklärt von

Werner de Boor

R. Brockhaus Verlag Wuppertal

Meiner Frau
nach 47 Jahren der Erfüllung
von 1. Mose 2, 18

4. Auflage 1982

Printed in Germany
Druck: fotokop wilhelm weihert KG, Darmstadt
ISBN 3-417-00475-6 Leinen
ISBN 3-417-00476-4 Paperback

VORWORT

Wer diese Auslegung der Johannesbriefe in unserer Studienbibel in Gebrauch nimmt, wird vorher viel in den Briefen des Apostels Paulus gelesen und geforscht haben. Kommt er nun mit diesem Band „in eine andere Welt"? Wohl wird er auf eine eigentümliche Sprache und auf eine sehr andere Art der Darlegung stoßen. Daß für Johannes die Frage des „Lebens" im Zentrum steht, wird den modernen Leser freuen und ihm einen besonderen Zugang zu den Johannesbriefen öffnen. Aber bald wird er merken, daß er mit der gleichen Botschaft konfrontiert wird, der er bei Paulus begegnete, und daß diese Konfrontation bei dem „Apostel der Liebe" eher noch herausfordernder ist. Er wird erfahren, welch ein Wagnis es ist, die Briefe des Johannes wirklich zu lesen! Aber er wird auch sehen, welch einen Gewinn er von diesem Wagnis hat. Die vorliegende Auslegung möchte ihm helfen, sich dem zu stellen, was der Apostel Johannes der Gemeinde seiner Zeit und aller Zeiten zu sagen hat. An reichem Gewinn wird es ihm dann nicht fehlen.

Werner de Boor

Schwerin, den 30. August 1973

Richtlinien
für die Benutzer der Wuppertaler Studienbibel

In bezug auf den Bibeltext:
Der Bibeltext ist fett gedruckt. Wiederholungen aus dem behandelten Bibeltext sind fett gedruckt.
Gesperrt nur im Sinne der Verdeutlichung bei Betonung.

In bezug auf die Parallelstellen:
Mit Absicht sind eine große Fülle von Bibelstellen als Parallelen gebracht. Für diese Parallelstellen ist am Rand eine Spalte freigelassen.

In bezug auf die Handschriften:
Zu den wichtigsten vom Text abweichenden Lesarten, die sich im allgemeinen in den Fußnoten finden, sind folgende Zeichen gesetzt, die der Erklärung bedürfen:

Die Handschriften des Neuen Testaments

Bezeichnung	aus Jahrhundert	Namen	Standort: in Bibliothek	
א	IV	Sinaiticus	London	Neutestamentlicher Teil einer Vollbibel. Die romantische Entdeckungsgeschichte, wie sie Tischendorf erzählt, siehe bei Tischendorf. Gregory 348 ff., Gregory 23 ff. 1844 im Katharinenkloster auf Sinai in einem Abfallkorb zum Heizen bestimmt. Genannt sei auch: Schneller: Tischendorf-Erinnerungen.
A	V	Alexandrinus	London	Das NT mit 1. Clemensbrief und den sogen. Psalmen Salomos, in der Bibliothek Alexandrien, 1628 an Karl I. von England geschenkt. Vollbibel mit einzelnen Lücken.
B	IV	Vaticanus	Rom	Einer der größten Schätze der päpstlichen Bibliothek. Vollbibel mit Lücken.
C	V	Ephraemi rescriptus	Paris	In Pariser Nationalbibliothek stehend. Vom Syrer Ephraem überschrieben. 1535 nach Paris gekommen. Bibel mit vielen Lücken.

Diese vier Bibeln des IV. und V. Jahrhunderts dürfen als die wichtigsten Zeugen gelten. — Wenn sie auch auf die Hauptsitze der katholischen und anglikanischen Kirche Rom, Paris, London verteilt sind, so hat doch der deutsche Protestantismus sich um ihre gelehrte Erforschung sehr bemüht.

Die Zusammenfassung der vier Handschriften א A B C zu einer Textgruppe wird die hesychianische oder ägyptische Textform genannt. Hesychius war ein Grieche in Alexandrien. Weil Alexandrien in Ägypten liegt, wird diese Textgruppe auch die ägyptische Textform genannt.

Weitere Handschriften des Neuen Testaments

Bezeichnung	aus Jahrhundert	Namen	Standort: in Bibliothek	
D	VI	Bezae Cantabrigiensis	Cambridge	Enthält die vier Evangelien und die Apostelgeschichte, aber mit großen Lücken.
E	VIII	Basiliensis	Basel	Diese Handschriften enthalten die vier Evangelien.
F	IX	Boreelianus	Utrecht	
G	X	Seidelianus I	London	
H	IX	Seidelianus II	Hamburg	
L	VIII		Paris	H und L enthalten Apostelgeschichte und Briefe.
046	VIII		Rom	046 enthält Offenbarung des Johannes.

Die sogenannte Koine ist diejenige Handschriftengruppe, welche die Zusammenfassung der einzelnen Handschriften E F G H L und 046 bildet.

Es sind also die Handschriften aus dem VIII. bis X. Jahrhundert. Die Koine ist die in Antiochien und später in Konstantinopel zur allgemeinen Verbreitung gekommene Textform. Diese Textform tritt uns, da Erasmus von Rotterdam solche späten Handschriften benutzte, in Luthers Bibelübersetzung entgegen. Luther stützte sich auf diese späte Handschriftengruppe, also auf die sogenannte K o i n e, die in der Erasmusausgabe vorlag.

Die Erasmusarbeit war eine sehr flüchtige Arbeit.

„Erasmus benutzte höchstens drei Handschriften, die er von den Predigermönchen in Basel entlieh und die heute noch erhalten sind (keine von ihnen ist älter als das 12. Jahrhundert). Sie zeigen, daß Erasmus die Handschriften selbst durcharbeitete und dann als Vorlage in die Druckerei gehen ließ. Für die Offenbarung des Johannes, die in jenen Handschriften fehlte, wurde eine Handschrift aus Maihingen herangezogen; in ihr fehlte der Schluß 22, 16—21; Erasmus übersetzte ihn einfach aus der Vulgata ins Griechische, ohne das irgendwo anzugeben." Michaelis, Einleitung in das NT 1954, Seite 357.

Die K o i n e - G r u p p e, d. i. die Vorlage Luthers, erwähnen wir ebenfalls.

Andere Handschriften werden jeweilig im Text erklärt.

Am Schluß der Studienbibel soll eine Übersicht über die Geschichte der Handschriften folgen.

In bezug auf besondere Urtextwörter:

Schwierige Wörter des griechischen Textes, die die Möglichkeit verschiedener Übersetzungen bieten, sind in den Fußnoten eingetragen. Die griechischen Wörter sind dabei in Klammern oder in Anführung gesetzt und in lateinischen Buchstaben wiedergegeben!

Abkürzungs-Verzeichnis

I. Allgemeine Abkürzungen:

AT = Altes Testament
NT = Neues Testament
atst = alttestamentlich
ntst = neutestamentlich
grie = griechisch
hebr = hebräisch
lat = lateinisch
LXX = Septuaginta. Das ist die griechische Übersetzung des AT, angeblich von 70 gelehrten Juden auf Befehl des Königs Ptolemäus Philadelphus 200 v. Chr. in Alexandrien angefertigt.

II. Literatur-Abkürzungen:

W–B = Walter Bauer: Griechisch-Deutsches Wörterbuch. 4. Aufl. 1952
Bl–De = Blaß–Debrunner: Grammatik des ntst Griechisch, 9. Auflage 1954, zitiert n. §§.
Radm = Rademacher: Neutestl. Grammatik 1925. 2. Aufl.
Ki–Th W = Kittel: Theolog. Wörterbuch
NTD = Neues Testament Deutsch, Göttingen 1932 ff.
St–B = Strack–Billerbeck: Kommentar zum NT aus Talmud usw. Bd. I–IV. München 1922 ff.

III. Abkürzungen der biblischen Bücher:

a) Altes Testament

1 Mo = 1. Mose
2 Mo = 2. Mose
usw. usw.
Jos = Josua
Ri = Richter
Rth = Ruth
1 Sam = 1. Buch Samuelis
2 Sam = 2. Buch Samuelis
1 Kö = 1. Buch der Könige
2 Kö = 2. Buch der Könige
1 Chro = 1. Buch der Chronika
2 Chro = 2. Buch der Chronika
Esr = Esther
Neh = Esra
Esth = Nehemia
Hio = Hiob
Ps = Psalter
Spr = Sprüche
Pred = Prediger
Holi = Hohelied
Jes = Jesaja
Jer = Jeremia
Kla = Klagelieder
Hes = Hesekiel
Da = Daniel
Hos = Hosea
Joe = Joel
Am = Amos
Ob = Obadja
Jon = Jona
Mi = Micha
Nah = Nahum
Hab = Habakuk
Ze = Zephanja
Hag = Haggai
Sach = Sacharja
Mal = Maleachi

b) Apokryphen

Tob = Tobias
1 Makk = 1. Makkabäer
2 Makk = 2. Makkabäer
Sir = Sirach

c) Neues Testament

Mt = Matthäus
Mk = Markus
Lk = Lukas
Jo = Johannes
Apg = Apostelgeschichte
Rö = Römer
1 Ko = 1. Korinther
2 Ko = 2. Korinther
Gal = Galater
Eph = Epheser
Phil = Philipper
Kol = Kolosser
1 Th = 1. Thessalonicher
2 Th = 2. Thessalonicher
1 Tim = 1. Timotheus
2 Tim = 2. Timotheus
Tit = Titus
Phlm = Philemon
1 Pt = 1. Petrus
2 Pt = 2. Petrus
1 Jo = 1. Johannes
2 Jo = 2. Johannes
3 Jo = 3. Johannes
Hbr = Hebräer
Jak = Jakobus
Jud = Judas
Offb = Offenbarung des Johannes

Vgl. W. Stb. Matth. S ... = Vergleiche Wuppertaler Studienbibel Matthäus-Band Seite ..
Vgl. W. Stb. Mark. S ... = Vergleiche Wuppertaler Studienbibel Markus-Band Seite ... usw.

INHALTSVERZEICHNIS

EINLEITUNG

I. Die Eigenart der „Johannesbriefe"

1. Die drei Briefe des Johannes sind in Sprache, Stil und Inhalt von auffallender Eigenart. Jeder Bibelleser merkt das schnell. Johannes schreibt ganz anders als Paulus. Auch mit Petrus oder Jakobus läßt sich Johannes nicht vergleichen. Diese geprägte Eigenart seines Schrifttums ist aber keine Not oder Verlegenheit für uns. Sie weist uns auf den Reichtum des Neuen Testamentes. Gott hat der Gemeinde in ihrem grundlegenden Buch eine lebendige Fülle von Zeugen geschenkt. Jeder von ihnen darf ganz sein, was er in seiner Person und nach seiner eigenen Geschichte ist. Keiner ist gegen die anderen zurückzustellen[1]. Jeder hat der Gemeinde aller Zeiten seinen Dienst zu tun.

Es ist sofort hinzuzufügen, daß der Sache nach eine wunderbare Einheit diese Zeugnisse verbindet. Johannes hat „kein anderes Evangelium" als Paulus! Es ist hier nicht von einem „Pluralismus" zu sprechen, auf den sich heutige Theologen berufen könnten!

2. Johannes hat in seinem Schreiben einen eigentümlichen Stil.

a) Paulus behandelt in seinen Briefen nacheinander einzelne Themen, denen je ein Abschnitt gewidmet wird. Dabei sucht Paulus seine Leser durch eine erklärende und beweisende Darlegung für die rechte Erkenntnis zu gewinnen. Es ist darum verhältnismäßig leicht, den Aufbau eines Paulusbriefes dem Gedächtnis einzuprägen. Johannes aber hat einige große Grundwahrheiten[2], auf die er immer wieder zurückkommt. Darum ist es schwer, den Aufbau des 1. Johannesbriefes klar im Gedächtnis zu haben. Ebenso ist dadurch die Einteilung des Briefes schwierig. Die Überschriften über den einzelnen Abschnitten bleiben unzulänglich und werden nicht allem gerecht, was sich in dem betreffenden Abschnitt findet. Eine Fülle von Kernworten aus dem Brief sind der Gemeinde gut bekannt. Aber es wird auch dem treuen Gemeindeglied nicht leicht sein zu wissen, wo es diese Worte im 1. Johannesbrief finden kann. Und es ist nicht zu verwundern, daß der Brief als ganzer wenig gelesen wird.

b) Wenn aber gleiche Grundgedanken immer wiederkehren, wie kommen dann die Abschnitte des Briefes überhaupt zustande? In welcher Weise schreitet der Verfasser in seinem Brief fort?

Es ist vielfach so, daß ein wesentliches Wort eines Satzes zum Stichwort wird, das

[1] Auch Luthers Urteil über den Jakobusbrief und die Offenbarung ist nicht zu halten.

[2] Diese „Wahrheiten" sind aber nicht „Gedanken", sondern Wirklichkeiten und Tatbestände! Wenn die alte Kirche ihm nach Offb 4, 7 den Adler als Symbol zugeteilt hat, hat sie seine Eigenart gut getroffen. Wie der Adler in die Höhe aufkreist und darum immer wieder gleiche Stücke der Landschaft unter sich sieht, so „kreist" auch Johannes um die gleichen Wahrheiten.

den folgenden Satz bestimmt, ja, einen ganzen neuen Abschnitt hervorruft. So folgen etwa der Aussage 1, 7 mit dem Stichwort „Sünde" die Sätze von 1, 8 bis 2, 2, die alle um das Thema „Sünde" kreisen. Oder der Schluß des Abschnittes 3, 4—10 in V. 10: „und wer nicht seinen Bruder liebt" führt zur Darlegung der wahren „Liebe" in 3, 11—18, wobei dann das Stichwort „Wahrheit" in 3, 18 zum Abschnitt 3, 19—24 überleitet. Weitere Beispiele sind: 2, 7—11 nach 2, 3 („Gebote"); 2, 18 — 3, 3 nach dem Wort vom „Vergehen der Welt" in 2, 17; 3, 4—10 nach dem Wort vom „sich reinigen" in 3, 3; 4, 1—6 nach der Nennung des „Geistes" in 3, 24. Johannes blickt wahrscheinlich ganz bewußt mit bestimmten Stichworten bereits auf das voraus, was er nun weiter der Gemeinde sagen will. Vgl. dazu S. 181 die eigentümlichen Schlußworte von 2 Jo 3, die uns als Überleitung zum Abschnitt V. 4—6 verständlich werden.

c) Ferner liebt Johannes die „Antithesen", so daß der folgende Satz negativ oder positiv einen Gegensatz zu dem Vorangehenden bildet: vgl. 1, 6 u. 7; 2, 1a u. b; 2, 4 u. 5; 2, 9 u. 10; 2, 24a u. b; 3, 6a u. b; 3, 7 u. 8; 3, 20 u. 21; 4, 7 u. 8; 4, 12 u. 13; 5, 1 u. 2; 5, 10a u. b. In dieser Weise hat weder Paulus, noch Petrus, noch Jakobus geschrieben. Es ist die Art des Johannes, wie sie sich auch im Evangelium, etwa 1, 11 und 1, 12; 12, 37 und 12, 41. 42 zeigt.

3. Aber weit wichtiger als diese Besonderheit des Stiles ist eine sachliche Eigenart des Johannes, die sein Wesen kennzeichnet und für das Verständnis und die Auslegung seiner Briefe klar gesehen werden muß. Während Paulus sich immer wieder müht, seine Aussagen zu begründen und sie seinen Lesern verständlich zu machen, stellt Johannes die entscheidenden Wahrheiten einfach in kurzen, radikalen Sätzen vor seine Leser hin ohne jeden Versuch einer Begründung oder Erklärung. Mit keinem einschränkenden Wort wird die Schroffheit der Aussagen gemildert. Dabei sind die Sätze in sich selbst leicht verständlich und bestehen aus einfachen Worten. Gerade dadurch wird der Leser gezwungen, sich der ausgesagten Wahrheit zu stellen und selber zu ermessen, was sie für ihn und sein Leben bedeutet. Keiner kann über einen schwer verständlichen Wortlaut klagen, und keine Auslegungskunst kann an ihnen drehen und deuteln. Irgendein Kompromiß kommt für Johannes nicht in Frage. Es gehört Mut dazu, die Briefe des Johannes zu lesen! Dabei haben wir zu bedenken, daß solche Sätze wie 3, 6—9 von dem Apostel stammen, der wie kein anderer die Liebe zu den Brüdern in den Mittelpunkt seines ganzen Denkens gestellt hat. Seine harten Behauptungen stehen also im Dienst der Liebe! Wir verstehen sie erst dann recht, wenn wir das an ihnen erkennen.

4. Johannes kann „aus Liebe" so hart reden, weil es ihm — entsprechend einem Grundzug des ganzen NT — um alles andere geht als um „Moral". Seine Forderungen kommen stets aus dem, was Gott in seiner gewaltigen Liebe uns schenkt und aus uns macht. Wir erkennen es besonders klar aus Stellen wie 3, 3. 9. 16; 4, 11. 19. Dem entspricht, daß wir nirgends moralische Verurteilungen lesen. Johannes zeigt nur mit unausweichlicher Klarheit die Folgen auf, die sich sachlich notwendig aus einem falschen Verhalten ergeben: 1, 10; 2, 11. 28; 3, 14 b; 4, 8. Nun kann und muß jeder Leser bei solchen Sätzen sich selber fragen, wie es mit ihm steht und wohin sein Weg ihn führt.

5. Im Unterschied zu Paulus ist Johannes kein Systematiker. Er ist an jeder Stelle ganz von der Wahrheit hingenommen, die er jetzt so einfach und so schroff wie möglich vor die Leser hinstellen will. Er zieht dabei keine Verbindungslinie zu andern Stellen, die ähnliches aussagen. Es entsteht dadurch der Eindruck, daß der Apostel sich „wiederholt". Wir wiesen schon hin auf das „Kreisen des Adlers" über der gleichen Landschaft. Wir müssen beim Lesen und Erklären des Briefes bewußt darauf achten, wie im Wiederholen ähnlicher Aussagen die ganze Ergriffenheit des Apostels von bestimmten Grundzügen der Wahrheit hervortritt, um die es ihm für das Leben der Gemeinde geht.

Aber es geht nicht nur um Wiederholungen. Der Leser kann vielfach den Eindruck bekommen, daß Johannes Aussagen macht, die nicht zueinander passen, ja, die sich zunächst zu widersprechen scheinen. Hier liegt eine besondere Schwierigkeit für das Verstehen des 1. Johannesbriefes. In 1, 8 wird das Leugnen der Sünde scharf abgewiesen, in 3, 6 u. 9 das Nicht-sündigen-Können von dem aus Gott Geborenen behauptet. An vielen Stellen ist das „Lieben" das Kennzeichen dessen, der „Gott erkennt". Dann wieder geht es um das „Rechttun", um die Erfüllung der Gebote (2, 3. 4; 2, 29; 4, 7). Und dann wieder scheint alles an dem „Glauben", ja, an der richtigen Dogmatik zu hängen: 2, 22 f; 4, 2 f; 5, 1. Bei der Schreibart des Johannes treten uns diese „Widersprüche" besonders schroff entgegen. Johannes macht keinen Versuch, die tiefere Zusammengehörigkeit der verschiedenen Aussagen aufzuweisen und uns diese Aussagen als je einen Aspekt der einen, von ihm umkreisten Landschaft zu zeigen. Wir aber müssen beim Lesen und Verstehen des Briefes bewußt nachholen, was Johannes nach seiner Art des Schreibens nicht tun wollte. Unser Bemühen um eine rechte Auslegung wird vielfach das Verknüpfen einzelner, oft weit voneinander entfernt stehender Sätze üben müssen. Wir werden immer wieder die Aussagen des Apostels gegenseitig, die eine durch eine andere, zu erklären und dabei die scheinbaren „Widersprüche" aufzulösen suchen. Wir haben das rechte Verständnis des 1. Johannesbriefes – wie übrigens des ganzen NT – erst dann gewonnen, wenn uns die Zusammengehörigkeit von „Lehre" und „Leben", von „Glaube" und „Liebe", von bleibender Sündhaftigkeit und von entschlossener Absage an die Sünde, von „Rechtfertigung" und „Heiligung" aufgegangen ist.

6. Die Eigenart des 1. Johannesbriefes mit seinen schroffen Sätzen neben einer großen Herzlichkeit in der Anrede an die Gemeinde und mit seinen scheinbar widersprüchlichen Aussagen kommt daher, daß der Apostel im Kampf mit der Irrlehre steht, von der er die Gemeinde bedroht sieht. Man kann zwar nicht sagen, daß die Aufdeckung und Abweisung der Irrlehre der eigentliche oder gar der einzige Zweck seiner Briefe sei. Der Apostel will dem Aufbau der Gemeinde und der rechten Klärung ihres Denkens und Lebens dienen. Eben darum sind seine Briefe für die Gemeinde aller Zeiten verständlich und entscheidend wichtig. Aber der Blick des Johannes ist dabei ständig auf die Bedrohung des apostolischen Christentums durch gnostische Strömungen gerichtet. Wir heutigen Leser müssen dabei bedenken, daß solche gnostischen Auffassungen nicht einfach nur zeitbedingte und darum verhältnismäßig unwichtige Erscheinungen waren, sondern in stets neuen Formen immer wieder auf-

treten und Glauben und Leben der Gemeinde Jesu bedrohen. Die Auseinandersetzung des Apostels Johannes mit ihnen ist darum jederzeit „aktuell". Diese Auseinandersetzung kommt bei Johannes gerade aus der „Liebe"! Hier spricht nicht ein rechthaberischer Streittheologe, sondern ein „Vater", der seine „Kinder" liebt und vor dem Verderben durch Irreführung schützen muß.

Es ist zum vollen Verständnis der Johannesbriefe nötig, daß wir uns ein Bild der irreführenden Strömungen machen, die der Apostel als endzeitliche und antichristliche Erscheinung beurteilt (4, 18; 4, 3). Viele Sätze des Apostels sind zwar auch in sich selbst wahr und für den Aufbau der Gemeinde wesentlich. Sie sind aber zugleich inhaltlich und in der Formulierung aus der Auseinandersetzung von den so ernst genommenen Gegnern bestimmt.

II. Die „Irreführer", gegen die sich der Apostel wendet

Von dem Apostel selber erhalten wir keine unmittelbare Auskunft über sie. Er ist kein Streittheologe, wie wir schon feststellten. Er nennt keinen einzigen Namen und kämpft nicht gegen einzelne Männer. Aber bestimmte Züge der „Irreführer" werden deutlich sichtbar.

1. Es handelt sich um Männer, die aus der Gemeinde selber kommen (2, 19). Das gibt ihnen besonderen Einfluß. Sie wollen durchaus Christen sein, ja, sogar ein höheres Christentum bringen. Sie „laufen vor" (II, 9). Sie „blieben" nicht bei dem, was sie „von Anfang gehört haben" (2, 7. 24), bei der einfachen, klaren apostolischen Botschaft. Sie erheben einen besonderen „prophetischen" Anspruch (4, 1) und haben eine erfolgreiche, weitgespannte Wirksamkeit (4, 5). Es sind auch nicht nur vereinzelte Männer; Johannes spricht von „vielen". Ihr Sendungsbewußtsein wird in dem Ausdruck „ausgegangen in die Welt" (1, 2. 18; 4, 1; 2, 7) deutlich. Ob sie alle einer einheitlichen Richtung angehörten, ist nicht zu erkennen.

2. Man wird die „Irreführer", gegen die Johannes schreibt, mit gutem Grund der großen Bewegung der G n o s i s zurechnen können. Nur wird man dabei bedenken müssen, daß diese Bewegung schon vor dem Christentum bestand und daß sie offenbar sehr mannigfaltig war. Das wird bei ihren späteren großen Vertretern mit ihren ausgebauten Gedankensystemen besonders sichtbar. Auch muß man berücksichtigen, daß uns eine genaue Kenntnis der Gnosis dadurch erschwert wird, daß wir ihre Schriften selber nicht mehr haben, sondern sie nur aus den Werken ihrer kirchlichen Bekämpfer kennen. Dabei wird in den schweren Kämpfen manches unwillkürlich aus dem Zusammenhang gerissen und entstellt wiedergegeben sein. Das aber können wir sagen: Hinter aller Gnosis steht das Streben des Menschen, sich „erkennend" des großen rätselhaften Weltganzen zu bemächtigen und die „Welträtsel" zu lösen. Was ist es mit Gott? Warum ist die Welt so, wie sie ist? Woher kommt das Böse? Was ist der Mensch mit seinem Sinn für das Gute und mit seiner Fehlsamkeit, Schwachheit und Todverfallenheit? Gibt es für den Menschen eine Hilfe, eine „Erlösung"? In der Beantwortung solcher Fragen „aus eigener Vernunft und Kraft", ohne die Bindung

an Gottes Antwort aus dem Munde der Apostel und Propheten, ist „Gnosis“ zu allen Zeiten in immer neuen Formen da und immer „modern“.

Diese Fragen werden nun aber nicht wie bei den großen Philosophen, etwa bei Plato und Aristoteles, in strengem Denken zu lösen versucht. Wohl werden aus den philosophischen Systemen allerlei Gedanken benutzt. Zugleich aber ist man von den verschiedenen, aus dem Osten gekommenen Mysterienreligionen beeindruckt und beeinflußt. Die „Gnosis“, die „Erkenntnis“, ist nicht intellektuell gedacht, sondern wird in geheimnisvollen Erlebnissen gewonnen, in „Himmelsreisen der Seele“. In dieser Mischung von grie Erkenntnisstreben mit orientalischer Religiosität erweist sich die Gnosis als typisches Erzeugnis des Hellenismus.

3. Als sich das Christentum in der heidnischen Welt ausbreitete und starken Einfluß auf Menschen gewann, kam es auch in das Blickfeld der Gnostiker. Waren hier nicht neue, wertvolle Elemente für die Gnosis zu gewinnen? Freilich, dazu muß das alte, apostolische Christentum umgeformt, in die Gnosis eingebaut und dadurch erst zu seiner wahren Höhe und zu seiner Vollendung geführt werden. Sicher, der Mensch muß „erlöst“ werden, aber er ist doch nicht ein „Sünder“, der mit „Blut“ reingewaschen werden muß! Er ist als ursprüngliches „Geisteswesen“ in die „Materie“ gestürzt, die als solche das „Böse“ ist[3]. Aus der Himmelswelt kommt ein Retter, der nicht Sünder mit Blut erkauft, sondern als Geistwesen – nur vorübergehend mit dem Menschen Jesus verbunden oder nur einen Scheinleib tragend – die göttlichen Geistesfunken in Menschen an sich zieht und sie zur Lichtwelt des wahren Gottes heimführt. Freilich, nur die „Pneumatiker“, in denen Funken des Göttlichen leben, kommen zum Ziel. Die bloß „Gläubigen“ sind „Psychiker“, die durch ihr eigenes, werktätiges Handeln eine niedere Form der Seligkeit erlangen. Die „Hyliker“ aber, die materiell Gesinnten, verfallen unvermeidlich dem Untergang.

4. Für die Lebenshaltung ergeben sich daraus entgegengesetzte Konsequenzen. Freilich, schon die eben skizzierte Betrachtung und Beurteilung der Menschen durch die Gnostiker zeigt, wie hier jene echte Liebe fehlt, die in Jesus gerade das Verlorene

[3] Darum wird später gelehrt, daß der „Schöpfer“ dieser Materie keineswegs der wahre Gott ist, sondern ein niederes Mittelwesen, ja, wohl gar der Teufel. Der Gnostiker Marcion (um 138/39 n. Chr. in Rom, 144 aus der Kirche ausgeschlossen) verwarf darum das AT und in der ntst Schriftensammlung alles, was zum AT Beziehung hatte. Hier gründet die Gnosis in jenem typischen Idealismus, wie er von Plato, dem Neuplatonismus und der Stoa vertreten wurde. Nach der Verherrlichung des menschlichen Leibes, seiner Kraft und seiner Schönheit im klassischen Griechentum wird der Leib nun als der niedrige, verächtliche Teil des Menschen empfunden, als der „Kerker der Seele“. Der wahre Mensch schwingt sich geistig hoch über die Sinnenwelt empor. Oder er ist ein Stoiker, der alle leiblichen Triebe und Bedürfnisse verachtet und sich ihnen mit hartem Willen entzieht. Mit dem „Christentum“ schien hier vieles sehr verwandt zu sein, wie auch umgekehrt, „griechische“ Gedanken und Empfindungen idealistischer Art bis heute für „christlich“ gelten und die eigentliche biblische Botschaft entstellen. Jene verhängnisvolle Anschauung, daß alles Geschlechtliche sündig sei, ja daß es für den Menschen überhaupt keine einfache, natürliche Freude geben dürfe, stammt aus dieser Entstellung. Ebenso geht der Verlust der großen biblischen Zukunftserwartung einer neuen Schöpfung, einer neuen Erde mit Menschen einer neuen Leiblichkeit darauf zurück, die nun durch einen „Reigen seliger Geister“ ersetzt wird.

sucht. Die Gnostiker hätten einen Zachäus oder die große Sünderin als hoffnungslose „Hyliker" dem Verderben überlassen. Auch über die schlichten Gläubigen fühlten sie sich als über bloße „Psychiker" erhaben. Von eigentlicher „Bruderliebe" konnten diese Gnostiker nichts wissen. Und Gottes Wesen als Liebe zu den Verlorenen unter Opferung seines eigenen Sohnes blieb ihnen unverständlich, ja widersinnig. Sonst konnten sie strenge Asketen sein, die sich jeder näheren Berührung mit der „Materie" möglichst entzogen. Sie konnten aber auch die ganze „Freiheit" des „Pneumatikers", des „Geistesmenschen", in einer bewußten Verachtung aller sittlichen Gebote zur Schau stellen. Mochte doch dieser nichtige materielle Leib seine Triebe befriedigen, solange er noch bestand, was ging das den Gnostiker mit seiner Gottesschau und seinen hohen Erkenntnissen an!

5. Wir finden alles das, was Johannes an den „Irreführern" bekämpfte, tatsächlich in der Gnosis wieder. Wir haben ein Recht, die Irreführer in den Johannesbriefen als Gnostiker zu bezeichnen. Wir werden aber gut tun, daran zu denken, in welch breitem und für uns ungreifbaren Strom die ganze Bewegung der Gnosis dahinfloß.

Es ist aufschlußreich, von den Johannesbriefen her auf die Strömungen zu blicken, mit denen der Apostel Paulus in Korinth zu kämpfen hatte. Auch in 1 Ko 8, 1 fällt schon das Stichwort „Gnosis = Erkenntnis". Paulus sieht die Gefahr, daß solche Gnosis „aufbläht" und dadurch die „Liebe" verleugnet, die doch aller Erkenntnis und allem „pneumatischen" Reichtum gegenüber das einzig Entscheidende ist. Die „Liebe" wurde auch in Korinth von den „Freiheitsparolen" der „Pneumatiker" mißachtet (1 Ko 8, 9. 11). Hinter der Christuspartei in Korinth (1 Ko 1, 12; 2 Ko 10, 7) können bereits die gnostischen Gedanken eines „Geistchristus" stehen, den man unmittelbar und ohne die Apostel mit ihrer Botschaft von Jesus erfassen kann. Der Vorwurf gegen Paulus, er sei noch „fleischlich" und lehre einen niedrigen Christus, den er nur in „fleischlicher Weise" erkannt habe (2 Ko 5, 16; 10, 2), könnte von daher kommen und einen anderen Sinn haben, als wir gewöhnlich denken. Paulus war den neuen Männern in Korinth nicht „pneumatisch" genug, kein „Gnostiker", sondern bestenfalls ein „Psychiker". Wenn er in 2 Ko 12 auf seine Entrückung in den dritten Himmel und in das Paradies zu sprechen kommt, kann er damit auf Vorhaltungen antworten, er habe keine „Himmelsreise der Seele" gemacht, wie es die neuen „gnostischen" Lehrer in Korinth von sich rühmten. Bei Paulus finden wir gerade in den Korintherbriefen auch die gleiche schroffe Abwehr der neuen Lehrer wie bei Johannes. Auch Paulus sieht in ihnen Satan selbst am Werk (2 Ko 11, 13—15). Irgendein Kompromiß mit ihnen ist unmöglich. Hier kann nur ein radikaler Kampf geführt werden (2 Ko 10, 1—6).

6. Wir sehen, wie die Briefe des Johannes — ebenso wie die Briefe des Paulus — „geschichtliche" Dokumente sind, die sich bis in Einzelheiten hinein auf eine besondere, historische Lage bestimmter Gemeinden beziehen. Dennoch gehen sie uns zugleich aufs lebendigste an. Denn einmal sahen wir schon, daß die Aussagen des Johannes Lehre und Mahnung für die Gemeinde Jesu als solche sind. Die Gemeinde Jesu ist aber wesentlich gleich in allem Wechsel der Zeiten und Situationen. Es gilt hier der Aufruf, den Johannes am Schluß der sieben so verschiedenen „Sendschrei-

ben" des erhöhten Herrn innerlich hört und an alle Gemeinden weitergibt: „Wer Ohren hat, der höre, was der Geist den Gemeinden sagt." Was Johannes in seinen drei Briefen, vor allem in dem 1. Brief, schreibt, ist das Wort, das der Geist den Gemeinden aller Zeiten und aller Orte sagt. Aber auch die Grundzüge der drohenden „Irreführung" bleiben bis heute bei aller geschichtlichen Verschiedenheit einander wesensverwandt. Das Unternehmen der Gnosis entspricht dem Verlangen des natürlichen Menschen, der sich mit seiner eigenen Weisheit und Kraft Gottes zu bemächtigen und die „Welträtsel" von sich aus zu lösen sucht, weil er seine Trennung von Gott durch seine Sünde nicht zugeben und die Errettung durch das große Opfer des fleischgewordenen Gottessohnes nicht annehmen will. Den biblischen Jesus Christus „aufzulösen", die wahre Liebe Gottes zu verkennen und darum auch die Liebe zu den Brüdern gering zu achten, das ist immer wieder die verführerische Art von Strömungen, die sich gegen das apostolische Christentum wenden und es als rückständig, eng und kümmerlich hinter sich lassen wollen.

III. Der Verfasser der drei Briefe

1. Nun erst wenden wir uns der Frage nach dem Verfasser der drei „Johannesbriefe" zu. Der umfangreiche 1. Brief hat sich der üblichen Form des antiken Briefes nicht angepaßt. Man hat darum gefragt, ob wir es hier überhaupt mit einem echten „Brief" zu tun haben oder mit einer schriftlichen „Predigt", mit einer Schrift, die wir heute als „Traktat" bezeichnen würden? Aber es müßte dann schon eine Predigt an eine Gemeinde in einer sehr bestimmten Lage sein, die der Verfasser immer wieder aus eigenster Kenntnis ihrer Glieder anreden kann. Eine solche „Predigt" würde sich dann von einem längeren Brief oder einem apostolischen „Sendschreiben" nicht wesentlich unterscheiden. Wir dürfen getrost bei der Bezeichnung Johannes„briefe" bleiben.

2. Die Frage der Verfasserschaft der Briefe fällt mit der Frage nach dem Verfasser des 4. Evangeliums zusammen. Auch für den einfachen Bibelleser ist die Übereinstimmung im Stil und in der Anschauungswelt zwischen den drei Briefen und dem 4. Evangelium so sichtbar, daß an der Identität des Verfassers nicht gezweifelt werden kann. Natürlich lassen sich auch sprachlich Unterschiede aufzeigen. Aber wer sich einmal gründlich mit bekannten deutschen Schriftstellern beschäftigt hat, der weiß, welche erheblichen Verschiedenheiten in Stil und Wortgebrauch sich in den Schriften desselben Mannes je nach Zeit und Anlaß des einzelnen Werkes finden. So sind Nachweise unterschiedlichen Wortgebrauches kein Beweis gegen die Herkunft des Briefes und des Evangeliums aus derselben Feder. Der Leser wird gebeten, sich in der Einleitung zum Johannesevangelium in unserer Wuppertaler Studienbibel über die „Johanneische Frage" zu orientieren. Ist der Apostel Johannes der Verfasser des 4. Evangeliums, dann ist er es auch, der die drei Briefe schrieb, mit denen wir es in diesem Band zu tun haben.

3. Im 1. Brief nennt Johannes zwar nicht seinen Namen, aber er rechnet sich dort zu denen, die das Wort des Lebens „gehört haben", es „mit ihren Augen gesehen",

ja, deren „Hände es betastet" haben. Der Mann, der den Brief schrieb, ist also auf jeden Fall einer, der in der nächsten Nähe Jesu gelebt hat, so daß er nicht nur ein Ohren- und Augenzeuge, sondern sogar ein „Handzeuge" Jesu war. Natürlich kann man auch solchen massiven Aussagen gegenüber immer noch kritisch behaupten, es seien das alles nur „Bilder" für die Christuserkenntnis eines späteren Christen. Aber solange Worte noch ihren Sinn haben, kann so wie in 1 Jo 1, 1 nur ein Mann sprechen, der im engsten, persönlichsten Umgang mit Jesu gestanden hat, einer jener „Drei", die Jesus bei besonderen Gelegenheiten aus dem Jüngerkreis allein mit sich nahm (Mt 17, 1; 26, 37). Auch von dem Selbstzeugnis am Eingang des 1. Briefes her werden wir auf „den Alten" gewiesen, der nach dem frühen Tod seines Bruders Jakobus und dem Tode des Petrus noch allein von den „Drei" übrig war.

4. In dem 2. und 3. Brief folgt der Schreiber der antiken Sitte und nennt sich selbst als Absender an der Spitze des Briefes. Er stellt sich dort als „ho presbyteros", wörtlich: „Der Älteste" oder „der Alte" vor. Das kann keine „Amtsbezeichnung" sein, da es in keiner Gemeinde „den Ältesten" gab. Überall wurden „Älteste" in der Mehrzahl eingesetzt (vgl. Apg 14, 23; Tit 1, 5). Das Wort „presbyteroi" mit dem bestimmten Artikel kennzeichnet „die Alten". Bei Papias, der zwischen 120 und 160 n. Chr. schrieb, sind das zeitlich die unmittelbaren Jünger und Augenzeugen Jesu, vor allem die Apostel; z. Z. des Papias leben davon nur noch zwei Männer, Aristion und „der Alte Johannes". Eben darum wird der alle andern überlebende Apostel als „der Alte" bekannt gewesen sein. Er hat sich auch selber so genannt und damit seinen persönlichen Namen in seinen Briefen ebenso vermieden, wie er ihn auch im Evangelium nicht nennt. Dort ist er „der Jünger, den Jesus lieb hatte", und hier „der Alte". So bestätigt sich auch hier die Verfasserschaft der Briefe durch den Apostel Johannes.

IV. Die Empfänger der Briefe

Im 2. und 3. Brief finden wir eine Adressenangabe. Trotzdem sind wir auch hier nicht in der gleich günstigen Lage wie bei den Briefen des Apostels Paulus. Der 2. Brief des „Alten" geht an eine Gemeinde, die im Bild einer Frau als „Erwählte Herrin" angeredet wird[4]. Aber wo diese Gemeinde lebte, wissen wir nicht. Auch ein wirkliches Bild von ihr ist aus dem kurzen Brief nicht zu gewinnen. Sie ist von der Gnosis bedroht und wird zu einer harten Abweisung jedes Irrlehrers aufgefordert. Ist der Brief von dem Apostel Johannes und hofft er auf einen baldigen, persönlichen Besuch bei der Gemeinde, so wird sie im Raum der Asia[5] zu suchen sein.

Der 3. Brief geht an einen „Gajus", von dem wir aber nicht mehr wissen, als eben dieser Brief erkennen läßt. Wir erfahren auch nicht, in welcher Gemeinde er lebte. Es wird aber eine andere Gemeinde sein als die, an die der 2. Brief geht, und natürlich eine andere als diejenige, in deren Mitte Johannes jetzt weilt.

[4] Vgl. die Auslegung S. 176.

[5] Die „Asia" ist nicht etwa „Asien" oder auch nur das ganze „Kleinasien". Die „Asia" ist der Name der römischen Provinz mit der Hauptstadt Ephesus, die das städtereiche Gebiet der Westküste Kleinasiens umfaßte.

Leider wissen wir noch weniger über die Empfänger des 1. Briefes. Sie können in einer einzigen größeren Gemeinde leben. Der Brief könnte aber auch an mehrere Gemeinden gerichtet sein, mit denen der Apostel verbunden ist. Lebte und wirkte er längere Zeit in Ephesus, wie die kirchliche Überlieferung sagt, dann kannte er natürlich auch die Christenscharen in den umliegenden Städten näher. Für die Asia spricht auch die Tatsache, daß sich die Briefe nirgends mit Fragen beschäftigen, die vom Judentum her eine Gemeinde bewegen könnten. Außer dem Hinweis auf Kain in I, 3, 12 fehlt jedes atst Zitat. Wir haben es offenbar mit rein heidenchristlichen Gemeinden zu tun, wie es dem Raum der „Asia" mit seiner frühen Besiedlung durch die Griechen entspricht.

V. Die Entstehungszeit der Briefe

Es ist viel darüber diskutiert worden, ob die Briefe früher oder später als das Evangelium des Johannes geschrieben wurden. Wenn die Verse Kap 21, 24 f so zu verstehen sind, daß das Evangelium nicht mehr von Johannes selber, sondern nach seinem Tode – darum 21, 23 die betonte Klarstellung des Jesuswortes an Johannes – von einem Schüler- und Freundeskreis herausgegeben wurde, dann sind natürlich die Briefe früher geschrieben. Darauf weist vor allem auch der Umstand hin, daß Johannes offenbar noch viel auf Reisen war. Relativ frühe Gemeindezustände werden darin sichtbar, daß noch keine „Verfassung" der Gemeinde mit bestimmten „Amtsträgern" vorlag. Der Apostel wendet sich an „die Gemeinde", nicht an verantwortliche, leitende Personen, etwa an einen „Bischof"; der im 3. Brief genannte Diotrephæs ist keinesfalls als „Bischof" der Gemeinde anzusehen. Er „will unter ihnen der erste sein", gerade weil er es nicht durch ein „Bischofsamt" ist.

Die Einwirkung der „Gnosis" ist kein Argument gegen eine frühere Zeit der Abfassung. „Gnosis" gab es bereits vor dem Christentum. Ihr Versuch, nun sich auch des Christentums zu bemächtigen, kann früh begonnen haben. Wir sahen, wie ähnlich die „Irreführer" in Korinth den Männern waren, die Johannes so schroff abweist. So nötigt uns die Bekämpfung der Gnosis durch Johannes nicht dazu, seine Briefe erst am Ende des 1. Jahrhunderts anzusetzen, zumal die „Gnosis" als solche gar nicht genannt wird. Was die Gemeinde des Johannes bedrohte, war nichts wesentlich anderes als das, womit Paulus bereits um 55 in Korinth zu ringen hatte.

VI. Die Einheitlichkeit der Briefe

Natürlich ist auch beim 1. Johannesbrief die Einheitlichkeit angezweifelt und manche „Quellenscheidung" und manche Umstellung einzelner Sätze oder Abschnitte versucht worden. Aber auch ein kritischer Theologe wie Jülicher hat dazu bemerkt, wie derartige stilkritische Bemühungen geeignet seien, sich gegenseitig aufzuheben[6]. Wir werden uns mit diesen unsicheren Hypothesen nicht aufhalten.

[6] Jülicher, „Einleitung in das NT" S. 225.

Nur über das sogenannte „Comma Johanneum" ist ein Wort zu sagen. In alten lat Ausgaben des NT lauteten im 1. Johannesbrief Kap 5 die Verse 7 und 8 so: „Denn drei sind, die da zeugen auf Erden, der Geist und das Wasser und das Blut, und diese drei sind eins in Christus Jesus; und drei sind, die ein Zeugnis geben im Himmel, der Vater, das Wort und der Geist." Es gibt auch die umgekehrte Folge: „Denn drei sind es, die Zeugnis geben [im Himmel: der Vater, das Wort und der Heilige Geist; und diese drei sind eins. Und drei sind, die Zeugnis geben auf Erden]: Der Geist und das Wasser und das Blut, und diese drei sind eins." Wann und wo und in welcher Weise der Zusatz von den drei Zeugen „im Himmel" in die lat Texte des 1. Johannesbriefes hineingekommen ist, läßt sich nicht mit Sicherheit bestimmen. Allgemein anerkannt ist aber, daß es sich um einen späteren Zusatz handelt. Das ist schon dadurch erwiesen, daß die gesamte grie Textüberlieferung das „Comma Johanneum" nicht hat. Der Zusatz hat im Zusammenhang der Stelle auch keinen Sinn. Es geht Johannes um das Zeugnis Gottes, das wir auf Erden hören oder sehen können, nicht um ein „Zeugnis im Himmel", das uns als solches nicht erreichen kann.

VII. Die besondere Bedeutung der Johannesbriefe im Ganzen des NT

Johannes hat „kein anderes Evangelium". Er könnte in Übereinstimmung mit Paulus im Blick auf die andern ntst Zeugen sagen: „Es sei nun ich oder jene: so predigen wir, und so habt ihr geglaubt" (1 Ko 15, 11). Er beruft sich ausdrücklich auf das, was die Leser seiner Briefe „von Anfang gehört haben" (I 2, 7 u. 14). Und doch hat Johannes im Ganzen des NT eine besondere Aufgabe, die uns seine Briefe kostbar und unersetzlich macht. Gerade für unsere Zeit. Johannes sieht, daß es um das „Leben" geht! „Das Leben ist erschienen" – „Wir sind aus dem Tode in das Leben gekommen" – „Wer den Sohn hat, der hat das Leben" – das ist Anfang, Mitte und Ende seines 1. Briefes. Damit bezieht er die ntst Botschaft auf eine unausweichliche Grundfrage und eine wesentliche Sehnsucht jedes Menschen, auch des Menschen von heute.

Zugleich hat Johannes in besonders deutlicher Weise gesehen, was auch die moderne Psychologie wieder zu erkennen beginnt: daß wirkliches, wesenhaftes Leben im Lieben besteht. Auch Paulus preist Gottes Liebe (Rö 5, 5b–11) und kann die einzigartige Größe des Liebens allem anderen inneren Besitz gegenüber in 1 Ko 13 bezeugen. Die vielfältige, konkrete Thematik seiner Briefe ist uns ganz unentbehrlich. Aber es ist ein Geschenk, daß Johannes dieses eine entscheidende Thema zum Hauptinhalt seiner Briefe macht. „Gott ist Liebe", das steht nur bei Johannes. „Wer nicht liebt, bleibt im Tode", so radikal spricht nur Johannes von der absoluten Notwendigkeit unseres Liebens. Damit kann uns Johannes die Größe und die Unentbehrlichkeit des Evangeliums in einer Weise zeigen, die den Menschen als Menschen und darum den Menschen jeder Zeit trifft und zum Aufhorchen zwingt.

Es ist uns heilsam, daß dabei von Johannes so kurz, so einfach, so radikal gesprochen wird. In dieser Kürze und Radikalität hilft uns gerade der „Apostel der Liebe" auch bei der Abwehr aller Irrlehre und Irreführung. Sicher, auch der Galaterbrief und die beiden Korintherbriefe des Paulus sind durchzogen vom Kampf gegen alle Entleerung und Verfälschung des Evangeliums. Aber Johannes hilft zum scharfen Trennungsstrich: Wer die echte Botschaft nicht bringt, den sollen wir nicht einmal grüßen (II, 10)! Er zeigt uns den Geist des Antichristen in jedem, der „Jesus auflöst" (I 4, 3). Es kann bei Johannes kein Zweifel sein, daß diese Härte aus der wirklichen Liebe kommt. Wir haben solche Härte nötig!

So dürfen wir mit besonderer Erwartung an die Lektüre der Johannesbriefe herangehen. Es wird Mut und ernstes Forschen nötig sein, um sie recht zu verstehen. Aber wir werden auch reichen Gewinn haben und Gott dafür danken, daß er diese Briefe zu einem wesentlichen Teil des NT gemacht hat.

VIII. Die wichtigsten Auslegungen der Johannesbriefe

A. Schlatters immer neu bewährte „Auslegung für Bibelleser" finden wir in Bd 10 von „Schlatters Erläuterungen zum NT" EVA Berlin 1965.

In dem bekannten Werk „Das Neue Testament Deutsch" hat Friedrich Hauck in Bd 10 „Die Kirchenbriefe" auch die Johannesbriefe übersetzt und erklärt. Göttingen 1947.

In der „Bibelhilfe für die Gemeinde" EVA Berlin hat Wilhelm Schütz eine gute Auslegung geliefert.

Lesenswert ist heute noch der Kommentar des Rostocker Professors Friedrich Büchsel, erschienen im „Theol. Handkommentar" XVII Leipzig 1933.

Eine eingehende Auslegung unserer Briefe von katholischer Seite haben wir in Bd XIII in Herders theol. Kommentar zum Neuen Testament aus der Feder von Prof. Rudolf Schnackenburg. Über wichtige Fragen wird der Benutzer durch ausführliche Exkurse unterrichtet.

W. Barclay, Auslegung des Neuen Testaments, Johannesbriefe/Judasbrief, 196 S., Aussaat Verlag, Wuppertal 1970

Der erste Brief des Johannes

Der Briefeingang

GRUND UND ZIEL DES SCHREIBENS

1 Johannesbrief 1, 1—4

1 Was von Anfang war, was wir gehört haben, war wir gesehen
haben mit unsern (eigenen) Augen, was wir schauten und unsere
2 Hände betasteten, vom Wort des Lebens — * und das Leben wurde
offenbar, und wir haben gesehen und bezeugen und verkündigen
euch das Leben, das ewige, das beim Vater war und uns offenbar
3 wurde — * was wir gesehen und gehört haben, verkündigen wir
auch euch, damit auch ihr Gemeinschaft habt mit uns. Unsere Ge-
meinschaft aber ist mit dem Vater und mit seinem Sohn Jesus
4 Christus. * Und dies schreiben wir, damit unsere Freude erfüllt
sei.

zu Vers 1: 1 Jo 2, 13 Mt 13, 17 Lk 24, 39 Jo 1, 1. 14 15, 27 20, 20. 25
zu Vers 2: 1 Jo 4, 9 Jo 1, 4 Apg 17, 27 Rö 3, 21
zu Vers 3: 1 Jo 1, 7 Mt 13, 17 Jo 17, 20 f 1 Ko 1, 9 Phil 1, 5
zu Vers 4: 1 Jo 5, 13 Jo 15, 11 16, 24 2 Ko 1, 24 2 Jo 12

Sobald wir den Brief zu lesen beginnen, merken wir den ganzen Unterschied zu den Briefen des Apostels Paulus[7]. Während Paulus die übliche Briefform seiner Zeit aufnimmt und mit neuem Inhalt füllt, kümmert sich Johannes in diesem Brief gar nicht um sie. Er nennt weder seinen Namen noch sein „Amt"; er kennzeichnet nicht die Empfänger seines Schreibens und sendet ihnen keinen ausdrücklichen Gruß. Sein 2. und 3. Brief aber zeigt uns, daß auch er die übliche Briefform verwenden kann. Wenn er es in diesem Brief nicht tut, muß das einen besonderen Grund haben. Vom ersten Wort an füllt ihn die große Sache vollständig aus, um die es ihm geht. Und dieses Ergriffensein von der Wucht und Größe der Botschaft, die er zu bringen hat, 1—4
spiegelt sich sofort im Aufbau der ersten Zeilen seines Briefes wider. Johannes kann nicht „glatt" davon reden; die Worte und Sätze drän-

[7] Wir vgl. etwa 1 Ko 1, 1—3; 1 Th 1, 1.

gen und häufen sich, um überhaupt aussagen zu können, was ihm so mächtig vor Augen steht. Er muß in Vers 2 sich selbst unterbrechen und in verhaltenem Jubel das große Ereignis ausrufen, dessen Zeuge er ist. Dann erst nimmt er seinen ersten Satz wieder auf und führt ihn zum Ziel. So erfüllt und bewegt ist er von der ganzen Herrlichkeit des Zeugnisses, das er den Briefempfängern zu geben hat. Darum kann er sich mit dem üblichen „Briefeingang" nicht aufhalten. Er kommt sofort zur Sache.

Und doch bringt es gerade diese Sache mit sich, daß er sich selber ganz in sie einschalten muß, wenn auch nicht mit der Nennung seines eigenen Namens[8]. Er bezeichnet sich nicht als „Apostel" und nimmt nicht ausdrücklich „apostolische Autorität" in Anspruch. Aber diese ersten Zeilen seines Briefes sind eine einzige Darlegung dessen, was ein „Apostel" und seine apostolische Autorität in Wahrheit ist. Der Apostel ist der Urzeuge, der mit eigenen Augen gesehen und mit eigenen Ohren gehört hat, von dessen Zeugnis die glaubende Gemeinde aller Zeiten lebt. Aber er steht dabei nicht als „Herr" über der Gemeinde; es ist seine erfüllte Freude, seine Botschaft der Gemeinde weiterzugeben und die Gemeinde bei der klaren, ursprünglichen Botschaft zu erhalten. Auch wir heute sind an den „Apostel" gewiesen und haben so seinen Brief als das unsern Glauben begründende und
1 uns zum rechten Glauben und Leben anleitende Wort zu hören.

Johannes setzt hier mit der großen Sache ein, die uns alle angeht. Er hat uns zu sagen, **„was von Anfang war"**. Auf den **„Anfang"** der Welt werden wir verwiesen: „Im Anfang schuf Gott Himmel und Erde." Aber dieser **„Anfang"** ist nicht nur der zeitliche Beginn. Die Lateiner gaben das grie Wort „archæ[9]" mit „principium" wieder. Wir kennen das Wort als Lehnwort „Prinzip[10]". „Was von Anfang war", das ist nicht nur das „Anfängliche", sondern auch das „Prinzipielle", das Grundlegende, Ursprüngliche, Wesentliche[11]. Es ist das, was „vor Grundlegung der Welt" da war und allem Dasein zugrunde liegt. Gerade dies müßten wir kennen und haben, um uns und unser Dasein recht verstehen und wahrhaft erfüllen zu können. Aber **„was von An-**

[8] Diesen vermeidet er in seinem 2. und 3. Brief ebenso wie im ganzen Evangelium.

[9] Die grie Sprache kennt zwei verschiedene Buchstaben für „e". Der eine bezeichnet, wie hier in „archæ", ein langes, nach „ä" hin auszusprechendes „e", das wir mit „æ" wiedergeben. Wo der Leser dagegen in einem grie Wort ein „e" findet, muß er es als kurzes, klares „e" aussprechen.

[10] Es ist nicht unwichtig zu wissen, daß „archæ" auch die „Macht" bezeichnen kann, die „Macht" politischer Herrschaft, oder im Plural „die Mächte" der unsichtbaren Welt. Vgl. Rö 8, 28; Eph. 1, 21; 3, 10; 6, 12; Kol 1, 16; 2, 15.

[11] Vgl. den Sinn des Wortes „Anfang" in Ps 111, 10; Jes 41, 4; Mt 19, 4; 19, 8; Kol 1, 18; 2 Th 2, 13; Hbr 1, 10; 12, 2.

fang war", ist für uns nicht mehr sichtbar. Es ist verdeckt und verhüllt und uns entzogen[12]. Viele Denker suchten es, aber sie fanden und finden es offensichtlich nicht[13]. Darum gibt es auch keine Gewißheit über das Wesen der Dinge, über Sinn und Ziel der Welt und des Menschenlebens. Johannes nennt das, **„was von Anfang war"**, am Schluß des Satzes **„das Wort des Lebens"**. Es ist das lebendige Wort, aus dem das Leben spricht und das deshalb das Leben bringt. Wer dies „Wort" annimmt, der hat fortan teil am wesenhaften Leben.

Und nun kommt die apostolische Botschaft und schenkt uns dies, **„was von Anfang war"**. Wir verstehen, daß Johannes sich nicht mit Absender und Anschrift und Gruß aufhält, wenn er dies Ungeheure zu sagen hat: W i r kennen, **„was von Anfang war"**, wir bezeugen und verkündigen es euch, damit auch ihr daran Anteil habt und davon leben könnt.

Aber wie ist das möglich, daß die Apostel der Menschheit das bringen können, was alle Weisen der Welt nicht fanden? Sind sie größere und tiefere Denker? Haben sie besondere Methoden entwickelt, um bis zu jenem „Ursprünglichen" durchzudringen und sich seiner zu bemächtigen? In der Umgebung des Johannes und der ihm anvertrauten Gemeinden gab es einflußreiche Männer, die gerade solche Fähigkeiten und Leistungen von sich rühmten und damit bis in die Gemeinden hinein Eindruck gemacht und Einfluß gewonnen haben[14]. Johannes weist alle solche Wege zu dem, **„was von Anfang war"**, ganz und gar zurück. Er und seine Mitapostel haben auf total andere Weise gefunden, was sie der Gemeinde (und also auch uns heute!) geben. Es ist von Gott her etwas geschehen, wovon sofort der nächste Vers sprechen wird. **„Was von Anfang war"**, ist aus seiner Verhüllung hervorgetreten. Es wurde **„offenbar"**. Und nun ist es das, **„was wir gehört, was wir gesehen haben mit unsern** (eigenen) **Augen, was wir schauten und unsere Hände betasteten."** Darum können diese **„wir"** es **„verkündigen"**, als reines Geschenk, das ihnen widerfahren ist, ohne irgendwelche Leistungen.

[12] Johannes spricht es hier nicht aus, er weiß es aber wie alle biblischen Zeugen, daß ein Urfall entstellte, was in der Schöpfung Gottes ursprünglich zum Ausdruck kam.

[13] Goethe hat dieses Suchen und Sehnen in seinem Dr. Faust dargestellt: „Daß ich nicht mehr mit saurem Schweiß / zu sagen brauche, was ich nicht weiß; / daß ich erkenne, was die Welt / im Innersten zusammenhält, / schau alle Wirkungskraft und Samen / und tu nicht mehr in Worten kramen."

[14] Wir fassen diese Männer unter dem Kennwort „Gnostiker" zusammen. Über die „Gnosis" vgl. Einleitung S. 14 ff. Unser Brief wird immer wieder mit großer Schärfe warnend und abwehrend von den Gnostikern sprechen. Johannes wird schon in den ersten Sätzen seines Briefes die Gnosis mit im Blick haben.

Johannes faßt sich gerade jetzt in seinen Aussagen mit den andern Apostel zusammen in einem „**Wir**[15]". Es geht nicht um seine Person, nicht um besondere, rein persönliche Erfahrungen, die gerade nur er gemacht hätte. Er wußte schon als Israelit, daß das Zeugnis eines einzelnen nicht galt und nicht gelten kann (5 Mo 19, 15; 17, 6). Erst das übereinstimmende Zeugnis von wenigstens zwei oder drei Männern stellt einen Tatbestand gültig fest[16].

Und eben um Tatsachen und Tatbestände geht es in der apostolischen Botschaft, im radikalen Unterschied zu allen eigenen Gedanken, philosophischen Spekulationen, mystischen Erlebnissen und religiösen Visionen. Es sind Tatsachen einer vollen, geschichtlichen Wirklichkeit, die den Aposteln entgegen traten und von denen sie sich so überzeugten, wie man das mit Tatsachen immer tut. Sie waren zu Jesus gekommen, zu dem geschichtlichen Menschen Jesus. Sie hatten ihn „**gehört**", wieder und wieder. Sie hatten ihn in jahrelangem Umgang „**gesehen**", ja, „**handgreiflich**" war er mit ihnen zusammen gewesen. Sie waren Ohren-, Augen- und Handzeugen Jesu. Schroffer kann man von dieser Zeugenschaft nicht sprechen, als es Johannes hier tut[17].

Und dann erkannten die Apostel in dem, den sie hörten und sahen und mit Händen anfaßten, „**das Wort des Lebens**". In seiner Evangeliumsschrift wird Johannes sagen: „Wir sahen seine Herrlichkeit, eine Herrlichkeit als des eingeborenen Sohnes Gottes, voller Gnade und Wahrheit." In dem Menschen Jesus war „**das Wort des Lebens**" in aller Tatsächlichkeit in die Welt gekommen. „Das Wort ward Fleisch und wohnte unter uns" (Jo 1, 14). Noch vor allem „Anfang" der Welt sprach Gott sein inneres Wesen aus. Er stellte dieses „Wort", in dem er sich aussprach, sich selbst gegenüber als eine „Person". Dieses „Wort", das Gottes eigenes Wesen in sich trägt, wird darum auch „der Sohn" genannt. Als Wort des lebendigen Gottes ist es „**das Wort des Lebens**". Es ist schon im „Anfang" bei Gott, und die Schöp-

15 Da Johannes an andern Stellen des Briefes sehr bestimmt in der Einzahl sprechen kann, z. B. 2, 1. 7. 12. 26; 5, 13, wird das „wir" im Anfangssatz nicht ein bloßer „Plural der Bescheidenheit", sondern ernst gemeint sein. Das würde von der Sache her auch dann zutreffen, wenn er als der letzte der Apostel noch am Leben wäre. Es ist aber nicht gesagt, daß Johannes diesen Brief erst im hohen Alter geschrieben hat. Gerade der erste Satz des Briefes mit seinem „wir" legt es nahe, daß Johannes seinen Brief an die Gemeinden richtete, als noch andere lebten, die mit ihm in Jesus das Wort des Lebens gesehen und gehört hatten.

16 So hat auch Paulus das Zeugnis von der Auferstehung Jesu angesehen und ausdrücklich festgestellt: „Es sei nun ich oder jene: so predigen wir, und so habt ihr geglaubt" (1 Ko 15, 11).

17 Bei manchen Theologen nützt freilich diese Schroffheit der Aussagen nichts. Es wird trotzdem behauptet, der Schreiber des Briefes gebrauche diese Aussagen nur als Bilder

fung der Welt geschah durch dieses „Wort“[18]. Und dieses **„Wort des Lebens“** ist in Jesus in die von Gott abgefallene Welt gekommen und gibt der Welt das Leben (Jo 6, 33). Darum ist in Jesus das, **„was von Anfang war“**, wieder unter uns da, hörbar, sichtbar, greifbar. Was überall vergeblich gesucht wurde, in Jesus ist es zu finden. Nun besitzen die einfachsten Glieder der Gemeinde Jesu das, wonach die großen Denker vergeblich geforscht haben. Johannes wird das in Kap 2, 12–14 den „Vätern“ in der Gemeinde, aber im Grunde doch allen an Jesus Glaubenden mit tiefer Freude zusprechen.

Was von Anfang war, ist nun mit Händen zu greifen. Aber wie ist 2
das möglich? Hier ist etwas Ungeheures geschehen. Johannes muß seinen Satz unterbrechen, um erst einmal die „frohe Botschaft“ von diesem Geschehen mit innerem Jubel zu rufen: **„und das Leben wurde offenbar, und wir haben gesehen und bezeugen und verkündigen euch das Leben, das ewige, das beim Vater war und uns offenbar wurde.“**

Das Leben wurde **„offenbar“**. Seit dem Sündenfall war es „verborgen“, verhüllt, nicht zu finden. Nun trat es in Jesus hervor und kann „gehört“, „gesehen“ und „ergriffen“ werden. Wie geht das jeden Menschen an! Mag das, „was von Anfang war“, nur tiefer fragenden und forschenden Geistern wichtig sein, nach dem „Leben“[19] verlangt sicherlich alles, was Menschenantlitz trägt. Alle kennen dieses Rätsel unseres Menschseins, daß wir wohl „leben“ (im Sinne von „bios“) und doch fort und fort nach dem wahren, eigentlichen „Leben“ („zoæ“) fragen müssen, weil wir es offenkundig nicht besitzen. Welche Versuche haben die Menschen auf allen Lebensgebieten gemacht, um zum „Leben“ zu gelangen. Wie geht das Sehnen nach „Leben“ durch alle Dichtungen der Welt. Und hinter den Irrwegen und Sündenwegen der Menschen steht oft ein verzweifeltes Verlangen, hier endlich das ersehnte „Leben“ zu finden. Durst nach Leben, dem wirklichen Leben, treibt die Menschen um. Gerade dieses „wahre“, „eigentliche“, „erfüllte“ Leben meint Johannes, wenn er es **„das ewige“** nennt.

für ein inneres geistiges Erfassen Jesu, wie jeder Christ in jeder Generation es habe. Aber diese Meinung scheitert an der Tatsache, daß sich in den Sätzen des Briefeinganges die „Wir“ als die gebenden und verkündigenden Zeugen den „Ihr“ entgegenstellen, die auf das Hören und Empfangen des Zeugnisses angewiesen sind und erst darin auch ihrerseits den Anteil am Wort des Lebens bekommen.

[18] Jo 1, 1–4. Vgl. die Auslegung an dieser Stelle in der W. Stb.

[19] Die grie Sprache hat zwei ganz verschiedene Worte für „Leben“. Als „bios“ (vgl. Biologie) bezeichnet sie jenes kreatürliche Leben, das auch schon Pflanze und Tier besitzen. Hier aber steht im Text das Wort „zoæ“, das von vornherein über das rein biologische hinausgeht und im NT auch ohne besondere Hinzufügung das „eigentliche“, „göttliche“ Leben meint. Vgl. das Stichwort „Leben“, im Theologischen Begriffslexikon, R. Brockhaus Verlag.

Es geht dabei nicht um eine ewige Dauer als solche, die als „ewige Verlorenheit", als „ewiger Tod" gerade etwas Furchtbares sein könnte. Es geht um ein Leben, das in seinem Wesen so ist, daß es die ewige Dauer aushalten kann[20].

Johannes gebraucht für „ewig" das Wort „äonisch". Es wird für uns wertvoll sein, darauf zu achten. Denn „ewig" ist – zum mindesten für uns – ein abstrakter, philosophischer Begriff, der den Eindruck starrer und leerer Zeitlosigkeit erweckt. Das aber meint die so konkret und leibhaftig denkende Bibel gerade nicht! Wohl kann „Äon" auch einfach die uralte Vergangenheit und die ganz ferne Zukunft bezeichnen. Doch auch da ist eine konkrete Fülle und nicht abstrakte „Zeitlosigkeit" gemeint. Inzwischen war es im jüdischen Raum üblich geworden, den ganzen jetzigen Weltlauf als den „gegenwärtigen, argen Äon" (Gal 1, 4) zu bezeichnen und ihm den neuen, kommenden „Äon" entgegen zu stellen. „Äonisches Leben" kann von daher das Leben meinen, das dem kommenden Äon angehört, das „Leben der zukünftigen Welt", wie die Kirche im Nicänischen Glaubensbekenntnis sagt. „Ewig", „äonisch" ist auf jeden Fall keine Quantitätsbezeichnung, sondern ein Qualitätsbegriff. „Ewiges Leben" ist wahres, erfülltes, göttliches Leben, das als solches dann freilich auch der Vergänglichkeit und dem Tode entnommen ist und unerschöpflich dauert[21].

Nach dem, war wir uns in der Einleitung S. 12 f über die besondere Schreibweise des Johannes klarmachten, werden wir gut tun, von Kap 3, 14 und 4, 7 f aus jetzt schon zu bedenken, daß für Johannes dieses wahre, „äonische" Leben im „Lieben"[22] besteht. Die Sätze 1, 2: „das Leben wurde offenbar" und 4, 9: „die Liebe Gottes wurde offenbar" sind völlig parallel. Das ist sofort wieder ein entscheidender und tief in das Leben eingreifender Gegensatz gegen die Gnosis. Nicht in irgendwelchen geheimnisvollen Qualitäten, nicht in hohen Geistes-

[20] Wie wenig tun das auch unsere schönsten irdischen Lebensinhalte! Man stelle sich nur einmal einen ewigen Frühling vor, bei dem auch nur ein volles Jahr lang ein strahlender Frühlingstag dem andern folgte und fort und fort die Bäume im Blütenschnee stünden. Wer ertrüge das? Ewiges Leben muß schon „ganz anders" sein.

[21] „Ewigkeit" ist nicht „Zeitlosigkeit", sondern „Zeiterfüllung".

[22] Wieder ist es so, daß die grie Sprache reicher an unterschiedlichen Bezeichnungen ist als die deutsche. Was nennen wir nicht alles „Liebe"! Der Grieche aber nannte das begehrende, an den Werten des andern sich entzündende Lieben „Eros" (Erotik). Im Unterschied dazu greift das NT das damals seltene Wort „agapæ" (Vgl. die Anm. 9) auf. Es wird in ihm vor allem von der Liebe Gottes gebraucht und dadurch konkret geprägt. Diese eigentliche Liebe ist — um mit Luther zu reden — nie „geschöpfte", aus ihrem Objekt gewonnene Liebe, sondern „quellende" Liebe, die als „Liebe" gar nichts anderes kann als — „lieben". Gott ist solche „agapæ". Darum besteht auch das „göttliche", „ewige" Leben in solchem „Lieben".

gaben dokumentiert sich das „Leben". Wir sind aus dem Tode in das Leben gekommen, wenn wir „lieben". Wer nicht liebt, bleibt im Tode, auch wenn er noch so geistreiche Erkenntnisse („Gnosis") hat und noch so wunderbare mystische Erlebnisse aufweisen kann[23]. Die Liebe ist aber auch das, „was von Anfang war", weil Gott Liebe ist und die Welt aus Liebe und zur Liebe geschaffen hat. In der Liebe werden Sinn und Ziel alles Daseins sichtbar. In der „Liebe" wird das „ewige Leben" konkret und anschaulich.

Dieses Leben war verborgen, es war „beim Vater". Johannes sagt uns nichts darüber, ob dieses Leben – in Jo 1, 4 wird es als „das Licht der Menschen" bezeichnet – ursprünglich den Menschen gehörte und ihnen erst infolge des Sündenfalles entzogen wurde oder ob es erst nach der bestandenen Gehorsamsprobe am Baum der Erkenntnis den Menschen als Frucht vom „Baum des Lebens" zuteil werden sollte. Johannes steht voll erfüllt in der Gegenwart. Und hier ist es eine unbestreitbare Tatsache: das wahre, erfüllte Leben, so intensiv es gesucht und begehrt wurde, kannte niemand. Nun aber ist es uns **„offenbar"** geworden. Welch eine einzigartige Botschaft!

Johannes kann sich gar nicht genug tun, den tiefen Unterschied der 3
apostolischen Verkündigung von der Art der „Gnosis", von der Art philosophisch-religiöser Weltanschauung, hervorzuheben. Er nimmt seinen ersten Satz erneut auf und wiederholt noch einmal die Versicherung: **„Was wir gesehen und gehört haben, verkündigen wir auch euch."** Ein Apostel verfügt nicht über die „Erkenntnis" aufgrund seiner eigenen Denkarbeit. Er berichtet auch nicht von „Schauungen" geheimnisvoller Art, die er gehabt hat[24]. Nein, Apostel verkündigen das, was sie in realer Weise in geschichtlichen Tatsachen **„gesehen und gehört haben"**. Das wird durch die Voranstellung des „Sehens" an dieser Stelle noch unterstrichen.

Diese apostolische Verkündigung bei den Empfängern des Briefes ist schon früher grundlegend geschehen. Johannes redet sie vielfach

[23] Johannes ist auch hier einig mit dem Apostel Paulus, dem genauso alles andere – die Sprachengabe, das Wissen um alle Geheimnisse, alle Erkenntnis und sogar Berge versetzender Glaube – wertlos ist, wenn die Liebe fehlt. Sie allein ist das Bleibende, das niemals hinfällt (1 Ko 13, 1–3. 8). Die Liebe ist die grundlegende Frucht des Geistes (Gal 5, 22), und eine Gemeinde ist trotz der stärksten geistlichen Bewegtheit für das Urteil des Apostels doch „kindisch und fleischlich", wenn in Eifersucht und Zank der Mangel an Liebe sichtbar wird (1 Ko 3, 3).

[24] Solche „Gesichte" konnte freilich auch ein Apostel wie Paulus haben. Aber es ist bezeichnend, daß Paulus daraus nie einen Stoff seiner Verkündigung gemacht hat, sondern von ihnen nur notgedrungen in 2 Ko 12, 1 ff spricht, offensichtlich, um sich gegen Vorwürfe der Korinther zu verteidigen. Vgl. dazu die Auslegung der W. Stb.

als „Kinder" oder „Kindlein" an; er ist darum wohl in weitem Umfang ihr geistlicher „Vater". Ausdrücklich versichert er in 2, 21, daß er ihnen nicht schreibe, als wüßten sie die Wahrheit noch nicht. Sie sind Christen. Die Gemeinde oder die Gemeinden, an die der Brief geht, bestehen offensichtlich schon längere Zeit, so daß sich frühere Gemeindeglieder aus ihnen absondern und zur „Gnosis" übergehen konnten (2, 19). Aber gerade um solcher Vorgänge willen haben die Gemeinden neue Verkündigung nötig, die sie klärt und stärkt. Darum spricht Johannes von seinem Verkündigen im Präsens. Er weist nicht auf seinen früheren Dienst zurück: „wir haben es euch verkündigt", sondern sagt: **„Wir verkündigen es auch euch."** Das „auch" ist hier textlich umstritten[25]. Wenn Johannes es hier aber geschrieben hat, dann sieht er seine fortlaufende Verkündigung als Apostel vor sich und nimmt den Brief, den er jetzt an bestimmte Gemeinden schreibt, mit in diese umfassende Verkündigung hinein[26]. „Auch" ihnen verkündigt er, die als Glaubende ebenso fort und fort der apostolischen Botschaft bedurften. Der Glaube ist kein ruhender Besitz, den man einmal ergreift, um ihn dann unangefochten zu haben. Die Empfänger des Briefes stehen in Anfechtung. Sie sollen von der einfachen apostolischen Verkündigung losgemacht und zu neuen, „höheren" Erkenntnissen geführt werden. Darum erfüllt Johannes mit großem Ernst und ganzem Einsatz seinen Zeugenberuf an ihnen.

Er hat dabei ein klares Ziel: **„Damit auch ihr Gemeinschaft habt mit uns."** Das „Sehen" und „Hören" (und „Betasten") war nur Johannes und den andern Zeugen zuteil geworden, nicht den Gemeinden der Asia und erst recht nicht uns heute. Aber die Apostel ziehen uns mit ihrem Verkündigen in ihre **„Gemeinschaft"**. Das hier stehende Wort „koinonia[27]" bezeichnet die „Anteilhabe". Was zunächst nur der Apostel als Offenbarung des Lebens empfangen hat, das „teilt" er nun mit uns[28], so daß auch wir den vollen „Anteil" daran bekommen. Die Glaubenden haben das Leben, das ewig ist, nicht weniger als die Apostel. So hat Johannes am ersten Abschluß seines Evangeliums ausdrück-

[25] Das „kai = auch" fehlt in den Handschriften der Koine.

[26] In seiner „Offenbarung" und in seinem „Evangelium" spricht er zu allen Gemeinden in der Welt, auch zu uns heute. Vielleicht dachte Johannes daran, daß auch sein Brief noch von vielen gelesen werden könne, auch von solchen, die die Botschaft noch nicht kannten.

[27] Vgl. Theol. Begriffslexikon S. 495.

[28] Das ist die apostolische Liebe, wie sie genauso auch Paulus kennt. Von der Arbeit an den Thessalonichern sagt er, er und seine Mitarbeiter seien willig gewesen, ihnen mitzuteilen nicht allein das Evangelium Gottes, sondern auch das eigene Leben, weil sie Geliebte für sie geworden waren. Diese Liebe stiftet volle Gemeinschaft und macht die Apostel zu Gehilfen der Freude, während die gnostischen Lehrer anspruchsvoll und herrisch waren (1 Th 2, 8; 2 Ko 1, 24; 11, 20).

lich gesagt: „Diese (Zeichen) aber sind geschrieben, daß ihr glaubet, Jesus sei der Christus, der Sohn Gottes, und daß ihr durch den Glauben das Leben habet in seinem Namen" (Jo 20, 31).

Die „Gemeinschaft" zwischen dem Apostel und den Gemeinden besteht schon länger. Johannes schreibt darum nicht: Wir verkündigen euch, damit ihr Gemeinschaft mit uns „bekommt". Aber diese Gemeinschaft ist ein Stück bedroht. Wieder kann uns das an den Vorgängen in Korinth anschaulich werden. Die beiden Korintherbriefe zeigen uns, wie den neuen Männern in Korinth alles daran lag, die Gemeinde von Paulus, ja, von den Aposteln überhaupt, zu lösen[29]. Die Gemeinde, an die Johannes schreibt, soll die volle **„Gemeinschaft"** mit dem Apostel aufs neue **„haben"** und bewußt gegen alle Antastung festhalten.

In dieser **„Gemeinschaft mit uns"** haben die Gemeinden nicht etwa eine persönliche Verbundenheit nur mit dem Apostel. Was durch die apostolische Botschaft entsteht, das sind Gemeinden der Glaubenden, die selber ganz ebenso wie die Apostel in Gott ihren Vater haben und in seinem Sohn Jesus Christus ihren Herrn, ihren Erretter, ihr Leben und die Hoffnung der Herrlichkeit. **„Unsere Gemeinschaft aber ist mit dem Vater und mit seinem Sohn Jesus Christus[30]."**

Johannes schließt den Briefeingang mit einem kleinen Satz, dessen 4
Wortlaut in den Handschriften nicht ganz sicher ist. **„Und dies schreiben wir, damit unsere Freude erfüllt sei."** Die Handschriften der Koine haben statt des betonten „wir" ein „euch"[31]; und einige Handschriften schreiben anstatt **„unsere Freude"** vielmehr „eure Freude". Diese letztere Abweichung ist die inhaltlich wichtigere. Aber ihre Bezeugung ist nicht stark genug. Es ist viel verständlicher, daß Abschreiber meinten, es müsse sich um die Freude der Briefempfänger handeln, die erfüllt wird, wenn sie den Brief ihres Apostels lesen. Aber Johannes wird betont haben, daß er sein apostolisches Mitteilen nicht widerwillig tut. Nein, er hat Freude daran, ja, seine Freude ist darin zu ihrer ganzen

[29] Vgl. besonders 1 Ko 1, 12 „die Christus-Partei", 4, 18 und den ganzen 2. Korintherbrief.

[30] Wie das möglich ist, erörtert und erklärt Johannes nicht. Es ist freilich ein Wunder, das Jesus selbst als etwas Kostbares hervorgehoben hat (Jo 20, 29) und vor dem auch Petrus staunend steht (1 Pt 1, 8), aber es ist die unleugbare Tatsache seit 1900 Jahren. Die glaubende Gemeinde lebt ganz von dem apostolischen Zeugnis im NT und hat doch eigene selbständige Gewißheit. Sie liebt den Herrn, den sie im Unterschied zu den Aposteln nie „gesehen" hat. Es ist das Wunder des Heiligen Geistes, der diese Gewißheit in ihren Herzen schafft (1 Ko 2, 10—12).

[31] Das betont hervorgehobene „wir" fällt auf. Es liegt an dieser Stelle kein Grund vor, zu betonen, daß gerade „wir" es sind, die schreiben. Andererseits ist schwer zu erklären, warum ein Abschreiber ein „euch" in ein „wir" geändert haben sollte, während das „euch" als einfacher und bequemer eine spätere Textverbesserung darstellen kann.

Fülle gekommen. Wir können das wohl verstehen. Menschen zum wahren, ewigen Leben zu führen und sie darin zu erhalten, das **„erfüllt"** bei aller Mühe und allem Kampf doch **„unsere Freude"**.

Wenn wir auf den „Eingang" des Briefes noch einmal zurückblicken, so merken wir, daß nicht nur die Form des Schreibens bei Johannes anders ist als bei Paulus, sondern auch der Inhalt der Botschaft ist in anderer Weise gesehen. Johannes geht von der brennenden Frage nach dem „Leben" aus, wie sein Brief auch mit dem Blick auf das „Leben" schließen wird. Daß es dieses wahre Leben nicht ohne das „Blut des Sohnes Gottes", nicht ohne die Versöhnung am Kreuz geben kann, das ist für Johannes ganz gewiß. Er wird davon sogleich in 1, 7; 2, 2 sprechen. Aber im Vordergrund steht ihm die Tatsache, daß „das Leben" in diese Todeswelt gekommen und in ihr offenbar geworden ist. Das entspricht ganz dem Zeugnis des Evangeliums, wie Johannes es erfaßt hat. Dort kann das „Gekommensein" des Sohnes schon das grundlegende Heilsgeschehen sein und darum seine Erkenntnis und der Glaube an ihn schon das Heil für den Menschen. Darum sind die „Ich-bin"-Worte im „Evangelium nach Johannes" ganz wesentlich. Was Jesus in Person „ist", ist das Entscheidende. Seine Worte und seine Taten fließen aus diesem „Sein" und verwirklichen das, was er „ist". Darum ist die Tatsache: „Das Leben wurde offenbar" die Grundlage für alles, was Johannes der Gemeinde zu sagen hat. Ebenso grundlegend sagt Paulus im Eingang seines Römerbriefes: „Gerechtigkeit Gottes wurde offenbar" (Rö 1, 17). Die beiden Aussagen widersprechen einander nicht. Sie sehen das Offenbarungsgeschehen je von einer anderen Seite und gehören eng zusammen. Nur errettete Menschen in der Gerechtigkeit Gottes haben das wahre Leben. Die Gemeinde Jesu aber darf sich an beiden Boten Gottes, an Johannes wie an Paulus, freuen und den Reichtum des ganzen NT mit tiefem Dank sich aneignen. Für ihren Dienst wird sie mit Freude von Johannes lernen, daß die Christusbotschaft die Antwort auf die in allen Menschen lebende Frage nach dem „Leben" ist. Die Gemeinde braucht sich des Evangeliums nicht zu schämen: es ist die einzige und wahre Erfüllung dieser Frage und Sehnsucht.

WANDEL IM LICHT

1 Johannesbrief 1, 5 – 2, 2

5 **Und es ist dies die Kunde, die wir gehört haben von ihm her und**
euch verkündigen: Gott ist Licht, und Finsternis gibt es keine in
6 **Ihm. * Wenn wir sagen, daß wir Gemeinschaft haben mit ihm und**
(doch) **in der Finsternis wandeln, so lügen wir und tun nicht die**
7 **Wahrheit. * Wenn wir aber in dem Licht wandeln, wie er selbst**
im Licht ist, haben wir Gemeinschaft untereinander (oder: mit ihm),
und das Blut Jesu, seines Sohnes, reinigt uns von jeder Sünde.
8 *** Wenn wir sagen: Sünde haben wir nicht, so führen wir uns**
9 **selbst in die Irre, und die Wahrheit ist nicht in uns. * Wenn wir**
unsere Sünden bekennen, treu ist er und gerecht, daß er uns die
10 **Sünden vergibt und uns reinigt von jeder Ungerechtigkeit. * Wenn**
wir sagen: Wir haben nicht gesündigt, zum Lügner machen wir
2,1 **ihn, und sein Wort ist nicht in uns. * Meine Kindlein, dies schreibe**
ich euch, damit ihr nicht sündigt. Und wenn jemand sündigt, haben
wir einen Fürsprecher bei dem Vater, Jesus Christus, den Gerech-
2 **ten. * Er selbst ist die Versöhnung für unsere Sünden, nicht für die**
unseren aber allein, sondern auch für die ganze Welt.

zu Vers 5:
1 Jo 3, 11
Jak 1, 17
zu Vers 6:
1. Jo 2, 4. 9. 11
Jo 3, 21
zu Vers 7:
1 Jo 1, 3
Jo 17, 21
Hbr 9, 14
Offb 1, 5
7, 14
zu Vers 8:
1 Jo 2, 4
Spr 20, 9
zu Vers 9:
1 Ko 10, 13
Ps 32, 3–5
Spr 28, 13
zu Vers 10:
1 Jo 5, 10
Rö 3, 10–18
Kap 2, 1–2
zu Vers 1:
Rö 6, 1. 2
8, 34
Hbr 7, 24 f
Offb 3, 4. 5
22, 14
zu Vers 2:
2 Jo 4, 10
Jo 1, 29
3, 14–16
11, 51 f
Rö 3, 25
Kol 1, 20

Wenn wir nun in die Lektüre des Briefes selbst eintreten, merken wir schnell, daß nicht nur der Briefeingang bei Johannes ganz anders ist als bei Paulus, auch der Fortgang des Briefes hat eine völlig andere Art[32]. Paulus läßt in seinen Briefen dem Eingangsgruß einen „Dank" folgen. Johannes setzt sofort in harter Kürze und Bestimmtheit mit dem ein, was ihm für das Gemeindeleben entscheidend ist: **„Und es ist dies die Kunde, die wir gehört haben von ihm her und euch verkündigen: Gott ist Licht, und Finsternis gibt es keine in Ihm."** Johannes begründet diesen mächtigen Satz nicht. Es geht um die **„Kunde"** einer Wirklichkeit. Und diese Kunde stammt **„von ihm her"**, von dem Einen, der von Gott kommt und Gott kennt und darum uns sagen kann, wie
es um Gott steht. Die Apostel haben es **„gehört"**, und die Gemeinde 5
hat es ihrerseits zu hören, wie es ihr von den Aposteln verkündigt wird. Johannes nennt Jesus hier so wenig wie in den ersten Sätzen des Briefes mit Namen. Gerade dadurch wird Jesus groß. **„Von ihm her"**

[32] Wir vergleichen dazu das in der Einleitung S. 11 näher Ausgeführte.

haben wir es gehört. Es gibt keinen andern neben **„Ihm"**. Jeder weiß, wer „er" ist[33]. Johannes führt aber auch keine bestimmten Herrenworte an, um seinen Satz zu beweisen. Jesus ist in seiner ganzen Person „das Wort", das uns die Kunde von Gott bringt. Aus allem, was Jesus war und sagte und tat, leuchtete diese **„Kunde"** hervor, daß **„Gott Licht ist"**. Es bedarf hier keines „Beweises" durch das Zitat einzelner Worte[34].

Es ist bezeichnend für Johannes, daß er die Ausdrücke „Licht" und „Finsternis" nicht erklärt. Er stellt sie in einfacher Mächtigkeit vor die Leser seines Briefes hin und erwartet von ihnen, daß sie selber wissen, was alles in diesen Worten liegt. Auch wenn Johannes hier ganz umfassend spricht, werden wir unserseits gut tun, die beiden Worte auch wieder nicht zu allgemein, zu abstrakt stehen zu lassen. Wir werden auch hier, vgl. Einleitung S. 12, an die Schreibart des Johannes zu denken und unserseits Verbindungen zwischen Aussagen des Apostels herzustellen haben, die Johannes selber nicht knüpfte. Wir blicken darum auf die parallel geformte Aussage: „Gott ist Liebe." Das kann nicht heißen: Gott ist einerseits „Licht" und ist anderseits „Liebe". Gott ist nicht vieldeutig oder zwiespältig. Nein, Gott ist „Licht" eben darum, weil er „Liebe" ist. Das „Licht", das er ist, ist kein hartes, kaltes Licht; es ist das Leuchten seiner Liebe. Aber wiederum ist gegen alle falschen Auffassungen von „Liebe" festzuhalten, daß Gottes Liebe ein lauteres, reines „Licht" ist.

Diese völlige Verbundenheit von **„Licht"** und „Liebe" läßt uns auch konkret verstehen, was mit der **„Finsternis"** gemeint ist, die es in Gott nicht gibt. Johannes will nicht leugnen, daß der Tag Gottes nach des Propheten Amos Aussage „Finsternis und nicht Licht sein kann" (Am 5, 18) und daß an Gottes Walten uns vieles sehr „dunkel" erscheinen mag. Aber Johannes hat entsprechend der Einheit von „Licht" und „Liebe" nun auch „Haß" und „Finsternis" verbunden (2, 11. 9). So wahr es in der „Liebe" unmöglich „Haß" geben kann, so unmöglich kann im „Licht" „Finsternis" sein. So hat Johannes Gott in Jesus erfahren.

Das zu erkennen, ist wichtig für uns. Es ist nicht „selbstverständlich", daß es in Gott keine „Finsternis" gibt. Menschliche Religionen

[33] Vgl. dazu auch die Stellen 2, 6; 3, 5. 7. 16; 4, 21. Johannes verwendet dabei statt des einfachen „er" gern ein „jener".

[34] Die direkte Aussage „Gott ist Licht" findet sich nur hier. Aber Jesus, der Offenbarer des Vaters, ist „das Licht": Jo 1, 5. 9; 3, 19; 8, 12; 9, 5; 12, 46; 12, 35 f. So muß auch der in ihm offenbarte Gott „Licht" sein. Anklänge an die „Lichtnatur" Gottes auch 2 Ko 6, 14; 1 Th 5, 5; 1 Pt 2, 9; Offb 21, 23; 22, 5. Schon im AT ist das „Licht" ein besonderes Bild für Gottes Wesen: Ps 4, 7; 36, 10; 44, 4; 89, 16; 104, 2; Jes 2, 5; 60, 1. 19; Da 2, 22.

und Weltanschauungen haben immer wieder versucht, auch alles Dunkel, das wir in der Welt finden, auf Gott zurückzuführen. Dann standen entweder „gute" und „böse", „lichte" und „dunkle" Götter einander gegenüber[35]. Oder es gab in Gott selber finstere Tiefen, die zu seinem unbegreiflichen Wesen gehören. Woher soll all das Dunkle in der Welt kommen, wenn es nicht in Gott, dem Schöpfer des Alls, seinen Grund hat[36]? Es mögen solche Gedanken in die Gemeinde eingedrungen sein und eine gewisse Anziehungskraft entfaltet haben. War es nicht geistvoll und tiefsinnig, so von Gott zu sprechen? Johannes formuliert dem entgegen (im Griechischen mit einer doppelten Verneinung), wie völlig ausgeschlossen es ist, daß sich irgend eine Finsternis in Gott findet[37]. Das ist befreiendes Evangelium! Wir brauchen nie zu fürchten, daß uns in Gott etwas Dunkles oder auch nur Zwielichtiges begegnet. Wie zwiespältig ist unser Wesen! Wie enttäuschen wir dadurch Menschen und machen wirkliches Vertrauen schwer! Unwillkürlich übertragen wir unser verdorbenes Bild auf Gott. Aber Gott ist anders! Wir dürfen ihm unser ganzes Vertrauen schenken, weil es in ihm nur reines Licht gibt[38]. Johannes bereitet mit dieser in sich selbst so einleuchtenden Aussage, daß es im „Licht" keine „Finsternis" geben kann, seine schroffen Sätze in 3, 6—9 vor. So wesenhaft unmöglich im „Licht" zugleich „Finsternis" sein kann, so unvereinbar ist das Bleiben in Jesus und das Geborgensein in Gott mit irgendwelcher Sünde. Das ist keine willkürliche und unnötig harte Bestimmung; das geht aus der Lichtnatur Gottes mit ganzer Notwendigkeit hervor.

In diese Richtung weist Johannes sofort im nächsten Vers. Die frohe, unser Vertrauen weckende Kunde, daß Gott lauteres Licht ist,
kann zum Gericht über uns werden. **„Wenn wir sagen, daß wir Ge-** 6
meinschaft haben mit ihm und (doch) **in der Finsternis wandeln, so lügen wir und tun nicht die Wahrheit."** Wir stoßen in diesem typisch johanneischen Satz auf ein **„Wenn wir sagen"**, das sich dann in V. 8—10 wiederholt. Gerade in der Gemeinde Jesu, die vom „Wort" lebt, wird viel **„gesagt"**. Aber es ist die schwerwiegende Frage an uns, wie

[35] So haben später Gnostiker in dem Gott des Alten Testamentes einen dunklen, grausamen „Welterbauer" gesehen, der die Menschen in quälender Gefangenschaft hält, aus der sie der wahre „gute Gott", der Vater Jesu Christi, befreit.

[36] Sehr bezeichnend dafür ist die Anschauungswelt Jakob Böhmes. Worte, wie Jes 45, 6 f: „Ich bin der Herr und sonst keiner mehr, kein Gott ist außer mir . . . der ich das Licht mache und schaffe die Finsternis, der ich Frieden gebe und schaffe Unheil", oder Amos 5, 18 könnten als Beweis dafür angesehen werden.

[37] Wohl aber gibt es den „Schatten seiner Flügel", den wir ebenso brauchen wie sein Licht.

[38] Ähnlich bezeugt es Jakobus in seinem Brief 1, 17.

sich unser „Sagen" zur Wirklichkeit unseres Lebens – die Bibel nennt das unsern „Wandel" – verhält. In allen drei Fällen zeigt Johannes auf ein „Sagen", das der Wirklichkeit widerspricht und darum „Lüge" ist. Welch tödliche Gefahr wird uns, gerade uns „Frommen", hier aufgezeigt.

Es ist aber dabei zu bedenken, daß bei Johannes die Worte „lügen" und „Lüge" den sachlichen, „objektiven" Gegensatz zur „Wahrheit" meinen. Ob uns dieser Gegensatz subjektiv bewußt wird, so daß wir wissentlich und willentlich uns selbst oder andere täuschen, ist erst eine zweite Frage. „Lüge" schließt nicht sofort ein „moralisches" Urteil ein. Wir können im Widerspruch zur „Wahrheit" stehen, ohne es recht zu merken. Erst, wenn uns der Widerspruch gezeigt wird und wir dennoch in ihm verharren, wird unser „Lügen" zu dem, was wir für gewöhnlich unter diesem Ausdruck verstehen[39].

Wir **„sagen, daß wir Gemeinschaft haben mit ihm"**. Diese Gemeinschaft mit ihm war uns in V. 3 als das Ziel der apostolischen Wirksamkeit gezeigt worden. Wir sollen diese Gemeinschaft mit ihm, der reines, lauteres Licht ist, haben. Gerade das wollte Johannes. In dieser **„Gemeinschaft mit Gott"** besteht wesentlich das „Christ-Sein". Aber nun kann etwas Erschreckendes geschehen. Johannes sieht es offenbar als Wirklichkeit in den Gemeinden. Christen behaupten, Gemeinschaft mit Gott zu haben, aber ihr **„Wandel"**, also ihr faktisches Leben, vollzieht sich **„in der Finsternis"**. Johannes macht diesen seinen Satz gerade dadurch so herausfordernd und wirksam, daß er ihn nicht „erklärt" und sich nicht in irgendeine Diskussion über ihn einläßt. Du selbst prüfe dein Leben! Vollzieht sich dein tatsächliches Leben „im Licht"? Oder wird es auf bestimmten Gebieten von dunklen Kräften und Gewalten bestimmt? Wir haben dabei besonders an das „Hassen" des Bruders zu denken, von dem Johannes noch mehrfach sprechen wird. „Haß" ist im besonderen Maße „Finsternis". Oder verbergen wir auch sonst Teile unseres Lebens vor Gott in einem Dunkel, in das wir uns flüchten? Eines, sagt Johannes, ist dann klar: wir „lügen", ob wir uns dessen bewußt sind oder nicht[40]. Wir mögen dann noch mancherlei „Wahrheiten" aussprechen, auch richtige, fromme und

[39] Vgl. dazu in unserm Brief besonders 2, 22 und die Auslegung dazu; auch das Stichwort „Lüge" im Theologischen Begriffslexikon" S. 919.

[40] „Lüge" wird zur „Heuchelei", wenn sie bewußt oder unbewußt dazu dienen soll, uns den Schein eines wertvollen und frommen Lebens zu geben. Es war von entscheidender Wichtigkeit, ob die Gemeinde Jesu von dieser Entstellung frei blieb, die Israel und seine frommen Kreise verdarb. Daher das tödliche Gericht, als „Heuchler" wie Ananias und Sapphira zum ersten Mal in der Gemeinde sichtbar wurden. Vgl. Apg 5, 1–11 und die Auslegung in der W. Stb.

biblische Wahrheiten; aber wir **„tun die Wahrheit nicht"**. Die **„Wahrheit"** ist dazu da, nicht nur „gewußt", sondern **„getan"** und „gelebt" zu werden. Die Frage nach dem „Tun" ist für Johannes unmittelbar gegeben. Leben ist ein unaufhörliches „Tun". Und dieses „Tun" wird entweder von der Wahrheit bestimmt, die uns in unserer realen Gemeinschaft mit Gott gegeben ist; dann **„tun wir die Wahrheit"**. Oder unser faktisches Leben widerspricht der Wahrheit, die wir kennen und von der wir reden, dann **„lügen"** wir in einer Weise, die gefährlicher ist als das, was wir im üblichen moralischen Sinn unter „Lüge" verstehen[41]. 7

„Wenn wir aber in dem Licht wandeln, wie er selbst im Licht ist." Johannes hält es für möglich, ja für das einfach Gegebene, daß wir **„im Lichte wandeln"**, daß das Licht von Gott her unser ganzes wirkliches Leben durchdringt und in das Licht stellt. Wir aber fragen erschrocken: Wenn wir im Licht wandeln, was wird dann aus uns? Wir kennen die ganze Realität der Sünde in uns. Im Licht wird sie sichtbar. Können wir uns mit ihr vor den andern sehen lassen? Zerbricht dann nicht die Gemeinschaft mit ihnen? Und können wir es vor Gott aushalten, im Licht zu stehen?

Johannes erwidert: Gerade dann **„haben wir Gemeinschaft untereinander** (oder: mit ihm), **und das Blut Jesu, seines Sohnes, reinigt uns von jeder Sünde."** Es geht bei dem Wandel im Licht nicht um „Sündlosigkeit". **„Im Licht wandeln"** meint nicht ein fleckenloses, göttliches Leben. In dieser Weise können wir jetzt nicht selber „Licht" sein; wir werden ihm dann erst gleich sein, wenn wir ihn sehen werden, wie er ist (3, 2). Aber **„im Licht"** können wir leben. Und wenn in dem alles durchdringenden Licht Gottes unsere ganze Sündhaftigkeit sichtbar wird, dann ist es zugleich die große Tatsache: **„Das Blut Jesu, seines Sohnes, reinigt uns von jeder Sünde."**

Nun steht Johannes ganz neben Paulus! Auch Johannes meint nicht, es gäbe für uns „ewiges Leben", das wir ohne weiteres von Jesus erhalten könnten. Johannes weiß genauso wie Paulus um die ganze Wirklichkeit und Macht der Sünde, die uns von Gott und damit vom Leben trennt. Darum spricht er sogleich von der Sünde. Mögen wir sonst nicht viel von unserer Sünde wissen oder sie sogar leugnen, wenn wir in das Licht Gottes kommen und Gemeinschaft mit Gott haben, dann wird die Sünde in ihrer Schrecklichkeit an uns offenbar. Was soll dann aus uns werden? Gibt es Hilfe für mich in meiner

[41] Jesus selber hat in Jo 3, 20 f und 12, 35 f auf diese entscheidenden Tatbestände hingewiesen. Der Satz des Johannes in unserm Brief hat für alle Zeiten, auch für uns heute, höchste Aktualität.

Sündhaftigkeit? Ja! Das ist die Mitte der Botschaft, die Johannes wie alle andern Apostel bringt. Es gibt ein Mittel, uns von Sünde zu befreien. **„Das Blut Jesu, seines Sohnes, reinigt uns von jeder Sünde."** Wieder erklärt und erörtert Johannes nichts, sondern stellt es als fundamentale Tatsache hin und erwartet von jedem Menschen, der mit „Sünde" zu tun hat, daß er bei dieser Botschaft aufhorcht. Und er mutet jedem Leser zu, daß er selber bedenkt, was dieses Blut für ihn bedeutet. Es vermag, was keine Wissenschaft, Technik, Kunst und Macht der Welt je erreichen kann: es vermag von Sünde zu reinigen. Gerade das aber ist es, was jeder Mensch nötiger als alles andere braucht. Hier wird der einzigartige, durch nichts anderes zu ersetzende Wert der Botschaft von Jesus sichtbar. Freilich, es ist darum auch in sich selbst etwas Erstaunliches und Unbegreifliches, was uns als Mittel „zur Reinigung von unserer Sünde" angeboten wird: Es ist **„das Blut des Sohnes Gottes"**. Wie kann einer, der „Gottes Sohn" ist, sein Blut vergießen im gewaltsamen Tod? Wie kann dieses Blut mich heute reinigen? Wie kann es mich so „reinigen", daß ich vor dem Gott, der Licht ist, hell und unbefleckt dastehe? Johannes geht auf solche Fragen nicht ein. Erfahre die tatsächliche Kraft dieses Blutes! Das ist entscheidend[42]. Johannes betont, daß es von **„jeder Sünde"** reinigt, nicht nur von einzelnen oder von leichten Sünden. Jeder darf jede Sünde, und sei sie noch so häßlich und böse, im Lichte Gottes offenbar werden lassen und dann die Reinigung in Jesu Blut finden. Welch eine Botschaft! Nur durch sie können wir wirklich „Gemeinschaft mit dem Vater und seinem Sohn Jesus Christus" und darin „äonisches Leben" haben.

Nun wird verständlich, warum Johannes sagt, daß gerade bei solchem Wandel im Licht auch die **„Gemeinschaft miteinander"** gewonnen wird. Zunächst scheint doch das Gegenteil wahr zu sein. Flüchten wir uns nicht gerade darum ins Dunkel, damit die andern nicht vor unsern Sünden erschrecken und uns von sich stoßen? Zerbricht nicht die Gemeinschaft da, wo Sünde ans Licht kommt? Aber da, wo wir die Wahrheit unseres Lebens verbergen, da i s t die Gemeinschaft schon zerstört. Da sind wir in Scheu und Befangenheit von den andern getrennt, empfindlich und mißtrauisch in unserer ganzen Hal-

[42] Das Blut Jesu, des Sohnes Gottes, spielte in der Gnosis keine Rolle. Ja, es war den Gnostikern fremd und unsympathisch. Auch in der modernen Theologie hört man davon nichts. E. Schrenk sagt in seiner Selbstbiographie: „Ist mir schon vorher das Blut Christi teuer gewesen, so war es mir von da an noch köstlicher und unentbehrlicher, mein Kleinod für Zeit und Ewigkeit, und wenn ich seither Strömungen sehe, in denen Christi Blut zurücktritt, so kommen sie mir vor wie Feuerwerk von Kindern." Karl Weber, E. Schrenk, S. 14.

tung. Dagegen kann es in andern ein wunderbares Vertrauen wecken, wenn wir es wagen, unser Leben im vollen Licht zu zeigen. Aber beachten wir auch dabei, es geht nicht um eine Zur-Schaustellung der Sünde als solcher, sondern um das Zeugnis von der Erfahrung der reinigenden Vergebung Gottes! Diese Erfahrung erschließt Herzen und führt zu einem offenen, freien und frohen Miteinander[43].

Ein zweites „Wenn wir sagen" ertönt. Johannes weiß, daß sich das 8
Menschenherz gegen diese Botschaft von „Sünde" und „Reinigung" wehrt. Das wurde besonders deutlich in den gnostischen Kreisen, kann aber auch in den Gemeinden selber sichtbar geworden sein. Das apostolische Wort von der „Sünde" ist wahrhaft herausfordernd und trifft den Menschen in seinem innersten Stolz. Zugleich ist der Mensch von Natur blind gegen sich selbst und seinen wahren Zustand[44], darum wehrt er sich gerade gegen dieses Zentrum der Botschaft. Johannes hat offenbar erfahren, daß diese Abwehr sich bis zu der Erklärung steigert: **„Sünde haben wir nicht."** So war es schon in Korinth gewesen: die Heirat mit der Stiefmutter, der Streit mit dem Bruder vor heidnischen Richtern, der Gang zur Tempeldirne – für die „Pneumatiker", die Geistesträger, war das alles nicht „Sünde". Es spielte sich in der Welt des äußeren, materiellen Lebens ab und berührte die geistliche Existenz nicht. Darum wurde in Korinth von gewissen Kreisen auch die Buße für „Unreinigkeit, Unzucht und Ausschweifung" verweigert (2 Ko 12, 21). Auch da wurde offenbar dem Ruf des Apostels zur Buße die Überzeugung entgegengehalten: **„Sünde haben wir nicht[45]."**

Johannes kann nur feststellen: **„Wenn wir sagen: Sünde haben wir nicht, so führen wir uns selbst in die Irre. Und die Wahrheit ist nicht in uns."** Es kann niemand in Wahrheit davon überzeugt sein, keine Sünde zu haben. Hier führen Menschen sich selber aktiv von der

[43] Einzelne, nicht unwesentliche Handschriften lesen in unserem Satz: „So haben wir Gemeinschaft mit ihm." Auch in der Handschrift, die Tertullian benutzte, stand der Satz in dieser Form. Aber die Bezeugung ist doch zu schwach. Sonst würde diese Aussage im Zusammenhang unseres Textes schon einen guten Sinn ergeben. Wer durch Jesu Blut gereinigt ist, der „lügt" nicht mehr, wenn er von seiner Gemeinschaft mit Gott spricht; er hat sie wirklich.

[44] Das wird besonders bei edlen und geistvollen Menschen immer wieder zu beobachten sein. Das Thema Sünde ist „peinlich", primitiv. Von Sünden spricht man nicht oder sieht sie nur als „Schwäche" an. Als I. Kant auf die Tiefe und Schwere der Sünde stieß und vom „radikalen Bösen" im Menschen schrieb, erregte er die Empörung der großen deutschen Dichter und Schriftsteller, mit Einschluß von Schiller, der bisher Kants Denken weitgehend gefolgt war. Goethe schrieb an Herder, Kant habe „seinen philosophischen Mantel freventlich mit dem Schandfleck des radikalen Bösen beschlabbert".

[45] Vgl. dazu die Darstellung der „Gnosis" in der Einleitung S. 15.

Wahrheit fort in die Irre hinein[46]. Die Gemeinde aber darf sich auf diesem unwahren Wege nicht mitziehen lassen[47].

9 Gefordert ist das Gegenteil dieses „Leugnens" der Sünde, nämlich das klare **„Bekennen"**. Darüber steht dann eine herrliche Verheißung: **„Wenn wir unsere Sünden bekennen, treu ist er und gerecht, daß er uns die Sünden vergibt und uns reinigt von jeder Ungerechtigkeit."** Das **„Bekennen"** steht hier wesentlich als Gegensatz zum Abstreiten und Verharmlosen der Sünde. Es wird darum über die Form dieses **„Bekennens"** nichts gesagt. Ob es nach der Meinung des Apostels nur vor Gott oder auch vor Menschen, in stiller Verborgenheit oder öffentlich geschehen soll, das erfahren wir nicht. Es ist für Johannes offenbar nicht wesentlich. Entscheidend ist das Eingeständnis, daß wir „Sünde haben". Es geht um unser offenes, durch nichts abgeschwächtes Bekenntnis zu unsern Sünden[48].

Johannes begnügt sich nicht damit, uns zu versichern, daß ein solches Bekennen das Vergeben Gottes bringt, wie es schon der Beter des 32. Psalms (V. 5) erfahren hat. Er formuliert erstaunlich: **„Gott ist treu und gerecht, daß er uns die Sünden vergibt."** Wir schreiben die Vergebung der Sünden eher der Barmherzigkeit Gottes zu und meinen, daß dabei von „Gerechtigkeit" gerade abgesehen wird. Aber kann Gott, der Herrscher und Richter der Welt, seine Gerechtigkeit zugunsten einer unbestimmten Barmherzigkeit beiseitelegen? Und wenn es geschähe, könnte der Schuldige je zu einer wirklichen Gewißheit der Vergebung kommen? Reicht die „Barmherzigkeit" so weit, daß sie auch meine schweren und immer wiederholten Sünden mit umfaßt? Wird bei mir nicht doch die vergeltende Gerechtigkeit ihres Amtes walten? Wenn es Heilsgewißheit für mich geben soll, dann muß meine Sache, die Sache meiner Sünde, in „Gerechtigkeit" zu meinem Heil entschieden werden. Darum hebt Johannes hervor: Gott ist **„treu und**

[46] Auch hier (vgl. dazu das zu V. 6 Gesagte) ist „Wahrheit" wieder „objektiv" zu verstehen. Das Leugnen der Sünde kann subjektiv mit dem Pathos der Wahrhaftigkeit geschehen, z. B. von tiefenpsychologischen oder anderen weltanschaulichen Meinungen aus.

[47] Dieser verführerische Zug zur Verharmlosung der Sünde wird sich in immer neuen Formen in der Gemeinde zeigen. Dazu kommt die gefährliche Neigung, die Sünden der Gotteskinder um der Vergebung und um der Liebe Gottes willen leicht zu nehmen, während man über die Sünden der Welt hart urteilt.

[48] Es kann freilich aber das ausdrückliche Nennen von konkreten Sünden vor einem menschlichen Zeugen eine besonders hilfreiche Form dieses „Bekennens" sein. Darum mahnt auch Jakobus die Leser seines Briefes: „Bekennt einer dem andern seine Sünde" (Jak 5, 16). Es ist aber beachtlich, daß wiederum ein Mann wie Spurgeon ein Bekennen von Sünde vor einem Menschen schroff zurückweisen kann. Dabei wird die Ablehnung der römischen Beichtpraxis mitwirken.

gerecht" im Vergeben[49]. **„Treu"** ist er, weil er zu seinen ausdrücklichen Verheißungen steht. Auf alle diese Verheißungen „ist in Jesus das Ja" (2 Ko 1, 20), gerade auch auf seine Verheißungen der Vergebung. Wenn ich mich auf diese Verheißungen verlasse, dann bin ich nicht überheblich oder in falscher Weise sicher, sondern ehre Gottes Treue. Diese seine „Treue"[50] steht als umfassender Wesenszug Gottes hinter jeder einzelnen Erfüllung einer Verheißung. Aber wieso ist Gott **„gerecht"**, wenn er Sünde auslöscht? Wir könnten das niemals denken und erfahren, wenn die Vergebung nur in einem „Spruch" Gottes bestünde. Sie liegt aber in einer Tat von blutigem Ernst und höchster Gerechtigkeit. „Gott hat den, der die Sünde nicht kannte, für uns zur Sünde gemacht, auf daß wir würden in ihm die Gerechtigkeit, die vor Gott gilt" (2 Ko 5, 21). Alle Sünde ist an dem Haupt der Menschheit, dem Christus als dem Stellvertreter aller Menschen, gerichtet und gestraft. Gott ist **„gerecht"**, wenn er nun die Sünde nicht zum zweiten Mal heimsucht an uns, wenn wir Jesus als unsern Stellvertreter im Glauben annehmen. Nun kann Johannes es umgekehrt aussprechen, daß es gerade unsere „Ungerechtigkeiten" sind, von denen diese „Gerechtigkeit Gottes" uns reinigt. Von Ungerechtigkeit reinigen, das ist wahrlich eine herrliche Tat der Gerechtigkeit Gottes! Kein Unrecht auf unserer Seite, obwohl es wirklich „Unrecht, Ungerechtigkeit" ist, schließt uns von der Reinigung aus, wenn wir nur in das Licht Gottes kommen und unsere Sünden bekennen. Aber bei dieser großen, alles umfassenden Zuversicht, werden wir den großen Preis nicht vergessen, um den allein uns dieses Wunder erkauft werden konnte: das Blut des Sohnes Gotts.

Aber weil es so ist, daß Gott uns von unseren Sünden mit diesem
äußersten Opfer rettet, darum gilt nun auch: **„Wenn wir sagen: Wir**
haben nicht gesündigt, zum Lügner machen wir ihn, und sein Wort ist 10
nicht in uns." Zum **„Lügner"** machen wir Gott dann nicht nur in seinem „Wort", sondern in seiner Kreuzestat! Gott gibt den Sohn hin, weil wir aus unserer Verlorenheit nicht anders und billiger zu retten

[49] Darum ist auch bei Paulus die Verkündigung der freien Gnade „Rechtfertigungsbotschaft". Es geht im Evangelium um „Gottes Gerechtigkeit", gerade wenn es um die Rettung des verlorenen Menschen geht (Rö 1, 17). Darum sagt Paulus mit Bedacht nicht, daß im Evangelium die „Liebe" oder die „Barmherzigkeit" Gottes offenbar wird, sondern seine „Gerechtigkeit".

[50] Im Grie und im Hebr hängt das Wort „treu" und „Treue" einerseits mit „Trauen, Glauben" und andererseits mit „fest, zuverlässig" zusammen. Darum sagen wir das hebr „amæn-Amen" zur Bestätigung dieses „Festseins" der Zusagen Gottes in seiner Treue. Das deutsche Wort „treu" wird mit dem englischen Wort für „Eichbaum" „tree" zusammenhängen; wer „treu" ist, ist „fest wie eine Eiche". Vgl. dazu auch das Theologische Begriffslexikon S. 565 ff und „Das Lexikon zur Bibel" Stichwort „Treue".

waren. Wir aber erklären dies für überflüssig, da wir nicht gesündigt hätten. Die neuen Lehrer, die die Gemeinde zu gewinnen suchen, stellen die Kreuzesbotschaft beiseite. Die Gemeinde muß begreifen, daß das keine harmlose Sache ist, kein bloßer Unterschied der Theologie und der „Ansichten", sondern daß hier **„Gott zum Lügner"** gemacht wird. Gott sagt in der Hingabe seines Sohnes: So schwer ist deine Sünde! Wir sagen: Nein, das ist nicht wahr! Der Sohn Gottes mußte gar nicht für uns bluten und sterben, so schlimm und verzweifelt steht es nicht mit mir[51]! Beachten wir die Steigerung! Jetzt „lügen" nicht nur wir selbst; jetzt „führen wir" nicht nur „in die Irre", jetzt stellen wir den als **„Lügner"** hin, der „Licht ist" und in dem es „keine Finsternis gibt"! Hier geschieht eine Gotteslästerung, die man kaum auszusprechen wagt. Wer aber leichtfertig von der Sünde redet und ihre Schwere leugnet, muß sich darüber klar werden, daß er dieser Gotteslästerung verfällt. Es ist dann deutlich: **„Sein Wort ist nicht in uns."** Es hat in uns keine Stelle gefunden, an der es haftet, es gleitet an uns ab, wir nehmen es nicht auf, es regiert nicht unser ganzes Denken über uns selbst und über Gott. Gottes Wort **„ist nicht in uns"**, selbst wenn wir gelernte biblische Worte schön auszulegen wissen.

2, 1 Wo die Botschaft von Gottes freier Gnade, von der völligen Auslöschung aller Schuld verkündigt wird, da naht sich uns Gefahr von einer andern Seite her. Verliert dann nicht die Sünde ihren bedrohlichen Ernst? Können wir uns ihrer Ansteckung nicht ruhig aussetzen, weil ja doch das Heilmittel sofort bereit ist? Johannes weiß, es ist keine bloß theoretische Gefahr, daß Christen um der vollen, „gerechten" Vergebung willen mit der Sünde leichtfertig umgehen[52]. Darum versichert er es jetzt nachdrücklich: **„Meine Kindlein, dies schreibe ich euch, damit ihr nicht sündigt."** Johannes erklärt das nicht näher. Er erwartet offenbar, daß es „seine Kindlein" selber verstehen. Wer das „gerechte Vergeben" Gottes nur am Kreuz und im Blut des Sohnes Gottes findet, kann unmöglich denken: Also ist das Sündigen nicht so schlimm, ich kann ruhig weiter sündigen. Er hätte dann niemals begriffen, was die Vergebung seiner Sünde gekostet hat. Der Apostel will es jedenfalls ausdrücklich feststellen: Das Ziel seiner Botschaft ist

[51] An diesem Punkt fallen bis heute letzte Entscheidungen. Jede Theologie, wie klug und fein und subjektiv ehrlich sie sein mag, die das Kreuz aus der Mitte rückt und nicht mehr „Wort vom Kreuz" sein will, steht unter diesem Gericht, daß sie Gott zum Lügner macht.

[52] Paulus steht nach den mächtigen, frohlockenden Aussagen am Schluß des 5. Kapitels seines Römerbriefes vor der gleichen Frage, die ihm seine Gegner höhnend vorhalten: „Sollen wir in der Sünde beharren, auf daß die Gnade desto mächtiger werde?" (Rö 6, 1). Mit Sorgfalt und Gründlichkeit antworten darauf das 6. und das 8. Kapitel des Römerbriefes.

das ernste und entschlossene Nein zur Sünde. Auch das Wort der Heilsgewißheit durch das vollbrachte Erlösungswerk am Kreuz soll der Gemeinde gerade dazu helfen, daß sie nicht sündigt, daß sie die Reinigung von jeder Ungerechtigkeit dazu benutzt, um der Sünde die ganze Absage zu geben.

Wird dann die Gemeinde „sündlos"? Ist diese „Sündlosigkeit" für den Apostel nicht das notwendige Ziel? Wir werden bei den Aussagen in 3, 6. 9 noch einmal auf diese Frage stoßen. Umso wichtiger ist es, auf das Wort des Apostels zu hören, mit dem er gerade hier – nach seiner Art ohne jede nähere Erklärung – fortfährt: **„Und wenn jemand sündigt . . ."** Das also kommt trotz des entschlossenen Nein zur Sünde offensichtlich vor. Ist nun alles zu Ende? Ist dieser „Jemand" nun nach 3, 8 abzuurteilen: „Wer Sünde tut, der ist vom Teufel?" Johannes sagt etwas ganz anderes: **„Und wenn jemand sündigt, haben wir einen Fürsprecher bei dem Vater, Jesus Christus, den Gerechten."** Es muß dann freilich nicht Jesus aufs neue für diese neuen Sünden gekreuzigt werden. Aber er tritt erneut und gegenwärtig bei dem Vater für uns ein als unser **„Fürsprecher"** oder „Anwalt". Er darf es, er hat Vollmacht dazu, weil er **„der Gerechte"** ist. Er ist dabei kein „Diener der Sünde" (Gal 2, 17). Seine Fürsprache hört der Vater. Wir aber müssen es schon bedenken, daß unsere Sünde die neue Fürsprache unseres Retters nötig macht[53]. Wir können auch als Errettete und Glaubende unsere etwaigen neuen Sünden nicht uns selbst vergeben. Wir können sie nicht als unwichtig übergehen. Es muß aufs neue unsere Sünde bekannt und unser Fürsprecher beim Vater gesucht und angerufen werden. Allerdings ist bei Johannes nicht der geringste Zweifel da, daß dies Eintreten Jesu für uns tatsächlich geschieht. Von einer Möglichkeit, daß es uns verweigert werden könnte, sagt er kein Wort[54].

Dieses Eintreten für uns gründet in dem, was Jesus selbst **„ist"**. 2
Johannes nimmt hier eine entscheidende Erkenntnis auf, die er in seinem Evangelium nachdrücklich bezeugt. Alles „Tun" geht aus einem wesenhaften „Sein" hervor. Jesus hat ganz gewiß die Versöhnung vollbracht. Sie ist sein „Werk", aber dies Werk ist nicht ablösbar von seiner Person. Es steht nicht als einzelne Leistung neben ihm selbst. Nein, **„er selbst ist die Versöhnung für unsere Sünden, nicht allein aber für die unseren, sondern auch für die ganze Welt"**. Er ist in sei-

[53] Auch Paulus weiß von diesem „Eintreten Jesu für uns" (Rö 8, 34). Der Hbr sieht gerade darin den Vollzug des priesterlichen Dienens Jesu (Hbr 7, 25).

[54] Allerdings ist hier auf das hinzuweisen, was der Apostel zum Schluß des Briefes hin über „Sünde zum Tode" in 5, 16 f schreibt. Doch ist auch dort nicht unmittelbar von der Verweigerung eines Eintretens Jesu die Rede; es wird nur den Gemeindegliedern von der Fürbitte abgeraten. Eine endgültige Entscheidung wird damit noch nicht gefällt.

ner ganzen Person selber **„die Versöhnung für unsere Sünden"**. Wenn wir zu ihm kommen, finden wir ihn ganz und gar als „unsere Versöhnung". Er war es nicht nur einst am Kreuz; er „ist" es auch jetzt und jederzeit[55].

Und Johannes, der so sehr weiß, wie alles nur den Glaubenden zuteil wird, hebt es doch mit Nachdruck hervor: Jesus ist die Versöhnung nicht allein für unsere Sünden, **„sondern auch für die ganze Welt"**. Johannes weiß, daß uns das glaubende Ergreifen der Versöhnung für unsere Sünden sofort unmöglich wäre, wenn wir nicht wüßten, daß die Versöhnung **„für die ganze Welt"** da ist. Wer seine Sünde wahrhaft erkennt und fühlt, wird immer unter dem Eindruck stehen, der schlimmste aller Sünder zu sein (1 Tim 1, 15). Wie könnte gerade meine Sünde weggenommen werden, wenn die Versöhnung nicht **„der ganzen Welt"** gilt? Was könnte mir irgendeinen Vorzug verschaffen? Zugleich ist es für alle Verkündigung von entscheidender Wichtigkeit, daß sie in dieser Gewißheit geschehen kann: das Heil ist da **„für die ganze Welt"**. Es ist damit der Gemeinde jede sektenhafte Absonderung, jeder Rückzug auf den eigenen Kreis verwehrt. Mit diesem Wort **„für die ganze Welt"** ist ihr Weltweite geschenkt und auferlegt. Was sie selber empfangen hat, was für sie selber ihre Gewißheit und ihr Lobpreis Gottes ist, das weist sie hinaus in **„die ganze Welt"**. Vor keinem Menschen, er sei, wer er wolle, müssen wir in Ungewißheit zurückschrecken. Ausnahmslos jedem, der uns begegnet, dürfen wir es sagen, daß die Versöhnung auch für ihn gilt. Und für uns selbst dürfen wir es wissen: Wenn Jesus Christus die Versöhnung für die ganze Welt und ihre ungeheure Sündenlast ist, dann haben auch meine Sünden darin Raum, wie schwer sie auch immer sein mögen. In dieser weltweiten Geltung der Versöhnung in Jesus komme ich nicht zu kurz, sondern finde gerade darin eine unentbehrliche Stärkung meiner persönlichen Heilsgewißheit. Von der selbstlosen, staunenden Freude an der Größe und Weite der Versöhnung habe ich stets den meisten Gewinn.

[55] Wir wollen darauf achten, daß hier wie überall im NT Gott nicht etwa das „Objekt" der Versöhnung ist! „Wir" (und die Welt) müssen mit Gott versöhnt werden. Unsere Sünde ist „Feindschaft gegen Gott" (Rö 8, 7). Darum war Gott in Christus und „versöhnte die Welt mit ihm selber" (2 Ko 5, 19).

WAHRE ERKENNTNIS GOTTES FÜHRT ZUM BEWAHREN SEINER GEBOTE

1 Johannesbrief 2, 3–6

3 **Und daran erkennen wir, daß wir ihn erkannt haben, daß wir seine**
4 **Gebote bewahren. * Wer sagt: „Ich habe ihn erkannt" und seine**
Gebote nicht bewahrt, ein Lügner ist er, und in diesem ist die Wahr-
5 **heit nicht. * Wer aber sein Wort bewahrt, in Wahrheit ist in ihm**
die Liebe Gottes vollendet. Daran erkennen wir, daß wir in ihm
6 **sind. * Wer behauptet, in ihm zu bleiben, ist es schuldig, wie jener**
gewandelt hat, auch selber so zu wandeln.

zu Vers 4:
1 Jo 1, 6. 8
2, 9; 4, 20
Jo 15, 10;
Tit 1, 16
zu Vers 5:
1 Jo 4, 18
5, 3
Jo 14, 21. 23
zu Vers 6:
Jo 13, 15
1 Pt 2, 21–23

Wenn wir den neuen Abschnitt lesen, merken wir erneut den Unterschied zu Paulus. Es liegt Johannes nicht an einer sichtbaren Weiterführung seines Themas. Er wird auch nicht unmittelbar von bestimmten Fragen der Gemeinde geleitet. Freilich, er greift das 3
Grundwort der „Gnosis" auf: „egnokamen" = „wir haben erkannt". Das ist eine Aussage, die auf dem Hintergrund der Auseinandersetzungen, in denen die Gemeinden standen, ein besonderes Gewicht bekommt. Es wurde den Gemeinden entgegengehalten: ihr „glaubt" nur, aber wir in der gnostischen Bewegung haben „erkannt"! Wie sollen sich die Gemeinden dazu stellen? Waren sie der neuen Richtung tatsächlich unterlegen? Fehlte ihnen die „Erkenntnis"? Dazu kam die große Bedeutung, die das „Erkennen" auch im Judentum hatte, mit dem sich die junge Gemeinde Jesu auseinandersetzen mußte. „In einer Gemeinde, in der schon seit Jahrzehnten das Urteil feststand: ein Ungebildeter ist nicht sündenscheu, und ein Unstudierter nicht wahrhaft fromm; aus der Urteile hervorgegangen sind wie: man darf sich nicht erbarmen über einen, der keine Erkenntnis hat, oder: besitzt du Wissen, was mangelt dir?, mangelt dir Wissen, was besitzt du?, mußte eine von der herrschenden so stark abweichende Frömmigkeit untergehen oder im geistigen Kampfe ihre überlegene Erkenntniskraft beweisen. Erkenntnis war hier Anliegen und Gut des religiösen Lebens, nicht nur etwas, das zum religiösen Leben beliebig hinzukommen oder auch fehlen konnte[56]." So stellt es Johannes zuerst als Tatsache vor die Gemeinde hin: Auch wir und gerade wir **„erkennen, daß wir ihn erkannt haben"**. Das „Erkennen" wird gleich in doppelter Weise der Gemeinde zugesprochen: sie „erkennt Gott" und sie erkennt ihr „Erkannthaben". Wir stehen hinter den Gnostikern nicht zurück! Im Gegenteil, wir haben die echte und wahre Erkenntnis. Dafür gibt es ein sicheres Merkmal. Es geht aber dabei nicht um die kritische Prüfung

[56] Büchsel, „Die Johannesbriefe", Leipzig 1933, S. 26/27.

eines religiösen Gedankensystems. Zu unserer Überraschung ist dies Kennzeichen für die Wahrheit unseres Erkennens ein ganz anderes: **„Und daran erkennen wir, daß wir ihn erkannt haben, daß wir seine Gebote bewahren."** Das verbindende „und" am Anfang des Satzes ist ganz eigenartig. Von Vergebung, Versöhnung, vom Fürsprecher beim Vater war eben die Rede. Ist nicht das plötzliche Hineinwerfen des **„Bewahrens der Gebote"** etwas völlig anderes? Ist es nicht so etwas wie ein Zurückwerfen in das Gesetz? „Die Gebote bewahren", war das nicht ein maßgebendes Losungswort der „Pharisäer und Schriftgelehrten"?

In Wahrheit übt hier Johannes eine tiefgehende Kritik an der „Gnosis". Was sie „erkannte", ist ein umfassendes System von Gedanken über Gott und die Welt. Die Gemeinden aber hatten **„ihn"** erkannt, ihn, der selbst als lebendige Person unser Retter und Herr ist. Er ist die Versöhnung für unsere Sünden, ja, für die der ganzen Welt. Sein mächtiger Liebeswille ist darin hervorgebrochen. Dieser Liebeswille zieht uns in seine Gemeinschaft und in sein Leben hinein. Er kommt zum Ausdruck in seinen „Geboten", die nach V. 7 ff. im Grunde nur ein einziges Gebot, das Gebot der Liebe, sind. **„Seine Gebote"** sind die Weisungen, die aus dem Wesen Jesu hervorgehen und uns zeigen, wie unser faktisches Leben mit dem Wandel Jesu übereinstimmend wird (V. 6!). Es geht nicht um „das Gesetz"; es geht erst recht nicht um Gesetzeserfüllung zur Erreichung einer eigenen Gerechtigkeit vor Gott. Es geht um das personale Verhalten zu dem, in welchem das Leben selber offenbar geworden ist. Wie könnten wir ihn „erkennen", wenn wir **„seine Gebote"** nicht als Ausdruck seines innersten Wesens **„bewahrten"**? Johannes denkt dabei als Israelit an ein „Erkennen", das etwas anderes ist als ein kopfmäßiges Wissen. „Erkennen" ist – wie 1 Mo 4, 1 zeigt – eine Funktion der Gemeinschaft. Gegenstand des „Erkennens" sind darum bei Johannes nie Dinge oder bloße „Wahrheiten". Immer ist es ein Erkennen von Personen. Eine Person aber kann nie zum bloßen „Objekt" werden, dessen sich ein Subjekt in der Erkenntnis bemächtigt[57]. Personen können sich nur „begegnen", und ihre Erkenntnis ist Erschließung zur Gemeinschaft miteinander. Darum schließt hier die Erkenntnis immer die Stellungnahme zu der Person des anderen mit ein. Wir merken den inneren Zusammenhang, in dem unser Abschnitt mit allem bisher von Johannes Geschriebenen

[57] Daß wir in der Nachfolge der Griechen „Erkenntnis" in diesem „Subjekt – Objekt – Verhältnis" verstehen, ist der Grund all der Schwierigkeiten und Nöte, die wir als „moderne Menschen" mit der christlichen Botschaft haben. Ständig suchen wir Gott zum Objekt unseres intellektuellen Erkennens zu machen, ihn „zu beweisen" oder „wegzubeweisen". Aber der lebendige Gott wird niemals unser „Objekt" und kann es nie werden. Wer ihn so zu greifen versucht, greift notwendig ins Leere.

steht. Die neuen Sätze sprechen nur in neuer Weise aus, was besonders in Kap 1, 5–7 schon gesagt war.

Johannes zieht die Folgerung aus seinem Verständnis des wahren 4
„Erkennens". **„Wer sagt: ‚Ich habe ihn erkannt', und seine Gebote nicht bewahrt, ein Lügner ist er, und in diesem ist die Wahrheit nicht."** Wieder handelt es sich um jenes „Sagen", auf das wir schon in 1, 6. 8. 10 stießen. Es ist jenes stolze „Behaupten", mit dem wir uns über die Wirklichkeit hinweglügen und zuletzt sogar Gott selber zum „Lügner" machen. **„Wer sagt"** — der Apostel nennt keinen Namen und klagt nicht ausdrücklich die „Gnosis" an. Aber er gibt den Gemeinden das Mittel in die Hand, um den stolzen Anspruch der neuen Bewegung mit sachlichem Ernst prüfen zu können. Bewahren die Gnostiker Jesu Gebote, sein Liebesgebot? Immer wieder werden wir in unserem Brief darauf stoßen, daß in diesem Punkt Johannes das schwere Versagen der neuen Bewegung sah, das ihre angebliche Größe und Überlegenheit über das apostolische Christentum zur „Lüge" machte[58]. So sehr sie sich ihrer hohen „Erkenntnis" rühmen, in ihnen **„ist die Wahrheit nicht[59]"**. Die Gemeinden dürfen sich nicht von ihnen betören lassen.

Aber die umfassende Formulierung des Apostels **„Wer sagt ..."** zeigt die ernste Redlichkeit seines Schreibens. Es ist nicht eine einseitige Kritik der „anderen". Dieses Rühmen der eigenen Erkenntnis Jesu ohne das aufrichtige „Bewahren seiner Gebote" kann sich jederzeit auch in den angeredeten Gemeinden und also auch bei uns finden. Es liegt Johannes nichts an der Person dessen, der da **„sagt"** und sich seines Erkennens rühmt. Wer immer es sei, der so **„sagt"**, es trifft ihn das Urteil „Lügner", auch wenn er nicht bei den Gnostikern, sondern in der apostolischen Gemeinde steht[60].

Wie wenig Johannes eine neue „Gesetzlichkeit" meint, zeigt sein 5
großer und kühner Satz, den er einer unwahren Gnosis entgegenstellt:

[58] Auffallend ist die Parallele zu den Urteilen des Paulus über die neuen Strömungen in Korinth. Das sogenannte „Hohe Lied der Liebe" in 1 Ko 13 ist zugleich eine vernichtende Kritik der Männer, die in Korinth die Gemeinde in die Hand bekommen und zu einem „höheren", „pneumatischen" Christentum führen wollten. Vgl. auch Einleitung S. 15.

[59] Wir haben dabei erneut daran zu denken, daß für Johannes „die Wahrheit" nicht die „Richtigkeit" von Sätzen und Ansichten meint, sondern viel objektiver die wahre Wirklichkeit bezeichnet. Bei all ihren „Erkenntnissen" verfehlen die Anhänger der neuen Richtung die eigentliche Wirklichkeit Gottes.

[60] Darum stehen wir hier an einem ganz kritischen Punkt der Reformationsgeschichte. Was wurde aus der neuen, reformatorischen „Erkenntnis" Gottes? Die großen Kirchenvisitationen 1526—1530 ergaben erschreckende Bilder. Wo waren hier jenes „Bewahren der Gebote", das Johannes meint? Es hilft wenig, daß nun auf das Gesetz zurückgegriffen und eine gewisse moralische Gesetzlichkeit der Rechtfertigungsgnade hinzugefügt wurde. Trifft das Wort des Johannes nicht weithin auch heute die Zustände evangelischen Christentums? Müssen wir uns dem nicht stellen?

„Wer aber sein Wort bewahrt, in Wahrheit ist in ihm die Liebe Gottes vollendet." Statt „Gebot" ist jetzt der Ausdruck **„Wort"** gewählt, der umfassender ist. Im **„Wort"** spricht eine Person sich aus. Im **„Wort"** Jesu haben wir Zuspruch, Verheißung und Gebot in ihrem ganzen inneren Zusammenhang, aber so, daß die eben erfolgte Hervorhebung des „Gebotes" nicht ausgestrichen wird. Doch wie in Jesus „das Leben" offenbar und uns geschenkt wurde, so steht hinter den Sätzen vom „Bewahren der Gebote" die Liebe Gottes. Der Wille des Herrn, der uns gebietet, ist eins mit seinem Liebeswillen, der sein „telos", sein „Endziel", mit uns hat und uns an dieses Endziel bringt[61]. Das „Bewahren des Wortes" kann nur so geschehen, daß wir es als das Wort dieser Liebe hören und aufnehmen und darum vom Liebesgebot unser ganzes Denken, Reden und Tun durchwalten lassen. Wer so liebt, in dem kommt die Liebe Gottes zu ihrem Endziel, sie ist in ihm **„vollendet"**. Das Passiv **„sie ist vollendet"** zeigt, wie sehr Johannes in dieser Liebe Gottes die eigentlich handelnde Größe sieht. Nicht wir „vollenden" hier etwas! Aber darum muß es auch nicht nur bei schwachen Anfängen bleiben. Gottes Liebe kann **„in Wahrheit"**, „wirklich" ihr „telos" erreichen. Und doch dürfen wir dabei nicht von „Perfektionismus" reden. Die Liebe Gottes bleibt lebendige Macht, die nun zwar in einem Menschen, der Jesu Wort bewahrt, vollen Wirkungsraum und Wirklichkeitsraum hat; aber perfektionistisch abgeschlossen ist ihr Wirken nie[62]. Aber das ist das „Ziel" der Liebe Gottes mit uns: Menschen, die von dem wirkenden Wort Jesu umgestaltet werden in sein Bild. Dadurch beginnt die „Erfüllung" der Verordnung Gottes, die nach dem Wort des Paulus in Rö 8, 29 über unserem Leben steht.

Oder sollen wir mit vielen Auslegern die **„Liebe Gottes"** in diesem Vers als „die Liebe zu Gott" verstehen? Sprachlich ist das durchaus möglich. Johannes würde dann an das denken, was Jesus selbst bei seinem letzten Zusammensein mit den Jüngern sagte: „Liebet ihr mich, so werdet ihr meine Gebote halten" (Jo 14, 15). Liebe zu Gott, Liebe zu Jesus erschöpft sich weder in richtigen theologischen Erkenntnissen noch in ergreifenden Gefühlen, sondern „vollendet" sich im Ge-

[61] Das im Text stehende Wort „vollendet = teleleiōtai" gehört zu dem Wort „telos = Ende, Ziel, Endziel". „Telos" ist ebenso ein „Urwort" wie der Ausdruck „archæ". Wie dieses nicht den zeitlichen „Anfang" meint, so „telos" auch nicht nur das zeitliche „Ende". Es ist das „Ziel", das sich Gott vom „Ursprung" her gesetzt hat und das er in seiner Geschichte mit uns erreicht. Ein erstes Erreichen dieses „Zieles" ist dort geschehen, wo ein Mensch „sein Wort bewahrt" als das Wort seiner wirklichen Liebe, die uns selber zum Lieben und damit zum „ewigen Leben" bringt.

[62] Paulus hat von dieser wesensmäßigen Unabgeschlossenheit der Liebe gewußt. Rö 13, 8: gerade in der Liebe bleiben wir ständig „Schuldner" der Menschen und sind mit unserem Lieben nie „fertig".

horsam gegen den Willen Gottes in Christus, im „Bewahren" des Wortes und der Gebote Jesu. Wer Jesu Wort wirklich **„bewahrt"** und in sich leben und wirken läßt, der hat eine „vollendete Liebe" zu Gott. Auch bei diesem Verständnis des Satzes würde das Wort „vollendet" nicht perfektionistisch zu fassen sein, sondern nur sagen, daß die Liebe zu Gott keine unsichere oder halbe Sache mehr ist, sondern einen Menschen ganz und klar erfüllt und bestimmt.

Johannes fügt hinzu: **„Daran erkennen wir, daß wir in ihm sind."** Wie bei Paulus das „Glauben" gegen alle intellektualistischen Mißverständnisse zum „Glauben in Jesus" (Kol 1, 4 grie Text), zu jenem „syn Christo = mit Christus zusammen" wird, das die ganze Existenz eines Menschen bestimmt (Rö 6, 1—11), so fügt Johannes hier dem „ihn – erkannt – Haben" das **„Sein in ihm"** hinzu[63]. Wir bleiben „ihm" nicht fern, wir „erkennen ihn" nicht so, wie wir als Forscher mit unseren Instrumenten gewisse Strukturen der Welt wahrnehmen. Hier in Christus wird uns etwas anderes angeboten: ein „Sein" in dem Erkannten. Am Schluß des Briefes wird Johannes das noch einmal hervorheben: „Wir erkennen den Wahrhaftigen und wir sind in dem Wahrhaftigen in seinem Sohn Jesus Christus" (5, 20).

Wenn das „Sein in ihm" ein andauerndes wird, wie es seinem We- 6
sen entspricht, dann wird es zum „Bleiben in ihm". Der Begriff des **„Bleibens"** ist dem Johannes besonders wichtig geworden. Im Johannesevangelium kommt das „Bleiben" einundvierzig Mal, in unserem Brief zweiundzwanzig Mal, im 2. Johannesbrief dreimal vor. In allen anderen Schriften des NT findet es sich zusammen nur zweiundfünfzigmal. Aber nun ist wieder die Frage der Wahrheit an diejenigen gerichtet, die dieses „Bleiben in ihm" für sich in Anspruch nehmen. **„Wer behauptet, in ihm zu bleiben, ist es schuldig, wie jener gewandelt hat, auch selber so zu wandeln."** Wir haben es wieder mit einer jener einfachen Feststellungen des Johannes zu tun, die unbestreitbar wahr sind und uns darum so herausfordern. Nichts an diesem Satz ist schwierig zu verstehen und der Erklärung bedürftig. In Christus **„bleiben"** und zugleich ganz andere Wege gehen, als er gegangen ist, das ist unmöglich. Wir würden damit aus ihm herauswandeln und uns immer weiter von ihm entfernen. Es geht dabei nicht nur um das „Vorbild" Jesu. Es geht um die „Anteilhabe" an ihm und seinem Le-

[63] Wie wichtig ist dieses paulinische und johanneische Verständnis des Christseins als eines „Seins in Christus" für uns selbst! Wie oft begnügen wir uns mit einem bloßen „Wissen um Jesus". Unsere Konfirmationspraxis ist ebenso davon geprägt, wie unsere Ausbildung für das kirchliche Amt. Wie viele „Christen" sehen Jesus irgendwie ganz fern im „Himmel", so daß er mit ihrem wirklichen Leben nicht allzuviel zu tun hat. Nein, der echte Christenstand ist ein „Sein in Jesus", ein „Bleiben in ihm", das unser ganzes „Wandeln", also unser ganzes praktisches Leben, bestimmt.

ben und Wirken und Leiden, die aus einem „Bleiben in ihm" notwendig folgt. Johannes sagt nichts anderes als das, was Paulus in Phil 3, 8—11 für sich in Anspruch nimmt. Wäre davon nichts in einem Leben zu merken, so bliebe die Behauptung „Ich bleibe in ihm" ein leeres Wort.

Wir sehen aber zugleich gerade in unserem Vers, wie das „Bewahren seiner Gebote" bei Johannes so gar nicht „gesetzlich" gemeint ist. Jesus selber „wandelte" ja wirklich nicht wie ein Schriftgelehrter und Pharisäer, sondern als der Sohn, dessen Freude es war, in der Liebe zum Vater die Gebote des Vaters zu halten (Jo 4, 34; 15, 10) und in diesem Gehorsam der Liebe auch den Weg an das Kreuz zu gehen (Jo 14, 31). Dem darf unser Gehorsam gegen Jesus in der Liebe zu ihm entsprechen und uns in den Gehorsam Jesu gegen den Vater einschließen. Wieder ist es der Apostel Paulus, der den ganzen Sachverhalt in Eph 5, 1 einmütig mit Johannes dargestellt hat: „So seid nun Gottes Nachfolger als die geliebten Kinder." Das ist die beste Auslegung zu unserem Vers[64].

Damit gewinnen wir ein Verständnis des Abschnittes 2, 3—6, bei dem uns die Aussagen von 1, 7. 9; 2, 1 f als gültig vor Augen bleiben. Der unseren Wandel bestimmt und dessen Gebote wir bewahren, das ist der, dessen Blut uns von jeder Sünde reinigt, der als der Fürsprecher gerade auch für den sündigen Christen vor dem Vater steht, der die Versöhnung für die ganze Welt ist! Nur weil Jesus dies alles ist und bleibt, vermögen wir **„in ihm zu bleiben"**.

Zum Abschluß wollen wir uns noch einmal dem wichtigen Wort **„erkennen"** zuwenden und auf die merkwürdige Formulierung achten, die Johannes zweimal in diesen Versen gebraucht: „Daran erkennen wir, daß wir erkannt haben", und „daran erkennen wir, daß wir in ihm sind." Es gibt also für uns ein doppeltes Erkennen mit einer zweifachen Richtung. Wir erkennen Gott mit solcher Gewißheit, daß wir von einem „Erkannthaben" sprechen können. Aber dies „Erkannthaben" müssen wir ebenso wie das „Sein in ihm" seinerseits wieder an bestimmten Merkmalen „erkennen". Diese Merkmale liegen in unserer eigenen Existenz! So völlig ist für Johannes im Gegensatz zu aller Gnosis die Gotteserkenntnis und die Gewißheit unseres Seins

[64] Der Kampf, in dem Johannes für die ihm anvertrauten Gemeinden steht, wird uns anschaulich in dem genau entsprechenden Kampf des Paulus um die Korinther. Schon in seinem ersten Brief 15, 34 wirft der Apostel „einigen" in der Gemeinde „agnosia = Unkenntnis" Gottes vor. Sie nehmen selber gewiß gerade die rechte „Gnosis" in Anspruch. Sie meinen, in ihrem hohen Geistesleben über alle Bindungen und Gebote hinaus zu sein und unbegrenzte Freiheit zu haben (1 Ko 5, 1; 6, 1. 12 ff; 8, 1—13; 10, 14—22) und verweigern die Umkehr (2 Ko 12, 21). Wir sehen, es geht um große, grundlegende Entscheidungen, vor denen die Gemeinde Jesu immer wieder steht. Das Wort des Johannes ist zu jeder Zeit unentbehrlich.

in Christus mit unserem tatsächlichen Leben verbunden. Ein von unserer wirklichen Lebensgestalt losgerissenes „Erkennen" gibt es gerade Gott gegenüber nicht. Hier haben die Gemeinden den kritischen Maßstab, den sie allerdings auch an sich selbst anlegen müssen[65]!

DIE LIEBE GEGEN DEN BRUDER

1 Johannesbrief 2, 7—11

7 **Geliebte, nicht ein neues Gebot schreibe ich euch, sondern ein**
altes Gebot, das ihr von Anfang an hattet. Das alte Gebot ist das
8 **Wort, das ihr gehört habt. * Anderseits ist es auch ein neues Ge-**
bot, das ich euch schreibe, wie dies sich als wahr erweist in ihm
und in euch, weil die Finsternis vergeht und das wahre Licht be-
9 **reits scheint. * Wer behauptet, im Licht zu sein und (dabei) seinen**
10 **Bruder haßt, in der Finsternis ist er bis zur Stunde. * Wer seinen**
Bruder liebt, bleibt im Licht, und kein Anstoß zum Fall ist in ihm
11 **vorhanden. * Wer aber seinen Bruder haßt, in der Finsternis ist er**
und in der Finsternis wandelt er und weiß nicht, wo er hingeht,
weil die Finsternis seine Augen blind gemacht hat.

zu Vers 7: 1 Jo 2, 24; 3, 11; 2 Jo 5; Jo 13, 34
zu Vers 8: Jo 8, 12; Rö 13, 12
zu Vers 9: 1 Jo 2, 11; 4, 20; 2 Pt 1, 9
zu Vers 10: Jo 11, 9; Rö 14, 13. 15
zu Vers 11: 1 Jo 1, 8; 3, 14; Jo 11, 10; 12, 35

Vom „Bewahren der Gebote" hatte Johannes in V. 3 und 4 mit großem Ernst gesprochen. Die Gemeinde hatte schon ein Recht zurückzufragen: Welche „Gebote" meinst du? Etwa die zehn Gebote? Oder siehst du auf neue, apostolische Vorschriften, die den Gemeinden gegeben sind oder gegeben werden sollen? Neue Anweisungen zur
rechten Gotteserkenntnis, neue Regeln für ein neues Geistesleben, 7
zum Teil harte asketische Forderungen wurden von den neuen Strömungen an die Gemeinde herangetragen. Wie steht der Apostel Johannes dazu?

Er antwortet der Gemeinde in alle neuen Strömungen hinein mit fester Bestimmtheit: **„Geliebte, nicht ein neues Gebot schreibe ich euch, sondern ein altes Gebot, das ihr von Anfang an hattet."** Für das biblische Denken ist „alt" durchaus nicht immer ein negatives Wort. Im Gegenteil. Das ist unsere Freude und unser Trost, daß Gott in allem Wandel und Wechsel der Jahrhunderte der „alte Gott" bleibt, der Gott, den wir kennen, auf den wir uns verlassen können, wie sich die Väter einst auf ihn verließen. Darum ist auch sein Wille fest und bleibend der gleiche. Immer und von jeher wollte Gott, der Liebe ist

[65] Paulus hat den gleichen Tatbestand in seiner Weise ausgedrückt in 1 Ko 8, 2 f.

(4, 8. 15), von uns die Liebe. Was er von der Gemeinde fordert, ist darum ein „altes Gebot". Die Gemeinde muß vor dem Wort des Apostels nicht erschrecken, als würden jetzt auf einmal Forderungen an sie gestellt, deren sie sich gar nicht versehen hatte. Nein, **„nicht ein neues Gebot schreibe ich euch, sondern ein altes Gebot, das ihr von Anfang an hattet"**. Die Gemeinde mußte sich nur besinnen: **„Das alte Gebot ist das Wort, das ihr gehört habt."** Es hat nie ein Evangelium für die Gemeinde gegeben, in dem nicht Gottes Wille klar an sie herangetragen worden wäre. In Jesus stand immer der Herr vor der Gemeinde, der als der Sohn den „alten" Willen des Vaters ehrte und auch von seiner Gemeinde getan wissen wollte. So gehört dies **„alte Gebot"** immer unlöslich mit hinein in **„das Wort, das ihr gehört habt"**.

Dabei ist von Bedeutung, daß der Apostel gerade an dieser Stelle die Empfänger seines Schreibens zum ersten Mal als **„Geliebte"** anredet. Das **„alte Gebot"** wendet sich nicht als eine drückende, harte Macht an die Gemeinde, sondern spricht **„Geliebte"** an, von Gott Geliebte, die als solche seinem **„alten Gebot"** geöffnet sind.

Aber hat nicht Jesus selber von dem „neuen Gebot" gesprochen, das er seinen Jüngern gab (Jo 13, 34)? Und sind wir nicht im „Neuen Bund", der nach Gottes Verkündigung durch Jeremia (Jer 31, 31—34) gerade auch im Verhältnis zu Gottes Gesetz etwas ganz Neues bringen sollte? Nicht die Auflösung des Gesetzes, aber eine neue Erfüllung?

8 Genau dies sieht auch Johannes und macht es seiner Gemeinde deutlich. Er sagt ihr: **„Anderseits ist es auch ein neues Gebot, das ich euch schreibe."** Wieso? Nicht dem Inhalt nach, als habe sich Gottes Wille gewandelt und mache ein **„neues Gebot"** nötig. Auch Jeremia sah nicht eine neue Gesetzgebung voraus, wohl aber einen ganz neuen Platz für das „alte Gebot", den Platz in unserem Herzen, der das alte Gebot in neuer Weise wirksam und „wahr" macht. Johannes kennt wie Paulus die ganze „Unwahrheit" und „Unwirklichkeit" des Lebens unter dem Gesetz, alles das, was Paulus in Römer 7 dargestellt hat. Hier ist in der Gemeinde Jesu die Wendung geschehen. Was das Gebot Gottes will, das **„erweist sich als wahr in ihm und in euch"**. Das Wort **„wahr"** meint auch hier wieder die ganze „Wirklichkeit". Das Gebot schwebt nun nicht mehr als eine bloße Forderung über den Menschen. Es ist **„in ihm"**, in Jesus, **„wahr"** geworden, lebendige Wirklichkeit. Und wenn die Gemeinde nun „in ihm", in dem lebendigen Herrn, „bleibt" und lebt und an seinem Wesen und Wandel teilnimmt (V. 6), dann wird das „alte" Gebot ganz **„neu"** Wirklichkeit auch **„in euch"**, in den Gliedern der Gemeinde. Das ist möglich und geschieht wirklich, weil in der Sendung Jesu die Lage für uns eine völlig neue geworden ist. **„Die Finsternis vergeht und das wahre**

Licht scheint bereits.“ Schon Johannes der Täufer hatte diese Wendung der Lage angekündigt: „Tut Buße, denn das Himmelreich ist nahe herbeigekommen“ (Mt 3, 2). Jesus hat sich ausdrücklich zu dieser Botschaft bekannt (Mk 1, 14 f). In dem Leben, Kämpfen, Leiden, Sterben und Siegen Jesu ist die alte Macht der Sünde und des Todes grundlegend überwunden. Der helle Tag Gottes ist schon angebrochen. „Die Nacht ist vorgerückt, der Tag aber nahe herbeigekommen“, sagt Paulus ganz übereinstimmend mit Johannes (Rö 13, 12). Noch ist Nacht über der Welt. Aber die Finsternis ist im Weichen. Und weil es jetzt „Kinder des Tages und Kinder des Lichtes“ (1 Th 5, 5; Eph 5, 9) gibt, darum **„scheint das wahre Licht bereits“**. Umgekehrt, weil von Jesus her das wahre Licht bereits in die Welt hineinstrahlt, darum gibt es solche „Kinder des Tages und Kinder des Lichtes“. Das ist das „Neue“ an dem „neuen Gebot“, daß es mit seinem alten Inhalt jetzt nicht mehr bloßes „Gebot“ ist, sondern sich in Wirklichkeit als Gestaltung des Lebens vollzieht. Das entspricht genau der Voraussage Gottes durch Jeremia in seinem Wort vom Neuen Bund (31, 21 ff).

Johannes betont, weil in der hereinbrechenden Gnosis auch viel vom **„Licht“** die Rede war: Es ist das **„wahre“**, das echte Licht. Woran erkennt man denn dieses **„wahre“** und echte **„Licht“**? Mit dieser Frage und ihrer Beantwortung kommt Johannes zu dem Thema, das ihm durch den ganzen Brief hindurch von entscheidender Bedeutung ist und das uns zugleich erklärt, welches denn inhaltlich das „alte“ Gebot ist, das in der Wende der Weltlage zum neuen, verwirklichten Gebot wird.

Wieder wird wie in 1, 6. 8. 10; 2, 4. 6 von einem „Sagen“ und 9
einem „Behaupten“ gesprochen, dem die Wirklichkeit des tatsächlich gelebten Lebens widerspricht. **„Wer behauptet, im Licht zu sein, und (dabei) seinen Bruder haßt, in der Finsternis ist er bis zur Stunde.“** Bei diesem Satz des Johannes müssen wir uns sofort sprachlich klar machen, daß hier wie an anderen Stellen der Bibel das Wort „hassen“ einen viel weiteren Sinn hat, als wir ihn heute in diesem Wort hören. Wenn wir etwa im NT die Schilderung von Mt 6, 24 und im AT die Darlegung von 5 Mo 21, 15—17 lesen, wird uns schnell klar, daß es sich hier nicht um das handelt, was wir „Haß“ nennen. Die rev. LÜ spricht darum in 5 Mo 21 von der „geliebten“ und der „ungeliebten“ Frau. Dem entsprechend vollzieht sich das „Hassen des Bruders“ bereits in allen Formen der „Lieblosigkeit“ ihm gegenüber: in der Kühle und Gleichgültigkeit, die nicht an ihm Anteil nimmt, in der Abneigung und Abwehr, die unter der Decke von Freundlichkeit doch eine innere Wand gegen ihn aufrichtet. Alles dies fällt für Johannes schon unter das Wort „Haß“, wie es für Jesus in der Auslegung des 5. Gebotes schon ein „Töten“ des Bruders war. Johannes hat klar gesehen: im

Verhältnis zum „Bruder“[66] gibt es keine Neutralität. „Neutralität“ wäre als solche schon Verweigerung der Liebe und in diesem Sinn bereits ein „Hassen“ des Bruders, die Verweigerung der Bruderschaft. Keiner kann sich also dem Wort des Johannes damit entziehen, daß er sagt, er **„hasse“** doch seinen Bruder gar nicht.

Über den, der so **„seinen Bruder haßt“**, wird kein moralisches Urteil gefällt. Nicht einmal das Wort „Lüge, Lügner“ erscheint hier wie in 1, 6; 2, 4. Aber das allerdings wird als die eigentliche Wirklichkeit im Leben eines solchen Menschen festgestellt: **„in der Finsternis ist er bis zur Stunde“**. „Finsternis“, „Nacht“ sind umfassende Bildworte und sollen es bleiben. Es gibt vieles, was „finster“ und „nächtlich“ ist in der Welt. Aber es wird im biblischen Wort nicht in erster Linie an äußeres Dunkel in Leid und Not gedacht. Das **„Hassen des Bruders“** ist zentrales Wesen der **„Finsternis“**, wie das „Lieben“ wesentlich zum leuchtenden „Licht“ gehört.

10 Darum fährt Johannes fort: **„Wer seinen Bruder liebt, bleibt im Licht, und kein Anstoß zum Fall ist in ihm vorhanden.“** Das Leben eines solchen Menschen mag recht dunkel sein, ein Leben in Sorge und Schmerzen, Armut und Nöten. Dennoch **„bleibt“** der Mensch **„im Licht“**. Der kurze Satz, den Johannes anfügt: **„Und kein Anstoß zum Fall ist in ihm vorhanden“**, läßt sich verschieden verstehen, je nachdem wir das „in ihm“ auffassen. Beziehen wir „in ihm“ auf den, der seinen Bruder liebt, dann sagt Johannes, daß ein so liebender Mensch keinem ein Anstoß zum Fall[67] wird. Das „in ihm“ kann sich aber auch zurückbeziehen auf das „Licht“. Dann würde Johannes dem Liebenden zusagen, daß er selber auf diesem seinem Wege keine „Falle“ und keinen „Fall“ zu fürchten hat. Vielleicht ist diese Auffassung vorzuziehen, weil auch der nächste Satz von dem spricht, was der „Wandelnde“ auf seinem Wege erlebte.

11 **„Wer aber seinen Bruder haßt, in der Finsternis ist er und in der**

[66] Es wird hier wie an anderen Stellen des Briefes (3, 10. 14. 16 f; 4, 20 f; 5, 16) vom „Bruder“ im eigentlichen Sinn gesprochen sein, von dem von Gott geborenen Menschen, wie es in 5, 1 ausdrücklich gesagt ist. Wir denken schnell etwas geringschätzig, daß Johannes „nur“ von der Bruderliebe rede, während es doch um eine umfassende Menschenliebe, ja um Feindesliebe gehen müsse. Wir bedenken dann nicht, eine wie große Sache es gerade nach 5, 1 um den Bruder ist. Wir haben auch noch nicht erprobt, wieviel dazu gehört, den „Bruder“ als den eng mit uns verbundenen Menschen wirklich zu „lieben“. Vgl. aber dazu die Ausführungen auf S. 92.

[67] Die rev. LÜ hat hier das Wort „Ärgernis“ beibehalten, das aber doch sehr mißverständlich geworden ist. Keinesfalls ist mit „Skandalon“ etwas gemeint, über das „ich mich ärgere“. Das Wort will auch nicht nur etwas nennen, was „Anstoß erregt“. Die Worte „ärgern“ und „Anstoß“ haben im Sprachgebrauch ihren ursprünglichen Sinn verloren und sind abgeflacht. Das „Skandalon“ ist das Stellholz in einer Falle. Es meint in seiner bildlichen Anwendung etwas, was uns in eine Falle geraten läßt oder zu Fall bringt. Es ist ein „Anstoß“ in einem tieferen Sinn, ein Anstoß zur Sünde.

Finsternis wandelt er und weiß nicht, wo er hingeht, weil die Finsternis seine Augen blind gemacht hat." Es ist bezeichnend für die Botschaft des Johannes, daß hier wieder nicht moralisch abgeurteilt und auch nicht mit künftiger Strafe gedroht wird. In einer Sachlichkeit, die gerade als solche von großer Eindrücklichkeit ist, wird dem Menschen gezeigt, wie sein Leben jetzt und hier aussieht. Leben in Lieblosigkeit ist Leben in Finsternis. Johannes unterstreicht den Ernst der Lage durch den doppelten Ausdruck: **„In der Finsternis ist er und in der Finsternis wandelt er."** An dieser schrecklichen Wirklichkeit ändert kein selbstgefälliges Reden etwas[68]. Ein solcher Mensch **„weiß nicht, wo er hingeht"**. Er treibt durch das Leben. Wo wird er mit diesem seinem Leben einmal enden? Freilich, es ist ihm schwer zu helfen, **„weil die Finsternis seine Augen blind gemacht hat"**. Der Lieblose kann nicht mehr „sehen". Der Lieblose ist **blind** für die Wirklichkeit. Er kann sich darum auch nicht mehr vorstellen, daß es ein anderes Leben, ein Leben im Licht, gibt. Er hält sein dunkles, kaltes, zielloses Leben für normal, zumal er die gleichen blindgemachten Menschen um sich hat[69]. Die Gemeinde aber muß wissen, daß es solche von der Finsternis des Hasses Blindgewordenen gerade auch unter denen gibt, die sich in besonderer Weise rühmen, **„im Licht zu sein"** und das Licht hoher „Erkenntnisse" zu besitzen. Es gibt einen unbestechlichen Prüfstein, an dem sich die Wahrheit erweist: Ist die Liebe zum Bruder da?

DIE ABSAGE AN DIE WELT

1 Johannesbrief 2, 12–17

12 **Ich schreibe euch, Kindlein, weil (daß) euch die Sünden vergeben**
13 **sind um seines Namens willen. * Ich schreibe euch, Väter, weil**
(daß ihr erkannt habt den von Anfang. Ich schreibe euch jun-
14 **gen Männern, weil (daß) ihr den Bösen besiegt habt. * Ich**
schrieb euch, Kinder, weil (daß) ihr den Vater erkannt habt. Ich
schrieb euch, Väter, weil (daß) ihr erkannt habt den von An-
fang. Ich schrieb euch, junge Männer, weil (daß) ihr stark seid
und das Wort Gottes in euch bleibt und ihr den Bösen besiegt habt.
15 *** Liebt nicht die Welt und auch nicht das, was in der Welt ist.**
Wenn jemand die Welt liebt, dann wohnt nicht die Liebe des
16 **Vater in ihm. * Denn alles das in der Welt: das Begehren des Flei-**

zu Vers 12:
1 Ko 6, 11
zu Vers 13:
1 Jo 1, 1
Jo 1, 1
zu Vers 14:
Spr 20, 29
Eph 6, 10
Offb 12, 11
zu Vers 15:
Lk 4, 5 f
Jo 5, 42
1 Ko 7, 31
Jak 4, 4

[68] Es ist bei unserer Verkündigung wichtig, von Johannes zu lernen und dem Menschen, dem alles Überweltliche und Jenseitige fraglich geworden ist, seine Wirklichkeit jetzt und hier zu zeigen.

[69] Paulus schrieb in 2 Ko 4, 3 in ähnlicher Weise und doch in anderer Gedankenrichtung von „blindgemachten Menschen".

zu Vers 16:
Spr 27, 12
Tit 2, 12
zu Vers 17:
Mt 7, 21
1 Pt 4, 2

sches und das Begehren der Augen und die Hoffart der Lebens-
17 **haltung, stammt nicht aus dem Vater, sondern aus der Welt. * Und**
die Welt vergeht und ihr Begehren. Wer aber den Willen Gottes
tut, bleibt in Ewigkeit.

Wieder setzt Johannes seinen Brief in der ihm eigentümlichen Weise fort. Er stellt vor die Gemeinde hin, was ihm wichtig ist, ohne eine Verbindung mit den vorigen Abschnitten deutlich zu machen. Sie könnte allenfalls in dem Wort „lieben" liegen. Der Brieftext selber spricht aber von solchen Erwägungen nicht. Es wird am besten sein, den neuen Doppelabschnitt einfach als ein weiteres, wesentliches Wort des Apostels zu lesen und in sich selbst zu verstehen.

Auf jeden Fall sind die mächtigen Mahnungen von V. 15–17 das eigentliche Ziel des ganzen Abschnittes. Wenn wir bei ihm einen besonderen Zusammenhang mit den bisherigen Darlegungen des Apostels auch nur verhältnismäßig künstlich aufweisen können, so ist aber doch der Zusammenhang nach vorwärts, zum Ziel der Aussagen hin, deutlich. Was der Apostel in V. 12–14 der Gemeinde zuspricht, der Hinweis auf den herrlichen Reichtum, den sie besitzt, bietet die feste Grundlage, von der aus die Gemeinde fähig wird, die mächtige Forderung zu erfüllen, die der Apostel an sie richtet. Von da aus kann sie die totale Umstellung ihrer gesamten Lebenshaltung vollziehen: Nicht mehr die Welt zu lieben, sondern den Willen Gottes zu tun.

12 Erneut wird die Vergebung der Sünden als der entscheidende Besitz der Gemeinde zuerst genannt. **„Ich schreibe euch, Kindlein, weil** (daß) **euch die Sünden vergeben sind um seines Namens willen."** Mit der Bezeichnung „Kindlein" sind hier nicht die eigentlichen Kinder der Gemeinde als besondere Gruppe angeredet. Die ganze Gemeinde ist hier ebenso gemeint wie in V. 28; 3, 7; 5, 21. Der Apostel gibt seinen Mahnungen offenbar gern diesen herzlichen, väterlichen Klang. Er mag als Schreiber dieses Briefes schon in hohem Alter stehen. Umstritten ist in diesem ersten Satz wie in den folgenden Aussagen der Sinn des grie „hoti", das ebenso **„weil"** wie **„daß"** bedeuten kann. Schreibt Johannes der Gemeinde, **„weil"** ihr die Sünden vergeben sind, oder spricht er es ihr zu, **„daß"** sie diesen Schatz der Sündenvergebung habe? Beide Auffassungen sind möglich und zeigen sich in den verschiedenen Übersetzungen[70]. Der Unterschied zwischen beiden Auffassungen wird aber sachlich gering, wenn wir das eigentliche Ziel des Abschnittes in den Versen 15–17 sehen. Der große Besitz der Gemeinde ist der feste Grund für des Apostels einschneidende Forderung: er schreibt, **„weil"** die geistlichen Tatbestände in der

[70] Menge gibt ebenso wie die LÜ und die Elberfelder Bibel das „weil". Schlatter wie Schnackenburg ziehen ein „daß" vor.

Gemeinde da sind. Zugleich ist aber ein „geistlicher Besitz" nie eine gesicherte Vorfindlichkeit, auf die nur hingewiesen zu werden braucht. Die Gemeinde muß in diesem Besitz gestärkt werden, wenn auf ihn das ganze Verhalten der Gemeinde gegründet werden soll. So können die Sätze des Apostels auch wieder als „Zuspruch" und dem entsprechend „hoti" als **„daß"** aufgefaßt werden.

Gerade die Vergebung der Sünden ist etwas, was wir nie „selbstverständlich" haben, sondern ein wunderbares Geschenk, dessen wir immer neu versichert werden müssen. Daß wir gereinigt von all unserer Schuld vor dem heiligen Gott stehen dürfen, das widerspricht allem natürlichen Denken. Unsere Gewißheit darüber können wir nicht auf unsere Gefühle gründen oder aus Gedankenschlüssen gewinnen. Das bevollmächtigte Wort muß uns dieses wunderbare Geschenk zusprechen. Diesen Dienst tut hier der Apostel der Gemeinde. Er verweist dabei auf den **„Namen"** Jesu. Der „Name" ist im biblischen Raum nichts Äußerliches, kein bloßes Wortgebilde. Im „Namen" ist das ganze Wesen und Werk dessen enthalten, der diesen Namen trägt[71]. **„Um seines Namens willen"**, also um des ganzen Werkes Jesu willen in seinem Kommen, Leiden, Sterben und Auferstehen sind uns die Sünden vergeben. Das kann Johannes uns mit aller Gewißheit zusprechen.

Nun stehen hier, wie vielfach im NT, die beiden natürlichen Grup- 13
pen der Gemeinde, die „Älteren" und die „Jüngeren", vor dem Apostel. Er sieht die „Älteren"[72], die er dann als „Väter" der Gemeinde bezeichnet. Sie haben viel erlebt und erfahren. Aber das ist nicht entscheidend; sie können nicht allein von Erinnerungen leben, und seien diese noch so wertvoll. Johannes sagt ihnen darum etwas ganz anderes zu: **„Ich schreibe euch, Väter, weil** (daß) **ihr erkannt habt den von Anfang."** Wir blicken zurück auf das, was wir gleich in der ersten Zeile des Briefes lasen und uns zu diesem Ausdruck „Was von Anfang war" klar machten. Hier ist es jetzt kein „was", sondern ein „wer". Das ist ein unverlierbarer Besitz, der die Väter reich macht, daß sie in ihrem vergehenden, dem Tode zueilenden Leben **„den erkannt"** haben, **„der von Anfang war"**. Dabei haben wir erneut an alles das zu denken, was wir schon über das Wesen des „Erkennens" nach dem

[71] Darum wird „an seinen Namen geglaubt" und „der Name des Herrn angerufen" (Jo 1, 12; 3, 18; 1 Ko 1, 2); darum ist dieser Name „ein festes Schloß", in welchem der Gerechte Geborgenheit findet (Spr 18, 10). Vgl. Lexikon zur Bibel und Theologisches Begriffslexikon, Artikel „Name".

[72] So heißt der grie Ausdruck „presbyteroi" eigentlich. Diesen „Älteren" stehen die „Jüngeren" gegenüber (1 Pt 5, 1. 5; Tit 2, 2. 6). Diese „älteren" und erfahrenen Gemeindeglieder können dann freilich bestimmte Aufgaben für die Leitung einer Gemeinde bekommen und werden dann „Älteste". Das Wort bekommt einen „amtlichen" Sinn, den es zunächst nicht hat.

biblischen und johanneischen Verständnis sagten. Die „Väter" in der Gemeinde besitzen nicht wie die Gnostiker ein weltanschaulich-religiöses System von Gedanken über den, **„der von Anfang war"**. Sie stehen mit ihm in lebendiger, personaler Verbundenheit und „kennen" ihn von daher wesenhaft und in Liebe[73].

Neben den „Vätern" stehen die „jungen Männer" der Gemeinde[74]. Sie stehen mitten im Leben und im Lebenskampf in einer spannungsvollen und versuchungsreichen Welt. Ihnen sagt der Apostel in ihre Lage hinein etwas Großes zu: **„Ich schreibe euch, junge Männer, weil** (daß) **ihr den Bösen besiegt habt."** Johannes weiß wie Paulus, daß Satan, „der Böse", der Fürst und Gott dieser Weltzeit auf Erden ist[75]. Er kennt Macht und List des Bösen. Aber die jungen Männer haben ihn schon besiegt. Welch kühnes Wort! Johannes wünscht nicht nur, daß sie ihn besiegen möchten; er fordert die Gemeinde nicht zu Kampf und Einsatz auf, damit sie hoffentlich den Sieg erlangt. Er redet im Perfekt: **„daß ihr den Bösen besiegt habt"**. Wie kann er das? Diese jungen Männer sind „in Christus" und haben die „Gemeinschaft" mit ihm. So haben sie teil an dem Sieg, den Jesus im Sterben am Kreuz über alle Macht der Finsternis errungen hat. Diese „Teilhabe" wird von Johannes so ernst und wirklich gesehen, daß er den jungen Männern den Sieg über den Bösen als vollendete Tatsache zusprechen kann[76].

14 Noch einmal setzt der Apostel ein und wiederholt in lebendig veränderter Weise seinen Zuspruch. Wir sehen daran, wie sehr ihm an diesem Zuspruch liegt. Johannes braucht jetzt die Form der Vergangenheit: **„Ich schrieb euch . . ."** Meint er seinen eben hingeschriebenen Satz? Das wäre seltsam. Oder erinnert er an einen früheren Brief, in welchem er schon einmal den gleichen Zuspruch bot? Wir wissen von einem solchen Brief nichts. Und warum sollte er nur auf diese wenigen Sätze hinweisen und im übrigen den früheren Brief ohne Erwähnung lassen? Es wird sich einfach um den bekannten Briefstil des Altertums handeln, bei dem der Schreiber sich in die Lage der Empfänger beim Lesen des Briefes versetzt. Für die Leser aber ist Vergangenheit, was der Schreibende jetzt sagt oder tut[77]. Johannes wechselt also beim Wie-

[73] Vgl. dazu Seite 45 und 50.

[74] Der Schreiber unseres Briefes ist auch darin ein echter Israelit, daß er die Frauen nicht anredet, weder die alten noch die jungen. Aber sie sind natürlich voll mit gemeint.

[75] Er wird am Schluß des Briefes feststellen, daß die Welt als ganze „in dem Bösen liegt" (5, 19).

[76] Auf die junge Mannschaft der Gemeinde wird nur speziell angewandt, was Jo 5, 4 jedem aus Gott Geborenen zusagt. Auch hier steht das Perfektum der Gewißheit: Unser Glaube ist der Sieg, „der die Welt besiegt hat".

[77] Vgl. dazu Apg 23, 30; Phil 2, 28; Kol 4, 8; Eph 6, 22; Phlm 12; auch 1 Ko 4, 17; 2 Ko 8, 16 ff.

derholen seines Zuspruches einfach den Stil. Jetzt werden die **„Kinder[78]“** so angesprochen, daß der Apostel wirklich die Kinder der Gemeinde vor Augen haben kann[79]. **„Kinder“** suchen und brauchen den **„Vater“**. Die Kinder der Gemeinde aber dürfen den **„Vater“** kennen, von dem „alle Vaterschaft im Himmel und auf Erden ihren Namen hat“ (Eph 3, 14). **„Ich schrieb euch Kinder, weil** (daß) **ihr den Vater erkannt habt.“** Den „Vätern“ wird der Zuspruch des vorigen Verses einfach noch einmal gegeben. Aber der Schar der jungen Männer – der grie Ausdruck denkt an die Zeitspanne vom 24.–40. Lebensjahr – sagte nun Johannes ausdrücklich noch etwas Näheres über den Sieg, den sie haben. **„Ich schrieb euch, junge Männer, weil** (daß) **ihr stark seid und das Wort Gottes in euch bleibt und ihr den Bösen besiegt habt.“** Diese Männer sind **„stark“**. Dem Bösen gegenüber hilft freilich die natürliche Stärke nichts. Sie bedürfen da einer anderen Kraft, um zu siegen. Und sie haben diese Kraft, wenn und weil **„das Wort Gottes in ihnen bleibt“**. Das ist entscheidend, daß diese Männer das Wort Gottes nicht nur „hören“, sondern daß das gehörte Wort in ihnen **„bleibt“** und seine Lebensmacht in ihnen entfaltet. Wir haben dabei zu bedenken, daß die Gemeindeglieder jener Zeit keine „Bibel“ hatten! Sollte das Wort des Christus in ihnen wirken, dann mußte es im Gedächtnis fest aufgenommen werden und aufbewahrt sein und immer neu innerlich bewegt werden[80]. Wo das Wort Gottes mit seiner Kraft so in Menschen **„bleibt“**, da **„haben sie den Bösen besiegt“**. Wir denken daran, wie sogar Jesus, der Sohn Gottes, im entscheidenden Kampf nicht aus sich selbst heraus, sondern mit dem Wort Gottes den Sieg über Satan gewann (Mt 4, 1–11)[81].

Und nun setzt, wieder ohne Übergang, ohne ein Aufzeigen des 15
Gedankenzusammenhanges, die machtvolle Mahnung ein: **„Liebt nicht**

[78] Johannes gebraucht an dieser Stelle ein anderes Wort als in Vers 12.

[79] Die vielfach angenommene Beziehung der Sätze auf „geistliche Lebensalter“ hat im Text keinen Grund und ist sachlich schwierig. Wer sollte sich selbst als „Vater“ fühlen und das Wort an die „Väter“ sich aneignen? Wer sich noch als „Kind“ wissen? Viel einfacher und natürlicher ist die Bezugnahme auf die tatsächlichen Altersgruppen.

[80] Wir haben die billige, gedruckte Bibel. Das ist ein Geschenk. Es ist aber auch eine Gefahr! Das Wort würde anders in uns „bleiben“ und wirken, wenn auch wir es uns viel mehr gedächtnismäßig einprägen und zum Stoff vielen Nachsinnens machen würden. Der Satz des Apostels zeigt uns jedenfalls, daß das Lesen der Bibel nicht nur eine gewisse „Pflicht“ eines Christen, sondern die Bedingung seiner Kraft und seines Sieges in den Anfechtungen ist.

[81] Dieser „Sieg“ der jungen Männer in der Gemeinde kann einen ganz speziellen Sinn haben. Wir werden gut tun, auf 4, 4 vorauszublicken, wo wiederum von einem „besiegt haben“ gesprochen wird. Vgl. die Auslegung zu dieser Stelle auf S. 112. Dort ist „der Geist des Antichristus“ und somit auch der „Böse“ besiegt, weil die Gemeinde die neuen Lehren abwies, die „Jesus auflösten“. Der „Sieg“ der jungen Generation der Gemeinde wird zum mindesten auch in ihrer klaren Abwehr verführerischer, und gerade für junge Menschen anziehender, neuer Lehren bestanden haben.

die Welt und auch nicht das, was in der Welt ist. Wenn jemand die Welt liebt, dann wohnt nicht die Liebe des Vaters in ihm." Wir können unserseits die Verbindung mit den vorigen Sätzen herstellen und erklärend sagen: Ihr, die ihr solche Kinder, Väter und Männer seid, mit diesem wunderbaren Besitz, ihr müßt und ihr könnt die klare Scheidung von der Welt vollziehen: **„Liebt nicht die Welt."** Solche Worte der Scheidung werden damals wie heute der Gemeinde hart geklungen haben. Aber wir müssen beim Lesen als heutige Menschen daran denken, daß sich Worte und Begriffe in ihrem Inhalt wandeln und etwas sehr Verschiedenes meinen können. Wenn wir heute von „Welt" sprechen, haben wir einfach die Tatsache der umfassenden Einheit der Erde vor Augen. So reden wir von Welthandel, Weltpolitik, Weltfrieden. In dem Wort „Welt" liegt dabei keinerlei Werturteil. Oder wir sehen die „Welt" als „Natur" und freuen uns mit Recht an der „schönen, weiten Welt". Die ntst Zeugen denken bei dem Wort „Welt" an die von Gott gelöste Menschheit, die von dem **„Begehren des Fleisches und dem Begehren der Augen und der Hoffart und Lebenshaltung"** bestimmt wird. So wird es uns Johannes selbst gleich (V. 16) erklären. Auch der, der noch fern von Gott in der Welt lebt, stößt auf die Entstellung, Vergiftung und Verderbnis des Lebens in allen Teilen der Menschheit und kennt das, was Paulus in Rö 1, 28—32 schildert. Wieviel klarer muß das noch ein Gottesmensch erkennen, der mit Gott versöhnt ist und in Gottes reinem Licht lebt (1, 5). Vor Johannes steht der ganze Gegensatz „Gott" und „Welt". Es ist wesenhaft unmöglich, gleichzeitig Gott und die Welt zu „lieben"[82]. Hier vollziehen wir notwendig eine Wahl. Wer wirklich Gott in seiner Herrlichkeit, Hoheit und Klarheit liebt, sagt von Herzensgrund sein Nein zur **„Welt"**. Und umgekehrt: **„Wenn jemand die Welt liebt, dann wohnt nicht die Liebe des Vaters in ihm[83]."** Gott wird dabei ausdrücklich der **„Vater"** genannt. Es geht nicht um einen „Gott", den wir uns zurechtdenken könnten, sondern um den Gott, den Jesus, der Sohn, den „heiligen Vater", den „gerechten Vater" genannt hat (Jo 17, 11. 25). Ihn „kennt" die Welt nicht (Jo 17, 25). Wie sollten wir ihn kennen und „lieben" können, wenn unser Herz der „Welt" gehört! Aber liebt nicht Gott selber die Welt? Ist das nicht das große Evangelium Jo 3, 16? Nun, Gott kann Dinge wagen, die wir uns niemals zutrauen dürfen! Vor allem aber dürfen wir in der Aussage von

[82] Johannes sah die Welt als ganze „im Bösen", im Machtbereich des Bösen, des Urfeindes Gottes liegen (5, 19). Jesus selbst hat den Teufel als den „Fürsten dieser Welt" bezeichnet (Jo 14, 30). Wir können unmöglich zugleich Gott und seinen Todfeind lieben.

[83] „Die Liebe des Vaters" ist hier ein Genetiv des Objektes. Es geht im Text um unsere eigene Haltung, also auch um unsere Liebe zum Vater. Freilich haben wir diese „Liebe zum Vater" nur, weil der Vater uns „zuerst geliebt" hat (4, 19).

Jo 3, 16 das „So" nicht vergessen, das an der Spitze des Satzes steht und den ganzen Satz prägt und bestimmt. Es geht nicht um eine allgemeine, bedingungslose Liebe Gottes zur Welt. Nein, nur in einer ganz bestimmten Weise kann Gott die Welt lieben, „so", daß er den einzigen Sohn hinopfert, „so", daß seine Liebe durch Schmerz und Blut und Tod hindurchgeht.

Und nun stellt es Johannes in seiner Weise einfach wieder als unwiderlegliche Tatsache vor uns hin, ohne Diskussion, ohne Begründung: **„Denn alles das in der Welt: das Begehren des Fleisches und das Begehren der Augen und die Hoffart der Lebenshaltung, stammt nicht aus dem Vater, sondern aus der Welt."** Hier bedarf es keiner „Begründung", diese Wahrheit ist klar in sich selbst. Hier ist darum auch jede Diskussion unmöglich. Hier haben wir selber zu sehen: Wovon lebt die Menschenwelt? Was füllt ihr Leben aus? Wovon wird sie bewegt und umgetrieben? Es ist das **„Fleisch"**, das natürliche Ichwesen, wie es mit jedem Kind neu zur Welt kommt. Und dieses unser Ichwesen ist von Kindheit an ein Bündel von **„Begehrungen"**: Ich will . . ., ich möchte . . ., ich verlange . . . Alles Arbeiten, Streben, Kämpfen, im Großen wie im Kleinen, gilt der Erfüllung dieses **„Begehrens"**. Dabei spielen die **„Augen"** eine ganz wichtige Rolle. Der Sündenfall beginnt mit Evas „Sehen", mit der „Augenlust" an dem verbotenen Baum (1 Mo 3, 6). Auch Davids schwerer Fall entsteht aus dem „Sehen" (2 Kön 11, 2). Mit dem **„Begehren der Augen"** beginnt es immer wieder auch bei uns. Und dann verfestigt sich die ganze Art der „Welt" in der **„Hoffart der Lebenshaltung"**, im Protzen mit dem, was man hat und sich leisten kann, in der Sucht, andere im Besitz und in der Lebenshaltung zu übertreffen.

Johannes sagt kein Wort davon, wie diese ganze Verkehrung des 16
menschlichen Wesens und Lebens zustande gekommen ist und woher dieses ganze **„Begehren des Fleisches und der Augen"** stammt. Ein theoretisches Wissen davon würde uns nichts helfen, sondern im Gegenteil leicht von der bedrohlichen Tatsache ablenken, daß von Natur alles dieses auch in uns selber lebt und uns beherrscht. Es ist ferner bezeichnend für Johannes, daß er auch keinerlei nähere Bestimmungen darüber trifft, was er als dieses **„Begehren des Fleisches"** ansieht. Ist es denn wirklich schon gefährliche **„Welt"**, wenn mein Blick mit Freude auf einem schönen Möbelstück ruht und ich es zu erwerben trachte? Ist es **„Hoffart der Lebenshaltung"**, wenn ich Bekannten mit Freude den Wagen zeige, den ich nun fahren kann? Wo ist die Grenze, wo beginnt das Verfallensein an die **„Welt"**, das unvereinbar ist mit der Liebe zum Vater? Johannes würde auf solche Fragen wohl antworten: Das weißt du selber am besten! Allerdings, sehr wach mußt du hier bleiben, und eben darum schrieb ich meine Sätze so schroff an

die Gemeinde. Du kannst als Kind Gottes sehr wohl unterscheiden, was **„aus dem Vater"** stammt in einfacher, dankbarer Freude an Gottes Gabe, und was **„aus der Welt"** ist und die verführerischen Züge der „Welt" an sich trägt. Es gibt hier keine äußeren Regeln, nach denen man sich bequem richten könnte. Denn der eine kann fröhlich genießen, was für einen andern gefährliche Weltverfallenheit wäre. Hier steht und fällt jeder in eigener Verantwortung[84].

17 Bei den Aussagen des Johannes werden wir immer wieder beobachten können, wie frei sie von aller „Moral" sind. Johannes urteilt nicht ab über die, die sich von der „Welt" beeinflussen lassen. Er stellt nur wieder mit großem Ernst eine Tatsache vor sie hin: **„Und die Welt vergeht und ihr Begehren. Wer aber den Willen Gottes tut, bleibt in Ewigkeit."** Wer mit wachem Sinn durch das Leben geht, sieht das „Vergehen" der Welt überall[85]. Was wird aus alledem, was wir so eifrig erwerben und so heiß erkämpfen? Wie sehr kann es uns enttäuschen, wenn wir es gewonnen haben, und wie rasch fällt es aus unsern Händen. Und wahrlich, nicht nur **„die Welt vergeht"**, sondern es vergeht auch **„ihr Begehren"**. Das geschieht nicht erst im Sterben. Wie unbegreiflich kann es uns schon nach wenigen Jahren sein, daß wir dieses oder jenes so leidenschaftlich gewünscht haben. Und wie erschreckend können wir es erfahren, daß das gestillte Begehren doch nicht still wird, sondern nach neuem Begehren dürstet[86]. Ruhelos und tief unzufrieden wird unser Leben, solange wir der Welt und ihrem Begehren hingegeben sind. Und vollends wird uns im Sterben alles genommen, was wir auf der Welt hatten. Im Tode wird für uns die ganze Welt zunichte. Trotzdem bleibt der Mensch von Natur an die Welt gebunden und klammert sich bei aller Enttäuschung immer wieder an sie. Aber für den, der zu Jesus kam, von ihm die Vergebung der Sünden und die Versöhnung mit Gott empfing und ein Kind Gottes wurde, ist diese Bindung an die Welt durchbrochen. Er klammert sich nicht mehr an die Welt, sondern ist frei für Gott und das Tun seines Willens.

Aber wird nicht unser Leben leer und inhaltslos, wenn wir uns aus der Welt lösen und uns ihrem Begehren entziehen? Der Apostel hatte

[84] Johannes „redet in der Absicht, den Lesern die gesammelte und entschlossene Gottesliebe zu erhalten, die sich lieber weltflüchtig schelten, als sich durch das Treiben der Welt, die keine Gottesliebe hat, beflecken läßt, und der Verführung entgegen zu wirken, die überhaupt keinen Unterschied zwischen einer Lebensführung aus Gottesliebe und ‚unbefangener Teilnahme an der Kultur' mehr kennt." Büchsel a. a. O. S. 35 Zeile 20–24.

[85] Andreas Gryphius hat es in seinem Lied: „Die Herrlichkeit der Erden . . ." eingehend dargestellt.

[86] So stellt es Dr. Faust fest: „So taumel' ich von Begierde zum Genuß, und im Genuß verschmacht ich nach Begierde."

an V. 12—14 schon gezeigt, wie wenig das der Fall ist und welchen Lebensreichtum alle Glieder der Gemeinde besitzen. Jetzt weist er noch auf etwas anderes hin: **„Wer aber den Willen Gottes tut."** Was ist das für ein unerschöpflicher Lebensinhalt, den Willen Gottes zu tun! Wie spannt das alle unsere Kräfte an. Welche Fülle der Erfahrungen wird uns dabei zuteil. In welche Abenteuer werden wir geführt und wie interessant wird unser Leben in immer neuen Aufgaben! Und wir merken schon, wenn Johannes uns ausdrücklich zusichert: Wer so lebt, **„der bleibt in Ewigkeit"**, dann gibt es für ihn nicht nur eine vage Hoffnung, daß er später einmal eine ewige Existenz erhalten werde. Nein, er hat jetzt schon ein Leben, das im Tun des Willens Gottes Ewigkeitscharakter an sich trägt und an dem Anteil erhält, was seinem Wesen nach nicht vergehen kann. Der Wille Gottes ist über alles Zeitliche hinausgehoben, auch wenn er jetzt im Zeitlichen getan sein will und in zeitliche Nöte und Schmerzen und Opfer hineinführt. Dennoch leuchtet alles, was Gottes Wille ist, in ewigem Licht. Und wer diesen Willen Gottes tut, der **„bleibt in Ewigkeit"**.

Die Gemeinde Jesu und mit und in ihr jedes Gemeindeglied hat nicht etwa neben einem Leben, wie es alle Menschen führen, einige religiöse Gedanken und Gefühle. Die Gemeinde und jedes ihrer Glieder lebt von Grund auf ein anderes Leben mit einer total anderen Lebensrichtung und einem völlig andern Lebensinhalt. Ihr Leben wird nicht mehr bestimmt „vom Begehren des Fleisches und der Augen", sondern vom „Tun des Willens Gottes", aus der Liebe zum Vater heraus. Aber diese Lebenshaltung beherrscht uns nicht einfach von selbst, nachdem wir einmal Christen geworden sind. Sie ist ständig bedroht von unserer Verflochtenheit in die Welt und von ihren Versuchungen her. Darum muß die Gemeinde immer neu aufgerufen werden: **„Liebt nicht die Welt und auch nicht das, was in der Welt ist."** So gehört es für Johannes wesentlich zu seinem Dienst an der Gemeinde, ihr das zu sagen und diesen Abschnitt V. 12—17 in seinen Brief einzufügen.

GEFÄHRDUNG UND WAPPNUNG DER GEMEINDE IN DER „LETZTEN STUNDE"

1 Johannesbrief 2, 18—27

18 **Kinder, letzte Stunde ist es, und wie ihr gehört habt, daß** (der) **zu Vers 18:**
Antichrist kommt, so sind auch jetzt viele Antichriste erstanden. 1 Jo 2, 22
19 **Daraus erkennen wir, daß letzte Stunde ist. * Von uns sind sie** 4, 3
ausgegangen, aber sie waren nicht von uns, denn wenn sie von uns 2 Jo 7 Mt 24, 5. 24
wären, wären sie bei uns geblieben. Aber sie sollen offenbar 1 Ko 10, 11

2 Th 2, 3. 4
1 Tim 4, 1
1 Pt 4, 7
zu Vers 19:
Apg 20, 30
1 Ko 11, 19
zu Vers 20:
1 Jo 2, 27
1 Ko 2, 15
zu Vers 21:
2 Pt 1, 12
zu Vers 22:
1 Jo 2, 18
Mt 10, 33
zu Vers 23:
1 Jo 4, 15
2 Jo 9
Jo 5, 23
zu Vers 24:
1 Jo 3, 24
zu Vers 27:
1 Jo 2, 20
Jer 31, 34
Jo 14, 26
16, 13
2 Ko 1, 21 f

20 **werden, daß sie nicht alle von uns sind. * Und ihr habt Salböl**
von dem Heiligen und seid wissend alle miteinander (oder: und
21 wißt alles). * **Ich schrieb euch nicht, weil ihr die Wahrheit nicht**
wißt, sondern weil ihr sie wißt und weil jede Lüge nicht aus der
22 **Wahrheit stammt. * Wer ist der Lügner, wenn nicht der, der leug-**
net, daß Jesus der Christus ist? Dieser ist der Antichrist, der den
23 **Vater und den Sohn leugnet. * Jeder, der den Sohn leugnet, hat**
auch den Vater nicht. Wer den Sohn bekennt, hat auch den Vater.
24 *** Ihr, was ihr gehört habt von Anfang, das bleibe in euch. Wenn**
in euch bleibt, was ihr von Anfang gehört habt, werdet auch ihr
25 **selbst in dem Sohn und dem Vater bleiben. * Und das ist die Ver-**
26 **heißung, die er selbst uns verheißen hat: das ewige Leben. * Dies**
27 **schreibe ich euch über die, die euch irreführen. * Und ihr, das Salb-**
öl, das ihr empfangen habt von ihm, bleibt in euch und ihr habt
nicht nötig, daß jemand euch belehre, vielmehr wie sein Salböl
euch belehrt über alles, so ist es auch wahr und ist keine Lüge;
und wie es euch gelehrt hat, so bleibt in ihm.

Wer den Willen Gottes tut, der bleibt in Ewigkeit. Über diese „Ewigkeit" sagt Johannes nichts Näheres. Sie ist im Tun des Willens Gottes eigentlich schon Gegenwart. Haben wir es hier mit jener „Entmythologisierung" und „existenzialistischen Vergegenwärtigung" der Eschatologie zu tun, die man bei Johannes gefunden haben will[87]? Sind die Linien des großen Zukunftsgeschehens verwischt, weil ja schon der zum ewigen Leben durchdrang, der an Jesus glaubte und den Willen Gottes erfüllte? Nein, wieder ohne hervorgehobenen Zusammenhang mit dem Vorhergehenden folgt ein neuer Abschnitt des Briefes, der auf die Verkündigung der Parusie in 2, 28 — 3, 3 zugeht und auch seinerseits die eschatologischen Aussagen der Urchristenheit aufnimmt.

18 **„Kinder, letzte Stunde ist es, und wie ihr gehört habt, daß** (der) **Antichrist kommt, so sind auch jetzt viele Antichriste erstanden. Daraus erkennen wir, daß letzte Stunde ist."** Die geschichtliche Zeit ist — anders als die physikalische Zeit — nicht gleichmäßiger Ablauf, sondern sie hat Geschichtsstunden besonderer Bedeutsamkeit und mündet in eine **„letzte Stunde"**[88]. In ihr fallen auch letzte, unaufhebbare Entscheidungen. **„Letzte Stunde"** kann es nur sein, weil der Retter der Welt kam und jetzt von den großen Heilsereignissen nur noch die Parusie aussteht und alles andere „vollbracht ist". Die **„letzte**

[87] Vgl. den großen Kommentar R. Bultmanns zum Johannesevangelium.
[88] Wir sind gewohnt, von der „letzten Zeit" zu reden, wobei im Grie für „Zeit" in diesem Sinn das besondere Wort „kairos" gebraucht wird. Aber Jesus hat von „seiner Stunde" gesprochen (Jo 2, 4; 8, 20; 13, 1; 17, 1). Von daher ist Johannes die „Stunde" wichtig geworden.

Stunde" ist aber vor allem gekennzeichnet durch eine Gegenwehr der Finsternis gegen den von Gott geschenkten Erretter, durch einen letzten Versuch, ihn zu besiegen und zu beseitigen. Darum sprach die urchristliche Verkündigung, wie die Briefempfänger sie **„gehört"** haben, vom **„Antichrist"**. Nicht nur „falsche Propheten" werden aufstehen und nicht nur mancher „falsche Christus" (Mt 24, 24). Der **„Antichrist"** ist noch mehr als das. Er ist der direkte Widersacher des Christus, der, der den Christus Gottes beseitigen und sich selbst an seine Stelle setzen und Welt und Menschheit endgültig von Gott losreißen und in die eigene Hand bringen will. Johannes sagt aber hier in seiner Weise nichts Näheres darüber[89]. Er bleibt stehen bei der einfachen Gewißheit der Gemeinde: der[90] Antichrist kommt.

Aber mit seinem wachen, vom Geist Gottes geleiteten Blick hat er etwas wahrgenommen, was auch die Gemeinden unbedingt sehen müssen, um Geschehnisse ihrer Zeit, dieser **„letzten Stunde"**, recht zu verstehen und sich mit klarer Wachsamkeit zu rüsten. Gott erfüllt die Weissagung vom Antichristen so, daß **„jetzt viele Antichriste erstanden sind"**. Sieht Johannes in diesen **„Antichristen"** Vorläufer des eigentlichen, großen, antichristlichen Weltherrschers? Oder ist der erwartete Antichrist bereits in den vielen „Antichristen" realisiert? Der Wortlaut des Textes gibt auf diese Fragen keine eindeutige Antwort. Es ist aber sachlich doch wohl unwahrscheinlich, daß der Apostel im Auftreten von Irrlehrern, die Jesus leugneten, die ganze Erfüllung dessen gesehen haben sollte, was nach 2 Th 2 und Offb 13 erwartet wurde. Dem eigentlichen „Antichrist" eignet Macht, ja Weltmacht. Er ist nicht nur „Irrlehrer", der Jesus theoretisch leugnet und aus dem Glauben der Gemeinde zu verdrängen sucht, sondern Weltherrscher, der mit Terror und Blut die Gemeinde Jesu zersprengt und jede Erinnerung an Jesus austilgen will, um selber die Menschheit äußerlich und innerlich ganz in seiner Hand zu haben.

Wir werden die Frage nach dem Verhältnis von **„Antichrist"** und 19
„Antichristen" nicht endgültig beantworten können. Aber das müssen wir als wesentlich in unserm Vers erkennen: der Apostel will die Gemeinde warnen, in falscher Weise in die Zukunft zu schauen und darüber die Gegenwart zu verkennen. Die Gemeinde darf nicht immer nur auf den einen großen Antichrist warten, der noch gar nicht sichtbar ist, und darüber die gefährlichen **„Antichriste"** übersehen, die jetzt da sind und die Gemeinde bedrohen. Diese Männer sind so ernst zu nehmen, daß gerade an ihnen zu erkennen ist, **„daß letzte Stunde ist"**. Hier hat eine Gegnerschaft gegen Jesus eingesetzt, die nichts mehr

89 Wir finden vor allem in 2 Th 2 und Offb 13 eingehende Darlegungen.
90 In den besten Handschriften fehlt hier der Artikel, während er in Vers 22 steht. Vielleicht ist „Antichrist" ähnlich wie auch „Christus" ohne Artikel gebraucht worden.

mit bloßem theologischem Meinungsstreit zu tun hat, sondern endzeitlicher Angriff auf Jesus und seine Stellung in der Heilsgeschichte ist. Eben dies ist „antichristlich". Wie kennzeichnet Johannes diese „Antichristen"? Er weist zuerst auf einen wichtigen Tatbestand: **„Von uns sind sie ausgegangen, aber sie waren nicht von uns, denn wenn sie von uns wären, wären sie bei uns geblieben."** Das ist das gefährliche an diesen Männern, daß sie nicht wie jüdische oder heidnische Verfolger von außen kommen und angreifen. Nein, **„von uns sind sie ausgegangen"**. Sie stammen aus den eigenen Reihen der Gemeinde. Sie werden sich auch darauf berufen haben: Wir kommen doch von euch! Wir kennen dieses euer Christentum sehr genau. Aber nun haben wir Größeres und Besseres gefunden und wollen es euch bringen anstelle eures engen und dürftigen Glaubens an Jesus!

Der Apostel durchleuchtet diese Behauptung mit dem Licht einer einfachen Wahrheit: **„Denn wenn sie von uns wären, wären sie bei uns geblieben."** Auch schon damals, als diese Männer noch in der Gemeinde lebten, waren sie in den verborgenen Wurzeln ihres Denkens und ihres Daseins von der Gemeinde geschieden. Sie waren nicht wirklich von ihrer ganzen Verlorenheit überführt. Sie sahen darum nicht wirklich in Jesus und seinem Blut die einzige Rettung, die es gibt. Hätten sie diese Grunderfahrungen der Gemeinde geteilt, so hätten sie sich nie von der Gemeinde lösen können, sondern wären **„bei uns geblieben"**. Irgendwie saß in ihnen bereits ein ganz anderes Denken und Verlangen, daß sich nun vom Strom der Gnosis fassen und forttreiben ließ bis zum Leugnen des eigentlichen Evangeliums[91].

Aber ist das nicht ein erschütternder Vorgang: Männer, die einmal selber in der Gemeinde standen, wahrscheinlich sogar als Verkünder und Lehrer, bekämpfen Jesus als Erretter und wollen dabei noch in einem „höheren" Sinn Christen sein! Wie sollen die Gemeindeglieder das verstehen? Und wie kann Gott so etwas zulassen? Johannes sieht in dem Vorgang einen ernsten göttlichen Sinn, wie ihn auch Paulus bei den Wirrnissen in Korinth sah (1 Ko 11, 19). **„Aber sie sollen offenbar werden, daß sie nicht alle von uns sind."** Es soll nicht bei verborgenen Trennungen bleiben. Der Gott der Wahrheit will ins Licht stellen, was nicht wurzelhaft zur Gemeinde gehört. Es ist göttliches Gericht, Scheidung von Gott her, die sich hier in der „letzten Stunde" vollzieht.

[91] So werden wir es immer wieder bei denen finden, die aus der Gemeinde selber stammen und dann zu Gegnern Jesu werden: die innere Scheidung von der Gemeinde Jesu und von der Botschaft war in der Tiefe immer schon da. Nur wahrhaft Verlorene brauchen einen Erretter, wie er in Jesus, dem stellvertretend für uns am Fluchholz Sterbenden, vor uns steht, und können nie von ihm los. Vgl. dazu das in der Einleitung über die Gnosis Gesagte.

Ist die Gemeinde dem verwirrenden Geschehen ohne Hilfe ausgeliefert? Ganz und gar nicht. Wieder spricht der Apostel ihr zu, was sie als ihren Reichtum besitzt. **„Und ihr habt Salböl von dem Heiligen und seid wissend alle miteinander** (oder: wißt alles)." Auf eigenes Erkennen und Urteilen gestellt, konnte die Gemeinde unsicher werden. Aber sie hat **„chrisma = Salböl"**, weil sie dem Gesalbten, dem „Christos", gehört und von ihm mit dem Heiligen Geist gesalbt und versiegelt ist (2 Ko 1, 21). Dieses „Salböl" haben sie **„von dem Heiligen"**, von dem, der als Heiliger keinen täuschenden Schein und keine Lüge zuläßt und darum seine Gemeinde zur Erkenntnis der Wahrheit rüstet. Der Text des Satzes ist nicht eindeutig. Die Handschriften haben teils ein **„ihr wißt alle"**, teils ein **„ihr wißt alles"**. Die Bezeugung ist dabei ziemlich gleich stark. **„Ihr wißt alle"** ist unbequem durch das Fehlen eines Objektes. Wir haben es darum in der Übersetzung als **„ihr seid wissend alle miteinander"** wiedergegeben. Die andere Aussage, daß die Gemeinde durch den Heiligen Geist **„alles"** weiß, müßte uns nicht stören: ist ihr doch das Geleitetwerden „in alle Wahrheit" ausdrücklich versprochen (Jo 16, 13) und kommt doch dieses **„alles"** in V. 27 nochmals vor. Aber es mag gerade darum die etwas schwierigere Lesart **„alle"** in V. 20 die ursprüngliche sein. In den Textzusammenhang paßt sie erheblich besser hinein. Es kommt der Gefährdung durch die „Antichriste" gegenüber nicht so sehr darauf an, daß die Gemeinde **„alles weiß"**. Es kommt darauf an, daß **„alle"** ihre Glieder durch das Salböl zum Durchschauen des Antichristentums gerüstet sind.

20

21

Wenn sie aber „im Heiligen Geist" **„wissend alle miteinander"** sind[92], ist dann der Brief des Apostels nicht überflüssig? In der Tat, sie sollen den Brief nicht so auffassen, als sehe Johannes in ihnen Unwissende, die er erst belehren müßte. **„Ich schrieb euch nicht, weil ihr die Wahrheit nicht wißt."** Der Apostel schreibt gerade, **„weil ihr sie wißt"**. Denn die Wahrheit, auch die vom Geist Gottes vermittelte, ist nicht ein müheloser, unangefochtener Besitz. Die Gemeinde hat die stete Stärkung und Klärung nötig. Gerade jetzt hat sie sie nötig, um die Erschütterung zu überwinden, wenn bekannte Männer, die einst zur Gemeinde gehörten, sie jetzt von Jesus zu einem angeblichen „höheren" und reicheren Christsein fortrufen. Wenn sie „die Wahrheit wissen", dann können sie selber die neuen Lehren durchschauen und in aller Klarheit abweisen, **„weil jede Lüge nicht aus der Wahrheit stammt"**. Diese einfache Tatsache müssen sie festhalten, daß Wahrheit immer nur **„Wahrheit"** hervorbringen kann. Die gnostischen Irrlehrer sagen der Gemeinde, sie kämen doch aus ihr selbst her und hätten nur

[92] Das entspricht dem „Neuen Bund", den Gott durch Jeremia (31, 31—34) verheißt, wo keiner mehr den andern lehren muß, sondern alle Gott erkennen, beide, klein und groß.

die viel zu primitive und enge Wahrheit weiter entwickelt und zu höheren Wahrheiten geführt. Die Gemeinde aber kann und muß erkennen, daß es sich hier nicht um „Weiterentwicklung", sondern um die Entleerung und Auflösung der eigentlichen, rettenden Wahrheit Gottes, also um „Lüge" handelt. „Lüge" aber wird vergeblich ihren Stammbaum auf die **„Wahrheit"** zurückzuführen suchen.

22 Aber sind denn diese Vertreter eines neuen und höheren Christentums, einer christlichen Gnosis, **„Lügner[92a]"**? Meinen sie es nicht völlig ehrlich? Sind sie nicht von ihrer Sache überzeugt? Wir sind schnell bereit, alles mögliche als „ehrliche Überzeugung" zu achten und anzuerkennen. Für die bevollmächtigten Boten der Wahrheit Gottes sieht es anders aus. Es geht ihnen bei der „Wahrheit" um die „Wirklichkeit", die Gott selbst gezeigt hat. Diese seine Wirklichkeit darf nicht verdeckt, entstellt, zerstört werden. Wer Gottes Wirklichkeit leugnet[93] oder verfälscht, der ist objektiv ein **„Lügner"**, auch wenn er subjektiv aus „ehrlicher Überzeugung" redet und handelt. Vollends ist das so bei der höchsten und endgültigen Enthüllung und Darbietung der Wahrheit Gottes in Jesus. **„Wer ist der Lügner, wenn nicht der, der leugnet, daß Jesus der Christus ist[94]?"**

Das grundlegende Urbekenntnis der Christenheit ist in dem kurzen Satz zusammengefaßt, der uns wie ein bloßer Name erscheint: „Jesus Christus." Es ist aber in der hbr und aramäischen Sprache eigentlich ein ganzer Satz und kann es so auch im Grie sein: „Jesus ist der Christus." Dabei ist hier „der Christus = der Gesalbte" nicht mehr in seinem ursprünglichen Sinn als „der Messias Israels" gemeint. Das ist Jesus ganz gewiß auch! Aber längst war die Botschaft von Jesus zu den Nationen gekommen, und der Christustitel hatte jenen umfassenden Sinn angenommen, den schon die Samariter erfaßt hatten, als sie Jesus „den Retter der Welt" nannten (Jo 4, 42). **„Jesus Christus"** ist nichts anderes als jenes „Kyrios Jesous", das Paulus in 1 Ko 12, 3 als das vom Geist Gottes gewirkte Grundbekenntnis des wirklichen Christen darstellt: „Herr ist Jesus!" Und nun wird gerade dieses Grundbekenntnis verneint! Es wird **„geleugnet, daß Jesus der Christus ist"**. „Leugnen" ist wie „Bekennen" nicht ein bloßes Denken und Meinen, sondern ein ausdrückliches Aussprechen und Bezeugen. Hier

92a Vgl. dazu S. 35—36.

93 Es ist beachtlich, daß im Deutschen die Worte „leugnen" und „lügen" sprachlich verwandt sind. Im „Lügen" „leugnen" wir die Wirklichkeit, die wir sehen und achten sollten.

94 Darum ist Satan ein „Lügner und der Vater der Lüge", weil er zuerst und radikal Gottes Wirklichkeit und Liebe bestreitet und zu vernichten sucht. Vgl. Jo 8, 44 und die Auslegung dazu in der W. Stb. Darum sind auch die „Antichriste", die Johannes vor sich sah, ebenso vom Satan inspiriert und bevollmächtigt, wie es der Antichristus selbst sein wird.

wird nicht gefragt und überlegt, hier ist es für bestimmte „christliche" Kreise eine laut verkündigte Sache: Jesus ist nicht der Christus! Es ist dann nicht mehr wichtig, welchen Platz man Jesus zuweist und welchen Namen man ihm läßt. Mit der Behauptung „Jesus ist nicht der Christus" ist nach dem Urteil des Johannes das Christentum als solches aufgehoben. Indem sich diese Lehre gegen den Kern der Christusbotschaft wendet, wird sie „Antichristentum". Hier verdrängt der Antichrist den Christus Gottes. **„Dieser ist der Antichrist, der den Vater und den Sohn leugnet."**

Johannes möchte, daß die Gemeinde sieht: es geht hier nicht um 23
einen einzelnen Lehrpunkt, um eine abweichende theologische Meinung, über die man reden könnte. Hier ist **„der Sohn"** geleugnet, d. h. das ganze Wesen Jesu und seine Sendung als Offenbarer des Vaters und als Gabe seiner versöhnenden Liebe. Und damit ist auch **„der Vater"** selbst verkannt. Die Gemeinde darf sich nicht dadurch verführen lassen, daß die neuen Lehren natürlich auch von „Gott" sprechen und „Gott" viel tiefer und höher und reiner zu erfassen behaupten, als er in dem rückständigen, apostolischen Christentum erkannt werde. Dieser „Gott" ist auf jeden Fall nicht mehr der „Vater Jesu Christi", der wahre, lebendige Gott! **„Jeder, der den Sohn leugnet, hat auch den Vater nicht."** Hier läßt sich nichts trennen. So hat es Jesus grundlegend dem Philippus gesagt, der Jesus bat: „Zeige uns den Vater, so genügt uns." Der „Vater" ist nicht irgendwo zu finden und zu „zeigen". Der Vater ist nur an einer einzigen Stelle zu sehen: in Jesus, im Sohn. „So lange bin ich bei euch, und du kennst mich nicht, Philippus? Wer mich sieht, der sieht den Vater" (Jo 14, 9). Es ist ein irriger Einwand, wenn uns vorgeworfen wird, wir sprächen immer nur von Jesus und entwerteten dadurch Gott, den Vater. Dieser Einwand verkennt, daß Jesus nur dadurch der **„Sohn"** ist, weil er zum **„Vater"** gehört, und daß darum jeder ernsthafte Blick auf den Sohn zugleich den Vater sieht, der ihn gesandt hat und für den der Sohn lebt[95].

Der Apostel hebt die Gemeinde in einem vorangestellten und be- 24
tonten **„Ihr"** von den Irrlehrern ab und fügt diesem aufrufenden „Ihr"

[95] Wie aktuell für uns heute diese Sätze des Johannes sind, muß nicht erst dargelegt werden. Es geht dabei nicht nur um lebensgefährliche Theologien, sondern auch um die vielen Menschen, die in aller Harmlosigkeit versichern, sie könnten mit Jesus nichts anfangen und brauchten ihn auch nicht, weil sie ja unmittelbar Gott, den Vater, und die Geborgenheit bei ihm hätten. Nein, „jeder, der den Sohn leugnet, hat auch den Vater nicht!" Der Vater, der in Jesus „das Wort" gesprochen und der verlorenen Welt in ihm seine rettende Liebe geschenkt hat, kann sich von Jesus nicht trennen lassen. Welch ein unsagbarer Hochmut spricht sich in der scheinbaren „Harmlosigkeit" aus. Gott findet keinen andern Weg zu uns als in der Hingabe seines Sohnes; wir aber erklären: „Nicht nötig; ich muß Gott auch so lieb und recht sein." Hier wird der Abgrund der Sünde in völliger Blindheit nicht gesehen.

seine Mahnung an: **„Ihr, was ihr gehört habt von Anfang, das bleibe in euch."** Genau wie bei dem „Gebot" in 2, 7 wird auf den **„Anfang"** ihres Christseins hingewiesen. Dabei meint auch hier das Wort „Anfang" nicht den bloßen zeitlichen Beginn als solchen. Der **„Anfang"** des Christwerdens ist nicht ein bloßer „Beginn", es ist ein mächtiges, schöpferisches Geschehen von Gott her wie der „Anfang" der Schöpfung (vgl. 2 Ko 4, 6)[96]. In diesem Geschehen wurden sie erfaßt und überwunden von der Wahrheit Gottes, erkannten ihre Sünde und Verlorenheit, sahen Jesus, den Sohn, in seiner Herrlichkeit als die Versöhnung für unsere Sünden, ja für die ganze Welt, und wurden Jesu Eigentum. Darum muß das in ihnen **„bleiben"**, was sie **„von Anfang gehört haben"**. Denn, **„wenn in euch bleibt, was ihr von Anfang gehört habt, werdet auch ihr selbst in dem Sohn und dem Vater bleiben"**. Achten wir wohl auf den Wortlaut! Johannes mahnt nicht etwa die Gemeindeglieder zum „Bleiben" bei bestimmten Ansichten und Lehren und vertritt nicht irgendeinen „Traditionalismus". Er redet nicht als ein alter Mann, der die Gemeinde in ausgefahrenen Gleisen festhalten will. Nein, die von Anfang gehörte Botschaft soll in ihnen „bleiben". Sie ist eine selbständige, lebendige Größe von eigener Wirkungskraft. Sie ist das „Wort des Lebens", das allein imstande ist, uns wahres Leben zu geben und so nach der Zusage von 1, 3 in der Gemeinschaft mit dem Vater und dem Sohne zu erhalten. Sie verlieren das Leben, wenn das von Anfang gehörte Evangelium nicht in ihnen bleibt. So entscheidend ist das „Hören[97]" der Botschaft und das „Bleiben" des Gehörten in uns.

25 Darum fügt Johannes noch den kurzen Satz an: **„Und das ist die Verheißung, die er selbst verheißen hat: das ewige Leben."** „Ewiges Leben" haben gerade auch die Gnostiker den Menschen versprochen. Aber warum sollen wir uns von neuen Lehren versprechen lassen, was **„er selbst"** uns längst verheißen hat, **„er selbst"**, den wir kennen, dem wir vertrauen, der sein Blut vergoß, um uns von dem einen großen Hindernis des ewigen Lebens, von unsern Sünden, zu reinigen?

26/27 Johannes faßt zusammen: **„Dies schreibe ich euch über die, die euch irreführen."** Die Männer der neuen Richtung suchen die Gemeinde loszumachen von ihrem ganzen bisherigen Besitz. Wohin führen sie die Gemeinde? Johannes kann nur sagen: in die Irre! Aber ist das nicht nur eine bloße Behauptung? Soll die Gemeinde sich einfach dem Wort des alten Apostels beugen? Nein. Johannes weiß sich in einer ganz anderen Lage der Gemeinde gegenüber. Er muß sie nicht mit

[96] Paulus hat die Korinther ebenso wie die Thessalonicher auf dieses Geschehen hingewiesen (1 Ko 2, 4.5; Kol 2, 12; 1 Th 1, 4—10).
[97] So sagt es Paulus grundlegend in Rö 10, 17: Also kommt der Glaube aus dem Hören, das Hören aber durch das Wort des Christus.

bloßer äußerer Autorität halten. Die Gemeinde hat selber den wahren, innerlich überführenden „Lehrer" in ihrer Mitte, in ihrem Herzen. Denn mit dem Wort, das sie von Anfang hörten, kam der Heilige Geist in die Gemeinde. „Wort" und „Geist" sind unmittelbar verbunden. Nur das vom Geist geformte und beglaubigte Wort überführt und bringt zum Glauben. Und wiederum im glaubenden Hören des Wortes werden wir mit dem Heiligen Geist versiegelt[98]. Für die Apostel war der Geistesbesitz für die Gemeinde kein „Problem", keine fragliche Sache, um die immer neu und also wohl ohne klare Erhörung zu bitten war. Die Gemeinde besitzt das „Salböl", wie schon V. 20 sagte. Johannes stimmt dem Zeugnis eines Paulus voll zu. Wieder stellt er das heraushebende **„Und ihr"** an den Anfang und bestätigt dann der Gemeinde: **„Und ihr, das Salböl, das ihr empfangen habt von ihm, bleibt in euch."** Das „Salböl" wird nicht wieder weggenommen. Der Geist verschwindet nicht immer wieder aus der Gemeinde, um auf ständig neues Bitten immer wieder neu gegeben zu werden. Das verliehene **„Salböl" „bleibt in euch"**. Darum kann Johannes noch einmal aufgreifen, was er in V. 21 sagte. Er schreibt nicht, weil die Gemeinde unwissend und hilflos ist. Er versichert ausdrücklich: **„Und ihr habt nicht nötig, daß jemand euch belehre."** Aber Johannes kennt auch das Geheimnis von der Verbundenheit des Geistes mit dem apostolischen Wort. Der Geist wirkt und lehrt in der Gemeinde. Er lehrt und wirkt aber nicht neben der apostolischen Botschaft oder gar über sie hinaus, sondern in ihr und mit ihr zusammen. **„Vielmehr wie sein Salböl euch belehrt über alles, so ist es auch wahr und ist keine Lüge."** Indem der Apostel der Gemeinde schreibt, geschieht es gerade, daß das Salböl sie **„belehrt über alles"**. Wenn die Gemeinde diesen Brief vorlesen hört, dann gibt ihr der Geist der Wahrheit sein Zeugnis und sie weiß es mit Freuden: **„So ist es wahr und keine Lüge."** Auch hier geht es nicht um die menschliche Aufrichtigkeit des Apostels und um seine subjektive Wahrhaftigkeit. Der Geist Gottes bezeugt die objektive Wirklichkeit, die in der apostolischen Botschaft „von Anfang" klar gelehrt worden ist und bei der die Gemeinde aller geistvollen „Lüge" gegenüber **„bleiben"** soll. **„Wie es** (das Salböl) **euch gelehrt hat, so bleibt in ihm."** Hier ist im Unterschied zu V. 24 nicht das Bleiben des Gehörten in der Gemeinde, sondern das Bleiben der Gemeinde in der gehörten Botschaft gefordert. Immer steht das göttliche Wirken wie in V. 24 als das Entscheidende voran. Aber nie verzichtet dieses göttliche Wirken auf unsere ernsthafte Beteiligung. Was wir von Anfang gehört haben, das „bleibt" nicht mechanisch und von selbst in uns, sondern nur dann, wenn wir dem Wirken des Geistes Gottes Raum

98 Vgl. besonders 1 Ko 2, 6—16; Eph 1, 13.

geben und unter seinem Regieren willentlich selber „bleiben[99]". So wahr der lebendige Gott der Dreieinige ist, bleiben sie „in ihm", im Vater und im Sohn, wenn sie im Geist und in seinem Lehren bleiben.

DIE ERWARTUNG DER PARUSIE JESU

1 Johannesbrief 2, 28 — 3, 3

zu Vers 28:
1 Jo 3, 2
4, 17
zu Vers 29:
1 Jo 3, 7. 10
4, 7
Kap 3
zu Vers 1:
1 Jo 5, 20
Lk 20, 36
Jo 1, 12 f
Eph 1, 5
zu Vers 2:
1 Jo 2, 28
Mt 5, 8
Rö 8, 17. 29
2 Ko 3, 18
Phil 3, 21
Kol 3, 4
Hbr 12, 14
Jes 53, 4—6
zu Vers 3:
2 Ko 7, 1

28 **Und nun, Kindlein, bleibt in ihm, damit wir, wenn er offenbart**
wird, freie Zuversicht haben und nicht zu Schanden werden fort
29 **von ihm bei seiner Parusie. * Wenn ihr wißt, daß er gerecht ist,**
erkennt ihr, daß auch jeder, der die Gerechtigkeit tut, aus ihm
3,1 **geboren** (oder: gezeugt) **ist. * Seht, was für eine Liebe uns der**
Vater geschenkt hat, daß wir Kinder Gottes genannt werden, und
wir sind es. Deswegen erkennt die Welt u n s nicht, weil sie i h n
2 **nicht erkannt hat. * Geliebte, jetzt sind wir Kinder Gottes, und**
es wurde noch nicht offenbar, was wir sein werden. Wir wissen,
daß, wenn es (oder: er) **offenbar werden wird, wir ihm ähnlich sein**
3 **werden, denn wir werden ihn sehen, wie er ist. * Und jeder, der**
diese Hoffnung auf ihn setzt, reinigt sich, gleichwie jener rein ist.

Mit dem Ruf zum „Bleiben in ihm" hatte der vorige Abschnitt geschlossen. Dabei wurde auf die Gegenwart gesehen, in der der Heilige Geist mit Vollmacht lehrt und die Wahrheit beglaubigt. Die Gemeinde darf sich nicht durch irreführende Lehren von dieser Wahrheit, die zuletzt Jesus selber „ist", wegziehen lassen. Der neue Abschnitt des Briefes wiederholt diese dringende Mahnung: **„Bleibt in ihm."** Aber
28 der Blick der Gemeinde wird jetzt von neuem auf die große Zukunft gerichtet, der sie entgegengeht. **„Und nun, Kindlein, bleibt in ihm, damit wir, wenn er offenbart wird, freie Zuversicht haben und nicht zu Schanden werden fort von ihm bei seiner Parusie."** Johannes, der gern seine eigene Sprache spricht, zeigt auch hier wieder, daß er trotzdem ganz im Denken der Urchristenheit geblieben ist. Er verwendet

[99] Mit diesem Abschnitt ist der Gemeinde aller Zeiten gesagt, wie sie im Gewirr immer neuer Meinungen und Strömungen am Leben bleibt. Es geht nicht um ein „Festhalten am Alten" als solchem. Aber es geht allerdings um das „Bleiben" der apostolischen Botschaft in ihrer Mitte und um ihr bewußtes „Bleiben" im Lehren des Heiligen Geistes, der nie etwas anderes als diese apostolische Botschaft als „göttliche Wahrheit" beglaubigen wird.

wie sie für die neue Offenbarung Jesu den Ausdruck **„Parusie[100]"**. Er hat also die Zukunftserwartung der Urchristenheit nicht „entmythologisiert" und nicht an die Stelle der **„Parusie"** in existenzialistischer Umdeutung ein jeweils gegenwärtiges Geschehen gesetzt. Nein, der Weltlauf als ganzer geht nicht einfach immer so weiter. Er findet seinen Abschluß in der neuen Offenbarung Jesu **„bei seiner Parusie"**. Da aber entscheidet sich unsere eigene „ewige Zukunft". Diese Entscheidung ist ihrem Wesen nach das Wichtigste, was es überhaupt für uns geben kann. Unsere Ewigkeit steht dabei auf dem Spiel. Darum die erneute Mahnung des Apostels mit der herzlichen Anrede **„Kindlein"**. **„Er"**, um den jetzt der Streit geht, Jesus selbst, wird offenbart in Herrlichkeit. Wie werden **„wir"** dann dastehen? Johannes richtet unsern Blick bei dieser Frage nicht auf unsere moralischen Qualitäten. Es geht um ein einziges: Sind wir „in ihm geblieben"? Haben wir den Verlockungen von ihm weg widerstanden? Haben wir in ihm das Leben gefunden und den einzigen Retter von unsern Sünden? Haben wir den Trug durchschaut in den Heilslehren, die uns ein ewiges Heil ohne Jesus und sein Versöhnungswerk versprechen? Wenn Jesus sich offenbaren wird in Macht und Herrlichkeit, dann haben alle die eine **„freie Zuversicht"**, die in seinem Blut die Reinigung von ihren Sünden und in seinem Kreuz allein ihre Gerechtigkeit suchen. Sie **„werden nicht zu Schanden"**. Im Gegenteil, vor dem nun nicht mehr verborgenen, sondern offenbaren Heiland leuchtet es in heller Klarheit, daß sie auf dem Felsengrund stehen und in sichtbarer Herrlichkeit alles das in Jesus haben, worauf sie bei ihm vertrauten. Nun gibt es keine Zweifel mehr. Wer sich aber von Jesus wegziehen ließ, der wird **„zu Schanden fort von ihm bei seiner Parusie"**. Er wollte nicht „in ihm bleiben", sondern suchte anderswo sein Heil. Nun muß er ganz das haben, was er wollte, und **„fort von ihm"** sein, von ihm, der jetzt als das einzige Heil und als das ewige Leben offenbart ist. Er erlebt eine erschütternde Enttäuschung: er muß erkennen, wie er der Lüge verfallen war und die Wahrheit und das Leben verloren hat. Er „wird zuschanden".

Johannes will aber die große Zukunftshoffnung unterbauen durch 29
den Blick auf die Existenzverwandlung, die in der Tatsache unserer Gotteskindschaft vor uns steht. Dazu leitet er über mit dem Satz: **„Wenn ihr wißt, daß er gerecht ist, erkennt ihr, daß auch jeder, der die Gerechtigkeit tut, aus ihm geboren** (oder: gezeugt) **ist."** Johannes

100 Das Wort bezeichnet die neue „Anwesenheit", aber auch das „Kommen" zu ihr (vgl. 1 Ko 16, 17 und die Auslegung in der W. Stb.) Lat wird es mit „adventus" wiedergegeben und speziell als Fachwort für das „Kommen" eines neuen Kaisers und für seinen feierlichen Einzug in die Hauptstadt Rom gebraucht. Die ersten Christen hatten dadurch sofort ein sehr anschauliches Bild und Gleichnis für den „Advent", für die „Parusie" des „Herrn" Jesus.

verwendet hier, wie Paulus es immer wieder tut, den Ausdruck **„gerecht“**. Der Grieche wollte den Menschen „schön“ und „gut“ sehen, in sich selbst vollendet. Johannes aber sieht den Menschen vor Gott und unter Gottes Willen und Forderung gestellt, der er „gerecht“ werden muß. Jesus war **„gerecht“**, das weiß jeder, der ihn wirklich kennt. Er konnte von sich sagen, daß er seines Vaters Gebote halte und in seiner Liebe bleibe (Jo 15, 10). Mit Freude erfüllte er „alle Gerechtigkeit“ (Mt 3, 15). So soll und kann auch unser Leben aussehen. Aber niemand hat das aus sich selbst; niemand bringt es durch seine eigene Mühe zustande. Von Gerechtigkeit schwärmen mögen viele. „Gerechtigkeit“ schön und notwendig finden, das liegt wohl in uns. Wir haben „Lust an Gottes Gesetz nach dem inwendigen Menschen“ (Rö 7, 22). Aber es geht, wie es hier Johannes sagt, um das „Tun“: **„jeder, der die Gerechtigkeit tut“**. Da liegt unser natürliches Elend: „Das Gute, das ich will, das tue ich nicht, sondern das Böse, das ich nicht will, das tue ich“ (Rö 7, 19). Das wird nur anders durch ein radikales Geschehen, das Johannes ein **„aus ihm geboren werden“** nennt[101].

3, 1 Gibt es tatsächlich solche Menschen? Johannes antwortet: **„Seht, was für eine Liebe uns der Vater geschenkt hat, daß wir Kinder Gottes genannt werden, und wir sind es.“** Es gibt Kinder Gottes! Und es gibt sie nicht nur irgendwo unter andern Menschen. Johannes spricht jetzt gerade nicht mehr von „jedem, der ...“, sondern spricht von **„uns“**. **„Wir“** werden Kinder Gottes genannt, und **„wir“** sind es! Wer sich in dieses „Wir“ nicht einzureihen wagt, muß mit Ernst nachprüfen, wie es um ihn bestellt ist und wie er dann zu Gott steht? Es geht nicht um unsere Frömmigkeit und Vortrefflichkeit, mit der wir uns selbst zu Gottes Kindern machen könnten oder sollten. Dann würden wir uns freilich niemals zu den „Wir“ zählen können, von denen Johannes hier spricht. In Wahrheit aber ist es ganz anders. Wir dürfen so, wie wir sind, zu Jesus kommen und uns Jesus übergeben. Dann „nennt“ uns der Vater Jesu Christi augenblicklich seine Kinder und gibt uns in Jesus und um Jesu willen seine Liebe und sagt es uns, daß wir nun sein geliebtes Kind sind.

Johannes ruft uns mit Recht zu: **„Seht, was für eine Liebe uns der Vater geschenkt hat“**! Der Ausdruck **„Was für eine Liebe“** meint nicht nur ihre bloße „Größe“; das freilich auch. Der Ausdruck weist — genau wie das „So“ in Jo 3, 16 — auf die besondere Art dieser Liebe. Uns Feinde Gottes, uns entstellte, beschmutzte Menschen seine Kinder „nennen“, das kann nur eine leidende, tragende, blutende Liebe. **„Was**

[101] Vgl. dazu das Wort Jesu an Nikodemus in Jo 3, 3. 5. Paulus spricht vom Frei-gemacht-werden „von dem Gesetz der Sünde und des Todes durch das Gesetz des Geistes des Lebens“ (Rö 8, 2).

für eine Liebe" ist das! Es ist zunächst eine „Adoption", die hier geschieht. Unserm Wesen nach sind wir noch gar nicht Kinder Gottes. Aber eine wirkliche Adoption gibt uns die volle Kindesstellung, das ganze Kindesrecht[102]. Wenn wir vor Gott seine Kinder **„genannt werden"**, wird uns nicht nur ein Etikett aufgeklebt und ein leerer Name angehängt. Darum setzt Johannes hinzu: **„Und wir sind es[103]."** Unsere Gewißheit darüber stammt nicht aus dem, was wir selber an uns beobachten und feststellen können, sondern aus dem Wissen, daß Gottes Sagen und Nennen mit innerer Notwendigkeit ein schöpferisches Wirken ist. „Denn wenn er spricht, so geschiehts; wenn er gebietet, so stehts da" (Ps. 33, 9)[104].

Aber muß es dann nicht doch irgendwie als „Wirklichkeit" zu merken sein? Johannes bejaht diese Frage und fügt einen eigentümlichen Beweis dafür an. **„Deswegen erkennt die Welt uns nicht, weil sie ihn nicht erkannt hat."** Wenn wir uns selbst betrachten und untersuchen, werden wir vielleicht sehr wenig von Gotteskindschaft an uns entdecken und kaum einen Unterschied von andern Menschen in uns sehen. Aber merkwürdig: **„die Welt"** spürt sofort an uns das ihr Fremde und Andersartige! Sie **„erkennt uns nicht"** in unserem Wesen. Dabei ist hier wie überall in der Bibel mit „Erkennen" mehr gemeint als nur ein verstandesmäßiges Begreifen. Es geht um ein Offensein für den andern und um ein liebendes Erfassen. Darum bedeutet umgekehrt ein „Nicht erkennen" nicht nur einen Mangel an Einsicht, sondern eine Verschlossenheit für den andern, eine innere Ablehnung, die bis zur Feindschaft gehen kann. Gerade das, was uns das Kostbarste und Wesentlichste in unserm Leben ist, ärgert die **„Welt"** und stößt sie ab. Das ist uns oft recht schwer. Aber Johannes sagt uns: Freut euch doch darüber! Hier habt ihr einen objektiven, nicht von euch selbst erfundenen Beweis dafür, daß ihr „anders" seid, von Gott

[102] Johannes geht hier ganz parallel mit der „Rechtfertigungslehre" des Paulus. So wie in dieser die Gerecht*sprechung* im Vordergrund steht, unentbehrlich tröstlich für uns, so beginnt Johannes auch unsere Gotteskindschaft mit dem Kindesnamen, den wir erhalten. Freilich, es muß bei Paulus wie bei Johannes gesehen werden, daß für sie Gottes „Sprechen" und „Nennen" die schöpferische Realität in sich hat. Wer von Gott gerecht gesprochen ist, der „ist" vor ihm gerecht. Wen Gott sein geliebtes Kind „nennt", der „ist" auch wirklich sein Kind.

[103] Dieser kurze Satz findet sich in den Handschriften von Koine nicht, darum hat ihn auch Luther in seiner Übersetzung nicht. Die rev. LÜ bringt ihn mit Recht. Die Bezeugung in bedeutenden Handschriften ist stark. Seine Weglassung läßt sich aus dem sprachlich schlechten Anschluß des Satzes erklären.

[104] Es ist unbegreiflich, daß wir uns nicht ganz anders täglich und stündlich darüber freuen! Ist es uns schon so zur bloßen Gewohnheit geworden? Oder glauben wir es noch gar nicht wirklich?

geboren und von ihm bestimmt[105]. Die Welt kann uns nicht **„erkennen"**, nicht verstehen und schätzen, **„weil sie ihn nicht erkannt hat"**. Bei dem „Erkennen" Gottes ist es vollends klar, daß es dabei nicht um gedankenmäßige Einsichten über Gott, um „Gottesbeweise" und dergleichen geht. Gott wird nur da „erkannt", wo er sich selber lebendig offenbart und wir uns dieser Offenbarung in Jesus öffnen und hingeben. Johannes hat darum immer neu betont, daß dieses „Nichterkennen" Gottes auf einem verborgenen Nichtwollen, auf einer Ablehnung seines Lichtes und seiner Liebe beruht und „Schuld" ist. Wer sich vor Gottes Offenbarung verschließt, kann die Züge der Gotteskindschaft an Menschen nicht erkennen, bzw. diese Züge werden ihm zum Anstoß.

2 Aber bei diesem gebrochenen Licht, bei dieser unvollkommenen Gotteskindschaft soll es nicht bleiben. Es liegt noch ein Geheimnis über unserm Leben; von dem schreibt Johannes nun der Gemeinde: **„Geliebte, jetzt sind wir Kinder Gottes, und es wurde noch nicht offenbar, was wir sein werden. Wir wissen, daß, wenn es** (oder: er) **offenbar werden wird, wir ihm ähnlich sein werden, denn wir werden ihn sehen, wie er ist."** Von Gottes unbegreiflicher Liebe hat Johannes gesprochen und mit einem „Seht!" hat er auf sie hingewiesen. Darum redet er die Empfänger des Briefes jetzt als **„Geliebte"** an. Er bekräftigt es: **„Geliebte, jetzt sind wir Kinder Gottes."** Auch wenn das Sätzchen in V. 1 „und wir sind es" nicht ursprünglich wäre, hier sehen wir, daß Johannes nicht an einen bloßen „Namen" der Gotteskindschaft ohne Realität gedacht hat. Aber allerdings, auch Johannes weiß um jenes „schon und noch nicht", das allen Aussagen des NT über uns Christen ihre Eigenart gibt. Kein ntst Gottesbote denkt „perfektionistisch"; keiner meint, daß die Gemeinde „perfekt", „vollendet" sei. Jeder weiß, wieviel Mahnungen die „Heiligen" nötig haben, damit sie wirklich als „Heilige" leben. Und Paulus zeigt in Rö 8, 23 und 8, 10. 11 mit schroffer Klarheit die unüberschreitbaren Grenzen unseres Neuwerdens jetzt in unserer Existenz. Darum ist die „Eschatologie", die Verkündigung der Zukunft und das sehnende Warten auf die alles vollendenden Taten Gottes bestimmend für alle Aussagen des NT. Dem schließt sich Johannes voll an, auch wenn er das „Haben" des ewigen Lebens, das „Hinübergeschrittensein aus dem Tode in das Leben" (1 Jo 3, 14; Jo 5, 24) besonders betont. Dennoch weiß er es: Wir sind noch nicht, **„was wir sein werden"**. Wir sind es noch nicht, ja, es wurde noch nicht einmal offenbar! Vielleicht wendet sich Johan-

[105] Jesus selbst hat es seinen Jüngern noch kräftiger gesagt: „Wäret ihr von der Welt, so hätte die Welt das Ihre lieb. Weil ihr aber nicht von der Welt seid, sondern ich euch aus der Welt erwählt habe, darum haßt euch die Welt" (Jo 15, 19).

nes mit diesem Satz wieder gegen die Gnosis, die allzu genau wissen wollte, wie unser Vollendungszustand aussehen wird[106].

Können wir also gar nichts darüber sagen? Wird es dann nicht ein bedrängendes Geheimnis oder auch eine Sache, die wenig für unser gegenwärtiges Leben bedeutet? Nein, wir wissen etwas sehr Wesentliches und für uns durchaus Faßbares! Wir bekommen zwar kein anschauliches Bild einer Welt, die unter völlig anderen Daseinsgesetzen steht und eben darum für uns unvorstellbar bleibt[107]. Aber wir wissen etwas von unserer eigenen Zukunft. **„Wir wissen, daß, wenn es** (oder: er) **offenbar werden wird, wir ihm ähnlich sein werden, denn wir werden ihn sehen, wie er ist."** Es ist im Grie nicht zu entscheiden, ob Johannes dabei ein **„wenn es ..."** oder ein **„wenn er"** offenbar werden wird vor Augen hat. Für die Sache, um die es hier geht, ist der Unterschied ohne Bedeutung. Wenn **„es"** offenbar wird, dann ist auch „seine" neue Offenbarung darin mit eingeschlossen. Und wenn „er" in seiner Herrlichkeit kommt, dann wird **„es"** offenbar, was wir sein werden. Aber sprachlich liegt es doch näher, das jetzt angekündigte Offenbarwerden auf das „es wurde noch nicht offenbar" zurückzubeziehen und die Übersetzung **„wenn es offenbar werden wird"** vorzuziehen. Was aber wird dann hell an uns zu sehen sein, wenn „es" oder „er" offenbar werden wird? **„Daß wir ihm ähnlich sein werden."** Wenn wir „homoios" mit **„gleich"** wiedergeben, was durchaus möglich ist, sagt es doch keine Gleichheit im strengen Sinn aus[108]. Die Übersetzung mit „ähnlich" wird darum vorzuziehen sein[109]. Absolute „Gottgleichheit" haben wir auch in der Vollendung nicht zu erwarten. „Homoousios to patri", „wesensgleich mit dem Vater", ist nur der Eine, der Sohn, Jesus.

Freilich, für das Verständnis der Stelle ist es nicht unwichtig zu entscheiden, wer mit dem „er" gemeint ist, dem wir „ähnlich" sein werden, wenn wir „ihn" sehen, wie er ist: Gott selbst oder Jesus? Wird hier die alte Sehnsucht nach der unmittelbaren Gottesschau (2 Mo 33,

[106] Auch wir müssen hier mit Ehrfurcht Grenzen unserer Erkenntnis stehen lassen. Die Schrift ist außerordentlich zurückhaltend in ihren bildhaften Andeutungen der kommenden Vollendung. Ein Paulus hat uns nichts von dem wiedergegeben, was er im dritten Himmel und im Paradies sah. Die Worte, die er dort hörte, waren solche, „die kein Mensch sagen darf" (2 Ko 12, 1—4). Wir haben nicht zu wissen wollen, wovon die Schrift schweigt.

[107] Eben darum kann auch die Offenbarung des Johannes nur in „Bildern" davon reden, die deutlich genug nur irdische Bilder für überirdische Herrlichkeit sind. Sie sind für uns aber von höchstem Wert als bildhafte Hinweise auf die ganze Realität dieser Herrlichkeit.

[108] Vgl. dazu etwa Apg 17, 29; Gal 5, 21; Offb 13, 4. Hier ist überall nicht strenge Gleichheit gemeint, sondern nur eine Weise der Entsprechung.

[109] In Rö 8, 29 benutzt Paulus das Wort „gleichgestaltet", ebenso in Phil 3, 21. Das drückt auch die „Ähnlichkeit" und nicht die „Wesensgleichheit" aus.

18—23!) endlich erfüllt? Oder steht auch hier der Sohn im Mittelpunkt, er, dessen Parusie wir erwarten, er, den wir dann in seiner ganzen Wirklichkeit unverhüllt sehen werden? Dann würde die Erwartung des Johannes völlig der des Paulus in Rö 8, 29 gleichen. Die Verwirklichung der Zusage in der Seligpreisung Mt 5, 8 geschähe dann so, daß die Herrlichkeit des Vaters im Sohne sichtbar wird.

Aber wie wir auch den Satz des Johannes verstehen, es ist auf jeden Fall unfaßbar groß, was uns als unsere Zukunft und als das Ziel unseres Lebens gezeigt wird. Wir werden **„ihm ähnlich sein"**! Wenn wir uns selbst betrachten, auch nach Jahren des Glaubenslebens und der Heiligung, können wir es nicht fassen und für möglich halten. Worauf gründet sich bei den Aposteln dennoch die Gewißheit? Paulus sieht in Rö 8, 29 eine „Vorherbestimmung" und „Verordnung" Gottes. Sie muß als solche unbedingt erfüllt werden. Johannes aber begründet seine Erwartung mit dem Satz: **„Denn wir werden ihn sehen, wie er ist."** Wir haben schon jetzt, wo wir Jesus nur im irdischen Bild „sehen", erfahren dürfen, daß uns dies „Sehen", dieser Umgang mit Jesus, nicht unverändert läßt. Paulus hat es in 2 Ko 3, 18 beschrieben. Johannes wird uns mit großer Schroffheit sagen, daß das Bleiben in Jesus unsere Trennung von jeder Sünde ist. Und wenn nun Jesus nicht mehr nur im „Wort" vor uns steht, sondern in der vollen Wirklichkeit, **„wie er ist"**, wenn wir in seiner unmittelbaren Gegenwart leben, geschieden für immer von allen Einflüssen der Welt und der Finsternis, dann werden wir wohl „wir selber" bleiben, aber unser zum Bilde Gottes geschaffenes Wesen wird dieses „Bild Gottes" widerstrahlen in der Ähnlichkeit mit dem Sohn, dem wahren „Bilde Gottes". Dieses „Wissen" vom „Himmel", vom Wesen der Vollendung des ewigen Lebens, ist wirklich genug! Alle andern bildhaften Schilderungen der Offenbarung des Johannes reihen sich doch auch um dies eine Zentrum: „Seine Knechte werden ihm dienen und sehen sein Angesicht, und sein Name wird an ihren Stirnen sein" (Offb 22, 4. 5). Von hier aus wird uns die ewige Zukunft „anschaulich", weil wir den kennen und lieben, dem wir dann ähnlich sein werden.

3 Müßten wir uns nicht ganz anders darauf freuen? Diese Freude sieht Johannes jetzt als die **„Hoffnung"** unseres Lebens. Ohne „Hoffnung" kann niemand leben. Aber alle irdischen Hoffnungen, so sehr sie uns eine Zeitlang erregen und erfüllen können, sind doch Totgeburten. Wir haben eine „lebendige Hoffnung" (1 Pt 1, 3), eine Hoffnung, die nicht mit allem andern in unserm Leben vergeht und die gerade darum auch unser Alter hell und lebenswert macht. Es ist die „Hoffnung", die der Glaubende **„auf ihn setzt"**. Diese Hoffnung kann nicht trügen, weil der, auf den wir sie gründen, nicht trügt. Sie endet nicht im Tod, weil er, auf den wir hoffen, der Todesüberwinder, der

Auferstandene ist. Aber auch diese Hoffnung — und gerade sie — wird uns nun auch wirksam in der Realität unseres Lebens bestimmen.

Es ist ein grundlegender Zug in den biblischen Aussagen über die Zukunft, daß sie nie dem bloßen Interesse des Wissens oder dem Genuß persönlichen Glückes dienen. Immer wirken sie mit Macht als Ansporn in unser gegenwärtiges Leben hinein[110]. So ist es auch bei Johannes. Er versichert: **„Und jeder, der diese Hoffnung auf ihn setzt, reinigt sich, gleichwie jener rein ist."** Achten wir auf den Wortlaut! Johannes sagt der Gemeinde nicht: Wer in dieser Hoffnung lebt, „muß" sich reinigen oder „soll" sich reinigen. Johannes ist überzeugt, es geschieht mit innerster Notwendigkeit. Auch hier fällt uns wieder die Freiheit von aller „Moral" und allem bloßen „Gesetz" auf. Aber wie kommt dann dies „Reinigen" zustande? Johannes sagt: er **„reinigt sich, gleichwie jener rein ist"**. Das „gleichwie" hat im Grie nicht nur einen vergleichenden Sinn, sondern auch einen begründenden Klang. In unserer „Hoffnung" auf Ihn, der rein ist, liegt ein „Tun" begründet, daß aus unserm Hoffen wie aus einer lebendigen Quelle immer neu strömt: eben dies „Reinigen" unseres Lebens jetzt und hier. Wenn es wirklich leuchtend in seiner Größe vor uns steht: „Ich werde ihm ähnlich sein", dann kann ich schon jetzt nichts in mir dulden, was als schmutzig, finster und ungöttlich zu seiner Reinheit nicht paßt. Wieder hat Johannes einen jener knappen Sätze vor uns hingestellt, die so einfach und doch so erregend sind. Wer in seinem Christenleben feststellen muß, daß er sich nicht **„reinigt"**, der muß sich fragen, ob er **„diese Hoffnung"** überhaupt ernstlich hat? Ja, er ist eigentlich schon ausgewiesen als einer, der sie nicht oder doch viel zu wenig hat. Ihm helfen nicht krampfhafte Reinigungsversuche, die schnell wieder erlahmen werden. Ihm hilft nur das Hören auf das Wort, das die Zukunft verkündigt, und das Ergreifen dieses Wortes im Glauben. Dann geschieht es auch in ihm: er **„reinigt sich, gleichwie jener rein ist"**.

DIE UNVEREINBARKEIT DER SÜNDE MIT DER ZUGEHÖRIGKEIT ZU JESU UND ZU GOTT

1 Johannesbrief 3, 4—10

4 **Jeder, der die Sünde tut, tut auch die Gesetzlosigkeit** (oder: die
Auflehnung gegen das Gesetz). **Und die Sünde ist die Gesetz-**
5 **losigkeit** (oder: die Auflehnung gegen das Gesetz). * **Und ihr wißt,**
daß jener offenbart wurde, damit er die (oder: unsere) **Sünden**
6 **wegnehme; und Sünde ist nicht in ihm.** * **Jeder, der in ihm bleibt,**

zu Vers 4: 1 Jo 5, 17; Mt 7, 23
zu Vers 5: Jes 53, 4. 9; Jo 1, 29; 1 Pt 2, 24

110 Vgl. besonders Rö 13, 11—14; 1 Th 5, 1—11.

zu Vers 6:
1 Jo 3, 9
Rö 6, 11. 14
zu Vers 7:
1 Jo 2, 29
zu Vers 8:
1 Mo 3, 15
Mk 1, 24
Jo 8, 43 f
zu Vers 9:
1 Jo 3, 6
5, 18
3 Jo 11
Mt 7, 18
13, 37 f

sündigt nicht; jeder der sündigt, hat ihn nicht gesehen und hat ihn
7 **auch nicht erkannt. * Kindlein, niemand führe euch irre. Wer die**
8 **Gerechtigkeit tut, ist gerecht, gleichwie jener gerecht ist. * Wer die**
Sünde tut, ist aus dem Teufel, denn von Anfang sündigt der Teu-
fel. Dazu wurde offenbart der Sohn Gottes, damit er auflöse die
9 **Werke des Teufels. * Jeder, der aus Gott geboren** (oder: erzeugt)
ist, tut nicht Sünde, weil sein Same in ihm bleibt; und er kann
nicht sündigen, weil er aus Gott geboren (oder: erzeugt) **ist.**
10 *** Darin sind offenbar die Kinder Gottes und die Kinder des Teu-**
fels. Jeder, der nicht Gerechtigkeit tut, ist nicht aus Gott, und wer
seinen Bruder nicht liebt.

In diesen Versen haben wir den schwersten und radikalsten Abschnitt unseres Briefes vor uns. Hier ist ein sorgfältiges Lesen, Durchdenken, Verstehen besonders notwendig. Wir müssen dazu die willige Offenheit mitbringen, das Wort des Johannes zu hören, auch wenn es gerade uns „Gläubige" schmerzhaft treffen und in eine tiefe Buße führen kann.

4 Wir dürfen dabei freilich nicht vergessen, daß wir es mit einem echten Brief zu tun haben, der in eine bestimmte Lage hineinspricht, die wir nicht mit Sicherheit kennen, sondern erst aus den Aussagen des Briefes erschließen müssen. Das gilt besonders für den ersten Satz des Abschnittes. **„Jeder, der die Sünde tut, tut auch die Gesetzlosigkeit (oder: die Auflehnung gegen das Gesetz)."** Warum betont der Apostel so nachdrücklich, daß **„Sünde"** in jedem Fall immer auch „anomia", **„Gesetzlosigkeit", „Auflehnung gegen das Gesetz"** ist? Im Griechentum jener Zeit wurde nach dem Verfall der alten Religionen der Mensch weithin als nur auf sich selbst gestellt und nur sich selbst verantwortlich betrachtet. Daraus erwuchs eine Bindungslosigkeit des Menschen, der in allem „frei" und selbstherrlich sein wollte. Es mochte gerade in den gnostisch beeinflußten Kreisen solche geben, die in dieser Weise „griechisch" dachten und von da aus die Sünde als „Privatsache" des Menschen leicht nahmen.

Es wird gut sein, wenn wir uns davon ein Bild gerade aus der apostolischen Zeit selbst machen. Sehr anschaulich wird es uns in den Korintherbriefen des Apostels Paulus. Die Gemeinde Korinth war stolz auf die Fülle des Geistes und der Geistesgaben, die sie besaß. Aber gerade diese Gemeinde war von Eifersucht und Zank zerrissen (1 Ko 1, 11. 12; 3, 3; 4, 6). Sie findet nichts dabei, als ein Mann in ihrer Mitte seine Stiefmutter heiratet (1 Ko 5, 1 f). Brüder prozessieren gegeneinander vor heidnischen Richtern (6, 1. 2). Außerehelicher Geschlechtsverkehr schien Kreisen in der Gemeinde natürlich zu sein und zur „christlichen Freiheit" zu gehören (6, 12—20). Gemeindeglieder nahmen ohne Bedenken an Festmahlzeiten in heidnischen Tempeln teil (8, 10); und bei den abendlichen Gemeindemahlzeiten lebten die Wohlhabenden üppig, ohne zu empfinden, wie sie dabei die Armen beschämten (11, 21 f). Ein Teil der Vertreter dieser schrankenlosen Freiheit behauptete gegen alle Warnungen des Paulus sein Recht und verweigert die Buße für die Unreinigkeit und Unzucht und Ausschweifung, die sie getrieben haben. Auch Hader, Neid, Zorn und Zank und üble Nachrede gehen in der Gemeinde um (2 Ko 12, 20 f). Alle diese Sünden geschehen in einer apostolischen, aus klarer Bekehrung erwachsenen Gemeinde, die sich besonders geisterfüllt vorkam[111]. Johannes wird ähnliches in den Gemeinden gesehen haben, an die er schreibt.

Johannes aber sieht den Menschen vor Gott. Gott aber hat seinen heiligen, gültigen Willen in seinen Geboten, im „Gesetz", kund getan. „Sünde" ist darum nicht die Privatsache des Menschen, sondern Übertretung der Gebote Gottes, Auflehnung gegen Gottes Willen, „anomia", „Gesetzlosigkeit[112]. So ernst muß die Gemeinde jede Sünde nehmen! So klar muß sie hier die eigentliche Wahrheit sehen und den Trug der gnostischen Kreise durchschauen[113]. So werden wir den ersten Satz des Johannes in unserm Abschnitt zu verstehen haben. Dabei ist das **„Jeder"** in diesem Satz betont. Was er ausspricht, gilt für „jeden". Hier wird keine Ausnahme – etwa für hohe Geistesträger oder gnostisch beeinflußte Gemeindeglieder – geduldet.

Johannes richtet schon im nächsten Satz den Blick ganz auf Jesus. 5
Nicht nur zwischen „Gesetz" und „Sünde" besteht ein klarer Gegensatz. Noch tiefer und gewaltiger ist der Gegensatz zwischen Jesus und der Sünde! **„Und ihr wißt, daß jener offenbart wurde, damit er die** (oder: unsere) **Sünde wegnehme; und Sünde ist nicht in ihm."** Das „weiß" jeder, der überhaupt Christ ist. Jesus in der ganzen Größe seiner Liebe kam nicht, um die Sünde zu übersehen, zu entschuldigen und zu verharmlosen, sondern um sie „wegzunehmen". Das war das ganze und einzige Ziel seiner Sendung und Offenbarung. Und jeder in der Gemeinde weiß auch, worin dieses „Wegnehmen" bestand, welchen Preis es gekostet hat. Jesus gab seine himmlische Herrlichkeit

[111] Wir werden uns vor Gott zu prüfen haben, ob und auch wie wir selber in unsern „gläubigen Kreisen" die eigene Sünde leicht nehmen, während wir uns über die „Welt" entrüsten und die Sünden der andern hart richten!

[112] Paulus hat darum den großen Gegenspieler Gottes, den Antichristus, als den „Gesetzlosen" bezeichnet und darauf hingewiesen, daß „das Geheimnis der Gesetzlosigkeit" bereits wirksam sei. Vgl. 2 Th 2, 3. 7, und die Auslegung in der W. Stb.

[113] Die christliche Gnosis hat später in Marcion das AT und damit auch das Gesetz ausdrücklich abgelehnt. Sie berief sich auf Paulus und mißverstand dessen Aussagen über das Gesetz völlig. Wenn das Gesetz uns den Tod bringt, so ist damit gerade seine göttliche Herrlichkeit und unverbrüchliche Geltung bestätigt (2 Ko 3, 5 ff)!

preis und wurde „das Lamm Gottes, das die Sünde der Welt wegtrug", durch sein ganzes Leben hindurch bis zum Bluten und Sterben am Fluchholz. So furchtbar ist die Sünde, so notwendig unsere Befreiung und Reinigung von ihr[114]. Aber wenn Jesus in diesem blutigen Ernst alles gab, um unsere Sünden **„wegzunehmen"**, dann sollten wir sie behalten wollen[115]? Wenn die Sünde von dem Vater die Hingabe des Sohnes, vom Sohn den Tod am Kreuz zu ihrer Auslöschung forderte, dann könnten wir sie für harmlos und entschuldbar halten? Das ist unmöglich! Nicht die Auflehnung gegen das Gesetz, sondern die Verachtung der kostbaren Heilstat Gottes in Jesus ist für Johannes das eigentlich Erschreckende, und das geschieht, wo man die Sünde leicht nimmt. Im Blick auf das Werk Jesu will er, daß „jeder" in der Gemeinde die Sünde in ihrer ganzen Schwere sieht.

„Und Sünde ist nicht in ihm", in Jesus. So bezeugt es auch Paulus, daß Jesus „die Sünde nicht kannte". Nur darum konnte er „für uns zur Sünde gemacht werden" (2 Ko 5, 21). Nur darum reinigt uns sein Blut von jeder Sünde.

6 Aber wenn in Jesus keine Sünde ist, dann ist klar: „Jesus" und „Sünde" sind vollendete Gegensätze. „Jesus" und „Sünde" können wesensmäßig nie zusammen bestehen! Daraus folgt notwendig: **„Jeder, der in ihm bleibt, sündigt nicht."** Das ist in besonderem Maß einer jener Sätze des Johannes, die so „einfach" sind, daß sie keiner Erklärung und Verständlichmachung bedürfen, und zugleich doch so herausfordernd, daß wir uns innerlich dagegen auflehnen. Es gibt ein einfaches Mittel, die unbestreitbare Wahrheit des herausfordernden Satzes selbst zu erkennen: Versuchen wir den Satz umzukehren: „Jeder, der in Jesus bleibt, sündigt." Wir sehen sofort, das ist unmöglich! Wer in Jesus bleibt, ist von der Sünde geschieden. Niemand kann gleichzeitig in Jesus und in der Sünde bleiben.

Lehrt also Johannes doch die Sündlosigkeit aller wirklichen Christen? Ja und Nein. Nein, er hat selbst mit großem Ernst betont, daß niemand sagen darf: „Sünde haben wir nicht" (1, 8). Er hat ausdrücklich vom „Bekennen der Sünde" gesprochen (1, 9). Und er hat in 2, 1 damit gerechnet, daß „jemand sündigt". Daß dies wieder und wieder geschieht, liegt darin begründet, daß wir nicht so, wie wir sollten und könnten, „in ihm bleiben". Wir sind unversehens in unser Eigenleben zurückgesunken; und dann sündigen wir. Auch Paulus, der uns in Rö 6, 11 als der Sünde gestorben ansieht, rechnet in Gal 6, 1 damit,

[114] Wenn wir mit sehr wesentlichen Textzeugen lesen, „damit er u n s e r e Sünden wegnehme", dann trifft uns das alles ganz persönlich. „Die" Sünden — da denken wir schnell an andere; „unsere" Sünden, das sind die „meinen".

[115] Wieder denkt und lehrt Johannes in voller Übereinstimmung mit Paulus: Rö 6, 2: „Wie sollten wir in der Sünde leben wollen, der wir abgestorben sind?"

daß ein Christ von einem Fall übereilt wird. Nein, „sündlos" in sich selbst sind auch die Glaubenden nicht, die sich Jesus übergaben und sein teuer erkauftes Eigentum wurden. Aber dann geschieht es, daß ihre Sünde ihnen unerträglich wird, daß sie die Unvereinbarkeit von „Sünde" und „Jesus" mit Schmerz erkennen und nun nach dem Wort des Johannes ihre Sünde bekennen und die Vergebung erfahren und die Reinigung von aller Sünde durch das Blut des Sohnes Gottes aufs neue erlangen. Dann sind sie „sündlos", weil die Vergebung durch Jesus, den Sündenträger der Welt, von jeder Sünde reinigt (1, 7) und wir in ihm „Gerechtigkeit Gottes" werden (2 Ko 5, 21).

Aber gerade darum ist nun die Folgerung, die Johannes im zweiten Teil des Satzes zieht, einfach buchstäblich „wahr": **„Jeder, der sündigt, hat ihn nicht gesehen und hat ihn auch nicht erkannt."** Jeder, der sündigt, d. h.: jeder, der in seiner Sünde bleibt und lebt, jeder, der das Wort in 1, 9 und 2, 1 gerade nicht verwirklicht, der seine Sünde leicht nimmt und mit ihr zusammen ein Eigentum Jesu sein zu können meint, der **„hat Jesus nicht gesehen"**. Der sah ihn noch nie wirklich vor sich, wie er dort am Kreuz den Fluchtod der Gottverlassenheit für unsere Sünde stirbt. Er **„hat ihn auch nicht erkannt"**, wie er als der Reine und Heilige das Gericht über unsere Sünde erleidet. Hätte er Jesus so „gesehen" und ihn so „erkannt", dann wäre ihm die Sünde unerträglich, und er könnte nicht einfach weiter „sündigen". Darum ist aber auch denen, die die Sünde noch leicht nehmen, nicht damit zu helfen, daß man sie ausschilt und mit Drohungen schreckt. Das löst sie nicht ernstlich von der Sünde. Wir müssen ihnen helfen, Jesus und sein Kreuz wirklich zu „sehen" und zu „erkennen". Der wirkliche Blick zu Jesus, auf seine Reinheit, seine für uns leidende und blutende Liebe, kann das Erschrecken vor der Sünde und das ganze Nein zu ihr in unserem Herzen wirken. Da wird es wahr: Wer in Jesus bleibt, bleibt nicht in der Sünde, sondern „wandelt in dem Licht, wie er selbst in dem Licht ist, und das Blut Jesu reinigt ihn von jeder Sünde".

Um dieser Stellung der Sünde gegenüber geht es dem Apostel. 7/8a
Darum mahnt und bittet er in der herzlichsten Weise: **„Kindlein, niemand führe euch irre."** Die Gemeinde hat allen zu widerstehen, die die Sünde verharmlosen wollen und sie mit der Zugehörigkeit zu Jesus für vereinbar erklären[116]. Es mochte in der Gemeinde gesagt werden: Wenn wir doch von Jesus erlöst sind und den Geist mit seinen Gaben empfangen haben, schaden uns unsere Sünden nicht so viel. Ein mißverstandener Paulinismus, gegen den sich auch Jakobus in seinem Brief wendet (2, 14 ff), konnte dabei mitspielen. Sind wir

[116] Wie dringend notwendig ist es, daß die Gemeinde und jedes einzelne Gemeindeglied in ihr sich diesem Satz des Johannes stellt. Der Geist Gottes hat ihn so radikal formulieren lassen, damit uns alles Ausweichen unmöglich wird.

nicht gerecht vor Gott „allein durch den Glauben"? Nein, sagt Johannes, unser „Glaube" kann niemals zum Deckmantel für festgehaltene Sünden werden! Er wäre dann nicht mehr Glaube an Jesus! Nein, **„wer die Gerechtigkeit tut, ist gerecht, gleichwie jener gerecht ist".** Allerdings ist auch das Bekennen geschehener Sünde und das Sichreinigen von jeder Ungerechtigkeit ein solches „Tun der Gerechtigkeit".

Johannes wendet sich dabei gegen eine rein individualistische Auffassung der „Sünde" wie der „Gerechtigkeit". Wir stehen nicht einsam für uns selbst da. Immer sind wir eingegliedert in große Zusammenhänge und werden von einer Macht bestimmt, die uns regiert. Der Ursprung der Sünde, der Auflehnung gegen Gottes Willen, liegt im Teufel. **„Wer die Sünde tut, ist aus dem Teufel, denn von Anfang sündigt der Teufel."** Mit jeder Sünde, schon mit einem unreinen Gedanken oder einem unwahren Wort, unterliegen wir dem Einfluß des Teufels und nehmen an seiner Auflehnung gegen Gott teil[117]. Und wenn wir nicht nur „sündigen", sondern **„die Sünde tun[118]"**, nicht nur von ihr „übereilt werden", sondern sie bewußt ausüben und in ihr bleiben, dann unterliegen wir nicht nur einer augenblicklichen Versuchung, sondern **„sind aus dem Teufel"** und wesenhaft in seine Auflehnung gegen Gott hineingezogen. Das muß jeder wissen, der die Sünde leicht nehmen will. Und umgekehrt ist es so, daß, wer in Jesus bleibt und von ihm bestimmt und geleitet wird, nicht nur „nicht sündigt". Bei dieser negativen Feststellung können wir nicht stehen bleiben, denn unser Leben ist fort und fort notwendig ein „Tun". Was „tun" wir als Eigentum Jesu? Wir **„tun die Gerechtigkeit"**. Nun gilt der Satz: **„Wer die Gerechtigkeit tut, ist gerecht, gleichwie jener gerecht ist."** Auch hier wieder drückt das grie **„gleichwie"** nicht nur einen Vergleich aus, sondern hat einen Klang der Begründung in sich. Jesus ist **„gerecht"**; das hatte Johannes gerade bei der Frage der Vergebung und Erlösung in 2, 1 f hervorgehoben. Gehören wir ihm, dem Gerechten, dann wird von ihm her auch unser „Tun" ein „Tun der Gerechtigkeit[119]".

8b Aber hier bricht noch einmal die Frage auf: Ist das denn Wirklichkeit in unserm Leben? Bleibt nicht unser „Fleisch", unser Ichwesen,

[117] Vgl. dazu die klaren Ausführungen K. Heims in „Jesus der Herr" S. 98 ff.

[118] Es wird nicht ein bloßer Wechsel im Ausdruck sein, wenn der Apostel in 2, 1 das einfache Verbum „sündigen" gebraucht, hier aber „die Sünde tun" sagt. Sündigen kann durch ein „übereilt werden von einem Fall" (Gal 6, 1) geschehen. Aber „Sünde tun", das ist ein bewußtes und willentliches Handeln, bei dem ich entweder die Sünde für „nicht so schlimm" halte oder meine „Freiheit" herausstellen will. Vgl. dazu nochmals 1 Ko 5, 1 f.

[119] Vgl. dazu die Auslegung von 2, 21. 29.

in uns, solange wir leben, und steigt nicht „das Begehren des Fleisches" immer neu in uns auf, wie es auch ein Paulus in Gal 5, 16 sehr wohl weiß? Geschehen nicht bei uns immer wieder schmerzliche Sünden, die als solche ebenso „Werke des Fleisches" (Gal 5, 19) wie „Werke des Teufels" sind? Ja. Aber Johannes zeigt uns sofort aufs neue die mächtige Hilfe: **„Dazu wurde offenbart der Sohn Gottes, damit er auflöse die Werke des Teufels."** Wie wunderbar ist es, daß es das gibt: „ein „Auflösen" der Werke des Teufels mit ihrer bindenden und knechtenden Macht.

Wir stützen uns auf dieses Wort besonders, wenn es gilt, Menschen aus dunklen Bindungen des Aberglaubens zu lösen. Und wir tun recht daran. Wir dürfen es immer aufs neue in ganzer Wirklichkeit erleben, wie Jesus in der Kraft seines Kreuzessieges diese besonderen Werke des Teufels „auflöst" und die Gebundenen befreit und erneuert. Aber wir werden dem Satz unseres Textes nicht gerecht, wenn wir ihn auf dieses Gebiet einschränken[120]. Dieser Satz ist, Gott sei Dank, ganz umfassend. So wie jede Sünde ein „Werk des Teufels" ist, so ist Jesus, der Sohn Gottes, dazu offenbart, damit er jede Sünde „auflöse" und dadurch unwirksam mache und beseitige. In dem **„Auflösen"** liegt jenes „Freimachen" der Knechte der Sünde, von dem Jesus selbst nach Jo 8, 34—36 gesprochen hat. Auf allen Lebensgebieten merken wir das „Gesetz der Sünde" (Rö 8, 2), jenes „andere Gesetz in meinen Gliedern, das mich gefangen nimmt in der Sünde Gesetz" (Rö 7, 23). Darum brauchen wir nicht nur bei Belastungen durch Aberglaubenssünden eine „Lösung". Echte „Vergebung" ist nicht nur ein tröstliches Wort, sondern ein tatsächliches Geschehen, eine Befreiung aus Fesseln der Sünde[121]. Unsere Sünden werden „aufgelöst", wir sind frei.

Das ganze Thema ist dem Apostel im Blick auf gefährliche Irreführ- 9
rungen in der Gemeinde so wichtig, daß er nochmals einen Satz dazu sagt. Wieder ist es ein radikaler Satz, den Johannes vor uns hinstellt. **„Jeder, der aus Gott geboren** (oder: erzeugt) **ist, tut nicht Sünde, weil sein Same in ihm bleibt; und er kann nicht sündigen, weil er aus Gott geboren** (oder: erzeugt) **ist."**

[120] Wir sind immer in der Gefahr, bestimmte Sünden als die eigentlichen und schlimmsten isoliert hervorzuheben. Bei „Fleisch" dachten wir in der Christenheit lange Zeit nur an das sexuelle Gebiet. Jetzt hat man manchmal den Eindruck, daß die okkulten Bindungen zur Hauptsache gemacht werden. Es ist wichtig, daran zu denken, daß in den Evangelien wie in den Briefen Lieblosigkeit, Neid, Feindschaft, Verleumdung u. a. ebenso ernst genommen werden. Schon im AT kann Ungehorsam gegen Weisungen Gottes der „Zaubereisünde" gleichgesetzt werden, 1 Sam 15, 23.

[121] Wir werden diese Befreiung in manchen Fällen dem Schuldigen noch besonders zusagen müssen.

Wieder mögen wir uns gegen diesen Satz auflehnen, der in einer unmöglichen Weise die völlige Sündlosigkeit jedes echten Gotteskindes zu behaupten scheint und damit unsere eigene Gotteskindschaft und Errettung erschreckend in Frage stellt. Aber wieder können wir die Probe auf die Wahrheit des Satzes machen, wenn wir ihn umzukehren versuchen: „Jeder, der aus Gott geboren ist, tut Sünde." Jetzt sagen wir mit Recht: „Unmöglich!" und bestätigen damit die Wahrheit dessen, was Johannes schreibt.

Aber lesen wir gerade hier sehr genau und sorgfältig. Johannes spricht nicht von jedem „Christen" im allgemeinen Sinn. Johannes setzt voraus, daß mit einem Menschen etwas Gewaltiges geschehen ist, das, was Jesus dem Nikodemus vor Augen stellte: die Zeugung von oben, die Geburt aus Gott (Jo 3, 3. 5). Damit hat ein Mensch göttlichen **„Samen"** empfangen, den Geist aus Gott. Und dieser Same **„bleibt in ihm"** und hindert das „Tun" der Sünde. Der Apostel Paulus hat in Galater 5, 16 genau das Gleiche geschildert. Wohl bleibt das Begehren des Fleisches in uns und regt sich mit starker Kraft; aber wer „im Geist wandelt", der wird das Begehren des Fleisches „nicht vollbringen"; er wird „durch den Geist des Fleisches Geschäfte töten" (Rö 8, 13).

Johannes verschärft seine Aussage noch einmal: **„und er kann nicht sündigen, weil er aus Gott geboren** (oder: erzeugt) **ist."** Auch das ist unwidersprechlich klar und gewiß. Was aus Gottes heiligem Wesen stammt, das ist absolut von der Sünde geschieden und **„kann"** so wenig sündigen, wie es in Gott keine Finsternis gibt (1, 15). Darum hatte Johannes sofort am Beginn des Briefes festgestellt: „Gott ist Licht, und Finsternis gibt es keine in ihm" (vgl. dazu die Auslegung S. 33).

Aber führen uns dann diese Sätze nicht doch zur Verzweiflung? Kann dann überhaupt noch einer von uns an seine Geburt aus Gott glauben? Ich **„kann"** doch wahrhaftig noch sündigen und kann nur mit Martin Luthers Erklärung zur fünften Bitte des Vaterunsers bekennen, „daß wir täglich viel sündigen und wohl eitel Strafe verdienen".

Wir dürfen die Sätze des Johannes in unserm Abschnitt nicht isolieren, sondern müssen gerade jetzt noch einmal seine Aussagen von 1, 7. 9; 2, 2 dazu stellen. Wenn wir beim Lesen unseres Abschnittes tief über unser Leben, gerade über unser „Christenleben", erschrekken, dann hat der Apostel erreicht, was er wollte. Die kühle Feststellung „Selbstverständlich sündigen wir auch als Christen und Gotteskinder" darf in der Gemeinde nicht bleiben. „Selbstverständlich" wäre es eigentlich, daß in der Gemeinde der Wiedergeborenen nicht mehr gesündigt wird. Wenn es bei uns selbst und in unserer Gemeinde oder

Gemeinschaft anders ist, dann ist das wirklich zum Erschrecken. Dann sagen wir nicht mehr leichthin: „So sind wir nun einmal", sondern sehen mit Schmerz, wie wir etwas taten, was wir als von Gott Geborene eigentlich gar nicht tun „konnten" und jedenfalls nicht mehr tun „mußten". Der **„Same"** Gottes, der in uns **„bleibt"**, treibt uns in die Buße und treibt uns mit unseren Sünden zu Jesus, zu dem, der die Vollmacht des Vergebens, die Vollmacht des Reinigens durch sein Blut hat und die Werke des Teufels auflöst. Das ist jenes „sich reinigen", von dem Johannes im Blick auf die große Zukunft in 3, 3 sprach. Die radikalen Sätze des Apostels haben für uns ihre Wahrheit darin, daß die Sünde tatsächlich nicht mehr wie früher zu unserem Wesen gehört, sondern ein „Fremdkörper" geworden ist, gegen den sich unser neues, von Gott erzeugtes Wesen auflehnt[122].

Noch einmal kommt im abschließenden Satz der ganze Ernst zu 10
Wort: **„Darin sind offenbar die Kinder Gottes und die Kinder des Teufels. Jeder, der nicht Gerechtigkeit tut, ist nicht aus Gott, und wer seinen Bruder nicht liebt."** Beachten wir es wohl: Johannes sagt diesen Satz der Gemeinde! Er meint nicht: Hier in der Gemeinde sind die Kinder Gottes und draußen in der Welt sind die Kinder des Teufels. Johannes war dabei, als Jesus den frommen, gesetzestreuen Juden mit all ihren religiösen und moralischen Leistungen sagte: „Ihr habt den Teufel zum Vater und nach eures Vaters Gelüste wollt ihr tun" (Jo 8, 44a). Darum sorgt er sich, daß es auch in den christlichen Gemeinden **„Kinder des Teufels"** geben kann. Woran kann man sie erkennen und unterscheiden? Sie leben mit der Gemeinde, hören mit ihr das Wort, singen die gleichen Lieder, beherrschen gut die christliche und biblische Sprache. Jesus denkt selbst an Menschen, die sich rühmen können: „Herr, Herr, haben wir nicht in deinem Namen geweissagt? Haben wir nicht in deinem Namen böse Geister ausgetrieben? Haben wir nicht in deinem Namen viele Taten getan?" Jesus bestreitet ihnen nicht, daß sie dies alles tatsächlich getan haben. Sind sie dann nicht hervorragende Glieder seiner Gemeinde? Nein, Jesus antwortet ihnen: „Ich habe euch nie gekannt, ihr Täter der Gesetzlosigkeit" (Mt 7, 22 f). So stellt nun auch Johannes fest. **„Jeder, der nicht Gerechtigkeit tut, ist nicht aus Gott, und wer seinen Bruder nicht liebt."** Dabei haben wir hier wie auch 4, 8 die Verschiedenheit der grie Verneinungsworte zu beachten. Er **„ist nicht aus Gott"**; hier steht das „nicht" der einfachen, tatsächlichen Verneinung. Dagegen in dem Satz „der nicht die Gerechtigkeit tut und wer seinen Bruder nicht liebt" braucht Johannes jenes Verneinungswort „mæ", in dem ein verneі-

[122] Ein Vergleich mag es uns verdeutlichen. Wohl kann in unser Auge immer wieder Staub und Rauch hineinkommen, aber dann tränt unser Auge und hat keine Ruhe, bis der Fremdkörper — und wäre er noch so klein — ausgeschieden und entfernt ist.

nender „Wille" mitklingt. Es geht nicht nur darum, daß diese **„Kinder des Teufels"** tatsächlich nicht Gerechtigkeit tun und den Bruder faktisch nicht lieben, sondern sie „mögen" beides nicht, ihre innere Willensrichtung ist nicht darauf gerichtet. Andere, hohe „Geisteswirkungen" sind ihnen wichtiger als das einfache „Tun der Gerechtigkeit" und das „Lieben des Bruders". Paulus hatte das in Korinth deutlich vor Augen. Johannes sah es wohl ebenso in den ihm anvertrauten Gemeinden[123].

Durch die Schlußworte: **„und wer seinen Bruder nicht liebt"** werden wir zugleich auf den Abschnitt 2, 9—11 zurück- und auf die kommenden Verse 3, 14 f vorausgewiesen. Es geht um die Liebe! Sie ist Gottes Wesen (4, 16). Darum ist „aus Gott geboren" der, der zu lieben vermag (4, 7). Das „Gebot" ist zuletzt immer das Liebesgebot (Jo 13, 34; 15, 12; 15, 17). Darum liegt das Wesen der „Sünde" in der Verweigerung der Liebe, in dem „Hassen"[124] des Bruders. In 3, 15 wird uns gesagt werden: „Wer seinen Bruder haßt, ist ein ‚Menschenmörder'." Von ihm wird also das gleiche Wort gebraucht, mit dem Jesus in Jo 8, 44 den Teufel selbst bezeichnet, nur daß dieser es „von Anfang, vom Ursprung her ist". Wer aber seinen Bruder **„nicht liebt"** und also „haßt", der ist eben darin **„ein Kind des Teufels"**. Die **„Gerechtigkeit"**, die „getan" sein soll, ist vom „Lieben" nicht wesentlich unterschieden. Eine kalte, lieblose „Gerechtigkeit" ist nicht gemeint. Nur der wird der Liebe Gottes in Jesus „gerecht", der den Bruder liebt, wie und weil er selbst Gottes Liebe erfahren hat.

Es darf dabei nicht übersehen werden, daß das „gerechte" Verhalten gegen die andern immer das Erste und Grundlegende in der „Liebe" ist. Daß ich herzlich und fröhlich dem andern sein „Recht" gebe und ihm willig leiste, worauf er ein „Anrecht" hat, darin zuerst muß sich meine Liebe zeigen. Ich kann mich nicht mit allerlei großartigen „Liebesbeweisen", die ich gern tue, an dem vorbeidrücken, was der andere zu Recht erwartet und was zu leisten mir aus irgendeinem Grunde schwerer fällt.

Johannes ist der Überzeugung, daß uns unser Lieben und Liebenkönnen nicht verborgen ist. Er wird es schon im nächsten Abschnitt seines Briefes schreiben: „Wir wissen, daß wir hinübergeschritten sind aus dem Tode in das Leben, denn wir lieben die Brüder." Freilich, gerade der Liebende wird den Mangel seiner Liebe schmerzvoll empfinden und wissen, daß wir im Lieben immer „Schuldner[125]" blei-

[123] Die Neigung zu solchem, sich meist noch stolz überhebenden „Christentum" ist zu allen Zeiten in der Gemeinde Jesu emporgekommen. Darum sollen auch wir nicht rasch sagen, daß die Sätze des Johannes uns nicht träfen.

[124] Vgl. dazu die Auslegung von 2, 11.

[125] Vgl. dazu o. S. 48.

ben. Er wird seine vielfachen „Ungerechtigkeiten", sein Versagen, seine Sünde erkennen und darum umso mehr zu dem Kreuz Jesu kommen, um dort Vergebung und neues Leben zu empfangen. Keine Sünde, keinen Neid, keine Unreinheit, kein böses Wort wird er leicht nehmen. Er wird es sehr merken, wie er mit jeder solchen Sünde in den Bereich der Finsternis kommt. Ihm gerade wird es zum rettenden Evangelium, daß der Sohn Gottes dazu offenbart wurde, „damit er auflöse die Werke des Teufels". Und er versteht mit voller Bejahung den Satz, daß jeder, der in diesem Sohn Gottes bleibt, nicht sündigt und daß die Liebe, die er in der Geburt aus Gott empfangen, nicht sündigen, nicht hassen „**kann**".

NUR „LIEBE" IST „LEBEN"

1 Johannesbrief 3, 11—18

11 **Denn das ist die Kunde, die ihr von Anfang an gehört habt, daß**
12 **wir einander lieben sollen. * Nicht wie Kain aus dem Bösen war**
und mordete seinen Bruder. Und weswegen mordete er ihn? Weil
13 **seine Werke böse waren, aber die seines Bruders gerecht. * Wundert**
14 **euch nicht, Brüder, wenn euch die Welt haßt. * Wir wissen, daß**
wir hinübergeschritten sind aus dem Tode in das Leben, weil wir
15 **die Brüder lieben. * Wer nicht liebt, bleibt im Tode. Jeder, der**
seinen Bruder haßt, ist ein Menschenmörder, und ihr wißt, daß
16 **kein Menschenmörder ewiges Leben in sich bleibend hat. * Daran**
haben wir erkannt die Liebe, daß jener für uns seine Seele ein-
gesetzt hat; und auch wir sind schuldig, für die Brüder die Seelen
17 **einzusetzen. * Wer etwa den Lebensunterhalt der Welt besitzt und**
sieht seinen Bruder Not leiden und verschließt sein Inneres vor
18 **ihm, wie bleibt die Liebe Gottes in ihm? * Kindlein, wir wollen**
nicht mit Worten und nicht mit der Zunge lieben, sondern in Werk
und Wahrheit.

zu Vers 11: Jo 13, 34; 15, 12
zu Vers 12: 1 Mo 4, 8
zu Vers 13: Mt 5, 11; Jo 15, 18 f
zu Vers 14: Jo 5, 24
zu Vers 15: 1 Jo 2, 11; Mt 5, 21 f; Jo 8, 44
zu Vers 16: Jo 13, 1. 14; 15, 13; Rö 9, 3; 16, 4
zu Vers 17: 1 Jo 4, 20; 5 Mo 15, 7
zu Vers 18: Jak 1, 22; 2, 15—17

Durch ein „denn" werden die neuen Sätze mit den eben gelesenen verbunden; ja, die neuen Sätze werden mit diesem „denn" zu einer Begründung für die vorangegangenen gemacht. „**Denn das ist die Kunde, die ihr von Anfang an gehört habt, daß wir einander lieben** 11
sollen." Damit wird von Johannes selbst bestätigt, daß wir mit unserm Verständnis der radikalen Aussagen des Apostels auf dem richtigen Wege sind. Es geht wirklich um die Liebe! Wir beachten die parallele Formulierung des Satzes hier und in 1, 5. In beiden Sätzen handelt es sich um die grundlegende „**Kunde**", die das Christsein bestimmt.

Diese „Kunde" zeigt uns Gott als lauteres Licht und weist uns auf den Weg der Liebe.

12 Darum richtet sich der Blick des Apostels sofort auf Kain. Kain ist **„aus dem Bösen"**, also ein **„Kind des Teufels"** (3, 10). Das zeigt sich im Haß auf den Bruder, der zum Brudermord führt. So wird die Gemeinde gemahnt: **„Nicht wie Kain aus dem Bösen war und mordete seinen Bruder. Und weswegen mordete er ihn? Weil seine Werke böse waren, aber die seines Bruders gerecht."** Vom „Hassen" sprachen wir schon zu 2, 9–11. Wir erinnern uns daran, wie Jesus selbst schon die scheinbar „harmlosen" Anfänge dieses „Hassens" unter das fünfte Gebot stellt und den Zusammenhang zwischen dem „Hassen" und dem „Töten" aufzeigt (Mt 5, 21 f). So wird es uns Johannes ebenfalls gleich in V. 14 sagen: **„Jeder, der seinen Bruder haßt, ist ein Menschenmörder."** Im Leben des Kain wird das in furchtbarer Weise sichtbar. Und es zeigt sich an ihm, aus welch unheimlichen Gründen „der Haß" entstehen kann. Johannes stellt im Blick auf Kains Brudermord ausdrücklich die Frage: **„Und weswegen mordete er ihn?"** Abel hat Kain nichts zuleide getan. Es lockte auch kein äußerer Gewinn zur Beseitigung des Bruders. Nein, Kain haßt und mordet, **„weil seine Werke böse waren, aber die seines Bruders gerecht"**. Das wurde in besonderer Weise offenbar, als Gott Abels Opfer annahm und Kains Opfer verwarf[126]. Aber es wird auch schon vorher für Kain ein steter Stachel im Herzen gewesen sein, das Leben und Wesen Abels zu sehen. Der „Haß" gegen den Bruder entsteht – auch in der Gemeinde Jesu! – immer wieder daraus, daß uns Leben und Dienst und Einsatz des Bruders zum Vorwurf, zur inneren Anklage werden. Dann können wir den Anblick des Bruders (oder der Schwester) nicht ertragen und wollen sie aus dem Wege haben. Das ist „Mord", auch wenn wir äußerlich keine Hand gegen den andern erheben. Darum ruft der Apostel den ihm anvertrauten Gemeinden zu: **„Nicht wie Kain!"** auch wenn in der Gemeinde keiner den andern äußerlich totschlägt[127].

13 Aber von Kain aus wird für die Gemeinden noch etwas anderes verständlich: **„Wundert euch nicht, Brüder, wenn euch die Welt haßt."** In den Prozeßakten der Märtyrer und in den Schriften der frühchristlichen Apologeten und der alten Kirchenväter wird es immer wieder

[126] Diese eigene Erklärung der Schrift zeigt, daß wir nicht in der Art der Opfergabe den Grund suchen dürfen, der Gott Abels Opfer gnädig ansehen ließ und Kains Opfer nicht. Der Bericht in 1 Mo 4, 6 weist auch selbst schon darauf hin, daß nicht in der Gabe, sondern in Kains innerer Einstellung für Gott das Entscheidende lag. Wie konnte er das Opfer eines Mannes annehmen, dessen Werke böse waren und der seinen Bruder haßte?

[127] Nicht umsonst hat man den Ausdruck „Rufmord" geprägt. Und er geschieht in christlichen Gemeinden und Kreisen gar nicht so selten. Wie überhaupt die „Zungensünden" die Sünden der „Frommen" sind.

mit schmerzvoller Verwunderung betont: Warum haßt ihr uns eigentlich? Wir leben keusch, still und zuchtvoll. Wir tun nichts besonderes, wir helfen Armen und Kranken, wir beten für die Staatsmänner – warum überliefert ihr uns grausamem Tod? Johannes denkt an Kains Haß gegen Abel und ruft: **„Wundert euch doch nicht!"** Gerade weil wir so leben, wie wir es tun, sind wir der „Welt" ein Stachel und Vorwurf. Wir sind in der Welt „Fremdlinge", so sagt es Petrus in seinem 1. Brief (1, 1; 2, 11). Und Jesus macht es seinen Jüngern klar: „Wäret ihr von der Welt, so hätte die Welt das Ihre lieb. Weil ihr aber nicht von der Welt seid, sondern ich euch aus der Welt erwählt habe, darum haßt euch die Welt" (Jo 15, 19)[128].

Es ist ja bei u n s – und das Wort ist im Griechischen betont her- 14
vorgehoben – eine radikale Wendung geschehen. Wir haben einen unerhörten Schritt getan: den Schritt aus dem Tode ins Leben! Das **„wissen"** wir! Darüber haben wir eine klare und feste Gewißheit· **„Wir wissen, daß wir hinübergeschritten sind aus dem Tode in das Leben."** Worauf gründet sich diese Gewißheit? Auf irgendein aufregendes Erlebnis, durch das wir gegangen sind? Auf Gefühle, die uns erfüllen? Auf erstaunliche Kräfte und Geistesgaben, die wir besitzen? Der Apostel Johannes weiß und sagt es ganz anders: Wir wissen es, **„weil wir die Brüder lieben"**. Das ist das eigentliche Wunder und die entscheidende Wendung unseres Lebens, daß wir natürlichen Ichmenschen „lieben" können und tatsächlich **„lieben"**. Paulus hat in 1 Ko 13, 1–3 die mächtige Auslegung zu diesem kurzen, einfachen Satz des Johannes gegeben.

Lieben ist ein Wunder!

Und nun faßt Johannes **„Leben"** und **„Lieben"** so eng zusammen[129], 15
daß er – wieder in seiner Weise einfachen Aussprechens kurzer, entscheidender Sätze ohne jede Diskussion – feststellt: **„Wer nicht liebt, bleibt im Tode"**. Wieder liegen dem Apostel „moralische" Mahnungen und irgendwelche Drohungen im Blick auf die, die **„nicht lieben"**, fern. Er hat sie nicht nötig. Er zeigt mit tiefem Ernst, wie es um die steht, die **„nicht lieben"**. Sie sind **„im Tode"**, wie lebendig immer ihr Dasein aussehen mag und wie gut es ihnen zu gehen scheint[130]. Da-

[128] Es ist darum ein Irrtum zu meinen, der Haß der Welt komme von dem „Versagen" der Christen. Gerade Jesus, der nie „versagt", sondern mit vollendeter Liebe geliebt hat, wurde leidenschaftlich gehaßt und in den schrecklichsten und schmachvollsten Tod ausgeliefert. Er hat seinen Jüngern den Haß der Welt von da her als etwas „Normales" vorausgesagt: „Wenn euch die Welt haßt, so wisset, daß sie mich vor euch gehaßt hat" (Jo 15, 18).

[129] Das müssen wir rückblickend auf 1, 2 und vorblickend auf Sätze wie 5, 12 uns merken! Was ist dann inhaltlich „ewiges Leben"? Es ist „Lieben". Denn es ist „göttliches" Leben, und „Gott ist Liebe" (4, 16).

[130] Es wird sich jeder Leser fragen müssen, ob dieser Satz des Johannes nicht auch sein Todesurteil ist.

durch erhalten wir eine Erkenntnis der „Sünde", die frei von allem Moralismus sehr radikal ist und die Todverfallenheit des Menschen deutlich macht[131]. Wenn sich Menschen von diesem Wort treffen lassen und zu ahnen beginnen, daß sie so, wie sie sind, „im Tode bleiben", jetzt schon auf Erden und einst in der Ewigkeit, dann werden sie zu fragen beginnen, wie sie aus dem Tode in das Leben kommen können. Dann werden sie offen für die Botschaft von Jesus[132].

Wir wundern uns nicht, daß eine ganze Anzahl von Handschriften hier zu dem bloßen objektlosen **„lieben"** „den Bruder" hinzufügt. Aber gerade weil diese Eintragung im Zuge vieler vorangehender Sätze so nahelag, ist es unerklärlich, daß Handschriften das Wort gestrichen haben sollten, wenn es ursprünglich vom Apostel hier geschrieben war. Nein, Johannes will jetzt nur das Lieben als solches hervorheben, ohne an den Gegenstand des Liebens näher zu denken.

Hierin liegt die Antwort auf eine Frage, die sich uns von den ganzen anderen Formulierungen unseres Briefes her notwendig stellte. Liegt es dem Apostel einzig an der „Bruderliebe"? Wir machten uns freilich zu 2,9 (Anm. 66) klar, was es bedeutet, wirkliche Brüder zu haben und sie im engen Umgang mit ihnen zu lieben. Die „Bruderliebe" ist die erste, konkrete Weise des Liebens, die uns geboten und geschenkt ist, an der wir darum auch den Schritt aus dem Tode in das Leben erkennen. Aber das „objektlose" Lieben in unserm Vers zeigt uns, daß echte Liebe nie „geschöpfte", aus ihrem Objekt gewonnene Liebe, ist, sondern „quellende" Liebe, die nichts anderes kann als „lieben" (vgl. Anm. 22). Sie liebt, weil sie „Liebe" ist. Sie liebt den „Nächsten" und liebt auch die „Feinde". Das hat Johannes aus dem Mund seines Herrn gehört und an seinem Kreuz gesehen. Aber wie Paulus im Blick auf die notvollen Zustände in Korinth allen Grund hatte, zur Liebe in der Gemeinde zu mahnen[133], so wird auch Johannes in den Gemeinden, an die er sich in seinem Brief wendet, viel schmerzlichen Mangel an Bruderliebe gesehen haben. Wie in Korinth (1 Ko 8, 9—12) gerade die Kreise es an Liebe zu den „schwachen" Brüdern

[131] Es war auch bei M. Luther die Unfähigkeit zum Lieben, die ihn so verzweifelt machte. Hier ist es ja wesensmäßig unmöglich, die fehlende Liebe durch noch so ernste und heiße Anstrengungen doch noch hervorzubringen und so dem eigentlichen Gebote Gottes zu genügen. Eine „gemachte" Liebe ist gerade keine „Liebe". Luther sah, daß das „große Gebot" etwas forderte, mit Recht forderte, was seinem Wesen nach nur frei aus dem Herzen quellen kann. „Die Angst mich zu verzweifeln trieb", das kam aus dem Gestelltsein vor diesen Anspruch Gottes, der niemals rein willensmäßig zu erfüllen ist.

[132] Wieder sollen wir für unsere Verkündigung und Seelsorge, besonders in der Evangelisation, von dieser Art des Johannes lernen. Dringe nicht mit Mahnungen und Schelten auf Menschen ein, aber decke ihnen ihren tatsächlichen Todeszustand auf und rufe sie zum Leben!

[133] Vgl. das Wort des Paulus in Gal 6, 10.

fehlen ließen, die sich selbst besonders stark und geistlich hochstehend vorkamen, so werden auch in der Asia die gnostisch beeinflußten Gemeindeglieder hochmütig gewesen sein und über ihrer geistreichen „Erkenntnis" das Lieben der Brüder vergessen oder gar bewußt gering geschätzt haben[134].

Wir sahen schon zu 2, 9–11, daß es keine „neutrale" Haltung dem Bruder gegenüber gibt, sondern nur das Entweder–Oder von „Lieben" und „Hassen". Darum bleibt der, der **„nicht liebt"**, nicht nur selber im Tode, sondern wird zum **„Mörder"** der andern wie Kain. „Liebt" er nicht, dann „haßt" er, in jenen vielen Formen, die das „Hassen" haben kann. Er „mordet" den Bruder und bringt sich so selber um das Leben. **„Jeder, der seinen Bruder haßt, ist ein Menschenmörder, und ihr wißt, daß kein Menschenmörder ewiges Leben in sich bleibend hat."** Hier gibt es keine Diskussion, hier muß nichts erörtert und bewiesen werden. **„Ihr wißt"** es selber, daß es so ist, sagt Johannes der Gemeinde.

Aber was heißt denn „Lieben"? Woran erkennt man es, worin be- 16
steht es? Wir Deutschen müssen besonders so fragen, weil „Liebe" bei uns ein zweideutiges Wort geworden ist. Was heißt nicht alles „Liebe"! Im ntst Schrifttum ist das Wort „agapān"[135] – das es in der damaligen weltlichen Literatur freilich auch gibt – ein von vornherein bestimmt geprägter Begriff, weil es vor allem von der Liebe Gottes gebraucht wird. Wenn das „Lieben" des Nächsten mit dem gleichen Wort bezeichnet wird, so wird eben damit wahre Liebe zum Nächsten in das Licht der göttlichen Liebe gerückt, wie das Jesus selbst in der engen Verbindung der beiden Liebesgebote in Mt 22, 37–40 zum Ausdruck gebracht hat. Darum gibt uns auch Johannes durch den Hinweis auf Jesus die Antwort auf unsere Frage nach der wahren „Liebe". Wir können von uns aus nicht einmal wirklich wissen, was „Liebe" ist. **„Daran haben wir erkannt die Liebe, daß jener für uns seine Seele eingesetzt hat."** Erst in „Jenem", in Jesus – der auch hier wie in 3, 5 gerade aus Ehrfurcht nur als **„Jener"** bezeichnet wird[136] – sehen wir die Liebe und sehen sie so, daß wir selber von ihr ergriffen werden.

Wir haben mit Absicht wörtlich übersetzt: Jesus hat für uns **„seine Seele eingesetzt"**. Johannes verwendet hier nun einmal den Ausdruck

[134] Vergessen wir dabei ja nicht, wie kümmerlich und wie schnell am Ende auch unsere „Bruderliebe" ist! Auch die Liebe zum Bruder kann nicht bestehen als „geschöpfte" Liebe. Dann lieben wir nur die Brüder, die uns angenehm und erfreulich sind, und verweigern die Liebe denen, die sie am nötigsten brauchen: den schwachen, schwierigen und „störenden" Brüdern.

[135] Vgl. dazu die Anmerkung 22 auf Seite 28.

[136] Es kann das bei einem Israeliten wie Johannes der Scheu entsprechen, mit der der Jude das Aussprechen des Gottesnamens vermied.

„psychæ", der gewiß auch gelegentlich das „Leben" bezeichnen kann. Für „Leben" hat aber die grie Sprache ihre eigenen Ausdrücke[137]. Die aus der LÜ uns vertraute Wendung „sein Leben lassen" läßt uns sofort an das „Sterben" denken. Gewiß trifft es bei Jesus zu, daß er auch in diesem Sinne „sein Leben für uns gelassen hat". Aber dann engen wir sein Lieben auf sein Sterben für uns ein. Und das ist irreführend! Jesus hat **„seine Seele für uns eingesetzt"** schon da, als er seine göttliche Herrlichkeit nicht festhielt, sondern aufgab und als wahrer Mensch in „Knechtsgestalt" unter uns lebte (Phil 2, 5 f). Darum war er, als er zum ersten Mal von Johannes dem Täufer gesehen wurde, schon „das Lamm Gottes, das der Welt Sünde trägt" (Jo 1, 29). Sein ganzes Leben, Lehren, Heilen, Zurechtbringen, Befreien und Annehmen der Sünder war ein „Einsetzen seiner Seele". Und auch am Kreuz war es nicht das Sterben, das „Lassen seines Lebens" in diesem Sinne, was das Kreuz zu unserm Heil macht, sondern das „Opfer", das „Einsetzen seiner ganzen Seele" in diesem Sterben in der Liebe zum Vater und in der Liebe zu uns. „Er setzte seine Seele ein" für den Vater, für dessen Ehre und sein heiliges Recht. Wir waren dem Gericht verfallen und hatten den ewigen Tod in der Trennung von Gott verdient. Jesus achtete den Zorn Gottes über uns. Aber er „setzte seine Seele für uns ein" und trat an unserer Stelle unter Gottes Gericht und gab sich in unsere Gottverlassenheit und unsern Fluchtod hinein. Im Satzbau des Verses ist nicht ohne Grund das **„für uns"** betont vorangestellt. Daß „um des Guten willen" vielleicht jemand sein Leben wagt, das hat auch ein Paulus gewußt (Rö 5, 7). Gottes Liebe aber erkennen wir da, wo **„jener"**, jener Heilige und Gerechte, **„für uns"**, also für Gottlose, Sünder und Feinde (Rö 5, 6. 8. 10), seine Seele einsetzte. Je gründlicher wir uns selbst kennenlernen, umso tiefer trifft uns dieses **„für uns"**: für solche also, wie ich einer bin, setzte er seine Seele, sein ganzes, heiliges Leben ein!

Nun liegt von da aus – nicht nur vom Gesetz und Gebot her! – eine „Schuldigkeit" auf uns. **„Und auch wir sind schuldig, für die Brüder die Seelen einzusetzen."** Die erfahrene Liebe macht uns zu Liebesschuldnern der Brüder. Und nun kann erst recht keine Auswahl unter den Brüdern getroffen und nach den liebens„würdigen" Brüdern gefragt werden. Die Liebe erkannten wir gerade daran, daß jener seine Seele für solche, wie wir sind, für total unwürdige und unmögliche Menschen eingesetzt hat. Wie könnte es nun noch eine Grenze unseres Liebens geben, auch wenn Johannes hier zunächst wieder nur die **„Brüder"** nennt?

[137] Vgl. Anmerkung 19. Es ist zu beachten, daß auch Jes 53, 11 vom „Sich-abmühen" der Seele des Gottesknechtes spricht.

Und hier wird es vollends notwendig, wörtlich zu übersetzen: **„die Seele einzusetzen"**. „Das Leben für die Brüder lassen", das wird eine jener gefährlichen Redewendungen, die wir rasch dahinsagen und an deren Erfüllung wir gar nicht denken und meist auch gar nicht einmal denken können. Wir hören dann gern und ergriffen von jenen Ausnahmen, wo einmal wirklich ein Christ für andere in den Tod ging[138]. Aber wann kommt das schon auf uns zu? Doch **„unsere Seele einsetzen"**, das können wir täglich[139]. Und das kann in Jahren des Alltagslebens weit schwerer sein als der rasche Tod für andere in Stunden höchster Gefahr. Dieser „Einsatz der Seele" hat auch ein viel größeres und schwereres Ziel, gerade wenn er vom Handeln Jesu bestimmt sein soll. Sicher geht es mit Ernst auch um alle äußere Hilfe, die ein Mensch nötig hat. Johannes selbst wird gleich davon sprechen. Aber so wie Jesus kam, um uns zu erlösen und uns ewiges Leben zu bringen, so zielt auch unser Einsatz für die Brüder zuletzt auf ihre innere Errettung und ihr ewiges Leben. Dabei werden wir uns innerlich unter die Schuld und Not der andern stellen, die Entstellungen und Beschmutzungen ihres Lebens nicht „richten", sondern „tragen" und darin jene „Gemeinschaft Seiner Leiden" finden, nach der ein Paulus verlangte (Phil 3, 10). Dadurch unterscheidet sich die Liebe im Raum des Evangeliums von aller andern helfenden Liebe, die es auch sonst in der Welt gibt. Mit Recht ist formuliert worden: „Die Seele der Barmherzigkeit ist die Barmherzigkeit mit der Seele"[140].

Umso überraschender ist es, daß Johannes jetzt eine praktische An- 17
wendung seiner großen Sätze bringt und dabei etwas ganz Primitives nennt. **„Wer etwa den Lebensunterhalt der Welt besitzt und sieht seinen Bruder Not leiden und verschließt sein Inneres vor ihm, wie bleibt die Liebe Gottes in ihm?"** Hat das überhaupt noch etwas mit der Liebe zu tun, die am Kreuz sichtbar wurde? Ist die Hilfe eines Besitzenden für einen Darbenden nicht eine Menschenpflicht selbstverständlicher Art, bei der ein Wort von der „Liebe Gottes" gar nicht erst gesagt werden mußte? Lesen wir nur ja genau! Der Apostel sagt nicht: Wer etwa den Lebensunterhalt der Welt besitzt und hilft nun dem notleidenden Bruder, der erfüllt damit die Aufgabe, seine Seele für die Brüder einzusetzen. Wir haben ja einen Brief vor uns, der zu konkreten Vorkommnissen spricht, die den Empfängern des Briefes

[138] Dabei müssen wir aber bedenken, daß auch Nichtchristen für andere zu sterben wußten!

[139] Das ist genau die Frage, die Johannes mit seinem Satz an uns, und gerade an die Aktiven und Tätigen unter uns, stellt: Ist all unser eifriges Tun wirklich ein „Einsatz unserer Seele" oder fehlt unserer Aktivität gerade dies Entscheidende?

[140] Vater Bodelschwingh ist für niemand gestorben. Er hat sich nicht einmal frühzeitig aufgerieben, sondern ist alt geworden. Wer aber zweifelte, daß sein Leben ein ständiges „Einsetzen seiner Seele" für andere war?

wohl bewußt waren. Konnte es nicht in den von Johannes angesprochenen Gemeinden bei den Mahlzeiten der Gemeinde so zugegangen sein wie in Korinth: „Einer ist hungrig, der andere trunken“ (1 Ko 11, 21)? Oder es war sonst zu beobachten, daß wohlsituierte Christen vor der Not der Brüder „das Innere zuschlossen“[141]? Und nun kommt wieder kein Wort „christlicher Moral“ oder bloßer Entrüstung. Johannes stellt solchem Gemeindeglied vielmehr eine ernste Frage: **„Wie bleibt die Liebe Gottes in ihm?“** Es ist ja ein Gemeindeglied, ein Mensch, der zum Glauben kam und Gottes Liebe in Jesus erfuhr und diese Liebe Gottes von da her besaß. Aber dieser über alles kostbare Besitz **„bleibt“** nicht **„in ihm“**, wenn er seinerseits sein Herz vor der Not des Bruders verschließt. Mit Absicht ist hier das allereinfachste und primitivste Einsetzen der Seele, das offene, helfende Teilnehmen an der materiellen Not des Bruders als Beispiel — leider doch wohl als notwendiges Beispiel — genommen. Wenn nicht einmal dieser „Einsatz“ da ist, **„wie bleibt die Liebe Gottes in ihm?“** Wer nicht liebt, bleibt im Tode!

18 Von diesem realen Beispiel her erwächst die allgemeine Mahnung am Schluß unseres Abschnittes: **„Kindlein, wir wollen nicht mit Worten und nicht mit der Zunge lieben, sondern in Werk und Wahrheit.“** Vom Beginn des Briefes an hat Johannes auf jene große Gefahr geachtet, die Israel verdarb und auch bei uns das Verderben herbeiführen kann. „Dies Volk ehrt mich mit seinen Lippen“, so klagte Gott über Israel (Jes 29, 13). Auch unser Christsein kann sich leicht in Worten und in der Bewegung unserer Zunge erschöpfen. Aber unsere Wirklichkeit widerspricht mehr oder weniger kraß dem, was unsere Zunge sagte. So lasen wir in 1, 6. 8. 10; 2, 4. 9 jenes „Wenn wir sagen ...“ oder „Wer behauptet ...“, das zur „Lüge“ eines leeren Wortes wird. Und jenes Leichtnehmen und Verharmlosen der Sünde, gegen das sich der scharfe Abschnitt 3, 4—10 richtete, ist ja ebenfalls ein Inanspruchnehmen des Christenstandes und der Zugehörigkeit zu Gott und zu Jesus mit dem Munde, das von dem faktischen Leben in Sünde ohne Buße und Reinigung widerlegt wird. So kann unter den Christen auch viel von „Liebe“ geredet und geschwärmt werden, aber das faktische Leben bleibt von dem natürlichen Selbsterhaltungs-

Jesaja 29,13

Selbsterhaltungstrieb!

[141] Wir werden gut tun, dies Beispiel des Apostels auch wieder nicht zu primitiv zu nehmen. Die Formulierung: „er schließt sein Inneres vor ihm zu“ ist beachtenswert. Auf wie vielfältige, feine und verborgene Weise können wir an Nöten und Bedürfnissen der andern vorbeisehen, weil wir sie nicht sehen wollen! Wie verständliche und gute Gründe haben wir, uns vor den Schwierigkeiten und Schmerzen anderer zu verschließen! Und wie kann selbst ein äußeres Helfen gerade ein liebloses „Abtun“ der Not des andern sein (1 Ko 13, 3)!

trieb bestimmt. So „liebt" man nur **„mit Worten[142] und mit der Zunge"**. Das ist eine elende und verlogene Sache. Nein, „lieben" kann man nur **„in Werk und Wahrheit[143]"**, wobei auch hier wieder „Wahrheit" die ganze Wirklichkeit meint. Sicher, die Liebe beginnt verborgen im Herzen. Aber dann tritt sie hervor und „setzt die Seele ein" **„in Werk und Wahrheit[144]"**.

UNSERE STELLUNG VOR GOTT

1 Johannesbrief 3, 19–24

19 **Daran werden wir erkennen, daß wir aus der Wahrheit sind, und**
20 **werden vor ihm unser Herz überzeugen** (oder: still machen), * **daß,**
wenn uns (oder: worin uns etwa) **das Herz verurteilt, daß** (oder:
21 weil) **Gott größer ist als unser Herz und alles erkennt. * Geliebte,**
wenn das Herz nicht verurteilt, haben wir Freimütigkeit zu Gott,
22 *** und was immer wir erbitten, empfangen wir von ihm, weil wir**
23 **seine Gebote bewahren und das Wohlgefällige vor ihm tun. * Und**
dieses ist sein Gebot, daß wir dem Namen seines Sohnes Jesus
Christus glauben und einander lieben, wie er uns ein Gebot gege-
24 **ben hat. * Und wer seine Gebote bewahrt, bleibt in ihm und er in**
ihm. Und daran erkennen wir, daß er in uns bleibt, an dem Geist,
den er uns gegeben hat.

zu Vers 20: Mt 26, 75; Lk 15, 20–22
zu Vers 21: 1 Jo 5, 14; Rö 5, 1 f; Hbr 4, 16
zu Vers 22: Mt 7, 7 f; Mk 11, 24
zu Vers 23: Jo 6. 29; 13, 34; 15, 17
zu Vers 24: 1 Jo 2, 24; 4, 13; Rö 8, 9

Wieder haben wir einen Abschnitt vor uns, der sprachlich und inhaltlich seine Schwierigkeiten bietet und der darum von den Auslegern – auch so großen Auslegern wie Augustin, Luther und Calvin – verschieden verstanden wird. Sprachlich macht in V. 20 die unmittelbare Folge von zwei Sätzen mit „hoti = daß" Not. In der deutschen Übersetzung stört das zweite „daß" nicht, weil wir es ohne weiteres als Wiederholung und Wiederaufnahme des ersten „daß" empfinden. Eine solche Wiederholung hat aber Johannes – etwa in dem ähnlich

[142] Im grie Text steht die Einzahl ohne Artikel „mit Wort"; aber so können wir im Deutschen nicht sagen.

[143] Wir haben hier eine Parallele zu dem bekannten Wort Luthers über den „Glauben" in seiner Vorrede zum Römerbrief: „O, es ist ein lebendig, geschäftig, tätig, mächtig Ding um den Glauben, daß unmöglich (ist), daß er nicht ohn Unterlaß sollt Gutes wirken. Er fragt auch nicht, ob gute Werk zu tun sind, sondern eh man fragt, hat er sie getan und ist immer im Tun."

[144] Daß die Liebe gerade auch in helfenden, tröstenden, mahnenden und sogar richtenden Worten „die Seele einsetzen" kann, ist klar. Das ist dann aber gerade auch „Werk und Wahrheit" von höchster Kraft im Heiligen Geist. Solche „Worte echter Liebe" werden von unserm Vers nicht getroffen.

gebauten Satz 3, 2 – sonst nicht verwendet. Darum hat man vorgeschlagen, das erste „hoti" als Neutrum des Relativpronoms zu fassen und das „ean = an" zu nehmen. Dann erhält man die zur Auswahl gestellte Übersetzung: **„Wir werden unser Herz vor ihm still machen, worin uns etwa das Herz verurteilt, weil Gott . . .**[145]**."** Eine eindeutige Entscheidung ist nicht zu treffen. Warum soll Johannes hier nicht doch einmal das erste „hoti" wiederholt haben, weil er es von vornherein im Blick hatte, als er den Satz **„wenn uns das Herz verurteilt"** einschob?

Für das inhaltliche Verständnis der Stelle hängt von diesen sprachlichen Fragen nicht allzuviel ab. Weit wichtiger und wirklich entscheidend für unser Glaubensleben ist das innere Verständnis der Sätze. Ihm wenden wir uns nun in der Auslegung selbst zu.

19a Diesmal knüpft Johannes ausdrücklich an das an, was er eben in V. 11–18 gesagt hat. **„Daran werden wir erkennen, daß wir aus der Wahrheit sind." „Daran"**, im Grie noch bestimmter „an diesem", nämlich an der wirklichen Liebe, die die Seele für die Brüder einsetzt in Werk und Wahrheit, werden wir erkennen, daß wir aus der Wahrheit sind. „Aus der Wahrheit sein" ist etwas ganz anderes als eine bloße subjektive „Wahrhaftigkeit". **„Die Wahrheit"** ist die letzte, eigentliche Wirklichkeit, ist Gott in Christus, im Gegensatz zu aller Scheinwelt, die wir so oft als „Wirklichkeit" ansehen. **„Aus der Wahrheit sein"**, von der „Wahrheit" her leben und bestimmt sein, das ist inhaltlich nichts anderes als das „Hinübergeschrittensein vom Tode in das Leben" oder als das „von Gott geboren (oder: erzeugt) sein" in V. 14 und V. 9. Auch dieser Schritt vom Tode zum Leben wurde und wird uns daran erkennbar, „weil wir die Brüder lieben".

19/20 Aber nun merken wir im Fortgang des Satzes, daß der Apostel bei seinen radikalen Sätzen in V. 6 und 9 sehr wohl jene Wirklichkeit unseres Lebens beachtet, die wir zunächst seinen Sätzen entgegenhalten wollten. Johannes behauptete: „Jeder, der in Jesus bleibt, sündigt nicht", ja, „er kann nicht sündigen, weil er aus Gott geboren ist." Weiß Johannes denn nichts von den tatsächlichen Sünden auch der Gläubigen, auch der Gotteskinder? Wir verwiesen sofort auf 1, 7. 9; 2, 2. Nun spricht es Johannes selber aus in einem „Wir", in welchem er sich mit uns zusammenschließt: **„Wenn uns unser Herz verurteilt."** Das also kommt bei **„uns"**, bei den Gläubigen, vor, daß unser eigenes Herz uns verklagt und uns unsere Sünden und Lieblosigkeiten vorhält. Was dann? Johannes antwortet: **„Wir werden vor ihm unser Herz überzeugen** (oder: still machen)." Achten wir wieder auf den

[145] Schnackenburg a. a. O. S. 202 „Wir beschwichtigen unser Herz (in bezug auf alles), was das Herz gegen uns vorbringt, denn Gott ist größer . . ."

Wortlaut. Das Überzeugen „unseres Herzens" geschieht nicht einfach in unserer eigenen Innerlichkeit, sondern **„vor ihm"**, vor Gott. Und es hat auch in einem Wesenszug Gottes seinen Grund. Wir überzeugen unser Herz davon, **„daß Gott größer ist als unser Herz und alles erkennt"**. Was heißt das nun? Calvin hat diesen Satz als von Gottes Gericht handelnd verstanden. Er meint, der Apostel richte sich hier gegen jeden Versuch eines Selbstvertrauens und einer Heuchelei. Wir versuchen nicht, unser anklagendes Herz zu beschwichtigen, sondern werden im Gegnteil unser Herz davon **„überzeugen"**, daß Gott in seiner Allwissenheit noch viel klarer unsere Sünden sieht. Bei diesem Verständnis der Stelle darf das grie Wort „peisomen" gerade nicht mit **„still machen"** übersetzt werden. Es ist vielmehr eine sehr ernste und erschreckende Erkenntnis, die wir hier gewinnen, die unser Herz in eine — allerdings heilsame — Unruhe bringt.

Aber kann der Apostel die Hörer seines Briefes, die unter dem Verklagen ihrer Herzen stehen, mit einer solchen Aussage stehen lassen? Müßte er dann nicht im Rückgriff auf 1, 9 sagen: Beschwichtige dein anklagendes Herz und Gewissen[146] nicht selber, Gott kennt doch alles, aber komme und bekenne deine Sünden und suche und finde die Vergebung. Davon steht aber in unserem Text nichts.

Darum hat Luther den Satz 20b genau umgekehrt auf die Größe und Freiheit der vergebenden Gnade bezogen. Es lohnt sich, Luther selbst dazu zu hören[147].

Wir dürfen dabei an das Wort des Petrus zu Jesus in Jo 21, 17 denken: „Herr, du weißt alle Dinge, du weißt, daß ich dich liebhabe." Auch hier wendet sich Petrus an die Allwissenheit Jesu, gerade weil er Jesu Gnade sucht. Im Zusammenhang unseres Brieftextes geht es freilich nicht wie bei Petrus unmittelbar um unsere Liebe zum Herrn.

[146] Das Wort „Gewissen" verwendet Johannes nicht; ihm genügt der Ausdruck „Herz". Er ist Semit, nicht Grieche. Das AT kennt den Begriff „Gewissen" nicht, sondern nennt wie Johannes das „Herz" als Ort der Gewissensvorgänge oder auch die „Nieren" (Ps 16, 7; 73, 21).

[147] Unser Gewissen ist um viele Grade kleiner als unser Gott. Gegen das böse Gewissen sollst du sagen: du bist ein einziges Tröpflein, Gott ist ein grenzenloses Feuer, das jenes verzehrt. Keine Sünde ist größer als die Ungläubigkeit, weil sie nicht glauben an mich (Jo 16, 9). Allein die Ungläubigkeit hat nicht Vergebung, weil sie streitet gegen die Vergebung der Sünden, die alle Vergebung finden. Vortrefflich ist die Aussage und eine süßeste Verheißung. „Wenn uns verklagt": Überwindet etwa deine Bosheit Gottes Güte, überwiegen deine Sünden Gottes Gnade? Diese Ehre ist Gott zu geben, daß Gott um unendliche Grade größer ist. „Und erkennt alles." Dies Wort ist für mich dunkel . . . „Gott erkennt", Gott ist größer als mein Herz, er selbst erkennt alles und weiß, wo ich aus soll. Er spricht nämlich von der Not des Gewissens. Er sagt: schließe die Augen, nichts weißt du, nichts erkennst du, Gott ist größer usw.; er kennt den Frieden und bewirkt die Ruhe des Herzens für dich in dieser Verurteilung des Herzens (WA XX S. 716/17 R.).

Aber die Aussage des Johannes blickt zurück auf den großen Schritt vom Tode zum Leben, der sich darin dokumentiert, daß wir lieben können. Mag unser Herz uns noch so sehr wegen der ganzen Kümmerlichkeit der Liebe und wegen Lieblosigkeit anklagen, wie Petrus können wir unser Herz doch damit „stillmachen", daß Gott alle Dinge kennt und diesen entscheidenden Schritt vom Tode zum Leben bei uns sieht, den er selber uns doch zu tun geschenkt hat. Wie Petrus werfen auch wir uns hinein in die Gnade Gottes, die an uns gewirkt hat und uns auch jetzt nicht fallen läßt, wenn das eigene Herz – und der Verkläger in unserm Herzen – uns unsere Sünden vorhält. Wir sind dennoch **„aus der Wahrheit"**, dennoch von Gott geboren und von ihm nicht verworfen. Bei allen Mängeln und Fehlern dürfen wir ähnlich wie Petrus sagen: „Herr, du weißt alle Dinge, du weißt, daß wir die Brüder lieben und aus der Wahrheit sind." Gerade von da aus werden wir den Aussagen in 1, 9 und 2, 1. 2 folgen, unsere Sünden bekennen und uns an unseren Fürsprecher beim Vater klammern.

Auch daran werden wir denken dürfen, daß Gott **„alles erkennt"**, also auch die angeborenen oder in unserer Lebensgeschichte erworbenen Hemmungen, Entmutigungen und Versuchlichkeiten. Unser Herz kann auch in der Selbstbeurteilung eng und unkundig sein. Gott aber ist „größer" als dies kleine Herz und kennt uns viel tiefer, als wir uns selbst je kennen können.

Einen falschen und leichtfertigen Trost gegen die Anklagen unseres Herzens könnten wir in dem Satz des Apostels nur dann finden, wenn wir aus ihm nur das Wort **„Gott ist größer als unser Herz"** isoliert herausgreifen. Dann meinen wir mit einem flüchtigen Blick in unseren Text daraus zu hören, daß Gott so „großzügig" ist, daß er unsere Sünden als „Kleinigkeiten" gern übersieht. Nein, Gott **„erkennt alles"**, und wir stehen vor ihm als solche, die in hellem Licht leben wollen und die gerade darum auch von ihrem Herzen verklagt werden. Diesem Verklagen weichen wir nicht aus; wir geben ihm recht. Aber dann dürfen wir auf Gottes „Größe" blicken, wie es Luther vor uns getan hat. Die Liebe Gottes aber, die so groß ist, zeigt ihre „Größe" darin, daß er den eingeborenen Sohn gab und daß „jener seine Seele für uns eingesetzt hat". Jeder Leichtsinn ist uns dann unmöglich. Und es wird – so sagte es uns der Zusammenhang des ganzen Textes – den Glauben an diese Liebe Gottes gegen alle Anklagen seines Herzens nur der festhalten können, der selber „die Brüder liebt" und selber das herzliche Vergeben übt. Oder ist damit die Liebe dem rechtfertigenden Glauben gegenüber zu wichtig genommen? Aber sagt es Paulus, der Apostel der Rechtfertigung durch den Glauben, in 1 Ko 13 und in Gal 5, 6 anders?

21 **„Geliebte, wenn das Herz nicht verurteilt, haben wir Freimütigkeit**

zu Gott." Kann es diesen Zustand wirklich geben? Wir mögen vom reformatorischen Denken aus noch schärfer sagen: „darf" es ihn überhaupt geben? Wäre er nicht eine gefährliche Täuschung durch die Lähmung unseres Gewissens? Haben wir nicht immer als die von unserm Herzen Verklagten und Verurteilten dazustehen? Wir erinnern uns an Luthers Auslegung zur fünften Bitte des Vaterunsers: „Denn wir täglich viel sündigen und wohl eitel Strafe verdienen." Wir können zunächst nur feststellen, daß Johannes es offensichtlich für möglich hält, daß unser Herz uns **„nicht verurteilt"**. Wir wollen auch nicht vergessen, wie ein so tiefer Kenner der Sünde wie Paulus dennoch Sätze in seinen Briefen schreiben kann, die – zum wenigsten für bestimmte Lagen und Zeiten – dies „gute Gewissen" bezeugen[148]. Hier „verurteilt" ihn ganz offensichtlich sein Herz nicht. Ob es so auch bei uns steht und stehen kann, das ist die Frage, die nur jeder einzelne für sich selbst entscheiden kann. Johannes hat deshalb seinen Satz mit einem **„Wenn"** begonnen. Eine falsche Selbstzufriedenheit durch ein blindes Herz hat er selbstverständlich nicht gemeint; er schreibt an Gemeinden, die erweckt und erwacht sind und „im Licht wandeln, wie er im Licht ist".

Das wird sofort klar, wenn wir von Johannes hören, was die Folge davon ist, **„wenn das Herz nicht verurteilt"**: **„Wir haben Freimütigkeit zu Gott."** Das „nicht verurteilende Herz" wird ebenso wie vorher das verurteilende nicht für sich selbst und allein mit sich selbst beschäftigt gesehen. Es ist „vor Gott", und seine Beziehung zu Gott ist das Entscheidende. **„Freimütigkeit zu Gott"**, das ist etwas total anderes als Selbstzufriedenheit und Stolz! Wir könnten noch einmal an 1 Mo 4 und an das Wort Gottes an Kain denken: „Ist's nicht also? Wenn du fromm bist, so kannst du frei den Blick erheben" (V. 7). Dieses „freie Erheben des Blickes zu Gott", genau dies ist es, was Johannes meint. Und er zeigt uns sofort, wie unbedingt notwendig diese Freimütigkeit ist. Als sei es ganz selbstverständlich, spricht er sogleich vom Beten. **„Und was immer wir erbitten, empfangen wir von ihm."** Wie könnten wir aber ernsthaft beten, wenn wir den Blick nicht frei zu Gott erheben dürften? Dieser Zustand, daß **„das Herz nicht verurteilt"**, wird also von Johannes nicht als Ausnahme besonders glücklicher Momente angesehen, sondern als notwendige Voraussetzung erhörlichen Betens. Wir brauchen die **„Freimütigkeit zu Gott"** ständig, wenn wir nach apostolischer Anweisung „ohne Unterlaß beten" möchten. Dann aber kann V. 21 nicht einfach der Gegensatz zu V. 20 sein, so daß sich die Zustände von V. 20 und V. 21 abwechselnd in uns finden. Zu der **„Freimütigkeit zu Gott"**, bei der **„das Herz**

[148] z. B. 1 Ko 4, 4; 9, 22 f; 2 Ko 1, 12; 1 Th 2, 10.

nicht verurteilt", kommt es gerade von V. 20 her, wenn wir unser Herz „still gemacht" und von dem Wunder der Vergebung und Reinigung aufs neue „überzeugt" haben.

22 Nun gilt nicht mehr die Feststellung, die Gott schon Israel gegenüber durch seinen Boten Jesaja verkündigte: „Eure Verschuldungen scheiden euch von eurem Gott, und eure Sünden verbergen sein Angesicht vor euch, daß ihr nicht gehört werdet" (Jes 59, 2). Jetzt gibt es das rechte, erhörliche Beten, dem Johannes keine Grenzen setzt, wie er es von seinem Herrn selbst gelernt hat. **„Was immer wir erbitten, empfangen wir von ihm."** So hatte es Jesus selbst verheißen (Jo 14, 13; 15, 7; 16, 23). Johannes kann das von Jesus Verheißene nun als Erfahrung bezeugen. Was mag der Apostel selbst durchbetet und an Gebetserhörung erlebt haben!

23 Freilich, solches Beten und solche umfassende Gebetserhörung ist an eine klare Bedingung geknüpft. Wir beten erhörlich, **„weil wir seine Gebote bewahren und das Wohlgefällige vor ihm tun"**. Sind wir damit nicht doch wieder in die Werkgerechtigkeit zurückgeworfen? Könnte nicht jeder Pharisäer und jeder jüdische Lehrer genauso formulieren: Gott erhört unser Beten, wenn und weil wir **„seine Gebote bewahren und das Wohlgefällige vor ihm tun"**? Aber was sind denn seine Gebote? Und was ist **„das vor Gott Wohlgefällige"**? Der Apostel sagt es uns zugleich: **„Und dieses ist sein Gebot, daß wir dem Namen seines Sohnes Jesus Christus glauben und einander lieben, wie er uns ein Gebot gegeben hat."** Wie schon im Lehren Jesu selbst und wie in unserm Brief 2, 3. 7. 8, wechselt der Plural „Gebote" hinüber zum Singular: das Gebot[149]. Dieser Wechsel ist nicht Zufall oder Unachtsamkeit. Ganz gewiß will Gott vielerlei von uns. Und so gibt es im einzelnen viele Gebote und Aufträge für uns und unsern Dienst. Aber sie alle quellen aus dem einen Gebot, das hier genau wie in Mt 22, 30—40 als ein Doppelgebot vor uns steht.

Das erste, was Gott will und was dem Vater wohlgefällig ist, ist etwas, das gerade die Schriftgelehrten und Pharisäer nie und nimmer als Gottes Gebot anerkannt hätten. Gott will, daß wir **„dem Namen seines Sohnes Jesus Christus glauben"**. Es steht hier im Unterschied von andern Stellen nicht „a n den Namen seines Sohnes glauben", sondern es ist der einfache Dativ gebraucht, so daß wir entsprechend übersetzen könnten: „daß wir dem Namen seines Sohnes Jesus Christus vertrauen." Wenn hier der **„Name"** Jesu als Grund und Ziel unseres „Glaubens" bezeichnet wird, dann müssen wir uns daran erinnern, welche Bedeutung der „Name" in der ganzen Heiligen Schrift

[149] Vgl. Jo 15, 1. 12; auch 14, 23 f. Schon hierin wird der ganze Unterschied von der jüdischen „Gesetzeserfüllung" mit ihren unzähligen Einzelgeboten deutlich.

hat[150]. Ein häufiger Name wie „Josua-Jeschua-Jesus" kann dadurch zur wesenhaften Bezeichnung werden: „Des Name sollst du Jesus heißen, denn er wird sein Volk retten von ihren Sünden" (Mt 1, 21)[151]. Diesem seinem Namen „glauben", heißt also, sein ganzes Vertrauen darauf setzen, daß er wirklich der Sohn Gottes und als solcher der Retter von Sünden ist. „Name" und „Titel" liegen noch ganz nah beieinander. Unser „Vertrauen" richtet sich darum auch darauf, daß Jesus „der Christus", der geweissagte und nun gekommene Messias ist. Und auch „Sohn Gottes" ist „Name", der eben gerade nicht „Schall und Rauch" ist, nicht ein bloßer „Name", sondern der Name, der uns sagt, wer Jesus in seinem innersten Wesen ist. So liegt die ganze Aussagenfülle über Jesu Wesen und Werk in seinem „Namen". Wir **„glauben"** ihm wahrhaft, wenn wir Jesus so in seinem Wesen und Werk sehen und darum unser ganzes Vertrauen in Zeit und Ewigkeit auf ihn setzen. Das ist etwas völlig anderes als alle Gesetzesfrömmigkeit. Aber mit diesem **„Glauben"** erfüllen wir Gottes Gebot und haben sein Wohlgefallen.

Dieses Vertrauen zu Jesus kann aber gar nicht lebendig da sein, ohne daß es zum **„einander lieben"** wird. Johannes gibt uns dafür später in seinem Brief die einfache Erklärung: „Jeder, der den liebt, der ihn wiedergeboren hat, liebt auch den, der aus ihm geboren ist" (5, 1). Auch Paulus sieht den wirklichen Glauben unmittelbar als einen solchen, „der durch die Liebe tätig ist", oder wörtlich „durch die Liebe wirksam wird" (Gal 5, 6). Diese Liebe ist durch Jesus zum **„Gebot"**, zu dem neuen und allgenugsamen Gebot, gemacht worden (Jo 13, 34; 15, 12. 17). Darum setzt Johannes hier ausdrücklich hinzu: **„wie er uns ein Gebot gegeben hat."**

„Vertrauen" wie „Liebe" kann man nicht „gebieten" im Sinne eines Kommandos, das mit einem Willensentschluß zu befolgen ist. Ein solches, durch eigenen Willen erzwungenes Vertrauen oder Lieben wäre eine tote Sache, an der niemand Freude haben könnte und die bei der ersten ernsthaften Probe versagen würde. Aber das von Johannes uns gezeigte „Gebot" ist keine willkürliche „Forderung". Wenn tatsächlich der Sohn Gottes in die Welt kommt, von Gottes Liebe uns geschenkt, und seine Seele für uns einsetzt bis zum stellvertretenden Sterben am Kreuz, dann ist es eine innere Notwendigkeit, ihm zu „glauben", sich ihm völlig anzuvertrauen. Der Glaube an den Namen des Sohnes Gottes ist nicht etwas wie eine religiöse Liebhaberei, der man nachgehen kann oder auch nicht; es ist im strengen Sinn des Wortes „geboten". Nur er, dieser Eine, verdient unser

[150] Vgl. dazu die Ausführungen auf S. 57.

[151] So dichtet Johann Heermann: „Jesus, der du Jesus heißt, als ein Jesus Hilfe leist." Aus dem Lied „Treuer Wächter Israel" Vers 6.

ganzes Vertrauen. Setzen wir es auf irgendetwas anderes, so „verfehlen" wir die Wahrheit und tun „die Sünde" (Jo 16, 9). Das „Gebot", hier und nur hier zu „glauben", ist darum sinnvoll und notwendig, auch wenn es nicht einfach „befehlsgemäß", sondern nur in einem umfassenden Vorgang der Selbsterkenntnis und Jesuserkenntnis erfüllt werden kann. Freilich, kein eigenes Fragen und Forschen als solches wird Jesus als den Sohn Gottes und als Erretter aus unserer Verlorenheit erkennen können. Diese Erkenntnis wirkt allein der Heilige Geist. Das sagt der Apostel Paulus in aller Klarheit in 1 Ko 2, 6—16. Aber derselbe Apostel sagt doch auch Rö 10, 17, daß der Glaube aus dem „Hören" kommt. Die Erfüllung des **„Gebotes, dem Namen seines Sohnes Jesus Christus zu glauben"**, beginnt mit dem ernsthaften Hören auf die Botschaft von Jesus. In unserm Fragen und Forschen unter Gebet wirkt der Heilige Geist den „Glauben an seinen Namen" und in diesem Glauben die „Liebe untereinander". Die „Liebe" ist die grundlegende Frucht des Geistes (Gal 5, 22). Auch sie „muß" mit innerer Notwendigkeit da erwachsen, wo die Liebe Gottes ausgegossen ist in unsern Herzen durch den Heiligen Geist (Rö 5, 5b). In diesem Sinn ist sie auch wesenhaft „geboten".

24 Auf den Geist verweist darum der Apostel Johannes im letzten Satz unseres Abschnittes. Zunächst gibt er uns die Verheißung: **„Und wer seine Gebote bewahrt, bleibt in ihm".** An dieser Verheißung wird besonders klar, daß unser Glaube keine bloße Gedankensache und unsere Liebe keine eigene Leistung unserer selbst ist. Wer so „glaubt" und so „liebt", wie es uns „geboten" ist, der kommt darin zu einer neuen Existenz, zu einer wesenhaften Vereinigung mit Gott. Diese Vereinigung mit Gott besteht in einem doppelten „Bleiben". Nun **„bleibt"** der Mensch **„in ihm"**, in Gott oder „in Christus", wie Paulus so oft und gern sagt. Aber es **„bleibt"** auch umgekehrt Gott selbst, Jesus selbst, in dem Menschen. Logisch sind diese Aussagen schwer zu vereinen; aber im göttlichen Leben gilt unsere übliche Logik nicht mehr[152]. Auch Paulus kann dem „ich in Christus" das „Christus in mir" in Gal 2, 20 als gleichberechtigte Beschreibung des neuen Seins zur Seite stellen. Johannes vereint in unserm Vers ebenfalls die beiden Wirklichkeiten so einfach miteinander, daß der Satz sprachlich dadurch fast ungeschickt wird.

„Er", Gott selbst in Christus, **„bleibt in ihm"**, im Glaubenden und Liebenden. Kann das wahr sein: der ewige Gott, den aller Himmel Himmel nicht fassen (1 Kö 8, 27), „bleibt" in einem kleinen Menschenherzen? Wie kann das geschehen? Woran erkennen wir die

[152] Sie gilt nicht einmal mehr in der modernen Physik. Wie sollte sie für das Handeln des lebendigen Gottes gelten! Siehe das zu 2, 5. 6 Gesagte.

Wahrheit dieses Satzes? Johannes antwortet sofort: **„Und daran erkennen wir, daß er in uns bleibt, an dem Geist, den er uns gegeben hat."** Johannes schreibt an Christen, denen er nicht erst Erklärungen über den Geist Gottes geben muß. Er hatte bereits in dem Abschnitt 2, 18–27 das „Salböl" genannt, das die Gemeinde bleibend besitzt. Sie ist mit dem Heiligen Geist „gesalbt". Aber der Geist ist darum nicht etwa eine „Sache", eine bloße „Kraft" Gottes, auch nicht wie bei den Gnostikern eine „Emanation", ein „Ausfluß", aus der Gottheit. Er ist „Person", die dritte Person des Dreieinigen Gottes. Darum wohnt und **„bleibt"** in ihm Gott selber in uns. Das ist freilich eine ungeheure Sache! Das können wir nicht leichthin lesen. Aber Jesus selbst hat es uns versprochen: „Wir werden zu ihm kommen und Wohnung bei ihm machen" (Jo 14, 32). Die ruhige, klare Gewißheit aber, daß der Geist Gottes der Gemeinde Jesu und jedem einzelnen Glied der Gemeinde „gegeben" ist, durchzieht das ganze apostolische Zeugnis an die Gemeinden[153]. Ist mir der Geist geschenkt und erfahre ich sein Wirken in meinem Leben, dann darf ich daran erkennen, daß der Herr in mir bleibt[154].

DER GEIST DER WAHRHEIT UND DER GEIST DER IRREFÜHRUNG

1 Johannesbrief 4, 1–6

zu Vers 1: Mt 7, 15; 24, 24; 1 Th 5, 21; 1 Tim 4, 1
zu Vers 2: Mt 10, 32; Jo 16, 14
zu Vers 3: Mt 10, 33; Jo 8, 47; 1 Jo 2, 18
zu Vers 4: 1 Jo 5, 5; Mt 12, 29

1 **Geliebte, nicht jedem Geist glaubt, sondern prüft die Geister, ob sie**
aus Gott sind, weil viele Pseudopropheten (falsche Propheten) **aus-**
2 **gegangen sind in die Welt. * Daran erkennt ihr den Geist Gottes:**
Jeder Geist, der Jesus Christus als den im Fleisch gekommenen be-
3 **kennt, ist aus Gott. * Und jeder Geist, der den Jesus nicht bekennt**
(oder: der den Jesus auflöst), **ist nicht aus Gott. Und dies ist der**
(Geist) **des Antichristen, von dem ihr gehört habt, daß er kommt,**
4 **und jetzt ist er bereits in der Welt. * I h r seid aus Gott, Kindlein,**
und habt sie besiegt, denn größer ist der in euch, als der in der

[153] Vgl. „Was ist es mit dem Heiligen Geist?" W. de Boor EVA 1972, Seite 15 ff.

[154] Es steht in diesem kurzen Vers das ganze Geheimnis der Dreieinigkeit Gottes vor uns. Schon bei dem „er", in welchem wir bleiben und der in uns bleibt, war gar nicht auszumachen, ob darin „Gott" oder „Jesus" gemeint war. Die Frage ist eigentlich schon falsch gestellt! „Gott" und „Jesus" sind nicht durch ein „oder" zu trennen. Immer geht es um „Gott in Jesus" und um „den Sohn im Vater" (Jo 14, 10). Und der „Geist Gottes", der zugleich „der Geist seines Sohnes" ist (Gal 4, 6) ist wiederum nichts „außerhalb von Gott", sondern gerade innerstes Wesen Gottes. Der wahre Gott ist der Dreieinige, der eben darin sein eigenes, von Liebe erfülltes Leben hat.

zu Vers 5:
Jo 15, 19
zu Vers 6:
Jo 8, 47
1 Ko 14, 37

5 **Welt. * Sie sind aus der Welt; deswegen reden sie aus der Welt,**
6 **und die Welt hört sie. * W i r sind aus Gott. Wer Gott erkennt,**
hört uns. Wer nicht aus Gott ist, hört uns nicht. Daraus erkennen
wir den Geist der Wahrheit und den Geist der Irreführung.

Gott hat euch den Geist gegeben. An diesem Geistbesitz erkennt ihr, daß Gott in euch bleibt. So hatte Johannes es den Gemeinden bezeugt. Wir müssen uns klar machen, wie sehr das die wesentliche Überzeugung der Urchristenheit war und welche Rolle der Geistbesitz für ihr gesamtes Denken und Leben spielte. Wenigstens so zentrale Stellen wie 1 Ko 2, 6—16; Rö 8, 1—10; Gal 5, 16—22; 1 Ko Kapitel 12—14 sollten wir erneut lesen und es nicht unbeachtet lassen, wie auch für Paulus der Heilige Geist das „Siegel" auf den wirklichen Christenstand ist: 2 Ko 1, 22; Eph 1, 13 f; Gal 3, 2. Wir müssen uns diese allgemeine urchristliche Überzeugung vor Augen stellen, weil sie uns fremd geworden ist. Vom Wirken des Geistes wissen unsere Gemeindeglieder im allgemeinen kaum etwas zu sagen. Wenn wir die angegebenen Stellen lesen, dann sehen wir, daß das in der ersten Christenheit völlig anders war. Der Geist Gottes und sein Wirken war den Gemeinden so bekannt, daß der Apostel Johannes mit einem ganz kurzen Satz darauf verweisen kann[155].

1 Umso bewegender ist es, wenn die junge Christenheit erfahren mußte, daß dennoch auch hier keine einfache „Sicherheit" für sie gegeben war. Johannes muß seinem Satz von der Vergewisserung der Gotteskindschaft durch das Geschenk des Geistes sofort die Mahnung folgen lassen: **„Geliebte, nicht jedem Geist glaubt, sondern prüft die Geister, ob sie aus Gott sind, weil viele Pseudopropheten ausgegangen sind in die Welt."** Auffallen kann uns hier zunächst der Plural „Geister". Er wird aber auch von Paulus gebraucht, wenn er die Korinther in 1 Ko 14, 12 „Eiferer um Pneumata", um „Geister", nennt und in 1 Ko 14, 32 von den „Geistern der Propheten" spricht. Paulus denkt dabei an die verschiedenen Wirkungen des Geistes und an die Wirkung des Geistes in vielen Personen und redet darum vom Geist

[155] Unser heutiges Gemeindeleben ist bestimmt vom „Amt". Die gründlich vorgebildeten, examinierten und kirchlich angestellten Männer und Frauen, vor allem die Pfarrer, sind maßgebend für alles, was überhaupt in der Gemeinde geschieht. Sie „lehren" und bestimmen mit ihrer Lehre das Denken und Leben der Gemeinde. Daher können hier die gleichen Nöte auftreten, die Johannes bei der bestimmenden Autorität der „Propheten" sieht. Die Aufforderung zum „Prüfen" muß dementsprechend auch heute wieder der Gemeinde zugemutet werden, wie es Luther in seiner Schrift „Daß eine Christliche Versammlung oder Gemeinde Recht und Macht habe, alle Lehre zu beurteilen und Lehrer zu prüfen, an — und abzusetzen: Grund und Ursache aus der Schrift" 1523 ausgeführt hat.

in der Mehrzahl[156]. Aber es gibt auch „Geister" ganz anderer Art, die in den Evangelien als „unreine" oder „böse Geister" bezeichnet werden (Mt 8, 16; 12, 43; Lk 6, 18; 7, 21; 8, 2[157]).

Damit stehen wir schon vor der Sachlage, die den Gemeinden Not machte. Es gibt Worte voll Glut und faszinierender Kraft und zu diesen Worten auch „Beglaubigungen" in erstaunlichen Taten und Wirkungen, die nach Geist Gottes aussehen und doch nicht **„aus Gott sind"**. Besonders die prophetische Rede beanspruchte Gehör und Glauben in der Gemeinde, weil sie von Gott eingegeben zu sein und Gottes Wort zu bringen behauptete. Aber es gibt **„Pseudopropheten"**, d. h. Männer, die wie Propheten erscheinen, „prophetisch" reden und doch nicht in Wahrheit „Propheten", also von Gott beauftragte und von Gottes Geist erfüllte Menschen, sind. Das ist ein Tatbestand, der eine Gemeinde wohl erschüttern und verwirren konnte! Wenn man nicht mehr **„jedem Geist"** einfach **„glauben"**, jedes im Namen Gottes gesprochene Wort als Richtung gebende Wahrheit annehmen konnte, wie fand man dann Gewißheit[158]?

Schon von Paulus hören wir in seinem frühesten uns erhaltenen Brief die doppelte Aufforderung, die „Prophetien", die „Weissagungen" nicht zu „verachten", wohl aber sie zu „prüfen" (1 Th 5, 19—21; ähnlich auch 1 Ko 14, 29). Die Gemeinde muß und kann dies tun, weil sie als gläubige Gemeinde Jesu selber den Geist besitzt und darum denen nicht hilflos gegenübersteht, die im Geist zu reden behaupten. Es ist aber bei Paulus noch so, daß nur das jeweilige Wort der Propheten, aber nicht ihre Person, nicht ihr Prophetentum als solches, der Prüfung unterworfen wird. Paulus rechnet mit der Möglichkeit, daß der Prophet irrt, daß er Wort Gottes zu sagen meint, während er doch nur eigene Gedanken ausspricht. An das Auftreten eigentlicher „Pseudopropheten" denkt der Apostel Paulus zunächst noch nicht. Allerdings kennt er die besondere Gabe der Geisterunterscheidung (1 Ko 12, 10). Hier handelt es sich offenbar um die gleiche Sache wie bei

[156] So sieht auch Johannes bei der Offenbarung, die er empfing, vor dem Thron Gottes „sieben Fackeln" mit Feuer brennen und deutet sie als „die sieben Geister Gottes", wobei hier die Zahl nicht als Zählung, sondern als Symbolwert gemeint ist (Offb. 4, 5).

[157] So werden an vielen Stellen auch „daimonia = Dämonen" genannt, auch von Paulus in 1 Ko 10, 20; 1 Tim 4, 1. Sie gehen aus von dem einen mächtigen Geist, den Johannes sogleich den „Geist des Antichrist" nennt und hinter dem Satan selbst steht (Eph. 2, 2). Darum müssen „die Geister" und die Geisteswirkungen geprüft werden, woher sie stammen.

[158] Der Apostel wird mit dem Ausdruck „Pseudopropheten" die bibelkundigen Gemeinden auf das AT hingewiesen haben. Schon z. Z. des Mose muß Gott allen falschen Propheten die Todesstrafe androhen: 5 Mo 13, 2—6; 18, 18—22. Besonders Jeremia hat den heißen Kampf gegen ein falsches Prophetentum zu führen (Jer 6, 13—15; 23, 9—22; 27, 9 f). In aller Anschaulichkeit steht uns dieser Kampf in der Auseinandersetzung zwischen Jeremia und Hananja in Jer 28, 1—17 vor Augen.

Johannes: um die Person und nicht nur um das Wort der „im Geist" Redenden. Hier taucht die – schon im AT gekennzeichnete – Möglichkeit auf, daß ein Prophet nicht nur Eigenes und Göttliches vermischt oder verwechselt, sondern überhaupt nicht von Gott berufen, beauftragt und erfüllt ist, sondern sein Wort, seine Glut, seine Wirkungsmacht aus einer total andern Quelle, von der „Welt" (V. 5!) und damit auch vom Fürsten der Welt, vom Teufel, her hat. Er ist im Grunde seines Wesens und seiner Sendung ein **„Pseudoprophet"**.

Johannes hat erfahren, daß es **„viele"** solche Pseudopropheten gibt, die **„ausgegangen sind in die Welt"**. Dieser Ausdruck **„ausgegangen"** weist auf die Tatsache hin, daß die Irrlehrer mit Nachdruck ihre „Sendung" betonten, die sie zu ihrem Wirken in aller Welt antrieb. Eben dies ist das Verführerische, daß diese Männer mit diesem Sendungsbewußtsein auftreten und „Glauben" und Gehorsam fordern. Vielleicht benutzten sie die Einleitungsformel der atst Propheten „So spricht der Herr", oder sie bezeichneten ihre Reden und Sprüche als vom Geist ihnen gegeben, ja sie wiesen sich vielleicht auch „durch Zeichen und Wunder" aus[159]. Wie schwer wird dann das „Prüfen". Darf man hier überhaupt fragen und prüfen? Hat man sich nicht einfach zu beugen und zu glauben[160]? Der Apostel Johannes sagt aufs klarste Nein und fordert die Gemeinden ausdrücklich auf, nicht jedem Geist zu glauben, sondern **„die Geister zu prüfen, ob sie aus Gott sind"**.

2/3 Aber dann muß der Apostel den Gemeinden bei diesem „Prüfen" helfen und muß ihnen Erkennungsmerkmale zeigen, an denen es sich erweist, ob ein Prophet **„aus Gott"** ist oder nicht. Das tut Johannes auch sogleich in seinem nächsten Satz. **„Daran erkennt ihr den Geist Gottes: Jeder Geist, der Jesus Christus als den im Fleisch gekommenen bekennt, ist aus Gott."** Wie beachtlich ist es für uns: Nicht auf Machtwirkungen irgendwelcher Art, nicht auf wunderbare Fähigkeiten und Kräfte verweist der Apostel als auf Kennzeichen der Echtheit eines Propheten! Es geht ihm einzig um den Inhalt ihrer Botschaft. Aber wie eigentümlich ist dabei von dem zentralen Inhalt der Verkündigung gesprochen! Wieder müssen wir bedenken, daß wir es mit einem ech-

[159] Es ist hier daran zu erinnern, daß auch das Besprechen und andere okkulte Handlungen „im Namen Gottes", bzw. unter zauberhaftem Gebrauch „der drei höchsten Namen" vorgenommen werden.

[160] Bis heute sind es gerade „Propheten" dieser Art, die sofort drohen und auf die unvergebbare „Sünde wider den Heiligen Geist" hinweisen, wenn man sich ihnen nicht einfach unterwirft. Und bis heute haben solche Männer und solche Behauptungen eine hinreißende Kraft, die der schlichte, aber nach dem Außergewöhnlichen hungernde Mensch sofort für „göttlich" hält. Es ist von ganz ernster Wichtigkeit für uns, daß die Apostel Paulus und Johannes zum „Prüfen" auffordern! „Prüfen" und Fragen kann also auf keinen Fall „Sünde" oder gar „Lästerung des Geistes" sein!

ten „Brief" zu tun haben, der – anders als eine allgemeine theologische Abhandlung – zu bestimmten Menschen in eine bestimmte Lage hinein spricht, eine Lage, die zunächst gar nicht die unsere zu sein braucht. Wir werden mit dem Satz des Johannes erst einmal wenig anfangen können. Die Gemeinde damals horchte sofort auf! Sie wurde bedrängt von Werbern einer „christlichen Gnosis". In deren großen, religiösen Systemen wurde natürlich auch von „Christus" gesprochen. Es wurde bezeugt, daß ein himmlischer Christus aus der Lichtwelt gekommen sei, um die menschlichen Seelen aus der Verlorenheit in Finsternis und Tod in das Lichtreich zurückzuführen. Aber dieser „Christus" hatte sich nur zeitweilig mit dem geschichtlichen Menschen Jesus verbunden und trug diese Menschengestalt nur als äußeres Kleid. Gelitten und geblutet hatte nur der Mensch Jesus; gestorben war nur er. Denn leiden, bluten, sterben konnte das Himmelswesen „Christus" niemals. Die Erlösung geschah darum auch nicht durch Leiden, Bluten, Sterben, sondern durch „Gnosis", durch „Erkenntnis", auch wenn diese nicht eine intellektuelle, sondern eine mystisch-religiöse war. Daß „das Wort" sich nicht nur in Fleisch „verkleidete", sondern „Fleisch wurde[161]", **„im Fleisch kam"**, das war für die christliche Gnosis völlig irrig, ja geradezu lästerlich. Für die apostolische Botschaft aber lag alles gerade an der Erniedrigung des Sohnes Gottes[162], an seiner wirklichen Menschwerdung, an seinem Gekommensein **„im Fleisch"**. Denn nur so konnte das geschehen, was allein den gottwidrigen, schuldigen, vor Gott verlorenen Menschen rettet, das Leiden und Sterben am Fluchholz des Kreuzes. Hier gingen die Wege der apostolischen Gemeinden und der christlichen Gnosis radikal auseinander.

Jetzt leuchtet uns auf, wie sehr der Satz des Johannes trotz seiner geschichtlichen Zuspitzung dennoch für jede Zeit, auch für die unsere, ein entscheidender und darum auch scheidender Satz ist. Unter immer neuen Formen und Ausdrücken will der Mensch einen imponierenden Christus haben, einen „zeitgemäßen" Christus, den er jedem empfehlen kann. Er will sich des Evangeliums nicht „schämen" müssen. Der leidende, blutende, am Kreuz sterbende Christus ist heute wie damals „eine Torheit" oder „ein Ärgernis" (1 Ko 1, 23).

Dahinter aber steht noch etwas Tieferes. Es geht dabei um uns selber und um unsere Selbstbeurteilung. „Im Fleisch kommen", ohne Glanz und Macht in der Welt stehen und so furchtbar am Fluchholz sterben mußte der Sohn Gottes um unserer Sünde willen. Wer also gerade in diesem Jesus, der von den Menschen ausgestoßen und von

[161] Vgl. die Auslegung zu Jo 1, 14 in der W. Stb.
[162] Vgl. Phil 2, 5 ff.

Gott dem Gericht preisgegeben am Kreuz stirbt, den wahren „Christus", den einzigen Retter verlorener Menschen anbetet, der muß dabei sich selbst als einen Gerichteten sehen, der mit der Not seiner Schuld vor Gott nicht mehr aus und ein weiß und der nur um diesen Preis errettet werden kann. Und dagegen lehnt sich unser Stolz auf! Gegen diese Verurteilung wehren wir uns. Darum wollen wir einen anderen Christus haben: einen edlen und großen Christus, bei dem wir selber „groß" bleiben können, einen „Christus", der als „Vorbild" uns zu eigenen Taten der Weltverbesserung treibt. „Glauben wie Jesus", „lieben wie Jesus", das Kreuz auf sich nehmen, wie Jesus es tat, das ist nun der Weg zum Heil. Wer aber den **„im Fleisch gekommenen"** Jesus Christus und sein Sterben für uns nicht im Mittelpunkt seines Bekenntnisses hat, der erweist sich eben damit als ein Blinder, der seine wirkliche Verlorenheit noch nicht erfahren hat. Hier ist der Abgrund, der mancherlei Christentümer und Theologien von der apostolischen Botschaft trennt.

Darum fährt Johannes fort: **„Und jeder Geist, der den Jesus nicht bekennt, ist nicht aus Gott."** Das grie NT von Nestle gibt so den Text. Wenn Johannes wirklich so schrieb, dann hat er sagen wollen: wer nur von einem himmlischen Christus redet und sich nicht wirklich zu **„dem Jesus"**[163] und damit zur wahren Menschwerdung des Erlösers (mit allem Leiden und Sterben, um dessentwillen sie erfolgte) bekennt, der **„ist nicht aus Gott"**. Er geht an Gottes wahrer Offenbarung vorbei und führt die Gemeinde irre. Die Handschriften der Koine und der Sinaitikus fügen auch hier ein „als im Fleisch gekommen" hinzu[164]. Dann geht der negative Satz mit dem vorangehenden positiven völlig parallel. Aber das kennzeichnet gerade eine spätere Angleichung.

Bei den Kirchenvätern Irenäus (178 Bischof von Lyon), Origenes (geb. 185/186) und Klemens von Alexandria (um 200) finden wir, daß sie in den Handschriften des 1 Johannesbriefes, die sie benutzten, an unserer Stelle lasen: **„und jeder Geist, der den Jesus auflöst, ist nicht aus Gott."** Diese Lesart hat großes Gewicht. Denn erstens sind die Handschriften, die diesen Männern am Ende des 2. Jahrhunderts vorlagen, weit älter als die frühesten Handschriften, über die wir verfügen. Wir haben hier die älteste Bezeugung vor uns. Und zweitens ist ganz unerklärlich, wie ein Abschreiber diesen merkwürdigen Ausdruck **„der den Jesus auflöst"** in den Text gebracht haben sollte, wenn ursprünglich das bequeme **„der nicht bekennt"** dagestanden hätte. Umgekehrt dagegen ist gut denkbar, daß spätere Abschreiber mit dem

[163] Der für uns auffällige Artikel „der Jesus" würde unterstreichend auf diesen wirklichen Jesus der apostolischen Botschaft hinweisen. Ja, gerade diesen Jesus und das Bekenntnis zu ihm meinen wir, sagt Johannes.

[164] So las darum auch die alte LÜ. Die rev. LÜ läßt den Zusatz fort.

Wort „Jesus auflösen" nichts anzufangen wußten und die negative Aussage an die vorangehende positive anglichen. „Wer bekennt" – „wer nicht bekennt", das kam fast von selbst in die Feder. Uns aber verdeutlicht der Ausdruck **„Jesus auflösen[165]"** genau das, was Johannes mit leidenschaftlichem Ernst den neuen Lehrern vorwarf: den Jesus, den wir Apostel bezeugen, den „löst ihr auf" und setzt an seine Stelle eure eigene Gedankenkonstruktion eines „Christus". Ihr löst damit auf, „was von Anfang war, was wir gehört haben, was wir gesehen haben mit unsern Augen, was wir schauten und mit unsern Händen betasteten, vom Wort des Lebens" (1, 1 f). Damit habt ihr nicht eine etwas andere, modernere Theologie, über die sich reden läßt, sondern löst auf und beseitigt den ganzen Glaubensgrund und die ganze Heilsgewißheit der Gemeinde.

Das muß die Gemeinde sehen und ein totales Nein zu diesen neuen Lehren sagen[166]. Wird **„Jesus aufgelöst"**, der Mensch gewordene, am Kreuz für uns in das Todesgericht Gottes dahingegebene und von Gott auferweckte Christus, dann ist das ganze Heil für verlorene Sünder vernichtet. Die Gemeinde darf die neuen Anschauungen nicht interessant finden; sie darf nicht meinen, man müsse sich doch einmal damit beschäftigen und sie nicht gleich verurteilen[167]. Nein, die Gemeinde muß erkennen: **„Und dies ist der** (Geist) **des Antichrists, von dem ihr gehört habt, daß er kommt, und jetzt ist er bereits in der Welt."** Dieses neue und angeblich höhere und reinere Christentum ist vielmehr „Antichristentum". Hier ist **„der Geist des Antichrists"** am Werk, nicht der Geist Gottes. Die warnende Aussage „nicht aus Gott" wird jetzt positiv verschärft. Die Gemeinde hat die Verkündigung gehört, daß der Antichrist „kommt". Aber sie darf über diesem wahren Blick in die Zukunft nicht den klaren Blick in die Gegenwart verlieren. Sie muß erkennen, der **„Geist"** des Antichrists **„kommt"** nicht erst später einmal, sondern **„jetzt ist er bereits in der Welt"**. Und zwar gerade da, wo ihr ein neues „Christentum" angeboten wird! Der antichristliche Weltherrscher wird einmal Jesus und seine Gemeinde mit aller brutalen Gewalt „aufzulösen" suchen. Aber die Ge-

[165] Beachte die Parallele in 3, 8, wo im grie Text auch das Wort „auflösen" gebraucht wird. Dazu auch Jo 7, 23; 10, 35; Apg 2, 24. Die LÜ hat an diesen Stellen andere Ausdrücke.

[166] Dabei ist es von geringer Bedeutung, in welchen Formen der Jesus des apostolischen Zeugnisses aufgelöst und welche Auffassungen und Bilder von Jesus für den biblischen Christus eingesetzt werden. Es hat hier in der Geschichte der Theologie und der Kirche bis heute erhebliche Unterschiede gegeben. Es geht aber nicht um diese, sondern einzig um die Auflösung des Jesus Christus, den die Apostel als das einzige Heil für verlorene Menschen verkündigt haben.

[167] Es ist seltsam, wie in der Gemeinde, die doch in der apostolischen Botschaft von Jesus alles hat, das ganze volle Heil, immer wieder dieses „Interesse" für „Neues" da ist. Es ist genau das „Interesse", das Eva auf einmal an dem verbotenen Baum nahm.

meinde muß merken: Diese „Auflösung“ wird jetzt schon in raffinierter Weise unter dem Schein einer Verbesserung des Christentums begonnen[168].

4 Die Gemeinde, die sich aufbaut „auf den Grund der Apostel und Propheten“ (Eph 2, 28) und den Geist aus Gott empfangen hat, muß nicht ratlos und verzagt werden, wenn sie die Tiefen der Gefahr erkennt, die ihr von Männern aus ihren eigenen Reihen droht. Johannes spricht ihr zu: **„I h r seid aus Gott, Kindlein, und habt sie besiegt, denn größer ist der in euch, als der in der Welt.“** Sie waren gewiß keine „sündlosen“ und „vollkommenen“ Christen. Aber mit dem betonten „Ihr“ im Gegensatz zu den Scharen der neuen Bewegung versichert der Apostel ihnen: **„I h r seid aus Gott, Kindlein.“**

Aber hatte Johannes nicht in 3, 9 geschrieben, daß jeder aus Gott Geborene „Sünde nicht tut“, ja, nicht einmal sündigen „könne“, weil er „aus Gott ist“? Trifft das nicht für die Gemeindeglieder zu, die Johannes jetzt mit solcher Freude vor Augen hat? Vielleicht müssen wir auch im Rückblick auf 3, 9 das Wort „Sünde“ in jener klaren Bestimmtheit fassen, mit der Jesus selbst es als „d i e Sünde“ bezeichnet hat, wenn wir nicht an ihn glauben (Jo 16, 9). Dann ist es ja die schwerste Zuspitzung der Sünde, wenn wir „Jesus auflösen“. Und eben diese „Sünde“ können diese **„Kindlein“** nicht begehen, weil sie wirklich **„aus Gott“** sind und den Verführern aus ihren eigenen Reihen nicht folgten. Im Gegenteil, sie „haben **sie besiegt**“. Das Wort vom „Besiegthaben des Bösen“ durch die jungen Männer (2, 13. 15) wird jetzt in dieser bestimmten Weise auf die ganze Gemeinde angewandt. Wir sehen nun eine klare Linie, die der Apostel wohl schon beim Schreiben von 2, 13 f vor Augen hatte. Der „Böse“ will und wird seine Herrschaft auf Erden aufrichten durch den Antichrist[169]. Der Geist des Antichrists **„ist jetzt bereits in der Welt“**. Die Gemeinde war seiner Verführungsmacht ausgesetzt, die jungen Männer in besonderer Weise[170]. Aber die Gemeinde ist fest bei Jesus und dem apostolischen Evangelium geblieben, auch in den Reihen ihrer jungen Männer. Das ist der Sieg über den Bösen. Freilich, sie siegten nicht durch ihre eigene Kraft und Klugheit. Sie sind ja **„Kindlein“**. Sie

[168] Johannes nennt keine Namen und beschuldigt nicht einzelne Männer als solche. Er sieht einzig auf den „Geist“ des Antichrists. Die Männer, die Träger der neuen Bewegung sind, mögen subjektiv ganz ehrlich überzeugt sein, ein „besseres“ Christentum zu haben und zu bringen. Sie mögen gar nicht ahnen, in welches „Geistes“ Dienst sie stehen. Vgl. das zu 2, 22 Gesagte.

[169] Vgl. 2 Th 2, 1–12; Offb 13.

[170] Der junge Teil der Gemeinde ist von Natur am meisten geneigt, von allem „Neuen“ angezogen zu werden und das Alte als „veraltet“ zu verlassen. Hier aber hat auch die junge Männerwelt hinter dem Neuen, das zur „Auflösung Jesu“ führt, den Bösen erkannt; sie hat ihn besiegt mit einem festen Bleiben im apostolischen Wort.

siegten, **„denn größer ist der in euch, als der in der Welt"**. Sie dürfen sich des Sieges freuen. Aber es liegen noch viele Anfechtungen und Kämpfe vor ihnen. Wie „groß" muß der Feind Gottes mit allen seinen mächtigen und listigen Helfern der kleinen, machtlosen Schar immer wieder erscheinen. Aber sie stehen ihm nicht allein gegenüber. Der lebendige Gott, unendlich **„größer"** als der Feind, ist nicht nur bei ihnen, nein, „in ihnen" (3, 24). Das ist die notwendige Rüstung zu allen Kämpfen und die Kraft zu immer neuen Siegen, wenn sie es wissen: der Herr selbst ist im Heiligen Geist „in uns". Denn nun ist es wahr und ist in aller Anfechtung und Bedrängnis das Siegeslied: **„größer ist der in uns, als der in der Welt."**

Bedeutet der Sieg, der der Gemeinde vom Apostel zugesprochen ist, 5
daß die weit verzweigte Bewegung der „Gnosis" von der apostolischen Gemeinde zerschlagen ist? Steht die Gemeinde als „Sieger" triumphierend in der Öffentlichkeit? In gewissem Sinne ist das wahr. Wer weiß heute noch etwas von der „Gnosis". Wer kennt noch Namen ihrer führenden Männer? Wir sahen in der Einleitung, wie mühsam es ist, sich noch ein zutreffendes Bild von der gnostischen Bewegung zu machen. Die apostolische Botschaft im NT aber geht bis heute durch die ganze Welt! Doch Johannes konnte diesen „Sieg" damals in keiner Weise sehen und meint das „Siegen" der Gemeinde Jesu überhaupt nicht so. Es widerspräche allem, was Jesus selbst über den Weg seiner echten Gemeinde gesagt hat. Er, der Gekreuzigte und Verachtete, sah für die Seinen in der Welt immer wieder das Kreuz, das sie um seinetwillen auf sich nehmen, und den Haß und die Verachtung der Welt, die sie tragen mußten (Jo 15, 18—21). Darum fährt auch sein Jünger Johannes gerade nach dem Siegeswort fort: **„Sie sind aus der Welt; deswegen reden sie aus der Welt und die Welt hört sie."** Die neuen Lehrer sprachen zwar von großen Dingen, die nach ihrem Urteil erst wahrhaft göttlich und himmlisch sind. Sie fühlen sich der Welt weit überlegen und meinten gerade darum die Freiheit zu einem vollen Leben in der Welt und mit der Welt zu haben[171]. Sie zeigten aber damit, daß sie **„aus der Welt"** sind, von den Trieben und Lockungen der Welt bestimmt. Und **„sie reden aus der Welt"**. So geistreich und vielgestaltig und „religiös" ihre theologischen Systeme sind, sie enthalten doch nur ihre eigenen Gedanken oder folgen Einflüssen fremder Religionen und gehen an der wirklichen Offenbarung Gottes in Jesus Christus, dem Gekreuzigten, vorbei. In der ganzen Entwertung des Kreuzes und der dort im Blut Jesu vollbrachten Erlösung zeigen sie, wie sehr sie **„aus der Welt reden"**. Darum **„hört sie die Welt"**.

[171] Vgl. wieder die in Korinth ausgegebene Losung: „Mir ist alles erlaubt" (1 Ko 6, 12) und die daraus gezogene Folgerung 1 Ko 5, 1 f; 6, 1. 8. 15—18; 8, 10. Allerdings gab es in der Gnosis auch starke asketische Tendenzen.

Die gnostische Bewegung war offensichtlich weltweit erfolgreich. Ihre geistvollen, an bekannte Philosophen anknüpfenden und allerlei Religionen aufnehmenden Vorträge wurden gern gehört und anerkannt. Die Botschaft vom Kreuz war dagegen, wie Paulus sagt, „Ärgernis" oder „Torheit" für die Menschen. Die Welt möchte diese Botschaft nicht hören[172].

6 Johannes sagt im Gegensatz dazu betont: **„Wir sind aus Gott."** Ist das nicht Hochmut? Ist das nicht „pharisäisch"? Aber schon Jesus selber hatte gesagt: Wenn er seinen Ursprung aus Gott leugnete, dann gerade würde er ein „Lügner" (Jo 8, 55). So können und dürfen auch wir nicht verleugnen, was wir von Gott empfangen haben. Wir müssen es bezeugen: **„Wir sind aus Gott."** Das hat mit Hochmut nichts zu tun, sondern ist einfache Feststellung einer Tatsache, für die wir selber nichts können. Gerade die Formulierung **„aus Gott"** zeigt das. Nicht wir haben uns zu Gott aufgeschwungen, sondern Gott hat sich in unbegreiflicher Liebe zu uns geneigt und uns aus dieser Liebe in Jesus neu geboren und zu seinen Kindern gemacht. Gerade nur der ist hochmütig, der ohne Jesus und sein Kreuz ein Kindesverhältnis zu Gott zu haben meint. In unseren Herzen klingt immer neu das anbetende Wort: „Sehet, welch eine Liebe hat uns der Vater erzeiget, daß wir Gottes Kinder sollen heißen; und es auch sind" (3, 1).

Johannes hat es ebenfalls selber aus dem Mund seines Herrn vernommen: „Wer von Gott ist, der hört Gottes Worte; darum höret ihr nicht, denn ihr seid nicht von Gott" (Jo 8, 47). Auch hier erfahren und erleiden die Jünger das Gleiche wie das Haupt: **„Wer Gott erkennt, hört uns. Wer nicht aus Gott ist, hört uns nicht."**

Wir möchten freilich mit unserer Verkündigung gern „erfolgreich" sein. Wir möchten „gehört" werden und den Erweis der Wahrheit in der Gewinnung großer Scharen erbringen. In den Gemeinden, an die Johannes schreibt, mögen viele bedrückt gewesen sein von den großen Erfolgen der gnostischen Redner. Entschied das nicht für sie? Aber der Apostel weiß, daß die Wahrheit nicht durch Anhängerzahlen erwiesen wird. Auch die Gemeinde muß daran denken, daß noch kurz vor dem Karfreitag im Hohen Rat im Blick auf Jesus gesagt wurde: „Ihr seht, daß ihr nichts ausrichtet; siehe, alle Welt läuft ihm nach" (Jo 12, 19). Wenige Tage später schrie „alle Welt": „Ans Kreuz mit ihm!" Aber Jesus war gerade an diesem Karfreitag „der Zeuge für die Wahrheit" (Jo 18, 37), vor Pilatus und vor der ganzen Welt, auch wenn er als der eine Einzige gegen „alle Welt" stand.

[172] Auch die christianisierte Welt tut es nicht! Man lese nur nach, was für Widerstände aus der Welt sich gegen jede Erweckungsbewegung und ihre Boten erhoben haben, und zwar gerade aus der kirchlichen Welt. Vgl. etwa die Schilderung aus der Erweckungsbewegung um J. H. Volkening und G. Knack.

Wir pflegen uns bei „Erfolglosigkeit“ der Verkündigung sofort nach unsern Fehlern zu fragen, die wir gemacht haben. Wir suchen nach „neuen Wegen“, nach „neuer Sprache“, nach größerer Anschaulichkeit. Wir können und sollen das auch tun. Aber wir dürfen dabei nie jene „Grenze“ des „Hörens“ vergessen, die Johannes aufzeigt und die wir nie beseitigen oder auch nur verrücken werden. **„Wer Gott erkennt, hört uns. Wer nicht aus Gott ist, hört uns nicht.“** Wir dürfen freilich bei solchen Sätzen wieder nicht vergessen, daß sie als Sätze eines Briefes in eine bestimmte Lage hinein gesprochen sind. Johannes denkt jetzt nicht so sehr an die Evangeliumsverkündigung an Fernstehende und Ungläubige. Es geht vielmehr hier wie im ganzen Brief um den Kampf innerhalb der Gemeinden und dabei besonders um die Geltung der Apostel und ihrer apostolischen Botschaft. Das zeigt sich in dem Wort **„uns“**, das hier nicht anders zu fassen ist als das „wir“ in den ersten Sätzen des Briefes. Johannes wird besonders wieder an Menschen denken, die aus der Gemeinde kommen und sich nun von ihr getrennt haben und neuen Lehren folgen (2, 19). Warum konnte ein Apostel Johannes sie nicht zurückgewinnen? Warum fand er bei ihnen kein Gehör? Wer **„nicht aus Gott ist“**, und das heißt ja doch: Wer nicht im Licht des heiligen Gottes sich als Sünder erkennt, sondern sich noch selbst hochschätzt und seine „Religion“ oder seine religiöse Weltanschauung nach seinen Gedanken gestaltet, der **„hört uns nicht“**. Er will über „das Wort vom Kreuz“ hinauskommen. Es scheint ihm primitiv, töricht, abwegig, ja, vielleicht abstoßend gegenüber dem, was er bei den gnostisch beeinflußten Lehrern zu finden meint[173]. Hier tritt eine Scheidung innerhalb der Gemeinde ein. Die Gemeinde soll sich nicht wundern und nicht erschrecken, wenn ihr Apostel – der alte Apostel Johannes – in bestimmten Kreisen einfach nicht „gehört“ wird[174]. Es muß so sein. **„Daraus erkennen wir den Geist der Wahrheit und den Geist der Irreführung.“** Die Gemeinde soll nicht erschrecken, aber sie soll den Gegensatz auch nicht verharmlosen. Es geht nicht um einen Unterschied theologischer „Richtungen“, den man in Kauf nehmen, um abweichende „Ansichten“, über die

[173] Als der spätere Evangelist Samuel Keller eine zeitlang in Düsseldorf Pfarrer war, wurde er von einem geistig sehr lebendigen und interessierten Kreis eingeladen. In diesem Kreis wurden Vorträge über alle möglichen namhaften Männer und Bewegungen gehalten und diskutiert. Keller wurde dann auch selbst um einen Vortrag gebeten und sprach über – Jesus. Nie wurde er in diesen Kreis wieder eingeladen.

[174] Auch wir dürfen uns nicht wundern, wenn das für uns so überzeugende „Wort vom Kreuz“, das klare apostolische Wort, von vielen, auch von vielen Theologen, nicht „gehört“ wird. Es geht nicht nur um die Ablehnung der Botschaft bei Menschen, die sich mit ihr auseinandergesetzt haben. Es kommt gar nicht erst zum wirklichen Hören. Das Ohr ist der Botschaft völlig verschlossen. Auch geistig bedeutende Zeugen der Botschaft finden kein Ohr.

man verhandeln könnte[175]. Hier geht es um einen entgegengesetzten „Geist", der von radikal verschiedener Art und Herkunft ist. Auf der einen Seite steht der Geist Gottes, der **„Geist der Wahrheit"**. Wieder ist dabei nicht auf die subjektive Ehrlichkeit gesehen. Wieder meint **„Wahrheit"** vielmehr die letzte Wirklichkeit, die dieser Geist bezeugt. Ihm steht entgegen der **„Geist der Irreführung"**. Nicht gegen „Irrtümer" geht Johanes an[176]. Mit nur „Irrenden" kann man reden; sie mag man noch zurechtbringen. Aber dieser „Geist" ist ja der „Geist des Antichrists" (V. 2), also zuletzt ein Geist satanischer Inspiration, gegen den man nur das harte und entschlossene Nein sagen kann. Zu diesem notwendigen Nein sucht der Apostel die Gemeinden stark zu machen[177].

DIE OFFENBARUNG DER LIEBE GOTTES

(Vergleiche dazu Exkurs Seite 204/5)

1 Johannesbrief 4, 7—10

zu Vers 7:
1 Jo 2, 29
zu Vers 8/9:
1 Jo 4, 16
Jo 3, 16
1 Jo 1, 2
zu Vers 10:
Jo 15, 12
Rö 5, 25; 5, 8
1 Jo 2, 2

7 **Geliebte, laßt uns einander lieben** (oder: wir lieben einander),
denn die Liebe ist aus Gott und jeder der liebt, aus Gott ist er
8 **geboren und erkennt Gott. * Wer nicht liebt, erkannte Gott nicht;**
9 **denn Gott ist Liebe. * Darin wurde die Liebe Gottes unter uns**
offenbar, daß Gott seinen Sohn, den einzigen, entsandt hat in die
10 **Welt, damit wir das Leben empfingen durch ihn. * Darin ist die**
Liebe: nicht, daß wir unserseits Gott geliebt haben, sondern daß
er uns liebte und seinen Sohn sandte als Sühne(mittel) **für unsere**
Sünden.

175 Fr. Büchsel sagt gut von dem Apostel Johannes: „Sich für theologische oder für religiöse Problematik offenzuhalten, sich gar in der gleichen zu gefallen, ist nicht seine Art." A. a. O. S. 65.

176 Die Übersetzung der Elberfelder Bibel: „Geist des Irrtums", sagt zu wenig. Menschen können „irren". Aber die Bewegung, gegen die Johannes mit solchem Ernst kämpft, „irrt" nicht nur, sondern „führt in die Irre", lockt fort von der Wahrheit und hat ihr Ziel in der Verführung der Gemeindeglieder. Das ist so, auch wenn einzelne Männer dieser Bewegung gar nicht ahnen mögen, welch ein Geist sie bestimmt.

177 Es ist wichtig zu sehen, daß es gerade der „Apostel der Liebe" ist, der so unerbittlich den Kampf führt und das Nein sagt. Er tut es nicht etwa, obwohl er der Apostel der Liebe ist, sondern gerade w e i l er es ist! In der Liebe zu seinem Herrn und in der Liebe zu den Gemeinden muß und will er gegen die Verführung kämpfen, welche die Gemeinde um die Wahrheit und damit um ihre wahre Errettung durch die Liebe des wirklichen, lebendigen Gottes betrügen will. Es ist für uns wichtig, das zu sehen, weil solcher Kampf und Widerstand bis heute schnell als „lieblos" gebrandmarkt wird. Johannes kann uns helfen, daß wir uns von einem solchen Vorwurf nicht beirren lassen.

Mit tiefem Ernst und ganzer Entschlossenheit hat Johannes die verführerischen Einflüsse der Gnosis abgewehrt. Aber sein Brief ist keine „Theologische Streitschrift". Kein Name wird genannt. Auf keine einzelne Lehre und Anschauung wird eingegangen. Es gibt keine Diskussion. Immer wieder ist in diesem Brief das Leben der Gemeinde das eigentliche Thema. Ihm galten die Zeugnisse und Mahnungen des Apostels. Zu den Gegnern ist das radikale Nein gesprochen, von der Gemeinde selbst, die in diesem Nein die Gegner besiegt hat, und vom Apostel, der die Gemeinde darin stärkt. Es geschah auch dies aus „Liebe", wie wir sahen. Darum ist es kein befremdender Gegensatz gegen den vorigen Abschnitt in seiner ganzen Härte, wenn Johannes jetzt von der Liebe schreibt, die das beherrschende Zentrum alles Christseins ist. Darin wird der positive Gegensatz zu den irreführenden Bewegungen sichtbar, die ganz andere Ziele und Ideale hatten und die Liebe gering achteten, die leidende Liebe Gottes wie die Bruderliebe in der Gemeinde.

Daß die Gemeinde der Verführung und der Verwirrung widersteht und „siegt", das ist nicht schon das Letzte, worum es geht. Wichtiger ist vielmehr das Wesen Gottes und das Wesen eines gottentsprechenden Lebens. Dies weite Feld liegt nun in dem nächsten Abschnitt des Briefes vor uns. Wir kommen damit auf die Höhe des Briefes.

„Geliebte, laßt uns einander lieben (oder: wir lieben einander), 7
denn die Liebe ist aus Gott." „Geliebte" ist wie V. 1 Anrede an die Gemeinde und ihre Glieder. Entspricht das der Anrede des Paulus an die Thessalonicher: „Brüder, von Gott geliebt" (1 Th 1, 4)? Aber Johannes formuliert nicht so wie Paulus und wird in dieser Anrede seine eigene Stellung zu den Hörern seines Briefes[178] zum Ausdruck bringen. Das kann auch Paulus den Thessalonichern gegenüber tun; sie waren für Paulus und seine Mitarbeiter „Geliebte" geworden (1 Th 2, 8). Das ist bei beiden Aposteln keine erbauliche Formel. Johannes trägt die Liebe selber in sich, zu der er die Gemeinde auffordert. Ist das „agapōmen" ein auffordernder Konjuktiv: **„laßt uns einander lieben"** oder die Feststellung einer Tatsache: **„wir lieben einander"**? Das ist an der Wortform selbst nicht zu erkennen. In V. 19 wird es Indikativ sein, darum faßt es Schlatter auch in unserem Vers in gleicher Weise als Aussage auf. Ganz eindeutig war es so in 3, 14. Aber es ist hier doch wohl an eine Aufforderung zu denken. Die begründende Feststellung **„denn die Liebe ist aus Gott"** paßt mehr zu einer solchen Mahnung. Und gleich darauf in V. 11 ist von unserer „Schuldigkeit",

[178] Wir haben mehrfach von den „Hörern" des Briefes gesprochen. Ein apostolisches Sendschreiben ging nicht von Hand zu Hand, damit jeder es „las", sondern wurde in der Gemeindeversammlung vorgelesen, damit alle es „hörten", auch die vielen, die gar nicht lesen konnten.

einander zu lieben die Rede. Freilich, es ist nicht die Aufforderung, nun endlich mit dem Lieben anzufangen! Mit Nachdruck und voller Gewißheit hatte Johannes in 3, 14 festgestellt: „Wir lieben die Brüder." Aber nun ermuntert er dazu, das Lieben fortzusetzen und zu steigern, das nach 3, 14 schon in der Gemeinde lebt[179]. Das **„Wir lieben"** und das **„Laßt uns lieben"** gehört zusammen, wie immer im NT geschenkter Tatbestand und ernstliche Aufforderung einander entsprechen.

Es geht aber in der Aufforderung des Apostels nicht um eine einfache Sache, die wir leicht erfüllen könnten. Wir sind geneigt, Mahnungen zur Liebe gerade im christlichen Raum so anzusehen. Dagegen wendet sich der kurze, aber mächtige Satz des Apostels: **„Denn die Liebe ist aus Gott."** Wieder haben wir zu bedenken, wie abgegriffen und vieldeutig unser Wort „Liebe" ist. Es geht im NT nicht um bloße Mitmenschlichkeit, um freundliches, gegenseitiges Helfen. Das kann wahrlich auch die Welt[180], das hat noch nicht unmittelbar mit Gott zu tun. Wir müssen uns an all das erinnern, was wir schon zu 3, 14–18 klar machten. „Liebe" ist eine total neue Existenzweise, die **„aus Gott"** stammt und Gottes Wesen an sich trägt. Diese „agapæ" ist gemeint, auch wenn von der gegenseitigen Liebe innerhalb der Gemeinde gesprochen wird. Es ist die Liebe, in der wir „unsere Seele einsetzen für die Brüder[181]" (3, 16).

Weil die Liebe **„aus Gott"** ist, folgt notwendig der Satz: **„und jeder, der liebt, aus Gott ist er geboren und erkennt Gott."** Noch einmal stellt Johannes fest: wirkliche „Liebe" ist keine menschliche Möglichkeit! „Lieben" kann nur ein Mensch, mit dessen ganzer Existenz eine Umwandlung geschehen ist, eine „Geburt aus Gott". Johannes hat dabei wieder, wie in 3, 15, das „Lieben" ohne Objekt gebraucht, eben weil es eine neue, aus Gott geborene Art der Existenz als solcher und als ganzer ist[182]. Nur wer von dieser Geburt aus Gott her „liebt", **„erkennt Gott"**. Es geht dabei um jenes biblische „Erkennen", das nicht in richtigen Gedanken über Gott besteht, sondern nur in einer Lebens- und Wesensgemeinschaft mit ihm sich vollziehen kann.

Wenn wir dies nicht beachten, kann gerade dieser Satz des Johannes gefährlich mißverstanden werden. Wenn jeder „Liebende" aus Gott

[179] Ähnlich verfährt Paulus in 1 Th 4, 9. 10.

[180] Das hat Jesus selbst in Mt 5, 46. 47 ausgesprochen.

[181] Ein Beispiel solcher Liebe steht uns in Rö 9, 1–5 vor Augen. Paulus möchte seine eigene Errettung drangeben, wenn er dadurch die Juden retten könnte, die ihn hassen und die seine Arbeit zu zerstören versuchen, wo sie nur können.

[182] Es ist nicht verwunderlich, daß der Alexandrinus ein Objekt, nämlich „Gott" hinzugefügt hat. Aber es ist späterer, erklärender Zusatz, der die Meinung des Apostels nicht trifft.

geboren ist und Gott kennt, wozu dann die ganze christliche Dogmatik? Wozu die Botschaft von dem Sohn Gottes, der zu unserer Errettung sein Blut geben mußte und gab? Wozu das mühsame „Glauben"? Wir sind einfach liebevoll zueinander und damit ist alles gut. Damit sind wir „aus Gott geboren und kennen Gott", ohne uns erst mit den schwierigen Behauptungen der christlichen Lehre auseinandersetzen zu müssen. Wird das nicht in V. 16 noch einmal unterstrichen: „Wer in der Liebe bleibt, der bleibt in Gott und Gott in ihm"? Johannes, der den Satz in V. 7 schrieb, ist eindeutig nicht dieser Meinung. Seine ganzen folgenden Ausführungen zeigen das ebenso wie alles bisher im Brief Geschriebene. Johannes meint genau umgekehrt, daß man aus Gott geboren sein muß, um wahrhaft lieben zu können.

Darum gilt nun auch: **„Wer nicht liebt, erkannte Gott nicht; denn** 8
Gott ist Liebe." Das ist zunächst nur die negative Folgerung des vorigen Verses. Aber für Johannes und die Empfänger seines Briefes lag in dem Satz viel mehr. Johannes verwendet hier eine Form des Wortes „erkennen", die im Grie „egnō" lautet. Das läßt die Hörer sofort an das Wort „Gnosis" denken, an das Wort, das zur rühmenden Selbstbezeichnung der vom Apostel so ernst bekämpften Bewegung geworden war. Diese Bewegung warf den Gemeinden vor: Ihr „glaubt" ja nur, was die Apostel euch sagen; wir aber „erkennen" selber Gott. Wir sind auf den Weg philosophischer oder religiös-mystischer „Erkenntnis" zu Gott vorgedrungen und haben in unserem großen Lehrsystem „Gott erkannt". Johannes läßt sich nicht auf eine Prüfung dieser Systeme und auf eine Debatte mit allen ihren Aussagen ein. Er stellt die eine Frage: Wie steht es bei euch mit der „Liebe"? Mag ihr Reden von ihrer „Erkenntnis" noch so überzeugt und glänzend klingen, sie leben nicht in der Liebe. Darum „erkannten" diese erkenntnisstolzen Männer in Wahrheit Gott überhaupt nicht. An seinem wahren Wesen gehen sie mit allen ihren Spekulationen vorbei[183]. **„Denn Gott ist Liebe."**

In dem Satz des Johannes sind die beiden grie Verneinungsworte „ou" und „mæ" nebeneinander gebraucht. Vgl. S. 87 f. Bei **„erkannte Gott nicht"** steht das „ou", die einfache, tatsächliche Verneinung. Bei dem „wer nicht liebt" wird mit einem „mæ" darauf hingewiesen, daß hier nicht nur faktisch das Lieben fehlt, sondern daß es auch gar nicht eigentlich erstrebt und gewertet wird. Hinter dem „Nicht-lieben" steht eine Richtung des ganzen Lebens, die auf die eigene Größe im

[183] Es ist auch heute eine ernste Frage an den Theologen, ob er ein „Liebender" ist. Diese Frage wird merkwürdig wenig gestellt. Sie könnte dem Theologen und zwar jeder Richtung heilsam zu schaffen machen.

Erkennen aus ist[184] und darum am Lieben vorbeigeht und es geringschätzt. Hier „mag" einer gar nicht lieben. Sein „Nichtlieben" ist nicht einfach ein persönliches Mißgeschick, es ist mit Schuld belastet. Es zeigt freilich zugleich, daß hier ein Mensch noch nicht durch eine „Geburt aus Gott" in eine neue Existenz versetzt worden ist. Darum „will" er nicht lieben.

Und nun müssen wir uns noch einmal dem kurzen, mächtigen Satz zuwenden, mit dem unser Vers schließt: **„Denn Gott ist Liebe."** Diese Aussage wird in V. 16 wiederholt. Sie ist alles andere als einfach und selbstverständlich! Die Menschen, die Gott kennenlernten, weil er selber sich ihnen offenbarte, haben in der Bibel viel von Gott ausgesagt. Sie sprechen von Gottes „Gerechtigkeit", von seiner „Treue", von seiner „Macht", von seiner „Weisheit" und – gerade auch im NT! – von seinem „Zorn". Das ist wahr und zutreffend. Aber es sind das alles nur „Eigenschaften" Gottes, die in seinem Handeln und Wirken hervortreten. Sie zeigen noch nicht sein Wesen, den Urgrund seines Seins, aus dem sie fließen. Darum hat nirgends ein Bote Gottes zu sagen gewagt: „Gott ist Macht" oder „Gott ist Gerechtigkeit" oder gar „Gott ist Zorn". Gott liebt Gerechtigkeit, Gott offenbart seine Macht, Gott erzeigt auch seinen Zorn. Aber er **„ist"** Liebe. Gewiß, Jesus selbst sagte: „Gott ist Geist[185]." Und Johannes schrieb am Anfang seines Briefes „Gott ist Licht". Aber dieses strahlende „Licht" ist er als „Liebe". Auch die Aussage „Gott ist Geist" erfährt ihre unverwechselbare Bestimmtheit erst durch den grundlegenden Satz: **„Gott ist Liebe."** Das „Lieben" ist nicht eine einzelne Regung oder Tätigkeit Gottes, die mit andern Regungen abwechseln könnte. Gottes innerstes, ewiges Wesen ist „Liebe". Aus ihr fließt dann auch seine „Gerechtigkeit", die schon im AT und vollends im NT (Rö 1, 17) helfende, gerechtmachende Gerechtigkeit aufgrund der Liebe ist. Auch Gottes „Macht" ist nicht einfach allmächtige Willkür, sondern zuhöchst und zuletzt jene Macht, die aus Liebe zu „Schwachheit" (1 Ko 1, 25) werden kann und gerade dadurch jene innerste Überwindung von Menschen vollbringt, die eine bloße „Macht" nie erreichen könnte. Ja, auch sein „Zorn" kommt aus seiner „Liebe". Dieser Zorn ist nicht ichhafte Empörung; er ist die Antwort Gottes auf unsere Verkehrung unseres Verhältnisses zu ihm (Rö 1, 18 ff). Und diese Antwort gibt Gott nur, weil ihm so sehr an uns liegt, an uns, die er aus Liebe zu seinem „Ebenbild" und zur „Kindschaft" geschaffen hat und die sich

[184] Vgl. das Urteil des Paulus in 1 Ko 8, 1: „Die Erkenntnis („gnosis") bläht auf, aber die Liebe baut auf."

[185] Jesus sagt das Wort nicht als eine abschließende Wesensaussage über Gott, sondern zur Begründung der rechten Anbetung Gottes, die nicht mehr nach dem Tempel in Jerusalem oder dem auf dem Garizim fragt (Jo 4, 24).

selbst verderben, indem sie an der satanischen Auflehnung gegen Gott teilnehmen.

„Gott ist Liebe" – das ist die einzigartige Aussage des Evangeliums, die sich in keiner Philosophie und keiner Religion der Welt findet. Das aus Liebe erwählte Bundesvolk weiß schon etwas von dieser Liebe, vgl. etwa 5 Mo 7, 7. 8. Und Hosea wie Jeremia erkennen, daß diese Liebe Leid tragen muß um die Treulosigkeit des Bundesvolkes und in verzehrenden Zorn geraten kann über seine ehebrecherische Art. Aber **„Gott ist Liebe"** hat kein Prophet zu sagen gewagt. Das sollen wir uns klarmachen, damit uns bewußt bleibt, was für eine Aussage das ist!

Es ist darum gar nicht nur zu bedauern, daß in der modernen Welt gerade ernste und redliche Menschen sich gegen diesen Satz des Evangeliums auflehnen und uns fragen: Nach all dem, was uns die Naturforschung von der Unheimlichkeit und der Grausamkeit der Natur zeigt, nach all dem, was wir an menschlicher Not und Angst und Qual, an Massenvernichtung, an namenlosem Leiden Unschuldiger erlebt haben, wagt ihr Christen noch zu behaupten: **„Gott ist Liebe[186]"?** Aber gerade der Apostel Johannes meint in keiner Weise, daß Gottes Liebe überall leicht zu sehen sei! Er weist mit allem Nachdruck darauf hin, daß erst in uns selber etwas geschehen sein müsse, ehe wir Gott als Liebe erfassen können. Noch einmal: „Wer nicht liebt, wer nicht aus Gott geboren ist, erkennt Gott nicht." A. Schlatter hat es in unübertrefflicher Weise dargelegt: „Was wir über Gott sagen und denken, nimmt notwendig unsere eigene Farbe an, und das ist eine falsche Farbe, die ihn entstellt und unsere Gedanken über ihn unwahr macht, ehe wir zur Liebe bewogen und aus der Einsperrung in unser hohles, eigenes Ich befreit worden sind. Wer in seiner leeren, nichtigen Selbstsucht eingeschlossen ist, denkt sich auch die Welt hohl als eine leere Blase, die aus sich selbst entstanden sei; oder wenn er Gott neben die Welt hinstellt, so macht er ihn so geistlos, zwecklos, tot, leer und hart wie sich selbst. Er macht sich eine Welt und einen Gott, wie sie seine Selbstsucht nicht stören, sondern ihr dienlich sind, und ist darum auch gegen alle Zeugnisse, durch die Gottes Gnade zu uns redet und unter uns wirkt, blind[187]."

„Ehe wir zur Liebe bewogen und aus der Einsperrung in unser hoh- 9
les, eigenes Ich befreit worden sind," sagt Schlatter. Aber wie geschieht gerade diese Befreiung? Und wenn der Satz „Gott ist Liebe" unserer natürlichen Erfahrung schroff zu widersprechen scheint, wo und wie

[186] Vgl dazu Anm. 197.

[187] „Erläuterungen zum NT" Bd 10 zu 1 Jo 4, 7b Stuttgart 1965 und EVA Berlin.

erkennen wir dann diese Liebe? Johannes gibt uns eine klare Antwort. **„Darin wurde die Liebe Gottes unter uns offenbar, daß Gott seinen Sohn, den einzigen, entsandt hat in die Welt, damit wir das Leben empfingen durch ihn."** Gottes Liebe **„wurde offenbar"** in unserer Mitte, in der Menschheitsgeschichte, zu einer bestimmten geschichtlichen Zeit und an einem bestimmten geschichtlichen Ort. Diese Aussage ist wieder der ganze Gegensatz gegen die Gnosis, auch gegen alle ähnlichen Bemühungen, von uns aus in Denkprozessen oder mystischen Erlebnissen Gott zu finden. Wenn Gott Liebe „ist", dann war er schon immer und von Ewigkeit Liebe. Von dieser Liebe war wohl etwas zu ahnen, auch im Heidentum[188], erst recht im Bundesvolk. Aber **„unter uns offenbar[189]"** wurde sie erst in ihrer einen Tat: **„daß Gott seinen Sohn, den einzigen, entsandt hat in die Welt."**

Wieder müssen wir beim Lesen innehalten und diesem Satz sinnend nachgehen, damit wir ihn nicht als altbekanntes frommes Wort hinnehmen oder als bloße „Mythologie" rasch abtun. Nein, hier ist jedes Wort wörtlich zu nehmen und in seiner ganzen Größe zu erfassen, soweit wir dazu fähig sind. „Liebe" erkennt man am „Geben". Große Liebe schenkt Großes, schenkt das Beste und Liebste. Gott gab **„seinen Sohn, den einzigen"**. Freilich, nun stehen die Fragen auf: Hat denn Gott einen „Sohn"? Wie sollen wir das denken? Wir stehen vor dem Geheimnis der Dreieinigkeit Gottes. Wir mögen es uns nicht vorstellen können[190], wir mögen uns verwundern, aber wir müssen es als Tatsache uns gesagt sein lassen: Gott hat nicht nur „Geschöpfe", bis hin zu den hohen Engeln, Gott hat sein innerstes Herz und Wesen „ausgesprochen" in dem einen „Wort", das er sich zur Seite stellt[191]. Und dieses „Wort" in seiner Wesensverbundenheit mit Gott ist selber „Gott von Art" und ist so „der Sohn". Vor aller Schöpfung ist dieser Sohn beim Vater in der tiefsten Liebesverbundenheit durch den Hei-

188 Vgl. etwa die Apg 14, 17.

189 Die Liebe Gottes ist nicht etwas, was wir von uns aus „entdecken" könnten, um in einem philosophischen oder theologischen System von ihr zu lehren. Sie wird ebenso „offenbart", wie „das Leben" (1, 2) oder Gottes „Gerechtigkeit" (Rö 1, 17; 3, 21) oder der „Zorn" Gottes (Rö 1, 18).

190 Es kann uns dabei helfen, wenn wir aus der modernen Atomphysik erfahren, daß auch sie vor Tatsachen steht, die nicht mehr anschaulich vorstellbar gemacht werden können. Wenn schon das letzte Wesen der Natur unsere Denkkraft übersteigt, wieviel mehr muß dann das Wesen Gottes über unser Denken und Vorstellen hinausgehen!

191 Vgl. dazu die Erklärung zu Jo 1, 1 in der W. Stb. Darum ist Jesus „der Sohn, der einzige". Gerade im Blick auf Jesus kann die ursprüngliche Bedeutung des grie Wortes für „einzig = monogenes" als „einzig erzeugt" (LÜ „eingeboren", vgl. dazu Jo 1, 14 und die Erklärung in der W. Stb.), im Gegensatz zu allem, was nur „geschaffen" ist, noch sehr mitzuhören sein.

ligen Geist. Ahnen wir etwas davon, welch eine Kostbarkeit und Freude dieser „Sohn“ für den Vater ist[192]?

Und dieses Kostbarste und Liebste hat Gott **„entsandt in die Welt“**. Das Wort „Welt“ kam in unserem Brief schon mehrfach vor. Wir sahen zu 2, 15, daß Johannes bei diesem Wort nicht an die „schöne, weite Welt“ denkt, nicht an die Natur als solche, nicht an alles das, was bei aller Entstellung doch noch „Schöpfung Gottes“ ist. „Welt“ ist die Menschenwelt, wie sie von dem „Fürsten dieser Welt“ regiert und bestimmt wird, die Welt der Feindschaft gegen Gott und darum die Welt der Sünde und des Todes[193]. Gerade auch das „fromme“ Israel ist in Wahrheit solche „Welt“. Und in diese „Welt“ entsendet Gott den „Einen“, den geliebten Sohn, und gibt ihn damit dieser „Welt“ preis. Er „hat seines eigenen Sohnes nicht verschont, sondern hat ihn für uns alle dahingegeben“ (Rö 8, 32). Gott weiß es, was wir mit seinem Sohn tun werden. Gott sah vor sich das Ende des Geliebten am Kreuz. Und Gott sendet ihn doch und legt selber ihm dieses Ende auf zu unserer Errettung, die auf keine andere Weise gewirkt werden konnte. Er machte den Sündlosen zur Sünde, den Heiligen zum Fluch, um uns vom Fluch zu befreien. Da ist seine Liebe in ihrer unbegreiflichen Größe **„unter uns offenbar“**.

Und warum tut Gott das? Will er damit irgend etwas für sich erreichen oder gewinnen? Nein, er tut es, **„damit wir das Leben empfingen“**, wir, seine Feinde und Verächter, wir, die in seinem gerechten Gericht Verurteilten und Verlorenen. Hier wieder, wie am Beginn seines Briefes, hat Johannes „das Leben“ als das große Gut genannt, das wir unter dem Evangelium von Gott empfangen. Wir erinnern uns an das, was wir zu 1, 2 sagten. Aber gerade an unserer Stelle ist es so bedeutsam, daß noch einmal das **„Leben“** als das klare Ziel der göttlichen Liebestat bezeichnet wird. Wir erkannten in der Aussage 3, 14: „Wer nicht liebt, bleibt im Tode“, wie das „Lieben“ und das „Leben“ zusammengehören. Es entspricht dem Wesen der Liebe, daß sie die andern aus dem Tode heraus zum wahren Leben bringen will. Die bloße natürliche Existenz, und sei sie noch so reich und kulturell hochstehend, genügt nicht. Sie ist vom „ewigen“, vom „göttlichen“ Leben noch unendlich fern! In ihr sind und bleiben wir im Tode verlorene Leute. Erst wenn wir zum eigenen Lieben befreit sind, gewinnen wir im Lieben das wahre Leben. Darum ist unser ganzer Abschnitt ein

[192] Wo dieses Geheimnis Jesu nicht mehr gesehen wird, bricht die ganze Botschaft des NT zusammen. Wenn Jesus nicht dieser „Sohn“ ist, mögen wir die höchsten Prädikate auf den Menschen Jesus häufen. Unser Erretter kann er dann nicht mehr sein. Die Liebe Gottes wird in seiner Sendung nicht mehr sichtbar.

[193] Vgl. dazu „Die gute Nachricht“, Evang. Hauptbibelgesellschaft Berlin, S. 595, Stichwort „Welt“.

stetes Ineinander von Schilderung der Liebe Gottes und von Aufforderung zum eigenen Lieben. Gottes Liebe bringt uns mit ihrem ungeheuren Opfer zu jenem **„Leben“**, das selber wieder „Lieben“ ist[194].

10 Aber wie steht es nun mit dieser **„Liebe“**? Wo „ist“ sie? Worin hat sie ihr Wesen und ihren Bestand? Wir wissen es schon aus allem bisher Gelesenen. Aber es liegt dem Apostel daran, noch einmal unmißverständlich festzustellen: **„Darin ist** (besteht) **die Liebe: nicht, daß wir unserseits Gott geliebt haben, sondern daß er uns liebte und seinen Sohn sandte als Sühne**(mittel) **für unsere Sünden.“** Nicht wir haben Gott geliebt, nicht wir haben das große Gebot der Liebe zu Gott erfüllt. Darin liegt unsere Wesenssünde, aus der alle Einzelsünden folgen. In dieser Wesenssünde der Eigensucht und Lieblosigkeit leben wir. Daraus kann uns keine Einsicht in das Recht des Liebesgebotes, keine Anstrengung, Gott zu lieben, heraushelfen[195]. Diese Wesenssünde trennt uns wesensmäßig vom Wesen des Lebens, das Gott uns in der Sendung seines Sohnes schenken will. Wie werden wir von dieser unserer Sünde befreit? – das ist für Johannes wie für Paulus die entscheidende Frage. Er hat uns die Antwort schon in 1, 7 und 2, 1 f gegeben. Jetzt wiederholt er sie bei der neuen Fragestellung in neuer Weise.

Die Liebe **„besteht“**, existiert, weist nicht in unserer Liebe zu Gott. Ihren Grund, ihren „Bestand“ hat sie in Gott allein. Aus dieser Tatsache folgt ein Doppeltes. Weil Gott Liebe ist, sind wir in unserer Lieblosigkeit vor Gott verlorene und von Gott geschiedene Leute. Aber weil Gott Liebe ist, tut er das Unerhörte, daß er uns Lieblose liebt. Wieder ist dies erwiesen durch die „Sendung“ seines Sohnes. Aber die Sendung des Sohnes wird nun in ihrer eigentlichen Tiefe gezeigt. Jesus kann uns nicht einfach in seiner Hand das Geschenk des Lebens bringen, wie es nach dem vorigen Vers scheinen konnte, nein, er muß sich senden und vom Vater preisgeben lassen **„als Sühne**(mittel) **für unsere Sünde“**. „Das Lieben“ empfangen wir durch ihn nur aus seiner durchbohrten und blutenden Hand.

Wir empfinden es alle, daß schweres Unrecht „gesühnt“ werden muß. Aber wir spüren auch das Geheimnis, das in dem Wort **„Sühne“** liegt. Wenn ein Mörder lebenslang in ein Zuchthaus kommt, wieso ist

[194] Darum ist echte Evangelisation immer zugleich auf beides bedacht: Das „Leben“ als die große Gabe Gottes zu bezeugen, nach der jeder Mensch sich sehnt und die Gottes Liebe in Jesus uns schenkt, aber auch die zu Jesus gekommenen und für Gott erschlossenen Menschen konkret zu einem Leben der Liebe zu bringen und ihnen darin zu helfen.

[195] Hier ist der Paulusschüler Martin Luther ganz bei Johannes. Nicht moralische Verfehlungen quälten den eifrigen Mönch im Augustinerkloster. Aber daß er bei allen, radikal betriebenen geistlichen Übungen Gott nicht wirklich lieben konnte, das brachte ihn zur Verzweiflung. Luther zerbrach zutiefst gerade an der Forderung der „Liebe“.

damit seine Tat „gesühnt"? Vor Menschen mag damit der Gerechtigkeit genüge geschehen. Aber ist damit die Tat vor Gott ausgelöscht? Kann der Mörder in Frieden sterben? Und je tiefer ein Mensch innerlich an einer Tat schuldhaft beteiligt ist, umso weniger kann die Tat durch eigene Leistungen und Leiden „gesühnt" werden. Unser Gewissen findet dadurch noch keinen Frieden.

Aber nun ist es der geheimnisvolle, gerade in den äußersten Lagen unseres Lebens und unserer Schuld erprobte Tatbestand: der Sohn Gottes ist mit seinem Kommen, Leben, Lieben, Leiden und Sterben am Fluchholz das **„Sühnemittel"**, das unser Gewissen wahrhaft still macht und die Last unserer Schuld von uns nimmt. „Erklären" läßt es sich nicht. Die Aussagen – von der für uns erlittenen Strafe, der für uns bezahlten Schuld, dem reinigenden Blut – können wirklich nur Bezeugungen, nicht „Erklärungen" sein. Aber die Tatsache selbst kann von uns im Glauben ergriffen und erfahren werden. Hier, in dem für uns dahingegebenen, heiligen Gottessohn ist die Sühnung geschehen und das **„Sühnemittel"** für uns da. Vor ihm muß der Feind verstummen, wenn er in unserer letzten Sterbensnot unser Leben verklagt. Hier ist unsere Sünde weggetragen, ins Meer geworfen. Unergründliches, rettendes Geheimnis[196]! Darin und darin allein hat die Liebe ihren ewig festen, unerschütterlichen Bestand. Von der wahren Liebe kann nur der wissen, der die Liebe Gottes am Kreuz des Sohnes geschaut hat.

Diese Botschaft ist der radikale Gegensatz gegen alle andern Theologien alter und neuer „Gnosis". Sie allein erfaßt wahrhaft Gott in seiner Liebe und erkennt wahrhaft den Menschen in seiner Verlorenheit[197].

PRAKTISCHE FOLGERUNGEN AUS DEN ERFAHRUNGEN DER LIEBE GOTTES

1 Johannesbrief 4, 11–16a

zu Vers 11: Mt 18, 33; Rö 13, 8
zu Vers 12: Jo 1, 18; 3 Jo 11

11 **Geliebte, wenn auf diese Weise Gott uns geliebt hat, dann sind**
12 **auch wir unserseits schuldig, einander zu lieben. * Gott hat keiner**

196 „Hör auf zu grübeln, glaub allein! Kannst du dies Meer nicht gründen, so wirf dich blindlings da hinein mit allen deinen Sünden. Es sei dein Herz dem ganz gewährt, der dir das Herz hat ausgeleert; gib Herz für Herz zum Opfer!" Fr. Adolf Lampe.

197 Darum hält diese Erkenntnis der Liebe Gottes und sie allein stand gegen die Zweifel an Gottes Liebe, von denen wir oben (S. 121) sprachen. Corrie ten Boom und ihre Schwester Betsie haben uns den großen Dienst getan, es zu erfahren und zu erweisen, daß von daher auch in der Hölle eines KZ die Gewißheit der Liebe Gottes standhält und zum Lieben selbst den grausamen Peinigern gegenüber fähig macht.

zu Vers 13:
1 Jo 3, 24
Rö 5, 5
zu Vers 14:
Jo 3, 17; 4, 42
zu Vers 15:
1 Jo 2, 23
5, 5
Mt 10, 32
zu Vers 16:
1 Jo 4, 8
Jo 6, 69
1 Ko 13, 13

jemals gesehen, wenn wir einander lieben, bleibt Gott in uns, und
13 **seine Liebe ist vollendet in uns. * Daran erkennen wir, daß wir in**
ihm bleiben und er in uns, daß er uns von seinem Geist gegeben
14 **hat. * Und w i r haben gesehen und bezeugen, daß der Vater den**
15 **Sohn entsandt hat zum Retter der Welt. * Wer irgend bekennt,**
daß Jesus ist der Sohn Gottes, in ihm bleibt Gott und er in Gott.
16 *** Und wir haben erkannt und geglaubt die Liebe, die Gott zu**
(wörtlich: in) **uns hat.**

Für alles wahrhaft „christliche" Denken ist es wesentlich, daß Gabe und Aufgabe, Indikativ und Imperativ unlöslich zusammengehören.
11 Das hat der Apostel Johannes in besonderer Weise zum Ausdruck gebracht. Mag für „Gnostiker" ihr praktisches Verhalten im Leben von ihrer gerühmten Gotteserfahrung unabhängig sein[198], die durch Gottes hingebende Liebe erlöste Gemeinde muß es sich sachlich gesagt sein lassen: **„Geliebte, wenn auf diese Weise Gott uns geliebt hat, dann sind auch wir unserseits schuldig, einander zu lieben."**

In der Anrede **„Geliebte"** wird hier besonders das von Gott Geliebtsein mitklingen. Das „houtōs" ist hier genau wie in Jo 3, 16 nicht mit einem bloßen „so", nicht einmal mit einem „so sehr" ausreichend wiedergegeben[199]. Das „also" der alten LÜ traf den Sinn besser. „Also", „houtōs", heißt **„auf diese Weise"**. Es geht um die Liebe Gottes, die nicht nur allgemein da ist und nicht nur göttliche Größe zeigt, sondern die in der Hingabe des Liebsten und Kostbarsten als Sühnemittel für Gottlose, Sünder und Feinde (Rö 5, 5) ihre einmalige Eigenart hat. Wer „diese" Liebe wirklich erfährt und annimmt, der „kann" gar nicht anders, als nun auch seinerseits zu „lieben". Er ist das der erfahrenen Liebe Gottes **„schuldig"**[200]. Und doch „können" wir leider auch immer wieder lieblos sein und brauchen die eindringliche Erinnerung an unsere „Schuldigkeit", wie sie Johannes den Gemeinden hier gibt. Dabei wird unsere Liebe untereinander etwas von der besonderen Art der Liebe Gottes an sich haben und tragende, vergebende, erbarmende, zurechthelfende Liebe sein müssen[201]. Solche Liebe „schulden" wir dem andern, wenn und weil wir sie selber von

[198] Vgl. wieder die Zustände in Korinth nach den a. S. 80 angeführten Stellen der Korintherbriefe! Wir haben aber nicht nur an die Gnosis zu denken und sie zu verurteilen, sondern müssen mit Kummer sehen, wie sich auch im evangelisch-kirchlichen Raum ein völlig weltliches Leben mit einer orthodox-biblischen „Erkenntnis" verbinden konnte. Von daher ging es Spener und dem Pietismus um die „praxis pietatis", um „die tätige Frömmigkeit". Genau darum geht es Johannes auch in seinem Brief.

[199] Vgl. die Auslegung zu Jo 3, 16 in der W. Stb.

[200] Jesus hat uns das an seiner Erzählung vom „Schalksknecht" in Mt 18, 21–35 unvergeßlich gezeigt.

[201] Vgl. 1 Ko 13, 7; Kol 3, 12–15. Vgl. die Darlegung zu 3, 16 S. 95.

Gott empfangen haben. Es ist nicht eine besondere „Leistung", wenn wir so lieben; wir verdienen dafür nicht ein besonderes Lob. Wieviel wir auch lieben mögen, immer aufs neue und immer noch viel mehr sind wir dem andern die Liebe schuldig und kommen damit nie an ein Ende (Rö 13, 8).

Auch der nächste Satz des Apostels ist typisch „christlich". **„Gott hat keiner jemals gesehen, wenn wir einander lieben, bleibt Gott in uns, und seine Liebe ist vollendet in uns." „Gott hat keiner jemals gesehen"**, das ist zunächst eine einfache Tatsache, auf die auch in Jo 1, 18; 5, 37; 6, 46 hingewiesen wird. Selbst einem Mose wurde das „Sehen" Gottes als unmöglich verweigert: „Denn kein Mensch wird leben, der mich sieht", sagt ihm Gott selbst (2 Mo 33, 15–20)[202]. Es ist seit dem Sündenfall so und muß so sein: **„Gott hat keiner jemals gesehen."** In unserem Brief aber kann der Satz noch eine besondere Bedeutung haben. In vielen griechisch-orientalischen Kulten wurde die „Schau" der Gottheit als erreichbares Ziel für die wahrhaft Eingeweihten verkündigt[203]. So mögen auch in den Gemeinden, an die Johannes schrieb, Männer der neuen Bewegung ihre Gottesschau bei der „Himmelsreise der Seele" gerühmt haben. Dann wendet sich der allgemeingültige Satz des Apostels speziell gegen diese behauptete „Gottesschau"[204]. „Keiner", also auch keiner aus der neuen Bewegung, hat wirklich **„Gott gesehen"**. 12

Denn die Verbundenheit mit Gott, die wahre „Erkenntnis" Gottes, die wirkliche Gewißheit über Gott vollzieht sich in ganz anderer

[202] Wie seltsam, daß trotzdem die Nicht-Sichtbarkeit Gottes immer wieder als „Beweis" gegen Gottes Dasein verwendet wird! Wir sollten Gottes Wort an Mose und das Erleben des Jesaja (Jes 6) mit ganzem Ernst denen vorhalten, die von uns Gott „gezeigt" haben wollen.

[203] So etwa im Mithraskult. Dieser Kult war im römischen Reich zeitweilig der erfolgreichste Konkurrent des Christentums. Mithras-Heiligtümer finden sich besonders an Orten, wo römische Soldaten in Garnison waren. Näheres über dieses ganze Gebiet ist zu finden bei A. Dietrich, „Eine Mithrasliturgie" (Leipzig/Berlin 1923³), bei Reitzenstein, „Poimandres" (Leipzig 1904) und bei Reitzenstein, „Die hellenistischen Mysterien-Religionen" (Leipzig 1927³).

[204] Es ist bezeichnend, wie anders ein Paulus seine „Gesichte und Offenbarungen des Herrn" behandelt. Er hat eine Entrückung bis in den dritten Himmel und bis in das Paradies erlebt. Aber er rühmt sich dessen so wenig, daß er die Korinther erst in seinem 2. Brief notgedrungen etwas davon erfahren läßt. Offenbar waren auch in Korinth Männer aufgetreten, die ihre „Schauungen" und „Himmelsreisen" rühmten und Paulus geringschätzig ansahen, weil er so wunderbare Erfahrungen nicht aufzuweisen habe. Nun muß Paulus den Korinthern davon schreiben. Aber schon in der ganzen Art, wie er es tut, schließt er jeden Ruhm dabei aus. Zugleich sagt er von dem Geschauten selber nichts und versichert, daß er im Paradies „unaussprechbare Worte hörte, die kein Mensch sagen darf" (2 Ko 12, 1–4). Hier wird der ganze scharfe Unterschied zu aller gnostischen und mystischen Religiosität deutlich.

Weise. **„Wenn wir einander lieben, bleibt Gott in uns, und seine Liebe ist vollendet in uns."** Wir „schauen" Gott nicht. Das wird uns erst in der Vollendung zuteil werden (3, 2; Mt 5, 8). Aber das dürfen wir haben, daß Gott **„in uns bleibt"** und daß **„seine Liebe vollendet in uns ist"**. Wann haben wir das? Dann, wenn wir selber **„einander lieben"** und so in jener Liebe leben, die Gottes Wesen ist. Hier müssen wir uns aber vor einem Mißverständnis hüten, welches alles verderben würde. Es ist nicht so, daß wir uns von uns aus um ein Lieben der andern mühen, und gleichsam zur Belohnung für diese unsere Leistung bleibt dann Gott in uns. Das „Wenn" in diesem Satz des Johannes nennt nicht eine von uns zu erfüllende Bedingung, der dann das Bleiben Gottes in uns folgt. Das „Wenn" stellt vielmehr einen Erkenntnisgrund fest, an dem wir es sehen können, daß Gott als Quelle dieser Liebe in uns bleibt und mit uns zum Ziel seiner Liebe in uns kommt[205].

Verfällt aber der Apostel nicht dem viel gescholtenen „Perfektionismus", wenn er die Liebe Gottes **„vollendet in uns"** sieht? Es ist zunächst zu beachten, daß das Prädikat „vollendet" nicht von unserer Liebe untereinander, sondern von „seiner", also von Gottes Liebe gebraucht wird. Was kann Gott hindern, in freier Gnade seine Liebe **„vollendet"**, „vollkommen" in uns wohnen zu lassen? Oder wollen wir dann auch Gott des „Perfektionismus" beschuldigen? In dem Wort „vollendet" steckt im Grie wie im Deutschen das Wort „Ende" oder „Ziel" (grie „télos"[206]). Wenn wir einander lieben und in der Liebe leben, dann ist Gottes Liebe in uns „zum vollen Ziel gekommen". Diese Liebe sandte ja den Sohn, den einzigen, in die Welt, damit wir Leben empfingen (V. 9). Dieses „Leben", so sahen wir, ist „Lieben". Lieben wir einander, dann haben wir das Leben empfangen, dann ist das Ziel der Entsendung und Hingabe des Sohnes Gottes erreicht[207].

13 Johannes bleibt nicht bei bloßen Behauptungen stehen. Wir können unser Bleiben in Gott und Gottes Bleiben in uns an bestimmten Merkmalen erkennen: **„Daran erkennen wir, daß wir in ihm bleiben und er in uns, daß er uns von seinem Geist gegeben hat."** Der Apostel wiederholt nachdrücklich, was er schon in 3, 24 schrieb. Freilich können wir sofort zurückfragen: Und woran merken wir wiederum den

[205] Der Satz des Apostels entspricht etwa der Feststellung: „Wenn die Glühbirne hell leuchtet, geht der elektrische Strom durch unsere Leitung."

[206] Vgl. dazu S. 48 Anm. 61.

[207] Immer wieder erstehen Bewegungen, die dem Verlangen des Menschen nach hohen Erlebnissen, nach „Erkenntnis höherer Welten" nach „Gottesschau" Erfüllung verheißen. Die klare Abgrenzung gegen alle solche Bewegungen ist für die Gemeinde Jesu von entscheidender Wichtigkeit. Sie hat die völlig andere Weise, zur Erkenntnis Gottes und zur wirklichen Gemeinschaft mit Gott zu kommen, wie sie Johannes hier bezeugt, immer neu zu erfahren.

Empfang dieser Gabe des Heiligen Geistes? Öffnet sich hier nicht doch wieder der Raum mystischer Erlebnisse und übernatürlicher Kräfte? Johannes geht auf diese Frage nicht ein. Aber er würde wohl seinem Mitapostel Paulus zustimmen und uns antworten: Seht doch die „Frucht des Geistes" im Unterschied zu allen „Werken des Fleisches" (Gal 5, 19–22)! Die erste und grundlegende Frucht ist die Liebe. Und gerade sie und erst sie ist das wahrhaft „Übernatürliche" und das wesenhaft Göttliche. Beschenkt uns Gott **„aus seinem Geist"**, wie es wörtlich im Text heißt[208], dann gibt er uns das Lieben ins Herz.

Nun könnten wir freilich den Apostel beschuldigen, daß er uns im Kreis herumführe. Wann bleibt Gott in uns? Wenn wir einander lieben. Woran erkennen wir Gottes Bleiben in uns? An seinem Geist, den er uns gegeben hat. Und woran merken wir die Wirklichkeit dieser Gabe Gottes? An ihrer Frucht, an der Liebe. Er endet also bei dem „einander lieben", von dem er ausging. Aber dieser „Zirkel" ist notwendig. Er ist die einzige Form, in der wir den Kreislauf des Lebens beschreiben können. Nur weil unsere Liebe gerade nicht unsere eigene Leistung, sondern Frucht des Geistes Gottes ist, kann die große Aussage gemacht werden, daß Gott in uns bleibt, wenn wir einander lieben. Unser Bleiben in Gott und Gottes Bleiben in uns dokumentiert sich in der Einwohnung des Geistes Gottes in uns. Dieser Geist aber, also der Geist Gottes, erweist sich grundlegend an seiner kostbaren Frucht, die dem Wesen Gottes entspricht: an der Liebe. Nur in solchem Kreis der Aussagen können wir vom Wunder des Christseins reden.

Aber Johannes ist mit Paulus auch einig in der Erkenntnisfunktion 14
des uns geschenkten Geistes (vgl. 1 Ko 2, 6–16). Paulus sagt: „Wir aber haben nicht empfangen den Geist der Welt, sondern den Geist aus Gott, daß wir wissen können, was uns von Gott geschenkt ist" (1 Ko 2, 12). So schließt Johannes an das Wort vom uns gegebenen Heiligen Geist das Wort über die zentrale christliche Erkenntnis an. Was ist uns von Gott durch die Gabe des Geistes geschenkt? Johannes antwortet: **„Und wir haben gesehen und bezeugen, daß der Vater den Sohn entsandt hat zum Retter der Welt."** Das ist einfachste, christliche Grunderkenntnis; und doch ist sie zugleich so gewaltig, daß wir das unverkennbare Wirken des Geistes gerade in ihr erfahren. Der echte Geistesbesitz eines Menschen muß also nicht an auffallenden „Gaben" erkannt und gemessen werden. „Niemand ist imstande,

[208] Wenn wir an der allgemein gewählten Übersetzung „von seinem Geist" festhalten, bleibt es doch auffallend, daß Johannes nicht einfach sagt, daß Gott uns „seinen Geist gegeben hat". Es ist eine deutliche Zurückhaltung und Bescheidung in dieser Wendung. Paulus zeigt die gleiche Bescheidung, wenn er Rö 8, 23 von „Erstlingen" des Geistes spricht, die wir haben. Die ntst Zeugen sind viel zu ehrfürchtig und viel zu nüchtern, um zu meinen, daß wir jetzt schon die „Fülle" seines Geistes empfangen.

Jesus den Kyrios, den Herrn, zu nennen, ohne durch den Heiligen Geist" (1 Ko 12, 3). Wer von Herzen überzeugt ist, daß in dem Menschen Jesus der zum Retter der Welt gesandte Sohn Gottes vor ihm steht, der darf gewiß sein, den Geist aus Gott zu haben! Das betont hervorgehobene „wir" wird diesmal — ebenso wir das „wir" in V. 16 — den Apostel mit allen Gemeinden zusammenfassen. Diese Schar der **„wir"**, die die Sendung des Sohnes durch den Vater zum **„Retter der Welt"** **„gesehen"** haben und **„bezeugen"**, hat ihren Grundstamm freilich in den Aposteln. Sie können das Wort vom **„Sehen und Bezeugen"** in besonderer Weise für sich in Anspruch nehmen (1, 1—3). Allerdings zu „Zeugen" wurden auch sie erst durch den Heiligen Geist vom Pfingstfest an. Von ihrem Wirken her gibt es „Gemeinden", denen das Schauen der göttlichen Heilstat in Jesus und das Zeugnisgeben von ihr verliehen ist. Sie erst recht können aber nur **„sehen"** und können nur **„bezeugen"** durch den Heiligen Geist.

„Sotær", „Retter", „Heiland" — das war damals ein viel gebrauchtes Wort, das keineswegs, wie wir denken möchten, von vornherein ein „christliches" war. Es gab Gottheiten, von denen besonders die Heilung von Krankheiten und Hilfe in Nöten erwartet wurde und die man deshalb gern mit „sotær", „Heiland" bezeichnete[209]. Aber auch verdiente Männer erhielten schon früh den Ehrentitel „sotær". Bedeutsamer noch ist die Bezeichnung des vergötterten Herrschers als „sotær". Der römische Kaiser wurde als „Heilbringer", als „sotær", gepriesen und ließ sich das gern gefallen. In dieser Weise war das Wort „Retter" in der Umwelt des jungen Christentums bekannt. Wenn es der Apostel hier auf Jesus anwendet, auf diesen am Kreuz hingerichteten Juden aus dem Weltwinkel Palästina, dann ist das eine Herausforderung ohnegleichen. Das wird noch dadurch unterstrichen, daß er Jesus nicht nur „Retter", sondern **„den Retter der Welt"** nennt. Damit sagt er, daß einzig Jesus dieser Titel in Wahrheit und in einer allumfassenden Weise zukommt. Mag man sonst Götter, Herrscher, verdiente Menschen als „Retter" preisen, **„Retter der Welt"** und wirklich und wesenhaft **„Retter"** ist nur Jesus, der Sohn, den der Vater zum Heil der ganzen Welt entsandt hat[210].

15 Diese Erkenntnis macht den Menschen zum Christen. Es geht aber dabei — wie auch in Jo 4, 42 — um **„Jesus"**; nicht um ein himmlisches Geistwesen, sondern um den „im Fleisch gekommenen" Sohn Gottes.

[209] So etwa der Heilgott Asklepios, aber auch Serapis oder Isis.

[210] Im Evangelium berichtet Johannes zur Beschämung der Juden, daß ausgerechnet Samaritern diese Erkenntnis Jesu als des Retters der Welt geschenkt wurde, Jo 4, 42. Johannes könnte parallel zu Paulus in 1 Ko 8, 5. 6 sagen: Wenn es auch viele „Retter" in der Welt gibt, so haben wir doch nur den einen Retter Jesus Christus, der der Retter der ganzen Welt ist.

Darum fährt Johannes fort: **„Wer irgend bekennt, daß Jesus ist der Sohn Gottes, in ihm bleibt Gott und er in Gott."** Wir müssen beachten, in welch strenge Parallele der Apostel hier den Glauben und die Liebe stellt. „Wenn wir einander lieben, bleibt Gott in uns", hieß es in V. 12. Nun wird gesagt, daß Gott in jedem **„bleibt"**, der **„bekennt, daß Jesus der Sohn Gottes ist"**. Verwickelt sich Johannes in einen Widerspruch? Tritt nun auf einmal doch die „Dogmatik", die „rechte Lehre" an die Stelle der „Liebe"? Nein, für Johannes gehört beides untrennbar zusammen. Die Liebe entsteht ja in uns erst aus der Liebe Gottes zu uns. Und das Feuer dieser Liebe begegnet uns erst, wenn wir in Jesus den Sohn Gottes erkannt haben, der von Gott als Sühnemittel für unsere Sünden in die Welt gesandt ist. Und umgekehrt erweist sich ein Bekenntnis zu Jesus, das unser Herz nicht zur Liebe entzündet, als unecht und als ein leeres Gedankending. Wenn Johannes in unserm Vers das Wort **„bekennen"** verwendet, so meint er damit das öffentliche Bekenntnis zu Jesus, das in der damaligen Welt und Zeit keine harmlose Sache war, sondern durch den Haß der Welt in mannigfaches Leiden führte. So war es damals nicht so leicht, ein oberflächliches Lippenbekenntnis abzulegen. Wer aber wegen seines Bekenntnisses zu leiden hatte, darf sich dessen getrösten: **„in ihm bleibt Gott und er in Gott."**

Wer **„bekennt, daß Jesus ist der Sohn Gottes"**, der hat nicht eine 16a
leere Formel gesprochen. Er gehört damit zu denen, von denen Johannes sagt: **„Und w i r haben erkannt und geglaubt die Liebe, die Gott zu** (wörtlich: in) **uns hat." „Wir"**, das ist die ganze Christenheit, das ist die Gemeinde mit ihrem Apostel. **„Wir haben erkannt."** Also „Gnosis", „Erkenntnis" haben nicht nur die Gnostiker, die ihre Erkenntnis rühmten. **„Erkannt"** hat jeder schlichte, von den Gnostikern gering geschätzte Christ. Er hat das Höchste, Größte und Wichtigste erkannt, was es gibt: die Liebe Gottes zu uns. Wenn Johannes hinzusetzt: wir haben erkannt **„und geglaubt[211]"**, dann stellt der Apostel damit den Vorgang, der uns zu „Christen" macht, in doppelter Weise richtig. „Glaube" ist nicht, wie die Gnostiker es den apostolischen Gemeinden vorwarfen, ein bloßes Nachsprechen autoritativer Lehren. Echter Glaube ruht auf „Erkenntnis". Wahrhaft an Jesus „glauben" kann ich nur, wenn ich Jesus als den Sohn Gottes in seinem Wesen und in seinem Rettungswerk „erkenne", weil ich mich selbst als einen Verlorenen, Schuldigen vor Gott „erkannte". Aber umgekehrt geht es ebenso darum, daß mein „Erkennen" zum „Glauben" führt, zum wirklichen „Annehmen" der Liebe Gottes, die uns in Jesus

[211] In Jo 6, 69, im Bekenntnis des Petrus, stehen die Worte in umgekehrter Reihenfolge. Auch das hat seinen guten Sinn.

und seinem Kreuz begegnet, und darum zur personhaften Hingabe an diese Liebe. Die Gnostiker sprachen verächtlich vom „bloßen Glauben" und setzten ihm ihr „Erkennen" entgegen. Wir müssen umgekehrt sagen: das „bloße Erkennen" läßt uns noch kalt und tot, wenn es nicht zum „Glauben" führt! „Glaube" ist dann freilich etwas anderes, als bis heute weithin gemeint wird. Nicht die Übernahme von Lehren und Gedanken, auch wenn es apostolische Lehren sind, sondern das herzliche Ergreifen der Wahrheit Gottes. „Erkennen" ist nicht eine höhere Stufe über dem bloßen „Glauben", sondern das „Erkennen" bestimmt erst dann wirklich unser ganzes Leben, wenn ich es mit einem vollen vertrauenden „Ja" erfasse und dadurch für mein Leben wirksam mache. Und eben dies ist „Glauben".

Vielleicht ist von solchen Erwägungen her die Formung des Wortes von der **„Liebe, die Gott *in* uns hat"**, doch ernst zu nehmen. Sie ist es schon rein sprachlich. Im damaligen Grie wurde zwar oft das „en-in" durch ein „eis-zu" ersetzt; aber nur selten finden wir das Umgekehrte, daß ein „en" für ein „eis" eintritt. Johannes kann hier das „in uns" bewußt gebraucht haben. Die Liebe Gottes bleibt nicht außerhalb von uns als etwas, was wir als ein „Objekt" unseres Erkennens vor uns haben. Sie kommt zu uns herein in unser Inneres. Gott „bleibt" ja in uns, wie Johannes immer wieder formuliert. Gott liebt uns so ernsthaft und wirklich, daß seine Liebe in uns hineinkommt und in uns wohnt und wirkt; diese „eindringliche" Liebe Gottes, die Liebe Gottes **„in uns"**, haben wir **„erkannt und geglaubt"**. Das ist die grundlegende Erneuerung unseres Lebens[212].

LIEBE MACHT FREI VON FURCHT

1 Johannesbrief 4, 16b—21

16b Gott ist Liebe, und der in der Liebe Bleibende bleibt in Gott, und
17 Gott bleibt in ihm. * Darin ist die Liebe mit (bei) **uns vollendet,**
daß wir freie Zuversicht haben an dem Tage des Gerichtes, denn
18 gleichwie jener ist, so sind auch *wir* in dieser Welt. * Furcht gibt
es nicht in der Liebe, sondern die vollendete Liebe stößt die Furcht
aus, denn die Furcht hat es mit Strafe zu tun. Der sich Fürchtende
19 ist nicht vollendet in der Liebe. * Wir lieben (oder: wollen lieben),
20 weil er als Erster uns liebte. * Wenn einer sagt: Ich liebe Gott, und

zu Vers 17:
1 Jo 2, 28
zu Vers 18:
Rö 8, 15
zu Vers 20:
1 Jo 2, 4; 3, 17
1 Pt 1, 8

[212] Vgl. Paulus in seinem Wort Rö 5, 5b: „Die Liebe Gottes ist ausgegossen in unser Herz durch den Heiligen Geist, welcher uns gegeben ist." Vgl. auch das zu Kap 5, 11 f Ausgeführte in unserm Brief.

seinen Bruder haßt, ein Lügner ist er. Denn wer seinen Bruder nicht **zu Vers 21:**
liebt (oder: nicht lieben mag), **den er sieht, der ist nicht imstande,** Mt 22, 37—40
21 **Gott zu lieben, den er nicht sieht. * Und dieses Gebot haben wir** Mk 12, 29—31
von ihm, daß der Gott Liebende auch seinen Bruder liebe.

Noch einmal wird die grundlegende und einzigartige Wahrheit ausgesprochen: **„Gott ist Liebe."** Und es wird die klare Folgerung gezogen: **„und der in der Liebe Bleibende bleibt in Gott und Gott bleibt in ihm."** Niemals darf der Satz umgekehrt werden: „Die Liebe ist Gott." Wir können nicht die Liebe zu „Gott" erklären und dabei von dem ausgehen, was wir unter „Liebe" verstehen[213]. Nein, Gott allein ist „Liebe" und zeigt uns erst, was „Liebe" in Wahrheit ist[214]. Und nur wer selbst so „liebt", wie Gott uns das Wesen wahrer Liebe enthüllt hat (3, 16), darf wissen, daß er als ein **„in der Liebe Bleibender"** wesensmäßig **„in Gott bleibt"**. Es gilt aber auch umgekehrt: **„und Gott bleibt in ihm."** Der Gott, dessen Wesen „Liebe" ist, wirkt in dem Menschen, in welchem er im Heiligen Geist wohnt, das Bleiben in jener Liebe, die „alles verträgt, alles glaubt, alles hofft, alles duldet" (1 Ko 13, 7). Dabei können wir wieder nicht die Botschaft von Gottes Liebe, die in Jesus das Sühnemittel für unsere Sünden schenkt, als überflüssiges „Dogma" beiseite schieben, da wir ja doch „liebten" und also ohne weiteres in Gott bleiben und Gott in uns bleibt. Wahrhaft „lieben" und „in der Liebe bleiben" können wir erst, wenn wir Gottes rettende Liebe unter Zerbruch unseres Stolzes erfahren haben und immer neu erfahren[215]. Hier ist alles untrennbar miteinander verbunden und bildet einen einzigen Lebensvorgang, den wir freilich nur in einzelnen Stücken beschreiben können. 16b

Johannes hat von der Gegenwart gesprochen. Nun geht sein Blick wie in 2, 28 in die Zukunft. Es kommt Jesu Parusie und damit **„der** 17

[213] So hat das Heidentum die Liebe zwischen den Geschlechtern zum „Gott" Amor gemacht, zu dem Götterknaben mit dem Bogen und dem Liebespfeil. Und so wurde im Heidentum der hinreißende Rausch sexueller Liebe als „göttlich" empfunden. Im Aphrodite-Tempel in Korinth dienten tausend „Priesterinnen" dieser „Liebe". Israel hat sich mit allem Ernst gegen das Eindringen solcher Greuel aus den kanaanäischen Kulten in seinen Tempel gewehrt. (5 Mo 23, 18; 1 Kö 14, 24; 2 Kö 23, 7; Hos 4, 14; Mi 1, 7).

[214] Parallel ist Eph 3, 14. Nicht wir wissen, was wahrhaft „Vatersein" heißt, sondern wir beugen unsere Knie vor dem „Vater, von dem jede Vaterschaft in den Himmeln und auf Erden ihren Namen hat", oder der nach der LÜ „der rechte", der wahre Vater ist. Erst von Gott her können wir wissen, oder wenigstens ahnen, wie ein „Vater" handelt.

[215] Dabei ist nicht ausgeschlossen, daß Jesus als Weltenrichter denen den Eingang in Gottes Reich schenkt, die ihn selbst nie kennenlernten, aber seinen „geringsten Brüdern" Hilfe erwiesen (Mt 25, 34—40). Aber eben: Jesus in der Macht seiner Gnade spricht ihnen das zu! Sie nehmen es nicht selber in Anspruch, weil sie doch „Liebende" gewesen seien! Sie wissen es nicht einmal, daß sie es waren.

Tag des Gerichtes[216]". Wie wird es dann mit uns werden? Muß nicht jetzt in die frohe Zuversicht, mit der uns Johannes erfüllte: „Jeder Liebende bleibt in Gott", der Schatten der Furcht fallen? Johannes könnte jetzt einfach antworten: Nimm doch ernst, was ich eben schrieb! Wenn du als ein Liebender „in Gott bleibst und Gott in dir bleibt", dann kann das doch auch am Tage des Gerichtes nicht anders sein. Was sollte einer in Gottes Gericht zu fürchten haben, der „in Gott" ist und „in dem" Gott wohnt? Aber der Apostel antwortet so einfach nicht, weil es mit der „Liebe" nicht so einfach steht. Seine Antwort lautet vielmehr: **„Darin ist die Liebe mit** (bei) **uns vollendet, daß wir freie Zuversicht haben an dem Tage des Gerichtes, denn gleich wie jener, so sind auch wir in dieser Welt." „Wir"**, wirklich wir selber (und nicht nur ausgedachte Idealgestalten) dürfen **„freie Zuversicht"** haben „bei seiner Parusie" (2, 28) und an dem **„Tage des Gerichtes"**. Beides ist aufs engste miteinander verbunden; es ist darum durch die gleiche **„freie Zuversicht"** hier und in 2, 28 genannt. Aber wann haben wir solche Zuversicht? Wir haben sie, wenn **„die Liebe mit uns vollendet"** ist. Wir fragen: Johannes, welche Liebe meinst du hier? Gottes Liebe zu uns? Unsere Liebe zu Gott? Unsere Liebe untereinander? Der Apostel würde auf solche Fragen antworten: Habt ihr aus allem bisher Gesagten nicht verstanden, wie alles dieses unlöslich zueinander gehört? Ihr habt nicht eine Extra-Liebe zu den Brüdern und daneben noch den Blick auf Gottes Liebe zu euch! Indem Gottes Liebe in der Hingabe des Sohnes für euch euer Herz erreicht, erwacht die dankende, hingebende Liebe zu Gott und entsteht daraus wieder die Liebe zu den Brüdern. Darum hat Johannes weder in V. 16 noch in V. 17 der „Liebe" ausdrücklich ein Objekt gegeben. Nur in dem auffälligen Ausdruck „die Liebe mit uns[217]" kann der Apostel im Rückblick auf den vorangegangenen Satz in 16a andeuten, daß die Liebe Gottes der tragende Grund und der stete Quell aller Liebe ist. Diese Liebe ist darin **„vollendet"**, „zum Endziel gekommen", **„daß wir freie Zuversicht haben an dem Tage des Gerichtes"**. Aber freilich, da

[216] Die ntst Botschaft kennt nicht nur ein einziges Gericht, nicht nur das „Jüngste Gericht" oder „Weltgericht". Dieses ist uns in Offb 20, 11—15 als Gericht vor dem großen weißen Thron geschildert. Bei ihm wird die Gemeinde Jesu als Mitrichter auf Seiten Jesu stehen, wie der Apostel Paulus in 1 Ko 6, 2 f ausdrücklich sagt. Die Gemeinde durchlebt aber ein eigenes Gericht, auf das Paulus in 2 Ko 5, 10 mit einem betonten und unterscheidenden „wir" hinweist und das er in 1 Ko 3, 11—15 näher darstellt. Mt 25, 31 ff bezieht sich auf ein besonderes Gericht über die „Völker", wie ausdrücklich gesagt ist. Auch hier ist die Gemeinde um den Richter Jesus versammelt gedacht. Nur so kann er dann bei seinen Richtersprüchen auf „diese" seine Brüder hinweisen.

[217] Wir kennen den Segenswunsch in Briefschlüssen, wo es auch heißen kann, daß die Liebe Gottes „mit uns" sein möge (2 Ko 13, 13) oder die Liebe des Apostels „mit euch" ist (1 Ko 16, 24).

diese Liebe Gottes, wie wir schon sahen, unser wahres „Leben“ will und dieses Leben im „Lieben“ besteht[218], so muß Gott auch mit diesem unserem Leben zu seinem Ziel gekommen sein, wenn die freie Zuversicht am Tage des Gerichts in uns sein soll. Darum spricht Johannes gleich im nächsten Vers von der **„vollendeten Liebe“**, wobei er nur unser eigenes Lieben meinen kann.

Und auch in unserem Vers blickt es sofort auf uns mit der Feststellung: **„denn gleich wie jener ist, so sind auch wir in dieser Welt.“** Es ist ein Grundzug in dem ganzen Brief, daß der Apostel die Entsprechung unseres Lebens und Verhaltens zu dem Wesen Gottes oder Jesu fordert oder sogar als gegebene Tatsache bezeugt. „Wenn wir in dem Lichte wandeln, wie er selbst in dem Lichte ist“ (1, 7). „Wer behauptet, in ihm zu bleiben, ist es schuldig, wie jener gewandelt hat, auch selber so zu wandeln“ (2, 6). „Jeder, der diese Hoffnung auf ihn setzt, reinigt sich, gleich wie jener rein ist“ (3, 3). „Wer die Gerechtigkeit tut, ist gerecht, gleich wie jener gerecht ist“ (3, 7). „Daran haben wir erkannt die Liebe, daß jener seine Seele eingesetzt hat; und auch wir sind schuldig, für die Brüder die Seele einzusetzen“ (3, 16). „Wenn auf diese Weise Gott uns geliebt hat, dann sind wir unserseits schuldig, einander zu lieben“ (4, 11). In allen diesen Sätzen finden wir das „wie“ oder „gleichwie“, das unser Verhalten in Beziehung setzt zu dem Verhalten Gottes, bzw. Jesu. Es muß in seiner Art und Ausrichtung dem Handeln Jesu entsprechen. Aber wie wir schon sahen, hat das grie Wort „kathōs = gleichwie“ auch einen begründenden Sinn. Unser Leben und Lieben, unsere Gerechtigkeit und Reinheit gründet in dem und erwächst aus dem, was Gott in Jesus an uns getan und uns geschenkt hat. In V. 19 wird das in kürzester Formulierung ausgesprochen: „Wir lieben, weil er als Erster uns liebte.“ So verstehen wir auch das Gleichheitszeichen zwischen Jesus und uns in unserem Vers 17. Nicht wir von uns aus gleichen Jesus oder bringen es mit unseren eigenen Anstrengungen zu einer gewissen Gleichheit mit ihm, sondern weil er uns in seiner Liebe zu den Seinen gemacht, uns mit seinem Blut von jeder Sünde gereinigt und uns mit Gottes Geist beschenkt hat, darum hat unser Sein die Prägung von ihm her empfangen. **„Gleichwie jener ist, sind auch wir in dieser Welt.“**

Was soll dabei das **„in dieser Welt“** sagen? Ist es eine Einschränkung? **„Wir“** sind wie **„jener“**, freilich nur, soweit das „in dieser Welt“ und in einem in dieser Welt zu führenden Leben möglich ist? Bei Johannes ist eine solche Abschwächung nicht wahrscheinlich. Ist es im Gegenteil eine Hervorhebung der Größe christlichen Lebens? Sogar mitten **„in dieser Welt“** mit ihren Versuchungen und Anfechtungen

218 Vgl. die Auslegung zu 4, 9.

sind wir doch so, wie jener ist. Vielleicht ist es nur hinzugesetzt, weil „jener" jetzt beim Vater in der Herrlichkeit ist. Wir sind „wie er", aber im Unterschied zu „jenem" doch noch **„in dieser Welt"**[219]. Dabei fällt zugleich auf, daß in dem Ausdruck **„gleichwie jener i s t"**, festgehalten wird, daß „Jesus Christus gestern und heute derselbe ist und auch in Ewigkeit", wie es Hbr 13, 8 sagt. Auch der Erhöhte und Verherrlichte „ist" doch ganz derselbe, der er als Jesus von Nazareth sichtbar unter uns war. Und nun gilt es wirklich in allem Ernst, daß wir gleich wie „jener gewandelt hat, auch wir selber so wandeln" (2, 16). Johannes drückt diesen Ernst darin aus, daß er jetzt nicht in der Form einer Mahnung spricht, sondern es als Aussage des wirklichen Christenstandes vor uns hinstellt: **„Gleichwie jener ist, sind auch wir in dieser Welt."** Es handelt sich nicht um ein „Ideal", dem wir mit mehr oder weniger Erfolg nachzustreben suchen, sondern um eine Tatsache, die von allen gilt, die in dem auch hier wieder betont hervorgehobenen „wir" zusammengeschlossen sind. Nur von diesen Tatsachen aus gibt es tatsächlich die **„freie Zuversicht am Tage des Gerichtes"**.

Ist das möglich? Ist das nicht doch wieder bedenklicher Perfektionismus? Aber Johannes denkt nicht an unsere Leistungsfähigkeit, sondern daran, daß wir aus Gott geboren sind und seinen Heiligen Geist geschenkt bekamen und von dem wunderbaren Erfahren der Liebe Gottes selber zum Lieben gebracht werden. So lebt tatsächlich etwas in uns, was sich von dem Wesen der Welt grundsätzlich unterscheidet und dem Wesen Gottes entspricht. Daß es immer noch ganz im Werden ist, das weiß Johannes auch. Denn die volle Ähnlichkeit mit Jesus erwartet auch er erst von der Zukunft, wenn wir „ihn sehen werden, wie er ist". Aber mit dem „sich reinigen" von dieser Hoffnung her (2, 2—3), mit dem „Lieben" und „die Seele für die Brüder einsetzen" ist es dem Apostel voller Ernst, so wie es damit auch Paulus bei aller Verkündigung des Heiles aus freier Gnade voller Ernst war. Johannes tut der Gemeinde den großen Dienst, daß er im bewußten und entschlossenen Gegensatz zu allem gnostischen Christentum die unlösliche Zusammengehörigkeit von Glauben und Wandel, empfangener Liebe und gegebener Liebe aufweist.

Wer sich aber immer wieder so „reinigt" und von dem Blut Jesu Christi reinigen läßt, wer immer neu sich der Liebe Gottes öffnet und sie bei sich zum Ziel kommen läßt zu jenem wahren „Leben", das eben im „Lieben" besteht, der hat **„freie Zuversicht an dem Tage des Gerichtes"**. Genauer hätte es heißen müssen: er wird sie haben, wenn der

[219] Das hat Jesus selbst in seinem letzten Gebet für die Seinen Jo 17, 11 hervorgehoben. Darin klingt doch etwas mit, daß die Jünger deshalb besonders gefährdet sind. Sie müssen sehr bewahrt werden vor dem Bösen, auch wenn Jesus sie nicht der Welt entnommen sehen will (17, 15).

Tag des Gerichtes kommt. Aber für Johannes ist die Gewißheit so klar, daß er schon jetzt sagen kann: „Wir haben" diese Zuversicht; sie wird sich am Tage des Gerichts erweisen.

Darum kann er fortfahren: **„Furcht gibt es nicht in der Liebe, son-** 18
dern die vollendete Liebe stößt die Furcht aus, denn die Furcht hat es mit Strafe zu tun. Der sich Fürchtende ist nicht vollendet in der Liebe." Achten wir sofort darauf, daß Johannes nicht von unserem Herzen sagt, daß keine Furcht in ihm sei, sondern seine Aussage von der Liebe macht. Wieder haben wir einen jener kurzen Sätze des Apostels vor uns, die er ohne Diskussion hinstellt und die in sich selbst einfach wahr sind. In der Tat hat in der wirklichen Liebe **„Furcht"** keinen Raum. **„Furcht"** ist für das echte Lieben ein Fremdkörper, den sie **„ausstößt"**. Freilich tut sie das nur und kann sie das nur tun, wo die **„vollendete Liebe"** ist. „Vollendet" meint hier – ebenso auch wie 1 Ko 2, 6 und Phil 3, 15 – nicht eine perfektionistische „Vollkommenheit". Das ist gerade in Phil 3, 15 durch die Aussage 3, 12 ausgeschlossen. Der Ausdruck meint die Ganzheit und Entschlossenheit. Da, wo eine ganze und entschlossene Liebe regiert, da stößt sie alle Furcht von sich. Das gilt zunächst einmal so allgemein, wie es hier ausgesprochen ist. Es gilt schon jetzt und hier in unserem Leben. Wir alle haben unsere Erfahrungen damit gemacht. Im befreienden Lieben, im „Einsetzen der Seele" für andere kann uns eine erstaunliche Kühnheit erfassen. Die Liebe zieht den Blick völlig weg von uns und richtet ihn ganz und gar auf den andern und auf das, was er nötig hat; da bleibt einfach kein Platz für die „Furcht".

Aber Johannes ist noch bei dem Blick auf den kommenden Tag des Gerichtes. Warum fürchten wir uns da? **„Die Furcht hat es mit der Strafe zu tun."** Das Wort „kolasis = Strafe" kommt im NT nur noch Mt 25, 46 vor. Dabei ist an jener Stelle an den Inhalt der Strafe gedacht, an die „ewige Pein", wie die LÜ zutreffend sagt. Mit dem Gedanken an solche „Strafe" hat es die „Furcht" zu tun, wenn sie noch in unserem Herzen wohnt. Stehen wir noch in Ungewißheit vor dem kommenden Gericht? Fürchten wir noch, es könne uns jene „ewige Strafe" treffen? Dann gilt es uns: **„der sich Fürchtende ist nicht vollendet in der Liebe."** Johannes hatte am Anfang unseres Abschnittes festgestellt: „Der in der Liebe Bleibende, der bleibt in Gott und Gott bleibt in ihm." Sollte der, in dem Gott „bleibt", Verwerfung und „Strafe" fürchten? Noch einmal müssen wir daran denken, daß das „Lieben" für Johannes der eigentliche Inhalt des „ewigen Lebens" ist. Der „Liebende" ist darum „aus dem Tode in das Leben gekommen" (3, 7. 14) und „weiß" das auch. Damit ist er schon der „Strafe" des „zweiten Todes" entnommen. Das sollte er in freier Zuversicht festhalten und die „Furcht ausstoßen".

höchst not-wendig!

Aber fürchten sich nicht tatsächlich viele Christen? Johannes selbst hat davon gesprochen, daß „uns unser Herz verurteilt". Sehen wir nicht im Erschrecken unser Versagen in der Liebe, die vielen Lieblosigkeiten in Gedanken, Worten und Werken, die bei uns da sind, ehe wir es merken? Kommt dann nicht mit Recht die Furcht in unser Herz? Das tut sie, eben weil wir jetzt nicht **„vollendet in der Liebe"** waren. Aber der Apostel hat uns in seinem Brief vielfach gezeigt, wo dann die Hilfe für uns liegt. Dann dürfen wir bekennen, Vergebung empfangen, gereinigt werden. In diesen Erfahrungen kommt die Liebe Gottes mit uns zu ihrem Ziel. Aus solchem Geliebtsein von Gott erwächst neue Liebe in uns, und dann stößt diese Liebe die Furcht aus. Gerade dieser Ausdruck zeigt, daß Johannes damit rechnet, daß wir nicht ständig auf den Höhen der Furchtlosigkeit wandeln, sondern von Furcht angefochten werden. Darum schreibt er nicht, daß unser Herz die Furcht ein für allemal hinter sich habe und sie nicht mehr kenne. Es geschieht immer neu das „Ausstoßen" der Furcht durch die Liebe, die vollendet „unser Herz erfüllt". Dabei muß es auch an dieser Stelle wieder gesehen werden, daß Johannes das Wort „Liebe" umfassend gebraucht und gleichzeitig Gottes Liebe zu uns und die durch Gott in uns gewirkte Liebe zu ihm und zu den Brüdern meint.

19 Von diesen unlösbaren Zusammenhängen im Leben und Walten der Liebe spricht sofort der nächste Satz. Er tut es besonders deutlich, wenn wir das „agapōmen" hier als Indikativ fassen: **„Wir lieben, weil er als Erster uns liebte."** Das Lieben ist nicht unsere Erfindung und unsere Kunst. Sondern wir können nur lieben, weil Gottes grundlose Liebe uns traf. Gott ist bei der Schöpfung, Gott ist bei der Erlösung grundlegend der **„Erste"**, der liebte, weil er „Liebe" ist. Und er ist so auch in unserem persönlichen Leben bei unserer Errettung der **„Erste"**, der liebte und aus uns „Gottlosen, Sündern, Feinden" geliebte Kinder machte. Er ist auf unserem Lebensweg als Christen immer aufs neue der, der zuerst mit seiner Liebe da ist, auch dann, wenn uns unser Herz verurteilt. Er gibt uns das neue Lieben und gibt es uns so, daß es „die Furcht ausstößt".

20 Der Apostel Johannes sagt uns das mit aller Kühnheit der Zuversicht. Aber er behält dabei den klaren Blick für die Zustände in der Gemeinde. Dort gab es damals unter gnostischen und mystischen Einflüssen Menschen, wie es sie zu allen Zeiten bis heute gibt: Menschen, die von ihrer Liebe zu Gott schwärmen und dabei lieblos gegen den Bruder sind. Von ihnen spricht Johannes wieder mit der Schärfe, die wir schon mehrfach bei ihm kennenlernten: **„Wenn einer sagt: Ich liebe Gott, und seinen Bruder haßt, ein Lügner ist er."** Noch einmal treffen wir auf die Formel, die das erste Kapitel kennzeichnete: **„Wenn einer sagt."** Johannes hat solches „Sagen" in den Gemeinden

gehört. Aber das ist dann nur ein „Sagen“ ohne „Wirklichkeit“ und darum eine „Lüge“. An diesem Vorwurf „Lüge“ ändert sich nichts, auch wenn das „Sagen“ subjektiv ein ganz erfülltes und begeistertes ist. Die „Liebe zu Gott“, von der hier „gesagt“ wird, ist gar nicht wirklich da, wenn zugleich der Bruder „gehaßt“ wird. Wir können uns dem Wort des Johannes auch nicht entziehen durch die Abwehr: Wir „hassen“ doch den Bruder gar nicht! Wir wollen an dieser Stelle noch einmal nachlesen, was wir uns über die Bedeutung des Wortes „hassen“ in der Bibel, bei der Auslegung von 2, 9, klargemacht haben.

Aber kann nicht echte Liebe zu Gott vorhanden sein, auch wenn das Herz gegen den Bruder gleichgültig oder ablehnend ist? Muß die behauptete Liebe zu Gott dann immer „Lüge“ sein? Johannes geht auf diesen Einwand ein und begründet seinen harten Satz. **„Denn wer seinen Bruder nicht liebt** (oder: nicht lieben mag), **den er sieht, der ist nicht imstande, Gott zu lieben, den er nicht sieht.“** Es ist ein Schluß vom Geringeren auf das Größere, vom Leichteren auf das Schwerere. Wer nicht einmal fertig bekommt, den Bruder zu lieben, der sichtbar vor ihm steht, wie will er den unsichtbaren Gott lieben können? Der Schluß scheint auf den ersten Blick freilich nicht treffend zu sein. Ist es nicht doch „leichter“, den wunderbar liebenden Gott dankbar wiederzulieben, als den Bruder, der gerade mit seinen Fehlern und seinen schwierigen Seiten so „sichtbar“ vor uns steht? Und doch hat Johannes recht. Eine Liebe zu Gott ist freilich leichter zu „behaupten“, weil sie durch Gottes Unsichtbarkeit nicht nachzuprüfen ist. Es ist leicht von ihr zu schwärmen. Aber sie ist Fantasie, subjektive Einbildung, wenn sie sich nicht dokumentiert in der Liebe zum Bruder. Erneut erfassen wir, mit welchem Recht Johannes ganz allgemein von „der Liebe“ gesprochen hat, ohne ihr Objekt zu bezeichnen. „Liebe“, wenn sie da ist und lebt, kann immer nur „lieben“, welchem „Objekt“ sie auch begegnet! Sie kann nicht nach der einen Seite hin „lieben“ und nach der andern hin „hassen“. Wir machten es uns schon klar (S. 93), daß „Liebe“ ein Zustand ist und eine Richtung unseres ganzen Denkens, die sich dem „sichtbaren Bruder“ gegenüber sichtbar zeigen muß, wenn sie überhaupt da ist. Andernfalls ist sie bloßes „Gefühl“ ohne Wirklichkeit und wird zur „Lüge“, sofern sie doch als vorhanden behauptet wird.

Das ist als Briefsatz in die Lage der Gemeinde hinein zunächst Angriff auf „Gnostiker“, die von ihrer hohen, ganz Gott hingegebenen Liebe schwärmten und dabei keine Achtung für den Bruder hatten und Verwirrung und Streit in die Gemeinde trugen. Aber diese Neigung zu einer genußvollen Liebe zu Gott und zu Jesus, die sich um den sichtbaren Bruder mit seinen sichtbaren Nöten und Schwierigkeiten nicht kümmert, ist in der Christenheit immer wieder anzutreffen. Wir

Liebevolle Beziehungen sind normal bei echten Christen

lesen noch einmal den Satz 3, 17: „Die Liebe Gottes" kann nicht in dem „bleiben", der der sichtbaren Not des Bruders die konkrete Hilfe verweigert.

21 Der Apostel fügt abschließend einen Satz an, der uns nach so mächtigen Sätzen über das Wesen und Wollen der Liebe verwundern könnte: **„Und dieses Gebot haben wir von ihm, daß der Gott Liebende auch seinen Bruder liebe**[220]." Ist nun doch noch ein **„Gebot"** nötig, nachdem uns der Apostel vor den wesensnotwendigen Zusammenhang der Gottesliebe und der Bruderliebe gestellt hatte? Und kann ein „Gebot" uns helfen? Es ist, als ob Johannes innerlich höre, wie sich Einwände gegen seinen kurzen, harten Satz in V. 20 ergeben. Das sei doch nur die Meinung des Apostels, man könne an diesem Punkt auch anders denken. Ja, man müsse sogar die Liebe zu Gott als das viel wichtigere von der Liebe zum Bruder lösen. Da betont Johannes: Alles, was ich schrieb, ist nicht nur meine eigene Auffassung. Ich folge darin einem klaren Gebot Gottes. Mit meinen Ausführungen könntet ihr eine Diskussion anfangen und eure gegenteiligen Meinungen dagegenstellen. Aber jede Diskussion ist zu Ende, wenn wir vor dem **Gebot** unseres Herrn stehen.

Der ganze Abschnitt ist von großer praktischer Bedeutung für die Gemeinde aller Zeiten, auch für uns heute. Wie kommen wir zur „parræsia", zur freien Zuversicht zu Gott, auch wenn unser Blick sich dem kommenden Gericht zuwendet? Wie überwinden wir die Furcht, die „Todesfurcht", die irgendwie Furcht vor der „Strafe" ist? Wir könnten auch formulieren: wie kommen wir zur Heilsgewißheit, die in jeder Lage standhält?

Wir sind gewohnt, von Paulus her auf den Glauben zu verweisen. Wer nicht auf sich selber sieht, wer in nichts mehr mit seinen Werken rechnet, wer nur noch auf das Kreuz und auf das dort völlig vollbrachte Heil blickt, der hat Heilsgewißheit. Das ist richtig, und Johannes würde es nicht leugnen. Hat er es doch selbst bezeugt, daß das Blut des Sohnes Gottes uns rein macht von aller Sünde und daß Jesus die Versöhnung ist für unsere Sünden, ja, sogar für die der ganzen Welt.

Aber so wie Jakobus die Gefahr eines „Glaubens ohne Werke" sah, der „tot ist in sich selber" (Jak 2, 17), so fürchtet Johannes alles „Sagen", das zur „Lüge" wird, weil keine Wirklichkeit dahinter steht. Gerade die Rechtfertigungslehre kann zu einer kalten Rechnerei werden, die alle ihre Formeln höchst orthodox handhabt und in Wirklich-

[220] Johannes wird dabei an das Doppelgebot der Gottes- und der Nächstenliebe denken, das Jesus selbst hervorgehoben und als Angelpunkt aller Verkündigung im Gesetz und bei den Propheten bestätigt hat (Mt 22, 37—40).

keit nichts besitzt. Ja, sie kann zu einer Stellung werden, in der wir uns gegen Gottes Zugriff verschanzen und gegen seinen Anspruch sichern. Schon Paulus geht es in Rö 6 (und an vielen Stellen!) darum, gegen eine bloße Logik der Rechtfertigungsbotschaft anzugehen, die „in der Sünde verharren will", damit „die Gnade umso mächtiger wird". Er schildert ihr entgegen die eigentliche Wirklichkeit des Glaubens, der uns mit dem vereint, dem wir glauben und der uns darum in eine „Neuheit des Lebens" (Rö 6, 4 im grie Text) führt. Johannes stellt in seinem Brief von Anfang an alles unter den Gesichtspunkt des „Lebens" und darum der „Liebe", die das Wesen des wahren Lebens ist. Aus Gottes Liebe kommt in Jesus die Erlösung, die Versöhnung, das Leben für uns (4, 9. 10). Aber gerade diese gebende, opfernde, leidende Liebe kann man gar nicht wirklich empfangen, ohne selbst zum Lieben gebracht zu werden. Zum „Lieben" werden wir aus Gott geboren, und nur im „Lieben" erkennen wir Gott (4, 7). Nur der Liebende bleibt in Gott und Gott bleibt in ihm (4, 16b). Aber dies ist nun auch volle Wirklichkeit. Und wo diese Wirklichkeit da ist und gelebt wird, dort stößt die vollendete Liebe die Furcht aus, und die „Heilsgewißheit", die freie Zuversicht zu Gott, ist da (4, 17). Schon in 2, 28 konnte einfach vom Bleiben in Jesus als Grund der „freien Zuversicht" gesprochen werden. Was wir nun in unserem Abschnitt 4, 7—21 lesen, ist nur die gründlichere und in die Tiefe gehende Ausführung jenes einfachen Wortes vom Bleiben in Jesus[221].

Es ist aber noch ein Wort zu sagen zu dem Satz: **„Die vollendete Liebe stößt die Furcht aus."** Ist nicht an anderen Stellen des NT die Furcht sehr positiv gesehen und sehr hoch gewertet? „Es kam aber alle Seelen Furcht an", heißt es in Apg 2, 43 gerade von denen, die beständig in der Apostellehre, in der Gemeinschaft, im Brotbrechen und im Gebet blieben. Und nachdem der Sturm der ersten großen Verfolgung durch Saul vorüber war und die Gemeinde Frieden hatte, da „baute sie sich und wandelte in der Furcht des Herrn" (9, 31). War

[221] Fr. Büchsel schreibt mit Recht: „Zur Zuversicht gegenüber der göttlichen Liebe sind wir nur berechtigt, sofern und weil wir lieben. Eine liebelose Zuversicht zu Gottes Liebe wäre eine Frechheit. Genau so wie in 3, 18—20 die Behauptung der Heilsgewißheit gegenüber den Anklagen des Gewissens an die echte, tathafte Liebe gebunden ist, ist hier die Überwindung der Furcht an die vollkommene Liebe gebunden. Die johanneische Formel, die die parræsia von der Liebe, nicht dem Glauben ableitet, hat eben gerade darin einen besonderen Vorzug, daß sie die Trennung von Glaube und Werken, die die katastrophale Gefahr des nicht voll verstandenen Protestantismus ist, überhaupt nicht entstehen läßt. Joh hat seine Heilsgewißheit nicht nur als eine passiv hingenommene Gabe Gottes, sondern aktiv als einer, der durch die Liebe Gottes in der Gemeinschaft mit Gott zur lebendigen Tätigkeit, zur tathaften Liebe, zur Gerechtigkeit als persönlich betätigter Haltung gekommen ist. Und darin liegt die Lebensnähe seiner Formel über die Heilsgewißheit", a. a. O. S. 74.

das falsch? Ist „die Furcht des Herrn" nicht mehr „der Weisheit Anfang" (Ps 111, 10)? Hat Paulus geirrt, als er die Philipper anwies, ihre Seligkeit mit Furcht und Zittern zu schaffen (Phil 2, 12)? Hätte Luther in der Erklärung zum ersten Gebot nur sagen dürfen: „Wir sollen Gott über alle Dinge lieben und vertrauen?" Aber nun sehen wir wieder, wie nötig es ist, die Bibel sehr genau zu lesen und nicht obenhin ein einzelnes Wort aus ihr herauszureißen. Wir sahen schon auf S. 104, daß sich die lebendige Wirklichkeit oft nur in scheinbar widersprechenden Aussagen fassen läßt, die trotz ihres „Widerspruches" dennoch gleichzeitig wahr sind. Alle biblischen Aussagen über die „Furcht Gottes" behalten ihr volles Recht. Johannes streitet das auch nicht ab. Er fordert die Gemeinde nicht auf: „Werfet alle Furcht weg! Furcht ist nicht mehr nötig. Gott ist ja Liebe!" Er stellt lediglich fest: „Die vollendete Liebe treibt die Furcht aus." Dabei geht es nicht um jene heilige Scheu und Ehrfurcht, die sich gerade Gott gegenüber immer mit der Liebe verbinden wird. Johannes spricht vom „Tag des Gerichts" und sagt ausdrücklich, daß er die **„Furcht"** meine, die es **„mit Strafe zu tun hat"** und sich vor der Strafe am Tage des Gerichtes fürchtet. Auch von dieser „Furcht" sagt er nicht, sie sei selbstverständlich für uns vergangen. Gottes heiliges, reines Licht hat Johannes gleich am Anfang seines Briefes bezeugt. Muß und soll nicht alles, was in uns finster, unrein und sündlich ist, dieses Licht „fürchten"? Gott ist Liebe, das sagt Johannes so eindeutig wie kein anderer Apostel. Aber ist nicht gerade dieser Satz das Gericht über alle Lieblosigkeit, und bringt er uns nicht darum zur „Furcht" im Blick auf so viel Mangel an Liebe bei uns und im Blick auf das, was Johannes „Haß" gegen den Bruder nennt? Alle diese **„Frucht"** ist sehr begründet und sehr notwendig. Wehe, wenn sie aus unserem Herzen verschwände! Sie gerade treibt uns zu dem, dessen Blut rein macht von aller Sünde, zu dem Gott, der in seiner Liebe seinen Sohn sandte als Sühnemittel für unsere Sünde. Aber wenn wir diese Liebe Gottes wahrhaft erfassen, nicht aus bloßer Lehre, sondern als ganze, lebendige Wirklichkeit, die für uns das Kostbarste gab, muß dann nicht tatsächlich d i e s e „Furcht" schwinden? Kann einer, der sich so geliebt sieht, sich noch fürchten? Das ist einfach wahr, daß es in der Liebe keine „Angst vor Strafe" mehr gibt, vollends nicht, wenn die Liebe „vollendet" und zu ihrem Ziel gekommen ist. Wer sich noch fürchtet, soll sich diese Furcht nicht auszureden suchen und sie nicht künstlich verdrängen; er soll sie sich eingestehen und soll einfach nach dem Grund seiner Furcht fragen. Er wird dann selber erkennen, es liegt daran, daß er nicht „vollendet ist in der Liebe". Dann aber ist ihm durch den ganzen Brief der Weg zur „Vollendung der Liebe" gewiesen. Er kann und darf die Liebe Gottes voll in sich aufnehmen und sein eigenes Herz mit Liebe zum Bruder erfüllen lassen und wird dann erfahren, daß die vollendete Liebe tatsächlich die Furcht ausstößt. Johannes hat nichts davon gesagt, daß er dies als einen Dauerzustand betrachtet, den der Christ für immer erreichen kann. In seinen vielen Mahnungen und Aufmunterungen im Brief rechnet er offenbar damit, daß auch die Glieder der echten Gemeinde immer neu zur vollendeten Liebe durchdringen müssen. In diesem Sinn könnte er einmütig mit Paulus auch seinerseits die Gemeinden mahnen, ihre Seligkeit „mit Furcht und Zittern" zu schaffen.

DER SIEG ÜBER DIE WELT

1 Johannesbrief 5, 1–5

1 **Jeder, der glaubt, daß Jesus der Christus ist, ist aus Gott geboren;**
und jeder, der den Erzeuger liebt, liebt auch den aus ihm Erzeugten.
2 *** Daran erkennen wir, daß wir die Kinder Gottes lieben, wenn im-**
3 **mer wir Gott lieben und seine Gebote tun. * Dies nämlich ist die**
Liebe zu Gott, daß wir seine Gebote bewahren; und seine Gebote
4 **sind nicht schwer. * Denn alles, was aus Gott geboren ist, besiegt**
die Welt. Und dies ist der Sieg, der die Welt besiegt hat: unser
5 **Glaube. * Wer ist der, der die Welt besiegt, wenn nicht der, der**
glaubt, daß Jesus der Sohn Gottes ist?

zu Vers 1:
1 Jo 4, 4
4, 15 f
Jo 1, 12 f
8, 42
1 Pt 1, 22
zu Vers 3:
1 Jo 2, 5
Mt 11, 30
Jo 14, 15. 23 f
2 Jo 6
zu Vers 4:
5 Mo 30, 11
Jo 16, 33
Rö 8, 37
1 Ko 15, 57
Eph 6, 16
zu Vers 5:
1 Jo 4, 4. 15

Wieder sehen wir die eigene Art des Johannes, seinen Brief zu schreiben. Er verbindet die einzelnen Abschnitte nicht ausdrücklich miteinander und hilft uns nicht durch systematische Entwicklung seiner Gedanken. „Jeder, der die Gerechtigkeit tut, ist aus ihm geboren", so lasen wir in 2, 29; „jeder, der liebt, aus Gott ist er geboren" (4, 7). Und nun heißt es: **„Jeder, der glaubt, daß Jesus der Christus ist, ist aus Gott geboren."** Wir sind versucht, den Apostel zu fragen: Was
gilt denn nun wirklich und letztlich? Wir sind zu dieser Frage umso 1
mehr veranlaßt, weil Johannes in allen drei Sätzen mit dem vorangestellten **„jeder"** jedem Satz eine absolute Geltung verliehen hat. Wir können darum die drei Aussagen nicht auf verschiedene Menschengruppen verteilen. Sie gelten alle drei für „Jeden". Dann müssen sie innerlich wesenhaft zusammenhängen, auch wenn Johannes kein Systematiker ist, der uns diesen inneren Zusammenhang aufweist. Johannes schildert in seinem Brief das ganze lebendige Christsein, und dafür sind alle drei Sätze gleich wahr und gleich wichtig. Voneinander losgelöst und zum Prinzip gemacht, führen sie leicht zu gefährlichen Mißverständnissen.

„Glauben", „daß Jesus der Christus ist", das ist für Johannes nicht bloße Zustimmung zu einem „Dogma". Wirkliches Glauben ist eine innere Überzeugung, die mich ganz und gar erfüllt und beschlagnahmt. Eine solche Überzeugung kann ich nicht „machen" oder in bloßer Gedankenarbeit gewinnen. Das wird uns besonders deutlich, wenn wir nicht rasch über das hinweglesen, was hier Johannes als Inhalt der Glaubensüberzeugung angibt. **„Jesus ist der Christus"**, das bedeutet: Dieser Mensch Jesus von Nazareth, der zu Beginn unserer Zeitrechnung in dem kleinen Weltwinkel Palästina lebte, litt und als Verbrecher am Kreuz starb, ist der König der Ewigkeit, der Herr meines Lebens und der Weltvollender! Wer kann das „glauben"! Kein „vernünftiger" Mensch. Es wird aber durch alle Jahrhunderte, in allen Völkern und in allen Erdteilen geglaubt! So geglaubt, daß dafür Menschen ihr Leben einsetzen. Johannes sagt, an solchen Menschen ist etwas Ungeheuerliches geschehen, so gering sie äußerlich aussehen mögen: sie sind **„aus Gott geboren"**. Nur darum können sie **„glauben"** und glauben sie.

Johannes hat mit Recht gesagt: Eben darum „lieben" sie auch, weil ein aus Gott Geborener Gottes Wesen in sich trägt (4, 7). Und es ist klar, wer liebt, tut nichts Unrechtes, sondern vollbringt die Gerechtigkeit (2, 29). Darum gilt jede dieser Aussagen für jeden, von dem eine von ihnen bezeugt werden kann. Darum spricht der Apostel, gleich nach seinem Satz vom Glauben, aufs neue von der Bruderliebe. Er zeigt den notwendigen inneren Zusammenhang zwischen „Glaube" und „Liebe". Wer die Umwandlung seiner Existenz durch die Geburt aus Gott erfuhr und nun im lebendigen Glauben an Jesus hängt, der **„liebt den Erzeuger"** dieses seines neuen Lebens. Aber sofort sieht er mit tiefer Freude, daß er nicht einsam und allein „glaubt", sondern in einer Schar von „Brüdern" steht, die die gleiche Geburt aus Gott erfahren haben[222]. Wer sich staunend und dankend seiner eigenen Geburt aus Gott freut, der freut sich mit gleichem Dank und gleichem Staunen an denen, die von Gott her das gleiche Wunder erfuhren. **„Jeder, der den Erzeuger liebt, liebt auch den aus ihm Erzeugten."** Wir sind „Kinder eines Vaters"[223].

2 Es ist echt johanneisch, wenn der folgende Satz die Aussage des vorigen umwendet: **„Daran erkennen wir, daß wir die Kinder Gottes lieben, wenn immer wir Gott lieben und seine Gebote tun."** Hörten wir es bisher nicht umgekehrt: Die sichtbare Liebe zum sichtbaren Bruder war das Erkennungszeichen der sonst nicht eindeutig feststellbaren Liebe zu dem unsichtbaren Gott (4, 7; 4, 12. 19 f)? Aber der

[222] Wie im ganzen NT, so gehören auch hier die „Schwestern" zu den „Brüdern". Darum ist gleich von den „Kindern Gottes" die Rede.

[223] Wo sich dieser Vorgang nicht vollzieht, da ist das Auge noch nicht geöffnet für das Wunder der Wiedergeburt aus Gott.

Apostel hatte auch im vorigen Satz die Liebe zu den Brüdern als das Zweite aus der Liebe zu Gott abgeleitet. Wir machten uns schon klar, wie vieldeutig das Wort „Liebe" ist und zwar gerade dann, wenn wir es auf unser Verhalten zu den andern Menschen anwenden[224]. Schon Jesus unterschied die wahre Liebe, die er meinte, von jener gegenseitigen Freundlichkeit untereinander, die sich auch bei den „Zöllnern" und bei den „Heiden" findet (Mt 5, 46—48). Erst wenn unsere Liebe Gottes Art an sich trägt, ist es in Jesu Sinn „Liebe". Darum geht es auch dem Apostel. Er wird es beobachtet haben, wie gerade in der Gemeinde, im „gläubigen Kreis", eine weichliche Freundlichkeit um sich greifen und mit „Liebe" verwechselt werden kann, eine Freundlichkeit und Gutmütigkeit, die dem Bruder gerade nicht mehr den wahren Dienst der Liebe im Kampf gegen seine Sünde und gegen seine Irrtümer leistet. Nur immer dann, **„wenn wir Gott lieben und seine Gebote tun"**, wenn uns Gottes reines und heiliges Wesen vor Augen steht und seine Gebote uns unverrückbar Wegweiser und Grenzsteine sind, nur dann **„lieben"** wir die Brüder so, wie sie als **„Kinder"** dieses heiligen, lebendigen **„Gottes"** geliebt und oft genug mit unerbittlichem Ernst zurecht geliebt werden müssen[225].

3 Noch einmal werden die **Gebote** wichtig. Wir lasen schon 2, 3. 4 davon und sahen, daß das kein Rückfall in irgendwelche Gesetzlichkeit oder Werkgerechtigkeit ist. Jetzt wird es von dem Apostel nochmals mit ganzem Ernst gesagt: **„Dies nämlich ist die Liebe zu Gott, daß wir seine Gebote bewahren; und seine Gebote sind nicht schwer."** Das hat Johannes von seinem Herrn selber gelernt. Noch am letzten Abend hat es Jesus ausgesprochen: „Wenn ihr meine Gebote haltet, so bleibt ihr in meiner Liebe, gleichwie ich meines Vaters Gebote halte und bleibe in seiner Liebe" (Jo 15, 10). Jesus fügt gerade an dieser Stelle hinzu: „Solches rede ich zu euch, damit meine Freude in euch bleibe und eure Freude vollkommen werde" (Jo 15, 11). Es geht in keiner Weise um eine mühsame Gesetzeserfüllung, die eine eigene Gerechtigkeit vor Gott aufrichtet. Es geht um die Liebe und um die Freude! Aber wieder liegt es dem Apostel wie seinem Herrn daran, daß wir nicht aus der „Liebe" eine kraftlose Stimmungssache machen. Wir sahen in 2, 17: Gott ist selber „Wille", gerade weil er wahrhaft

[224] Vgl. die Ausführungen zu 4, 7.

[225] Fr. Büchsel bemerkt dazu: „Gerade in einer Zeit, in der ein sehr unklarer und verweichtlichter Liebesgedanke als nahezu einziger Rest vom Christentum der entchristlichten Masse geblieben ist, und dieser Liebesgedanke dann zum Ausgangspunkt einer kecken Kritik am kirchlichen Christentum gemacht wird, hat dieser Abschnitt ein besonderes Interesse." A. a. O. S. 80. Es wird ebenso mit Recht von Schlatter festgestellt: „Wenn ihr euch aneinander versündigt, sagt Johannes, so liegt es daran, daß Gott euch nichts gilt. Ihr ehrt ihn nicht und habt euch ihm entzogen. Ist euch Gott gleichgültig, so wird euch auch der Mensch wertlos, und die Liebe erstirbt auch gegen ihn." A. a. O. S. 83.

Wir können Gott nicht dienen! Er gebraucht uns für seine Pläne!

„Liebe" ist. So ist auch unsere Liebe, wenn sie echt ist, Wille, der den Willen Gottes tut und darum in Ewigkeit bleibt (2, 17). Gottes guter, heilsamer Wille ist aber ausgesprochen in seinen **„Geboten"**. Wir **„bewahren"** sie, gerade weil wir „lieben" und in Gottes Liebe bleiben wollen. Wir **„bewahren"** sie, wie Jesus, der Sohn, es tat; wir tun es, weil wir „aus Gott geboren" und also „Söhne im Sohn" sind.

Im Blick darauf versichert Johannes ausdrücklich: **„Und seine Gebote sind nicht schwer."** Aber stimmt denn das? Haben wir nicht genau das Gegenteil gelernt, daß sie überaus schwer, ja vollkommen unerfüllbar sind? Hat Paulus es nicht geschildert: „Als das Gebot kam, ward die Sünde lebendig. Ich aber starb; und es fand sich, daß das Gebot mir zum Tode gereichte, das mir doch zum Leben gegeben war" (Rö 7, 9. 10)? Aber dieser unter dem Gebot „sterbende" Mensch ist nicht der „aus Gott Geborene", den Johannes vor sich sieht, nicht der, der als von Gott Geliebter selber wahrhaft „liebt". Von dem aus Gottes Geist neugewordenen Menschen hat auch Paulus in Rö 8 völlig anders geredet[226], und er weiß und bezeugt, daß „die Liebe des Gesetzes Erfüllung ist" (Rö 13, 10). Der Liebe ist das Bewahren der Gebote **„nicht schwer"**. Es ist ihr „Freude", so wie es für den Sohn Gottes seine Speise war, den Willen dessen, der ihn gesandt hatte, zu tun (Jo 4, 34)[227].

4 Warum erscheinen die Gebote Gottes uns aber doch immer wieder „schwer"? Das kommt daher, daß wir „in dieser Welt" zu leben haben (4, 17). Die „Welt" ist aber nicht nur der äußere Rahmen unseres Daseins, der bloße Schauplatz, auf dem unser Leben sich abspielt. Johannes hat in 2, 16 geschildert, was diese Welt kennzeichnet und erfüllt: „Das Begehren des Fleisches und das Begehren der Augen und die Hoffahrt der Lebenshaltung." Diese Welt lehnt sich in uns selbst gegen Gottes Willen in seinen Geboten auf. Das „Begehren des Fleisches" ist mit unserer Wiedergeburt nicht verschwunden; auch nach der Geburt aus Gott leben wir noch „im Fleisch". So müssen wir die Welt, gerade auch die Welt in uns selber, **„besiegen"**, wenn wir Gottes Gebote bewahren wollen. Das geht nur durch einen Kampf hindurch, der sehr hart sein kann[228]. Dann erscheinen uns Gottes Gebote als „schwer". So sieht auch der Apostel Johannes die Christen im Kampf. Aber sein Ausgang ist nicht ungewiß, sondern grundlegend entschieden. **„Denn alles, was aus Gott geboren ist, besiegt die Welt."**

[226] Es wird hier aufs neue sichtbar, wie wir den Gegensatz zwischen Rö 7 und Rö 8 klar erkennen müssen. Sehen wir in Rö 7 den „Christen" geschildert, dann kommen wir nicht nur mit Rö 8, sondern auch mit den Aussagen des Johannes in Konflikt.

[227] Eine Last sind sie dem, der mit ihrer Erfüllung aus eigener Kraft seine eigene Gerechtigkeit vor Gott, ja eigentlich „gegen" Gott aufrichten will! Gottes Gebote können „gesetzlich" oder „evangelisch" aufgefaßt werden.

[228] Vgl. die Schilderung des Christenlebens bei Paulus in Gal 5, 16 ff.

Er hatte es schon in 4, 4 bezeugt: „Größer ist der in euch als der in der Welt." In der Geburt aus Gott gründet der Sieg. Er ist nicht das Ergebnis unserer eigenen Anstrengungen, so sehr der ganze eigene Einsatz trotzdem dazu gehört, wie alle Mahnungen des Johannes, wie des ganzen NT, zeigen.

Wie aber vereint sich dieser eigene Einsatz mit dem sieghaften Werk Gottes? Muß der „Sieg über die Welt" nicht entweder Gottes Sache oder unsere Sache sein? Gibt es ein Zusammenwirken von Gott und Mensch? Ja. Dieses „Zusammenwirken" geschieht in dem Geheimnis des Glaubens. Johannes schreibt: **„und dies ist der Sieg, der die Welt besiegt hat: unser Glaube[229]."**

Der **„Glaube"** ist für Johannes ein Sieg über die Welt, der schon gewonnen ist und die Welt schon **„besiegt hat"**. Wieder erklärt Johannes das nicht und gibt keine Begründung dafür. Er stellt einfach fest, daß es so ist. Die Gemeinde soll es wissen und in dieser festen Gewißheit stehen, die Gemeinde aller Zeiten, auch die Gemeinde Jesu heute. Johannes sieht dabei auf das Wort seines Herrn, das er als letztes Wort beim Abschied seinen Jüngern gesagt hatte: „Seid getrost, ich habe die Welt besiegt" (Jo 16, 33). Im Kreuz und in der Auferstehung Jesu ist dieser Sieg da und den Jüngern als das große Faktum geschenkt. **„Unser Glaube"** aber eignet sich dieses Faktum an und rechnet unbeirrt mit ihm. Dadurch nimmt er an dem schon vollendeten Sieg seines Herrn teil gegen allen Augenschein, in aller Bedrängnis und in allen „Niederlagen". Darum **„hat"** auch er schon **„die Welt besiegt"**. Es wird sichtbar, in welch geschlossener Ganzheit Johannes den Glauben faßt. **„Glaube"** ist nicht ein Erwägen von Möglichkeiten, nicht ein unbestimmtes Hoffen von Erwünschtem, sondern die unbedingte Aneignung dessen, was Gott ihm anbietet. „Johannes spricht gläubig von der Macht des Glaubens" (A. Schlatter). Der Sieg über die Welt wird aber auch nur diesem **„Glauben"** zuteil. Jedes andere Kampfmittel versagt. Wie sollte der kleine, schwache Mensch die **„Welt"** in ihrer ganzen Verführungsmacht **„besiegen"** können[230]?

[229] Sprachlich bemerkenswert ist, daß die Worte „siegen" und „Sieg" im Johannesbrief sechsmal, in der Offenbarung des Johannes siebzehnmal und im ganzen übrigen NT nur viermal vorkommen. Paulus bildet allerdings in Rö 8, 37 noch das Wort „übersiegen". Das Hauptwort „der Glaube" findet sich bei Johannes in unserem Brief nur hier, und in der Offb an zwei Stellen.

[230] Die im Sündenfall ergriffene falsche Selbständigkeit des Menschen sitzt uns so im Blut, daß auch Kinder Gottes immer wieder versuchen, im Heiligungsstreben aus eigener Kraft die Welt zu besiegen. Oder sie erwarten alles von einzelnen Gaben und Kräften des Geistes. Es lohnt, den Satz des Johannes sich tief einzuprägen und praktisch zu erproben, daß im glaubenden Ergreifen des schon errungenen Sieges Jesu auch für uns der Sieg gegeben ist, gerade auch da, wo wir im eigenen Ringen Niederlagen über Niederlagen erlitten.

5 Johannes schließt mit einem bestätigenden und in Knappheit erläuternden Satz. **„Wer ist der, der die Welt besiegt, wenn nicht der, der glaubt, daß Jesus der Sohn Gottes ist?"** Wieder scheint es auf die richtige „Dogmatik" anzukommen. Der fragende Mensch von heute schüttelt den Kopf: Also wenn ich mich zwinge, an das schwierige Dogma der Gottessohnschaft Jesu zu glauben, dann soll ich dadurch die Welt besiegen? Aber wenn Johannes es mit der Frageform seines Satzes so triumphierend betont — nur der an den Sohn Gottes Glaubende hat den Sieg über die Welt, dieser aber hat ihn auch ganz gewiß —, dann ist klar, daß er nicht an solche Art von künstlichem „Glauben" denkt. In Jesus wahrhaft den Sohn Gottes erkennen und sich ihm darum mit seinem ganzen Leben anvertrauen, ist etwas völlig anderes. Es ist eigenste, in Freiheit entstehende Überzeugung, die doch nur in einer „Geburt aus Gott", in einem neuschaffenden Wirken Gottes entstehen kann (vgl. dazu V. 1). Über dem Werden wirklichen Glaubens liegt das Geheimnis göttlicher Kraft[231]. Man kann dieses Geheimnis nicht „erklären"; es gibt auch keine „Methode", Menschen zum Glauben zu bringen. Wir sehen nur, daß es geschieht in immer wieder ganz persönlicher Weise. Wer aber wirklich „glaubt", wirklich davon durchdrungen und erfüllt ist, daß Jesus, sein Erretter und Herr, der Sohn Gottes ist, der ist tatsächlich Sieger über die Welt. Er gehört im Glauben unlöslich zu dem, der vor aller Welt bei Gott war, der alle Mächte der Sünde, des Teufels und des Todes überwunden hat und nun zur Rechten des Vaters thront, „über alle Reiche, Gewalt, Macht, Herrschaft und was sonst genannt mag werden, nicht allein in dieser Welt, sondern auch in der zukünftigen" (Eph 1, 21). So hat der Glaubende in diesem Sieger auch selber den Sieg. Verstehen wir nun die triumphierende Gewißheit des Johannes?

DAS ZEUGNIS FÜR JESUS

1 Johannesbrief 5, 6—12

zu Vers 6:
Jo 1, 7
Jo 1, 33
4, 23; 15, 26
zu Vers 8:
Jo 3, 5
Apg 10, 47
zu Vers 9:
Jo 5, 32. 36 f
8, 18

6 Dieser ist der, der gekommen ist durch Wasser und Blut, Jesus
Christus; nicht in dem Wasser allein, sondern in dem Wasser und
in dem Blut. Und der Geist ist es, der Zeugnis ablegt, denn der
7 Geist ist die Wahrheit. * Denn drei sind es, die Zeugnis ablegen,
8 der Geist und das Wasser und das Blut, * und die drei stimmen
9 überein. * Wenn wir das Zeugnis der Menschen annehmen, das
Zeugnis Gottes ist größer. Dies nämlich ist das Zeugnis Gottes,

[231] Paulus hat das in seiner Weise in Eph 1, 19 f und Kol 2, 12 ausgesprochen.

daß er Zeugnis abgelegt hat über seinen Sohn (oder: das er über
10 seinen Sohn abgelegt hat). * **Wer an den Sohn Gottes glaubt, hat**
das Zeugnis in ihm (oder: in sich). **Wer Gott nicht glaubt** (glauben
will), **zum Lügner hat er ihn gemacht, denn er hat nicht geglaubt**
11 **an das Zeugnis, das Gott über seinen Sohn abgelegt hat.** * **Und**
dies ist das Zeugnis: ewiges Leben hat Gott uns geschenkt, und
12 **dieses Leben ist in seinem Sohn.** * **Wer den Sohn hat, hat das**
Leben; wer den Sohn Gottes nicht hat (nicht haben mag), **hat das**
Leben nicht.

zu Vers 10: Jo 3, 32—34 Rö 8, 16 1 Ko 15, 15 Offb 12, 17
zu Vers 12: Jo 3, 36

Wenn wir diesen Abschnitt gelesen haben, ist er uns zunächst recht fremd und unverständlich. Hier bedarf es wirklich erst einmal der geschichtlichen Erklärung. Der Brief des Apostels spricht in eine bestimmte Lage der Gemeinde hinein und hat seine Beziehung zu Lehren und Anschauungen, die der Gemeinde bekannt waren. So sind ihr die Worte des Apostels sofort verständlich. Wenn wir das beachten, werden wir uns nicht in mystischen Deutungen verlieren, die solche kurzen und scheinbar sehr geheimnisvollen Worte nahezulegen scheinen.

Vom „Glauben" sprach Johannes als von dem Sieg über die Welt. 6
Das ist aber nicht irgend ein allgemeiner oder unbestimmter Glaube. Johannes meint auch in keiner Weise, daß der Glaube als unsere Funktion eine weltüberwindende Kraft darstelle. Diese Kraft liegt in dem Inhalt unseres Glaubens, in Wesen und Person dessen, dem wir vertrauen. Darum spricht er nun weiter von Jesus und zeigt im Gegensatz zu gnostischen Anschauungen, welchen Jesus er meint. **„Dieser ist der, der gekommen ist durch Wasser und Blut, Jesus Christus; nicht in dem Wasser allein, sondern in dem Wasser und in dem Blut."** Das „Gekommensein" Jesu ist als solches schon entscheidende Heilstatsache. „Ich bin gekommen . . .", wie oft hat das Jesus selbst gesagt. Aber vom „Gekommensein" eines Erlösers sprachen auch die Gnostiker. Doch sie sahen dabei eine ganz andere Gestalt vor sich als den Jesus Christus, den die Apostel verkündigten. Darum muß ganz eindeutig geklärt werden, wozu er „gekommen" ist und wie sein Kommen geschah. Zwei entscheidende Wesenszüge hebt Johannes hervor: Jesus ist gekommen **„durch Wasser"** und er ist gekommen **„durch Blut"**. Was heißt das?

Der Apostel weist damit auf zwei geschichtliche Ereignisse im Leben Jesu hin: auf die Taufe und auf das Kreuz. Wir haben in der Christenheit ganz einseitig auf die Geburt des Erlösers gesehen und sie zum Grund des ersten großen Festes im Kirchenjahr gemacht. Wohl legt auch Johannes entscheidenden Wert darauf, daß der Christus ganz und gar als wirklicher Mensch geboren und „im Fleisch“ gekommen ist (4, 2). Aber von großer Bedeutung ist ihm auch die Taufe Jesu, die wir kaum beachten. Wir sollten bedenken, wie sehr Gott selber sie beachtet hat! Gerade nach der Taufe Jesu folgt das große Zeugnis Gottes. „Dies ist mein lieber Sohn, an welchem ich Wohlgefallen habe“ (Mt 3, 17; Lk 3, 22; Mk 3, 11). Und alle vier Evangelien berichten uns, wie bei Jesu Taufe der Geist wie eine Taube vom Himmel herabschwebte und sich auf Jesus niederließ als die besondere Ausrüstung zu seinem Werk. Warum geschah dies alles gerade, als der Sohn Gottes **„durch das Wasser“** kam und sich taufen ließ? War das etwas so besonderes, daß unter den Tausenden, die zu Johannes kamen, auch Jesus sich der Taufe unterzieht?

Die Taufe des Johannes ist ausgesprochen eine „Taufe mit Wasser zur Buße“ (Mt 3, 11). Sie gilt Menschen, die sich als verlorene Sünder vor dem heiligen Gott erkannt haben. Und nun stellt sich der einzige wahrhaft Reine, der Sohn Gottes, mitten unter diese Schuldigen in das Wasser und läßt sich gleich ihnen taufen. Damit erklärt er sich in unübersehbarer Weise solidarisch mit den Sündern. Und gerade dadurch fand er das Wohlgefallen des heiligen Gottes. Hier gab der Sohn kund, daß er seine Sendung verstanden hatte und dem Retterwillen Gottes völlig gehorsam zur Verfügung stand. Darum sprach der Vater gerade jetzt sein ganzes Wohlgefallen an ihm aus[232].

Es scheint, daß gnostische Kreise die Taufe Jesu ebenfalls als bedeutsam feierten. Freilich nicht, weil Jesus sich hier unter die Sünder stellte, sondern weil sich der Himmel über ihm auftat und der Geist auf ihn herabkam. So lehrte der mit Johannes gleichzeitig lebende Gnostiker Kerinth, daß der geistige, überirdische Christus in Taubengestalt bei der Taufe in den Menschen Jesus gekommen ist, ihn aber vor dem Tode verlassen habe, so daß nur der Mensch Jesus gestorben sei. Hier wäre der Christus tatsächlich nur **„durch Wasser“** gekommen. Das Ereignis der Taufe wäre das eigentlich entscheidende, während der Tod am Kreuz, das **„Blut“**, nur noch den Menschen Jesus betroffen und keine Heilsbedeutung gehabt hätte. Damit war der eigentliche Sinn der Taufe Jesu, die schon auf sein Sterben zwischen zwei Verbrechern am Kreuz hinwies, völlig verkannt. Darum betont Johannes so ausdrücklich: **„Nicht in dem Wasser allein, sondern in dem Wasser und in dem Blut.“** Denn **„im Blut“** vollendet sich erst, was im **„Wasser“** von Jesus begonnen war. Hier wird nicht mehr nur die innere Solidarität mit den Sündern dokumentiert, hier wird ihre

[232] So hat Gott auch an uns Wohlgefallen, wenn wir uns nicht absondern und uns nicht im geringsten „über“ die Sünder stellen, sondern in völliger Solidarität mit ihnen vor Gott stehen. Vgl. das Wort des Paulus in 1 Tim 1, 15.

Strafe leibhaftig im blutigen Opfer getragen. Schon die Taufe seines Herrn sah Johannes völlig anders an als die Gnostiker, wie er überhaupt alles anders sah als sie: den Menschen in seiner Schuld und das Heil für den Menschen im stellvertretenden Leiden des Gottessohnes und das Erfassen des Heils im Glauben an diesen für uns dahingegebenen Erretter. Darum ist ihm das **„Wasser"** in einer andern Weise wichtig als den Gnostikern. Und darum kann das **„Wasser"** nicht allein bleiben, es muß das **„Blut"** dazu kommen, das „rein macht von aller Sünde" (1, 7).

Aber wie kommt es zu der wahren Erkenntnis des „Wassers" und des „Blutes"? Johannes weiß, „daß ich nicht aus eigener Vernunft noch Kraft an Jesus Christus meinen Herrn glauben oder zu ihm kommen kann". Darum schließt er seinen Satz ab mit der Feststellung: **„Und der Geist ist es, der Zeugnis ablegt, denn der Geist ist die Wahrheit."** Es ist wichtig zu wissen, daß alles über Jesus Christus Gesagte nie „bewiesen", sondern immer nur „bezeugt" werden kann. Sowohl das „Wasser" wie das „Blut" kann auch ganz anders gesehen und gedeutet werden, wie die gnostischen Lehrer zeigen. Wie gewinnen wir Gewißheit im Gewirr der Meinungen und Ansichten? Nicht erst heute, auch schon damals stand die Gemeinde vor dieser Frage. Johannes hat die Worte seines Herrn über den „Geist der Wahrheit" gehört, der an alles erinnern, in alle Wahrheit leiten und Jesus verherrlichen werde (Jo 14, 17. 26; 15, 26; 16, 13 f). Johannes hat Pfingsten miterlebt, das Kommen des Geistes, und hat in Jerusalem und später in der Asia gesehen, wie das Zeugnis des Geistes Menschen innerlich überwand und Gemeinden baute[233]. Wenn er von daher schreibt: **„Der Geist ist die Wahrheit"**, so steht das nicht in Widerspruch zu Jesu Wort „Ich bin die Wahrheit". Hier waltet das Geheimnis der Dreieinheit Gottes. Paulus kann es geradezu aussprechen: „Der Herr ist der Geist" (2 Ko 3, 17). Der Geist ist Wahrheit in Aktion, wie Jesus die Wahrheit im Wesen ist. Dieser Geist überführt von der Sünde und läßt verstehen, warum Jesus **„nicht in dem Wasser allein, sondern in dem Wasser und in dem Blut"** kam und kommen mußte.

Darum schreibt Johannes sogleich im nächsten Satz: **„Denn drei** 7/8
sind es, die Zeugnis ablegen, der Geist und das Wasser und das Blut, und die drei stimmen überein." Vom **„Zeugnis ablegen"** spricht der Apostel. Er spricht als „Israelit". Der Grieche „dachte" und suchte „Beweise" im Denken. Israel lag es vor Menschen und vor Gott an der „Bezeugung" von Tatsachen. So ist in Israel eine Gerichtsverhandlung wesentlich „Zeugenverhör". Es müssen zwei oder drei „Zeugen"

[233] Vgl. das Zeugnis des Apostels Paulus an die Korinther in 1 Ko 2, 16.

da sein und in ihrem Zeugnis zusammenstimmen; nur dadurch ist eine Sache erhärtet (5 Mo 17, 6; 19, 15)[234].

So liegt es dem Israeliten Johannes auch an dem „Zeugenbeweis" für seine Botschaft von Jesus im Gegensatz zu den Lehren der Gegner über den geistigen und überirdischen Christus. Und er stellt dem Gesetz gemäß drei Zeugen vor die Gemeinde hin und betont ganz bewußt: **„Denn drei sind es, die Zeugnis ablegen."** Dann ruft er gleichsam diese drei Zeugen auf: **„Der Geist und das Wasser und das Blut"** und stellt abschließend fest: **„Und die drei stimmen überein."** Diesmal nennt Johannes den Geist zuerst. Denn der Heilige Geist wirkt es, daß wir das Zeugnis des „Wassers" und vor allem das Zeugnis des „Blutes" recht hören und verstehen. Darum hat er ihn im vorhergehenden Satz auch allein als Zeugen bezeichnen können.

Man hat immer wieder gemeint, mit dem „Wasser" sei in diesem Vers das Sakrament der Taufe und mit dem „Blut" das Abendmahl gemeint[235]. Aber was könnte im Text selbst irgend darauf hinweisen, daß jetzt auf einmal die Worte **„Wasser"** und **„Blut"** anders verstanden werden sollen als in V. 6? Es ist die Taufe Jesu selbst, es ist sein am Kreuz vergossenes Blut als solches, die uns unter die Leitung des Geistes Gottes den wahren Jesus Christus als den Retter der Welt „bezeugen". Daß in unserem Leben die an uns vollzogene Taufe und das immer wieder gefeierte Herrenmahl für uns zum „Zeugnis" von dem Jesus Christus werden, der „in dem Wasser und in dem Blut" zu uns kam, das ist eine andere Sache. Von beidem ist aber an dieser Stelle des Briefes nicht die Rede[236].

Man hat die Nennung von „Wasser und Blut" auch mit Jo 19, 34 in Verbindung gebracht und auch bei diesem Vers des Evangeliums an Taufe und Abendmahl gedacht, die Jesus seiner Gemeinde hinterlassen habe. Das ist umso abwegiger, als der Evangelist an jener Stelle in den folgenden Versen selber ausdrücklich sagt, warum ihm der Lanzenstich und das Herausfließen von Blut und Wasser so wichtig

[234] Selbst bei dem Prozeß gegen Jesus, bei dem das Todesurteil schon beschlossene Sache war (Jo 11, 53), erfolgte ein ausgiebiges Verhör von „Zeugen" (Mk 14, 35–64); und es bringt den Hohen Rat in große Verlegenheit, daß die Zeugenaussagen nicht übereinstimmen (Mk 14, 59). Das endgültige Urteil kann nicht gesprochen werden. Da greift der Hohepriester persönlich ein und fordert von dem Angeklagten unter Eid eine Aussage, die dem Hohen Rat nun als „Gotteslästerung" aus Jesu eigenem Mund und damit als Schuldbekenntnis des Angeklagten selbst gilt. Nun kann das Todesurteil tumultuarisch gefällt werden.

[235] So urteilen auch Schlatter und Schnackenburg.

[236] „Taufe" und „Herrenmahl" gehören als Mittel zu dem „Zeugnis des Geistes", wie ja auch nicht ein stummes „Sakrament", sondern nur eine ins Wort gefaßte Handlung heilsam für uns ist. Vgl. Luthers Aussagen über die Taufe im Kleinen Katechismus: „Wasser tuts freilich nicht, sondern das Wort Gottes, so mit und bei dem Wasser ist, und der Glaube, der solchem Wort Gottes im Wasser traut."

war: die Tatsache des so erstaunlich raschen Todes Jesu (Mk 15, 44) und die Erfüllung bestimmter Worte der Schrift soll bezeugt und Jesus damit als das wahre Lamm Gottes erwiesen werden[237].

Nach dem V. 8 steht in einzelnen Handschriften noch das sogenannte „Comma Johanneum", nämlich der Satz: „Drei sind es, die da zeugen im Himmel: der Vater, das Wort und der Heilige Geist und diese drei sind eins." Die gesamte grie Textüberlieferung kennt das „Comma Johanneum" nicht. Aber auch in der Itala und in der ältesten Vulgata fehlt es. So ist es ein Zusatz, der erst später in der abendländischen Kirche zugefügt worden ist, ohne daß wir seine Entstehung und die Geschichte seiner Einfügung genau verfolgen können. Es paßt in keiner Weise in den Zusammenhang unseres Textes[238].

Johannes fährt mit einem Abschnitt fort, der der Auslegung Schwie- 9
rigkeiten bereitet und darum von den Auslegern auch verschieden verstanden wird. Der Anfang des Verses freilich ist einfach und klar: **„Wenn wir das Zeugnis der Menschen annehmen, das Zeugnis Gottes ist größer."** In der Tat, wieviel **„Zeugnis der Menschen"** nehmen wir in unserem Leben an und verlassen uns auf das, was Menschen uns sagen. Das wenigste können wir selber nachprüfen. Auch in sehr wichtigen Dingen „glauben" wir dem, was Menschen uns sagen. Auch über Jesus hören wir zunächst durch Menschen. Uns selbst wird Jesus in den meisten Fällen erst einmal durch andere Menschen nahegebracht worden sein, die uns bezeugten, was Jesus in ihrem Leben bedeutet und wie sie zu ihm gekommen sind. Aber freilich, gerade hier, wo es um Leben und Tod und um unsere Ewigkeit geht, kann menschliches Zeugnis als solches nicht genügen. **„Das Zeugnis Gottes ist größer"**, schwerwiegender, ja zuletzt einzig entscheidend. Geht es doch um den Sohn Gottes, von dem Jesus selbst gesagt hat: „Niemand kennt den Sohn denn nur der Vater" (Mt 11, 27). Nur der Vater selbst kann den Sohn wahrhaft bezeugen.

Aber worin besteht dieses **„Zeugnis Gottes"**? **„Dies nämlich ist das Zeugnis Gottes, daß er Zeugnis abgelegt hat über seinen Sohn (oder: das er über seinen Sohn abgelegt hat)."** Die Schwierigkeit beginnt bei der Textgestalt. Hat Johannes sagen wollen, daß das Zeugnis Gottes darin besteht, daß Gott überhaupt von seinem Sohn Zeugnis abgelegt hat? So folgen wir der schwierigeren Textform, die ein „hoti = daß" bietet. Dann würde der Apostel überhaupt nicht an einzelne

[237] Dazu kommt noch eine andere Beobachtung. Weder in Jo 6, wo Jesus vielmehr als „das Brot, das vom Himmel kommt", bezeugt ist und als der, der sein „Fleisch" gibt für das Leben der Welt, noch in der Mahlfeier der Urgemeinde, die das „Brotbrechen" genannt wird (Apg 2, 42. 46), wird das „Blut" so hervorgehoben, daß es sich als Kennwort für das Herrenmahl eignet.

[238] Vgl. dazu die Einleitung S. 20.

„Zeugnisse" Gottes denken, sondern darauf hinweisen, wie Gott in der ganzen Sendung Jesu als solcher, in seinem Lehren, Heilen, Leiden, Sterben und Auferstehen, fort und fort „Zeugnis abgelegt hat über seinen Sohn[239]." In Jo 8, 18 spricht Jesus selbst ohne nähere Angabe davon: „Der Vater, der mich gesandt hat, zeugt auch von mir." Ähnlich lautet sein Wort in Jo 5, 37. Und im Vers vorher weist Johannes ebenso wie in 10, 25 ganz allgemein auf „die Werke", die er „in seines Vaters Namen tut" und die für ihn zeugen[240].

Andere Ausleger geben der leichteren Lesart der Koine den Vorzug, die in 9b nicht ein „hoti", sondern ein Relativpronomen hat, das sich auf das Wort „Zeugnis" zurückbezieht: **„Denn dies ist das Zeugnis Gottes, das er über seinen Sohn abgelegt hat."** Dann würde Johannes auf die drei Zeugen zurückblicken und der Gemeinde sagen: In diesen drei Ereignissen: in der Taufe, im Kreuz und in der Sendung des Geistes habt ihr das Zeugnis Gottes selbst vor euch. Es ist uns dieses alles durch Menschen berichtet. Johannes selbst hat sich am Anfang seines Briefes mit Freuden zu seinem apostolischen Zeugenberuf bekannt, der für die Gemeinde aller Zeiten unentbehrlich bleibt. Wir brauchen das Zeugnis derer, die das Wort des Lebens „gehört und gesehen und mit ihren Händen betastet" haben. Aber nun am Schluß seines Schreibens spräche der Apostel die Gewißheit aus, daß dies „Menschliche Zeugnis" dennoch von Gott als sein eigenes Zeugnis an den Herzen der Glaubenden bestätigt wird. Es geschähe dies durch das „Zeugnis des Heiligen Geistes" und wäre genauso wahrhaft „das Zeugnis Gottes", wie der Heilige Geist wesenhaft der Geist Gottes selbst ist. Und dies „Zeugnis Gottes" ist allerdings „größer", auch wenn es uns nur im „Annehmen" des menschlich-apostolischen Zeugnisses zuteil wird.

10 Der Sache nach wird damit der Unterschied der Lesart nicht mehr wichtig. Auf jeden Fall ist das Zeugnis Gottes nicht eine äußere Ga-

[239] So versteht Schlatter den Satz in seinen „Erläuterungen". „Einmal im Wettlauf tritt Gott als Zeuge auf und redet deutlich und gibt Beweis und sichere Wegleitung. Das geschah bei der Sendung des Christus. Seinem Sohn hat er eine kräftige Beglaubigung gegeben, die sein Verhältnis zum Vater erkennbar macht. Auf ihn bezieht sich Gottes Wort, und wer es hier nicht annehmen will, der findet es nicht daneben noch an einem andern Ort, sondern hat Gottes ganzes Wort verneint." A. a. O. S. 90.

[240] Für uns liegt das „Zeugnis Gottes, das er gezeugt hat von seinem Sohn" in der Auferweckung Jesu von den Toten. Die Welt bis hin zum frommsten Volk der Welt hat das leidenschaftliche Nein zu Jesus gesagt, nicht nur mit Worten, sondern mit der Tat der Kreuzigung. Gott spricht sein Ja zu Jesus und seiner Versöhnungstat am Kreuz durch seine göttliche Tat der Auferweckung. Sollte nicht auch Johannes in seinem kurzen Wort an dieses „Zeugnis Gottes" gedacht haben? Das liegt umso näher, als Johannes selbst sogleich in Vers 11 die „Gabe des ewigen Lebens" in Jesus als dies „Zeugnis" bezeichnet. Wir sind aber „wiedergeboren zu einer lebendigen Hoffnung" gerade durch die Auferstehung Jesu Christi von den Toten (1 Pt 1, 3).

rantie, die uns das Glauben erspart! Darum fährt der Apostel fort: **„Wer an den Sohn Gottes glaubt, hat das Zeugnis in ihm** (oder in sich)." Die beiden Lesarten betonen zwei Seiten der gleichen Tatsache und gehören deshalb eng zusammen. Der „Glaubende" trägt gerade in der Entstehung seines Glaubens **„das Zeugnis Gottes in sich"**, Gottes Zeugnis von seinem Sohn wirkt sich in unserem Herzen so aus, das wir nicht auf eine äußere Autorität hin, sondern inwendig in uns selbst Jesus wahrhaft erkennen. Als Simon Petrus auf die Frage Jesu zu dem Bekenntnis durchbricht: „Du bist Christus, des lebendigen Gottes Sohn", da antwortet ihm Jesus: „Fleisch und Blut hat dir das nicht offenbart, sondern mein Vater im Himmel" (Mt 16, 16 f). In seinem Christusbekenntnis als solchem wurde das Zeugnis Gottes als sein innerlicher Besitz offenbar. Es ist das, was unsere Väter lehrhaft das „inwendige Zeugnis des Heiligen Geistes" nannten. Aber in diesem Zeugnis des Heiligen Geistes geht es nicht um freischwebende, mystische Vorgänge in unserer Seele. Es kommt ja zum Glauben an den Sohn Gottes. Wir erkennen Jesus in seiner ganzen Wirklichkeit. Jesus hat es so vom Heiligen Geist gesagt: „Er selber wird mich verherrlichen" (Jo 16, 14). Es geht nicht um uns, sondern ganz und gar um Jesus, um den Sohn Gottes. Darum haben wir das Zeugnis Gottes nicht „in uns", sondern **„in ihm"**, in Jesus selbst. Wir sehen in der ganzen Sendung Jesu, in der Taufe, in seinem Lehren, Heilen, Helfen, in seinem Blut am Kreuz Gott selbst am Werk und haben so das Zeugnis Gottes, das an der Person Jesu haftet und in unserem Glauben an Jesus sich auswirkt[241].

Aber gerade weil es keine mystische Gewißheit unseres eigenen Inneren darstellt, sondern Gottes Zeugnis ist und bleibt, ist unsere Stellung zu diesem Zeugnis so verantwortungsvoll und folgenschwer. Wer – wie Simon Petrus – das Zeugnis Gottes annimmt und im eigenen Bekenntnis Jesus als den Christus und den Sohn Gottes bezeugt, ist selig zu preisen (Mt 16, 17). Aber **„wer Gott nicht glaubt** (glauben will), **zum Lügner hat er ihn gemacht, denn er hat nicht geglaubt an das Zeugnis, das Gott über seinen Sohn abgelegt hat"**. Wieder steht in unserem Satz die tatsächliche Verneinung in einem „ou" und die willentliche Verneinung in einem „mæ" nebeneinander. **„Er hat nicht geglaubt"**, das ist ein klares Faktum, das im Leben eines Menschen zu sehen ist. Aber das „nicht glauben" als solches ist dennoch nie eine bloße Tatsache, eine vom Menschen unabhängige Vorfindlichkeit, für

[241] Schnackenburg formuliert zu unserer Stelle: „Das Gotteszeugnis von Vers 10a ist kein „inneres", aus dem Innern sprechendes, wohl aber das „verinnerlichte", zum Besitz des Gläubigen gewordene Zeugnis, das Gott über seinen Sohn abgelegt hat." A. a. O. S. 265.

die er nicht kann[242]. Dann würde nie der Vorwurf erhoben werden können, so mache ein Mensch Gott zum Lügner[243]. Aber wenn schon Menschen mit Recht von uns erwarten, daß wir ihnen glauben, dann fordert der lebendige Gott mit heiliger Notwendigkeit unseren Glauben an sein Zeugnis über seinen Sohn. Auch wir würden uns als „Lügner" hingestellt fühlen, wenn ein anderer unserem ernsten Wort entgegnete: „Das glaube ich Ihnen nicht." Und nun wagt es ein Mensch, das Wort des lebendigen Gottes zu mißachten, das er uns über Jesus als seinen Sohn und unseren einzigen Retter sagen läßt. Er behandelt damit Gott wie einen Lügner. Er tut es auch dann, wenn er das Zeugnis Gottes kritisch zu beseitigen oder als mythologisch zu entwerten sucht[244]. Wer Gott zum Lügner macht, steht damit im Wirkungsbereich des „Lügners von Anfang", dem alles daran liegt, das Mißtrauen gegen Gott zu wecken (1 Mo 1, 3—5!) und Gottes Wirklichkeit für den Menschen unwirklich zu machen[245].

11 Noch einmal erfolgt ein Hinweis darauf, worin „das Zeugnis Gottes" besteht und wie es uns als solches Zeugnis erreicht. In der gleichen Formulierung wie in V. 9, aber mit einem neuen Inhalt, schreibt der Apostel: **„Und dies ist das Zeugnis: ewiges Leben hat Gott uns geschenkt und dieses Leben ist in seinem Sohn."** Johannes kehrt zu dem großen Thema seines Briefes zurück, mit dem er in staunendem Jubel sein Schreiben begann: Das Leben wurde offenbar, das „ewige", welches das „ursprüngliche" und „göttliche" ist. Hieß es am Anfang nur, daß dieses Leben „offenbar" wurde, so wird es jetzt noch enger mit uns verbunden: Dieses Leben wurde nicht nur offenbar, sondern **„uns geschenkt"**. Wir sehen es nicht nur vor uns, nein, es wurde unser Eigentum als ein Geschenk Gottes. Gewiß nicht so, daß es nun einfach als selbständige Größe in uns selber liegt! Der Apostel fügt gegen solche Mißverständnisse, die unmittelbar in die Gnosis hineinführen könnten, sofort betont hinzu: **„Dieses Leben ist in seinem Sohn."** Gott sei gedankt, daß es so ist! Wie schnell würden wir dieses Leben beflek-

[242] Auch der, der versichert, er möchte gern glauben, er „könne" es aber leider nicht, muß mit Ernst nachprüfen, ob er nicht in seinem Herzen verborgen ein „Nicht-glauben-wollen" trägt, das die verschiedensten Gründe haben kann. Sich selbst mit allen seinen Wünschen loslassen und sich in die Hände eines Gekreuzigten geben, das ist keine Kleinigkeit. Es ist kein Wunder, wenn unser Ich das nicht „will" und dieses Nichtwollen unterbewußt mit der Behauptung eines Nicht-könnens tarnt.

[243] Dieses harte Urteil wurde schon über den gefällt, der seine Sünden ableugnet.

[244] Wir erinnern uns daran, daß die Bibel diese Dinge „objektiv" betrachtet. Ein Mensch kann dabei „subjektiv" ehrlich sein und mit voller Überzeugung das Zeugnis Gottes kritisch auflösen. Trotzdem hat die Ablehnung der klar bezeugten Botschaft von Jesus und seinem Versöhnungswerk immer eine bestimmte Geschichte im Leben eines Menschen hinter sich, für deren Verlauf der Mensch verantwortlich bleibt.

[245] Vgl. die Auslegung zu Jo 8, 44 in der W. Stb.

ken und verderben, wenn es ganz und gar zu einem Leben in uns selbst geworden wäre[246]! Auf der andern Seite müssen wir die Aussage ernst nehmen, daß Gott das ewige Leben **„uns geschenkt hat"**. Ein Geschenk wird zu unserem Besitz, den wir „haben", fassen, spüren. Johannes hat uns in den entscheidenden Sätzen 3, 14 f sehr deutlich gesagt, warum wir die volle Gewißheit des Schrittes aus dem Tode in dieses Leben hinein haben: „Denn wir lieben die Brüder." „Äonisches", göttliches Leben ist Liebe, weil Liebe das Wesen Gottes ist. Es bestätigt sich dabei, was Johannes gleich am Anfang dieses Abschnittes schreibt: „Der Geist ist es, der Zeugnis ablegt." Die „Liebe" ist die erste, grundlegende Frucht des Geistes (Gal 5, 22), der gerade dadurch der Geist ist, „der da lebendig macht in Christus Jesus" und uns damit „frei gemacht hat von dem Gesetz der Sünde und des Todes" (Rö 8, 2). Und so, als ein greifbares, erfahrbares Geschenk wird das Leben in der Liebe zu einem **„Zeugnis"** Gottes. Gott bezeugt sein Lieben und Wirken an uns, indem er uns zum Lieben lebendig macht und zwar immer neu in unserer Gemeinschaft mit seinem Sohn.

Aber wie vereint sich das miteinander, daß „dieses Leben in seinem Sohn ist" und doch zugleich wirklich „unser" wird, „uns geschenkt", 12
so wirklich und erkennbar, daß wir „aus dem Tode in das Leben hinüber geschritten sind"? Johannes antwortet uns in dem abschließenden Satz: **„Wer den Sohn Gottes hat, hat das Leben; wer den Sohn Gottes nicht hat** (nicht haben mag), **hat das Leben nicht."** Es ist und bleibt dieses Leben und Lieben im Sohn, in Jesus. Aber nun dürfen wir diesen Sohn selber „haben". Während der Apostel meistens vom „Glauben an den Sohn" spricht, wählt er hier das Wort **„haben"**. Ein echtes Geschenk wird einem nicht nur von fern gezeigt, ein Geschenk muß ich nicht nur „glauben", ein Geschenk wird uns „gegeben", zu unserem Eigentum gemacht. Wir „haben" es. Gott hat uns das Leben geschenkt, das „in seinem Sohn ist"; nun müssen wir auch diesen Sohn **„haben"** können. Der Apostel bezeugt das auf das Bestimmteste: **„Wer den Sohn Gottes hat . . ."** Dies geht gegen alle intellektualistischen Mißverständnisse des „Glaubens", die offenbar damals so nahe lagen, wie sie heute weit verbreitet sind. „Glaube" im biblischen Sinn ist nicht das Fürwahrhalten von Lehrsätzen. „Glaube" ist eine lebendige Verbundenheit von Person zu Person, so real, das man den „haben" darf, an den man „glaubt". Unser deutsches Wort „glauben" – leider so viel mißverstanden und mißbraucht – hängt in seiner

[246] Vgl. 1 Pt 1, 4, wo unser Erbe „unvergänglich, unbefleckt und unverwelklich" genannt werden kann, weil es „behalten wird im Himmel", das uns doch schon gehört und sich in diesem Leben schon auswirkt.

Sprachwurzel mit Worten wie „geloben" und „sich verloben" zusammen. Wer sich „verlobt", der „hat" den andern, obwohl dieser zugleich immer der andere als selbständige Person bleibt. Es ist eine entscheidende Frage an uns alle, ob wir den Sohn Jesus Christus wirklich **„haben"** oder uns nur gedanklich mit ihm beschäftigen und die biblischen Sätze über ihn bejahen. Hier geht es um unser Leben! **„Wer den Sohn Gottes nicht hat, der hat das Leben nicht."** Auch in diesem Satz stehen wieder die beiden grie Verneinungen nebeneinander. Daß man fern von Jesus das Leben „nicht hat", das ist eine nackte Tatsache. Aber daß einer **„den Sohn Gottes nicht hat"**, das ist nicht ebenso eine unabänderliche Gegebenheit. Er könnte ihn ja haben! Er ist von Gott selbst jedem angeboten. Jeder kann zugreifen und nehmen und „haben". „Hat" er nicht, dann ist sein ablehnender Wille dabei beteiligt. Er **„hat"** ihn nicht, weil er ihn im letzten Grunde **„nicht haben mag"**.

„Wer den Sohn hat, hat das Leben", jenes Leben, das im „Lieben" besteht und nach 4, 16b uns in Gott und Gott in uns „bleiben" läßt. Das ist so, weil die Liebe Gottes in Jesus uns aus unserem Ichgefängnis befreit und uns zum Lieben bringt. Es hängt hier alles unlöslich aneinander. Darum kann Johannes in seinem Brief in scheinbaren „Widersprüchen" reden und bald alles von unserem „Glauben" und bald wieder von unserem „Lieben" abhängig machen. In solchen „Widerspüchen" kommt zum Ausdruck, daß sich das Wunder des Christseins nur in dieser Einheit verschiedenster Aussagen beschreiben läßt[247].

Liebe ist das Stichwort, das alles ändert.

Abschluß des Briefes:

DIE GEWISSHEIT UNSERES BETENS UND UNSERER GLAUBENSSTELLUNG

1 Johannesbrief 5, 13—21

zu Vers 13: Jo 3, 15 f; 5, 24; 20, 31
zu Vers 14: 1 Jo 3, 21 f; Mt 7, 7; Jo 11, 42; Jo 14, 13 f
zu Vers 15: Jo 16, 23 ff

13 **Diese** (Dinge) **schrieb ich euch, damit ihr wißt, daß ihr Leben**
habt als ewiges, (euch), **die ihr glaubt an den Namen des Sohnes**
14 **Gottes. * Dies ist die freie Zuversicht, die wir zu ihm haben: Wenn**
15 **wir etwas erbitten nach seinem Willen, so hört er uns. * Und**
wenn wir wissen, daß er uns hört, um was immer wir bitten, so
wissen wir, daß wir die Bitten haben, die wir von ihm erbeten haben.

247 Fr. Büchsel sagt: „Man kann es gerade heute nicht dringlich genug betonen: bei Joh hängt nicht nur das Leben am Glauben, sondern auch umgekehrt der Glaube am Leben." A. a. O. S. 85. Vgl. zu dem ganzen Abschnitt auch die Auslegung von 4, 16a.

16 * **Wenn jemand seinen Bruder eine Sünde begehen sieht,** (die)
nicht zum Tode (führt), **so wird er bitten, und er wird ihm Leben**
geben, denen, die sündigen nicht zum Tode. Es gibt Sünde, (die)
zum Tode (führt); **nicht im Blick auf sie sage ich, daß er bitten**
17 **soll.** * **Jedes Unrecht ist Sünde; und** (doch) **gibt es Sünde,** (die)
18 **nicht zum Tode** (führt). * **Wir wissen, daß jeder, der geboren ist**
aus Gott, nicht sündigt, sondern der aus Gott Geborene bewahrt
19 **ihn** (oder: sich), **und der Böse tastet ihn nicht an.** * **Wir wissen,**
daß wir aus Gott sind und die Welt als ganze im (Machtbereich
20 des) **Bösen liegt.** * **Wir wissen aber, daß der Sohn Gottes gekom-**
men ist und uns Einsicht gegeben hat, damit wir den Wahrhaftigen
erkennen. Und wir sind in dem Wahrhaftigen in seinem Sohne
Jesus Christus. Dieser ist der wahrhaftige Gott und ewiges Leben.
21 * **Kindlein hütet euch vor den Götzen!"**

zu Vers 16:
Mt 12, 31
Mk 3, 28–30
Hbr 6, 4–6
zu Vers 17:
1 Jo 3, 4
zu Vers 18:
1 Jo 3, 9
Jo 17, 15
Jud 24
zu Vers 19:
Jo 8, 47
Gal 1, 4
Eph 4, 18
zu Vers 20:
1 Jo 3, 1
Jo 1, 18; 17, 3
1 Ko 2, 12
Offb 3, 7
zu Vers 21:
1 Ko 10, 14

„**Diese** (Dinge) **schrieb ich euch, damit ihr wißt, daß ihr Leben habt**
als ewiges, (euch,) **die ihr glaubt an den Namen des Sohnes Gottes."**
Zunächst ist die Frage, worauf der Apostel seinen Ausdruck „**diese**
Dinge" bezieht? Meint er nur seine letzten Ausführungen in den Ver- 13
sen 6–12 oder kommt er bewußt zum Abschluß seines Briefes und meint mit „**diesen Dingen"** den ganzen Inhalt seines Briefes? Der Vergleich mit dem ersten Schluß des Evangeliums in Jo 20, 31 unterstützt die zweite Möglichkeit, ohne daß sich die Frage völlig entscheiden läßt. Ein Teil der Ausleger zieht V. 13 als Abschluß zu den Darlegungen in 5, 6 ff. Aber da der Apostel in 1, 2 die Botschaft vom „Leben" an die Spitze seines Briefes stellte, ist es gut zu verstehen, wenn er jetzt die Gewißheit vom Besitz dieses Lebens als das Ziel seines ganzen Schreibens der Gemeinde einprägen will.

Um die „Gewißheit" geht es ihm in dem ganzen Schlußabschnitt! Sechsmal kommt das Wort „**wissen"** in den wenigen Versen vor. Das „**Leben"** ist die tiefe Sehnsucht, die allen Menschen gemeinsam ist. „Leben" möchten sie alle, und zwar wahrhaft, echt und erfüllt leben. Die Gemeinde Jesus aber ersehnt nicht nur das Leben, sie erhofft es auch nicht nur von der Zukunft oder von einem Jenseits, sondern sie „**hat"** es und zwar als „äonisches", als „**ewiges"**. Was für ein Besitz! Dem Apostel liegt daran, daß die Gemeinde das in aller Gewißheit „**weiß"**. Der Zweck seines Schreibens ist erfüllt, wenn die Gemeinde in diesem „Wissen" in den Jubel und Lobpreis mit einstimmt, der in den ersten Sätzen im Brief ihres Apostels durchklang. Wer „**ewiges Leben"** hat, kann der noch in Sorge oder Angst leben, selbst wenn er den Haß der Welt schmerzlich genug zu durchleiden hat (3, 13)?

Wer aber „**hat"** denn solches Leben? Wem kann der Apostel diesen Besitz mit Gewißheit zusprechen? Er sagt es ausdrücklich: „**Euch, die**

ihr glaubt an den Namen des Sohnes Gottes." Von der Bedeutung des „**Namens**" sprachen wir schon a. S. 57 und 103. Und daß das „Glauben" kein Gedankending ist, keine bloße Unterwerfung unter ein Dogma, machten wir uns mehrfach klar. Wer aber innerlich davon überführt worden ist, daß Jesus in Wahrheit und mit Recht den „**Namen des Sohnes Gottes**" trägt, wer Gottes Herrlichkeit, Gottes errettende Liebe in Jesus erkannt und selber angenommen hat, der darf wirklich „wissen", daß er Leben als ewiges, göttliches, erfülltes Leben hat. Der Tod droht auch dem Schönsten und Größten, was Menschen besitzen. Aber was diejenigen „haben", die so an den Sohn Gottes glauben, das kann der Tod nicht antasten. Mit dieser wunderbaren Gewißheit geht der Glaubende dem Ende seiner irdischen Existenz entgegen[248]. In dieser Gewißheit wollte der Apostel die Gemeinden stärken. Besonders wohl darin, wie der betont angefügte Nachsatz zeigt, daß dazu keine „Himmelsreisen der Seele", keine mystischen Erlebnisse nötig sind. Der einfache Glaube an Jesus ist dazu genug.

Die Handschriften der Koine setzen noch hinzu: „und damit ihr glaubt an den Namen des Sohnes Gottes." Aber nachdem eben ausgesprochen ist, daß der Apostel dieses alles „**euch, die ihr glaubt an den Namen des Sohnes Gottes**", geschrieben habe, ist dieser Zusatz fehl am Platz. Er wird dem Satz Jo 20, 32 nachgebildet sein[249].

14 Es folgen Sätze über das Gebet, die sich eng mit den Sätzen 3, 21 f berühren. „**Dies ist die freie Zuversicht, die wir zu ihm haben: Wenn wir etwas erbitten nach seinem Willen, so hört er uns.**" Wieder ist von der „parræsia", der „**freien Zuversicht**" „zu ihm", die Rede. Zu wem haben wir diese Zuversicht? Wer ist mit diesem „**zu ihm**" gemeint: Jesus oder Gott selbst? Das wird hier gar nicht zu unterscheiden sein. Beim Beten geht es, wie die Fortsetzung zeigt, um Gott, nach dessen Willen wir bitten. Wir haben die kühne Zuversicht erhörlichen Betens zu Gott. Aber zugleich ist es doch auch wieder die Zuversicht zu Jesus, der unser Beten so erhörlich macht und „in dessen Namen" wir darum nach seiner eigenen Anweisung in Jo 16, 23 f beten sollen und dürfen. In der „**freien Zuversicht**" sind wir gewiß: „**Wenn wir etwas erbitten nach seinem Willen, so hört er uns.**" In diesem „**Hören**" auf uns ist das „Erhören" eingeschlossen, das die

[248] Es ist eindeutig, daß „ewiges Leben" durch den leiblichen Tod nicht zerstört oder geraubt werden kann. An dem apostolischen Zuspruch „daß wir Leben haben als ewiges" scheitern alle Bemühungen, dem gläubigen Christen einzureden, daß er im leiblichen Tode total sterbe und erst bei der Auferstehung völlig neu von Gott geschaffen werde.

[249] Die frühere LÜ, die wesentlich der Koine folgt, bringt ihn; in der rev. Ausgabe ist er mit Recht fortgelassen.

Folge des ernstlichen „Hörens" auf unser Bitten ist. Im biblischen Raum ist das „Hören" immer eine wesentliche Sache. Propheten und Apostel und Jesus selbst verlangten vom Menschen das wirkliche „Hören", weil er doch „Ohren hat zu hören". Was ist es dann erst um das **„Hören"** dessen, der „das Ohr gepflanzt hat" und dessen Herz göttliche Liebe erfüllt! In 3, 22 war die Zuversicht der Erhörung auf das „Bewahren seiner Gebote" und auf das „Tun des vor ihm Wohlgefälligen" gegründet. Jetzt ist das Bitten als solches **„nach seinem Willen"** ausgerichtet. Das Wesen des Betens ist damit schön gekennzeichnet. Luther hat bei seiner Auslegung des Vaterunsers im Kleinen Katechismus betont: „Gottes guter, gnädiger Wille geschieht wohl ohne unser Gebet." Wollen wir nun unwillig sagen: Wozu soll ich dann noch beten? Wer Gott als die Liebe erkannt hat (4, 8. 16) und davon durchdrungen ist, daß Gott allein den wahrhaft „guten, gnädigen Willen" hat, der wird nicht versuchen, betend Gott gegen seinen Willen etwas abzuringen, um die eigenen Wünsche durchzusetzen[250]. Er wird vielmehr mit staunender Freude erkennen, wie Gottes Liebe uns an der Durchführung seines Willens beteiligt. Weil Gott uns lieb hat und ernsthaft als seine Kinder ansieht, möchte er nicht, daß sein Wille „ohne unser Gebet" geschieht. Er möchte uns in sein Wirken hineinziehen durch unser Beten. Wie anders sehen wir dann auch Gottes Taten mit staunender Freude und lebendigem Dank, wenn wir sie mit erbetet haben und nun in ihnen die Erhörung unserer Gebete erkennen. Das entspricht der Art Gottes, uns in voller Freiheit an seinem Wirken zu beteiligen, und das Gebet ist ein wesentliches Stück dieser Beteiligung. Dann ist also klare Gewißheit über den Willen Gottes eine notwendige Voraussetzung für rechtes Beten[251]! Es muß also unser eigenes Hören auf Gott bei unserem Beten den nötigen Raum haben. Beten wird so zum wirklichen Gespräch mit Gott. Erst dadurch wird auch unser Bitten ein solches **„nach seinem Willen"**. Dann aber ist diesem Beten auch ein weiter Raum gegeben.

Die Unbedingtheit der Zuversicht, die Gewißheit der Erhörung, 15
wird nun von dem Apostel zu einem wunderbaren Ausdruck gebracht. **„Und wenn wir wissen, daß er uns hört, um was immer wir bitten, so wissen wir, daß wir die Bitten haben, die wir von ihm erbeten**

[250] Es gibt die Erhörung auch solcher Gebete! Aber sie führt zur bitteren Erkenntnis unserer Torheit, gerade wenn diese unsere Wünsche erfüllt werden.

[251] Wir nehmen unserem Beten den Ernst, wenn wir zum Schluß hinzufügen: „Wenn es dein Wille ist." Darüber müssen wir vor unserem Beten Gewißheit haben! An den Schluß des Betens gehört das „Amen", das Wort der Gewißheit, daß das Gebet „nach seinem Willen" geschah und darum Erhörung finden wird. Vgl. S. 164.

haben.“ Der Beter erhebt sich von den Knien nicht nur in einer Hoffnung, daß Gott irgendwie auf sein Gebet antworten und vielleicht auch gerade das Erbetene geben werde. Nein, er ist schon der Besitzer des Erbetenen, auch wenn er noch nichts davon sieht! Er **„hat“** es schon und kann dafür in aller Gewißheit danken. So steht Jesus beim Beten am Grabe des Lazarus (Jo 11, 41—44) vor uns. Der Beter wird oft länger warten müssen, bis das tatsächlich eintritt, was er von Gott erbat. Aber er wartet nicht in Unruhe und Sorge. Er wartet in der vollen Gewißheit, selbst wenn er es dann beim Eintritt des Erbetenen vor Freude kaum glauben kann, wie die Beter für des Petrus Befreiung in Apg 12, 5. 12—17[252]. Hinter den Sätzen des Apostels stehen deutlich die mächtigen Worte Jesu selber über das glaubende und „glaubensgewisse“ Gebet (Lk 11, 5—10; Jo 15, 7. 16; 16, 23 f). Besonders wichtig ist für Johannes offenbar das, was er am letzten Abend in den „Abschiedsreden“ von seinem Herrn gehört hat. Nun schließt er mit einem **„wir“** die Gemeindeglieder in seine eigene Gewißheit mit ein. Er rechnet mit den Gemeinden, die ein solches Beten kennen und üben[253].

Die beiden folgenden Verse lassen erkennen, daß der Apostel aus einem besonderen Grunde noch einmal auf das Beten zurückkommt. Es geht nicht um „das Beten“ im allgemeinen. Johannes schreibt keine theologische Abhandlung. Er schreibt einen Brief, der auf konkrete Fragen der Gemeinde eingeht. Offenbar war man in der Gemeinde über Recht und Grenze der Fürbitte für sündigende Gemeindeglieder im Unklaren. Vielleicht stand dabei das Verhältnis zu den Brüdern, die sich der gnostischen Bewegung angeschlossen hatten, besonders in der Erörterung.

16 Es ist immer ein schweres Erleben, wenn wir einen Bruder **„eine Sünde begehen“**[254] sehen. Es ist umso schwerer, je klarer wir nach

[252] Johannes sagt hier nichts davon, daß der Beter dabei eine direkte Antwort und Zusage am Ende seines Betens erhalten müsse, wie sie Simeon nach Lk 2, 26 zuteil wurde. Das Rechnen mit dem lebendigen, hörenden Gott und die grundlegende Überzeugung von der Erhörung der Bitten, die Gottes Willen entsprechen, genügt. Aber das ist die Frage an uns, ob unser Beten überhaupt noch ein erhörungsgewisses ist und ob wir das Stehenbleiben vor Gott bis zur abschließenden Überzeugung des „Habens“ unserer Bitten noch kennen? Es ist sprachlich nicht unwichtig, daß in Vers 15 das „wenn“ („ean“ mit dem Indikativ) fast den Sinn von „weil“ hat und nicht ein noch ganz offenes „wenn“ bedeutet. So rechnet Johannes bestimmt mit dem entsprechenden „Wissen“ bei den Betern in der Gemeinde.

[253] Wie sieht es damit bei uns aus? Ein Mann wie Spurgeon sah als Maßstab für ein Gemeindeleben nicht den Besuch der Gottesdienste an, nicht einmal die Beteiligung an den Bibelstunden, sondern den Besuch und die Lebendigkeit der Gebetsversammlungen!

[254] Johannes benutzt hier die hbr Redewendung „eine Sünde sündigen“, die sich z. B. auch 3 Mo 5, 6. 10. 13 im Urtext findet.

3, 4—10 die Unvereinbarkeit der Sünde mit der Zugehörigkeit zu Jesus und mit der Kindschaft Gottes erkannt haben. Dennoch haben wir nicht einfach den Bruder abzuurteilen und zu verwerfen. Gerade hier setzt das Gebet als fürbittendes Eintreten für den schuldigen Bruder ein. Und auch diese Fürbitte ist in den Augen des Apostels der Erhörung gewiß. Er sagt dazu: **„Wenn jemand seinen Bruder eine Sünde begehen sieht,** (die) **nicht zum Tode** (führt), **so wird er bitten, und er wird ihm Leben geben."** Es liegt in dem Satz eine eigentümliche Spannung. Es handelt sich bei dem Bruder um eine **„Sünde, die nicht zum Tode führt"**, und doch muß ihm **„Leben gegeben werden"**. Das ist dem Wort nach ein Widerspruch. Aber in diesem Widerspruch wird der Ernst der Sünde deutlich. Eigentlich bringt jede Sünde als solche den Tod. Aber nun darf ein Bruder für den Schuldiggewordenen eintreten, und es wird ihm das Leben aufs neue geschenkt. Gemeint ist das „ewige" Leben in der Gemeinschaft mit Gott, das der Bruder durch seine Sünde zu verlieren drohte. **„Er"** wird ihm das Leben gehen. Das kann nur Gott sein, der das tut und zu tun vermag. Aber da Gott unser Bitten mit in sein Handeln hineinnimmt, kann das **„er"** sich auch auf den Beter beziehen, wie es der Satzbau eigentlich erfordert. Der mit Ernst in der Fürbitte Stehende darf wissen, **„er"** gibt damit dem Bruder das Leben, weil er auch hier „die Bitte hat" (V. 15), die er vor den erhörenden Gott getragen hat.

Aber Johannes hat in seinem Satz zugleich eine uns erschreckende Einschränkung gemacht. Es muß sich um eine Sünde handeln, die **„nicht zum Tode führt"**. Er betont diese Einschränkung, indem er am Schluß seines Satzes ausdrücklich noch einmal hinzufügt: **„denen, die sündigen nicht zum Tode"**. Er versichert: **„Es gibt Sünde, die zum Tode führt"**, Sünde, bei der dieser Weg zum Tode nicht mehr aufzuhalten ist. Wir werden beachten, daß es Johannes, der „Apostel der Liebe", ist, der so hart redet. Er tut es, weil es solche Sünde **„gibt"** und weil keine Weichheit und Freundlichkeit unseres Herzens diese Tatsache aufheben kann. Die Sünde war von Johannes durch seinen ganzen Brief hindurch sehr ernst genommen. Wir erinnern uns der radikalen Aussagen: „Wer sündigt, hat ihn nicht gesehen und hat ihn auch nicht erkannt" (3, 6b). Sünde trennt von dem heiligen lebendigen Gott, und das ist im eigentlichen Sinne „Tod". Es ist darum folgerichtig: **„Es gibt Sünde, die zum Tode führt."**

Aber da er vorher doch auch von Sünde gesprochen hat, die **„nicht zum Tode führt"**, entsteht in uns sofort die Frage: Welches sind denn die Sünden, die **„zum Tode führen"**, und welche Sünden haben nicht dieses schreckliche Ergebnis? Johannes sagt es uns nicht! Er stellt nicht eine Liste auf, aus der wir für uns und für andere entnehmen können, vor welchen Sünden wir uns als vor „tödlichen" hüten müssen und welche wir leichter nehmen dürfen[255]. Aber eben, indem wir so formulieren, erkennen wir sofort, warum der Apostel den Gemeinden eine solche Liste nicht gab! Gerade dies darf nicht sein, daß wir von vornherein Sünden leicht nehmen, weil sie als solche „nicht zum Tode führen"! Der Unterschied in den Folgen liegt nicht an der „schwereren" oder „leichteren" Qualität der Sünde als solcher. Er liegt in der ganzen Geschichte eines Menschenlebens. Unsere Verantwortlichkeit wächst mit dem Grad unserer Erkenntnis und der Fülle erfahrener Gnade. Es kann dadurch zu einem Fall kommen, der unrettbar zum Tode führt. Der Apostel gibt freilich weder der Gemeinde als ganzer noch den einzelnen Gemeindegliedern den Auftrag oder auch nur das Recht, ihrerseits ein endgültiges Urteil zu fällen. Er sagt nur in sehr zurückhaltender Weise: **„Nicht im Blick auf sie sage ich, daß er bitten soll[256]."** Zum erhörlichen Gebet ist Klarheit und Gewißheit über den Willen Gottes nötig; das hatte der Apostel ausgesprochen. Kann ich angesichts eines in Schuld gefallenen Bruders nicht mehr gewiß sein, daß seine Sünde nicht zum Tode führt, so ist meiner Fürbitte der feste Boden entzogen. Gott kann dann freilich trotz unserer fehlenden Fürbitte einen Bruder retten, den wir schon für verloren ansahen. Das ist dann allein seine Sache[257].

17 Noch einmal will Johannes in der Gemeinde die ernste Beurteilung jeder Sünde festigen. Darum schreibt er: **„Jedes Unrecht ist Sünde; und** (doch) **gibt es Sünde,** (die) **nicht zum Tode** (führt)**."** Sollten wir in diesem Satz mit einigen lat Handschriften und mit Tertullian das

[255] Schon bald nach der apostolischen Zeit begann in der Gemeinde eine solche „listenmäßige" Unterscheidung von vergebbaren und unvergebbaren, „läßlichen Sünden" und „Todsünden". „Todsünden" führten notwendig zum Ausschluß aus der Gemeinde und damit aus dem Bereich des Heils. Es waren dieses Mord, Ehebruch, Hurerei, Abfall. Später wurde die Strenge der Kirchenzucht erweicht. Es kam über dieser Frage zu heftigen Kämpfen, die mit dem vollen Sieg einer laxen Bußdisziplin endeten. Nun gab es die Möglichkeit einer Buße auch für Todsünden. Die streng denkenden „Novatianer" trennten sich in der Mitte des 3. Jahrhunderts von der Großkirche. Die komplizierte scholastische Bußlehre zeigt, wohin wir geraten, wenn wir entgegen den Sätzen des Apostels Johannes von uns aus bestimmen wollen, was „Sünde zum Tode" sei und was nicht dazu gehöre.

[256] Gott selbst kann in bestimmten Fällen einem Boten die weitere Fürbitte direkt untersagen, weil er sie angesichts aufgehäufter Schuld nicht mehr erhören will: Jer 7, 16. Bei Abraham geht Gott bis an die äußerste Grenze der Erhörungsbereitschaft: 1 Mo 18, 16—33. Beide Bibelstellen zeigen uns zugleich, wie ernst Gott wirklich Fürbitte nimmt.

[257] Wichtig ist in diesem Zusammenhang 1 Ko 5, 1—5. Paulus fordert von der Gemeinde ein strenges Vorgehen gegen ein Gemeindeglied, das eine Unzuchtssünde begangen hat, „von der auch die Heiden nichts zu sagen wissen". Und doch hofft der Apostel auf die Rettung seines Geistes am Tage des Herrn! Das NT ist weit entfernt von aller „gesetzlichen" Festlegung. Paulus und Johannes stimmen darin überein. Aber „beten" kann ich nur da, wo ich über den Willen Gottes im Glauben Klarheit habe.

„nicht" streichen? Dann würde Johannes die Gemeinde mit großem Ernst mahnen: denkt daran, es gibt wirklich Sünde, die rettungslos zum Tode führt, weil sie von Gott trennt. Aber das hatte er schon in V. 16 mit den gleichen Worten getan. Sollte er sich absichtlich wiederholen? Und hebt er den tödlichen Ernst der Sünde nicht noch viel stärker hervor, wenn er der Gemeinde zeigt, **„jedes Unrecht"**, das wir tun, **„ist Sünde"**, ist also gegen Gott gerichtet und trennt von Gott? Jedes Unrecht verdient als solches schon den Tod. Es ist eine wunderbare und besonders hervorzuhebende Tatsache, daß dennoch nicht alle Sünde zum Tode führt, sondern daß es vergebbare und abwaschbare Sünde gibt[258].

Wichtig für das Verständnis unserer Briefstelle aber ist es, daß der Hebräerbrief in Kap 10 nach dem 28. Vers die „mutwillige Sünde" im Neuen Bund so schildert: „Wieviel ärgere Strafe, meinet ihr, wird der verdienen, der den Sohn Gottes mit Füßen tritt und das Blut des Bundes unrein achtet, durch welches er doch geheiligt wurde, und den Geist der Gnade schmäht?" Es könnte auch in unserer Stelle „Sünde" in diesem besonderen Sinn gemeint sein, wie wir es schon zu Kap 4, 4 (S. 112) erwogen haben und wie es auch die bekannte Stelle in Hbr 6, 4—8 darlegt. Im ganzen Brief wird die Gemeinde vor den gnostischen Einflüssen gewarnt. Diese müssen also wirksam dagewesen sein. Johannes hatte vor „Antichristen" und „Pseudopropheten" gewarnt, die „Jesus auflösen" (4, 3). So kann es für Johannes die **„zum Tode führende Sünde"** sein, wenn sich ein Bruder diesen Einflüssen ausliefert. Der Rückfall ins Judentum mit der Absage an Jesus, „die den Sohn Gottes abermals kreuzigt und zum Spott macht" (Hbr 6, 6), ist freilich noch etwas anderes. Aber wer „Jesus auflöst", der tritt doch auch den Sohn Gottes mit Füßen und übt in der Leugnung seiner Fleischwerdung eine Verachtung seines Kreuzes und Blutes, die ihn „in seinen Sünden sterben läßt" (Jo 8, 28 und Hbr 10, 29). Es ist möglich, daß Johannes in diesen Sätzen seines Briefes auf Fragen eingeht,

[258] In Israel unterschied man wohl „Sünde mit erhobener Hand", also ein bewußtes, willentliches Sündigen, von dem, was Paulus in Gal 6, 1 „von einem Fehler übereilt werden" nennt. Es ist aber im Alten Bund die Sünde so ernst genommen, wie es der Brief an die Hebräer in 10, 28 in kurzer Zusammenfassung sagt: „Wenn jemand das Gesetz des Mose bricht, der muß sterben ohne Barmherzikgeit auf zwei oder drei Zeugen hin." Sicher, damit war das leibliche Sterben gemeint. Die Lage im Neuen Bund ist eine andere. Die Gemeinde Jesu ist nicht wie Israel zugleich eine staatliche Organisation, die Todesstrafen verhängen kann. Hier geht es um den ewigen Tod, den nur Gott in seiner Hand hat. Wir können darum nicht mehr nach dem Gesetz des Mose „Todsünden" als mit der Todesstrafe verbundenen Vergehen von „läßlichen" Sünden unterscheiden. Darum können wir auch nicht die Sünden, die in Israel nach dem Gesetz mit dem Tode zu bestrafen wären, als die „Todsünden" ansehen, die Johannes in seinem Brief meint.

die in der Gemeinde aufgebrochen waren. Ist es die Pflicht unserer Liebe, auch für solche Brüder weiter zu beten, die sich nach 2, 19 von uns getrennt haben und zu der neuen Bewegung übergegangen sind? Oder endet hier die Möglichkeit der Fürbitte? Der Apostel würde dann mit seiner Einschränkung der Fürbitte für sündige Brüder ganz konkret vor einem Beten für solche Gemeindeglieder warnen, die sich dem „Geist des Antichrist" (4, 3) geöffnet haben und ihm dadurch verfallen sind.

Es gilt jedenfalls beides zu gleicher Zeit: daß die Vollmacht und Erhörlichkeit des Betens unbegrenzt (V. 15) und daß sie begrenzt ist (V. 14 und 17). Beides gehört zum Wesen des Betens, das nicht „Zauber", sondern echtes „Beten", echtes Reden mit dem heiligen Vater, dem lebendigen Gott, ist. Für die Allmacht Gottes ist nichts zu groß und zu schwer. Aber Gott bleibt der Herr, dessen Wille unser Beten bestimmen muß. Große kindliche Kühnheit und selbstlose, Gott unterworfene Demut kennzeichnen beide zugleich das echte Beten. Gerade darum hat aber Johannes auch keine bestimmte Feststellung über die „Sünde zum Tode" gegeben. Nur im Gespräch mit dem Vater kann ich hier im Blick auf den sündigen Bruder Klarheit gewinnen. Auch für „Abgefallene" kann mir Gott die Zuversicht der Fürbitte geben. Wenn ich aber diese Zuversicht nicht erhalte, rät der Apostel von der Fürbitte ab. Er stellt ja alles Beten unter den Gesichtspunkt der „freudigen Zuversicht".

18 Noch einmal wird es in diesem Zusammenhang dem Apostel wichtig, das Sündigen nicht gleichsam als normale Erscheinung im Leben der Christen gelten zu lassen. Wir hörten in 2, 1, daß selbst das große Wort von der Vergebung nach klarem Bekenntnis dazu geschrieben ist, „damit ihr n i c h t sündigt". Jetzt wiederholt Johannes seinen radikalen Satz aus 3, 9: **„Wir wissen, daß jeder, der geboren ist aus Gott, nicht sündigt, sondern der aus Gott Geborene bewahrt ihn** (oder: sich)**, und der Böse tastet ihn nicht an." „Wir wissen"**, schreibt Johannes. Was er hier ausspricht, ist also eine anerkannte Gewißheit in der Gemeinde und entspringt nicht seinem persönlichen Radikalismus. In 3, 5 war die Begründung dafür gegeben in dem göttlichen „Samen", der bei der Geburt aus Gott in den Menschen hineingelegt wird und in ihm bleibt. Die Begründung an unserer Stelle wird sehr unterschiedlich verstanden. Das liegt schon in der Verschiedenheit des Textes in den Handschriften. Die Koine und der Sinaiticus lesen hier ein „heauton": **er bewahrt „sich selbst"**. Aber wenn es in 3, 9 nicht der Christ selbst, sondern der „Same" Gottes war, der das Sündigen unmöglich machte, sollte dann der Apostel hier ein eigenes **„sich selbst bewahren"** kennen? Will man den Satz des Apostels anders verstehen, indem man „auton = ihn" liest, dann muß man es freilich wagen, das

Wort **„der aus Gott Geborene"** auf Jesus zu beziehen, der jeden, **„der geboren ist aus Gott"**, **„bewahrt"**. Diese doppelte Verwendung des „Geborenseins aus Gott" in einem ganz verschiedenen Sinn ist nicht einfach, zumal die Bezeichnung Jesu als des **„aus Gott Geborenen"** sonst nicht so vorkommt[259].

Entscheidend auch für die von Nestle aufgenommene Lesart **„der aus Gott Geborene bewahrt ihn"** ist die Fortsetzung des Satzes: **„und der Böse tastet ihn nicht an."** Kann ein Mensch, auch wenn er wiedergeboren ist, sich selbst so bewahren, daß Satan ihn nicht antastet? Folgen wir dem Nestle-Text, dann ist der Satz die erfahrene Erfüllung dessen, was Johannes aus dem Munde seines Herrn gehört hat. Weil der gute Hirte sein Leben für die Schafe läßt, kann der „Wolf" sie nicht rauben. Der gute Hirte „bewahrt" sie; niemand kann sie ihm aus seiner Hand reißen, auch Satan nicht (Jo 10, 28). So ist das „Nichtsündigen" nicht Leistung des Wiedergeborenen selbst, sondern die Frucht der bewahrenden Gnade Jesu aufgrund seines Opfers für uns am Kreuz. Auch Kap 3, 8 erfüllt sich hier.

Noch einmal wird im Anschluß an den vorigen Satz ein „Wissen", 19
eine volle Gewißheit, ausgesagt, die nach beiden Seiten der Aussage hin ungeheuer ist. Wieder ist es ein echter Satz des Johannes: kurz, einfach, ohne Diskussion und Erklärung die Feststellung eines Tatbestandes. **„Wir wissen, daß wir aus Gott sind und die Welt als ganze im** (Machtbereich des) **Bösen liegt."** Der Apostel hatte mehrfach von den aus Gott Geborenen gesprochen. Aber kann denn ein Mensch wagen, dies von sich auszusagen? Ist das nicht ein unverantwortlicher Hochmut? Kann man nicht höchstens mit einem zaghaften Fragezeichen so reden[260]? Johannes urteilt anders. Tatsache und Widerfahrnis der Geburt aus Gott ist gerade für den Wiedergeborenen selbst nicht zu verkennen. Der Apostel ist gewiß, daß die Gemeindeglieder ihm darin zustimmen: **„Wir wissen"**. Hochmut liegt darin nicht; die Gewißheit bezieht sich ja nicht auf etwas, was wir selber geleistet haben, sondern auf das, was Gott an uns getan und uns geschenkt hat. Gerade das Bild des „Erzeugens" oder der „Geburt" aus Gott ist darin so treffend. Daß ich „geboren bin", weiß ich mit völliger Gewißheit. Aber wenn ich davon spreche, bezeuge ich das, was ohne meinen Willen und ohne meine Mitwirkung mit mir ge-

[259] Immerhin verwendet gerade Johannes gern das grie Wort monogenæs für Jesus als den Sohn Gottes, das eigentlich „einzig gezeugt" oder „einzig geboren" bedeutet. Vgl. die Anm. S. 191 und vgl. die Auslegung zu Jo 1, 13 in der W. Stb. Dort wird der Ausdruck „aus Gott geboren" von den Kirchenvätern auf Jesus bezogen.

[260] Wie wird gerade heute jeder in Kirche und Theologie verurteilt, der sich der Gewißheit seiner Wiedergeburt rühmt. Aber der Apostel Johannes deckt ihn mit seinem klaren „Wir wissen".

schah. Johannes hat die Liebe und die freie Gnade Gottes in seinem Handeln an uns genügend bezeugt (4, 10), um das „Wissen" von unserer Geburt aus Gott von jedem pharisäischen Hochmut freizuhalten und nur einen Lobpreis Gottes sein zu lassen. Dieser Lobpreis ist aber voller Gewißheit, weil Gott nichts Ungewisses und Unklares tut. So stimmen die wirklichen Christen aller Zeiten dankend mit ein: **„Wir wissen, daß wir aus Gott sind."**

Unerhört in seiner radikalen Ganzheit ist auch der zweite Teil der Aussage mit seinem Urteil über die „Welt". Wir **„wissen, daß die Welt als ganze im** (Machtbereich des) **Bösen liegt[261]."** Von der „Welt" war schon mehrfach die Rede. Ihre Art war in 2, 15—17 gekennzeichnet. Aber nun erst wird klar, wie es in Wahrheit mit ihr steht: sie ist **„Machtbereich des Bösen"**, der Teufel ist ihr Fürst und Beherrscher, ja sogar „ihr Gott" (Jo 12, 31; 14, 30; 16, 11; 2 Ko 4, 4), sie „liegt in ihm", sie wird gleichsam von seinen Armen umschlossen[262]. **„Die Welt als ganze"**, sagte der Apostel; dann aber gehört jeder in diese Welt Hineingeborene dazu! Jeder steht von Natur unter der Macht der Finsternis, wie Paulus Kol 1, 14 sagt, und lebt „nach dem Lauf der Welt und nach dem Fürsten, der in der Luft herrscht, nach dem Geist, der zu dieser Zeit sein Werk hat in den Kindern des Unglaubens" (Eph 2, 2 f). Das bestätigt Paulus mit einem „wir alle" ganz ausdrücklich[263]. An dieser Erkenntnis wird erst die wahre Verlorenheit jedes Menschen deutlich. Darum hat Gott die „Welt" nur „so" lieben können, daß er das Opfer seines Sohnes brachte, damit jeder, der an ihn glaubt, aus dieser Verlorenheit errettet wird und das Leben

261 Wir müssen uns ganz lösen von dem verweltlichten Sprachgebrauch „im Argen liegen", das aus der LÜ unseres Verses stammt, seine Aussage aber völlig verharmlost. Luther selbst verstand unter dem „Argen", in dem die Welt liegt, durchaus den Teufel, von dem er gründliche Erfahrung hatte.

262 Die Teufelsgestalt, wie sie im Volksdenken entwickelt worden ist, hat bei aller Teufelsfurcht des Mittelalters den biblischen Ernst des Wissens um den großen Feind Gottes untergraben. Im biblischen Zeugnis ist der Teufel nicht der schwarze Mann aus der Hölle, der zum „geprellten Teufel" werden kann, sondern „der Mächtige, der in der Luft herrscht", der „Geist, der zu dieser Zeit sein Werk hat in den Kindern des Unglaubens" (Eph 2, 2). In die „Hölle", die „Gehenna", den Feuersee wird er selber erst am Ende der Zeiten im Gericht Gottes gestürzt (Offb 20, 10). Von diesem Bösen redet hier Johannes.

263 Dabei müssen wir uns freilich darüber klar sein, daß ein „Leben unter dem Fürsten dieser Welt" keineswegs ein moralisch sichtlich verdorbenes sein muß. Jesus hat von den moralisch höchst einwandfreien und sehr „frommen" Israeliten gesagt, sie seien Kinder des Teufels (Jo 8, 44). Es ist auch der ernste, gesetzestreue Pharisäer Saul von Tarsus, der sich in Eph 2, 3 in das „wir alle" einschließt. Es geht um die Grundhaltung zu Gott und darum auch um die Stellung zu Jesus. Dabei geht es zugleich um die verdorbene Stellung zum Mitmenschen in Ichhaftigkeit und Lieblosigkeit. Johannes rechnet zu den „Kindern des Teufels" jeden, der seinen Bruder nicht lieben mag (vgl. 3, 10 und die Auslegung dazu).

gewinnt (Jo 3, 16). Darum kennzeichnet Paulus in Kol 1, 14 unser Christwerden als ein „Errettetwerden aus der Macht der Finsternis und Versetztwerden in das Reich des geliebten Sohnes". Darum hat Johannes die beiden Aussagen in diesem Vers mit einem „und" zu einem zusammengehörigen „Wissen" verbunden. Nur der, der **„aus Gott ist"** kann erkennen, daß die Welt als ganze **„im Bösen liegt"**. Darum kann der nicht aus Gott Geborene so schwer begreifen, daß es den Bösen gibt, und darum macht er Gott verantwortlich für die Zustände in dieser Welt, z. B. die Kriege.

Es ist für unsere Selbsterkenntnis ebenso wie für unsere Beurteilung der Welt und für allen Verkündigungsdienst von entscheidender Wichtigkeit, daß wir die Aussage des Apostels gerade nicht für „Mythologie" oder für den Ausdruck einer pessimistischen Stimmung halten, sondern durch sie ein eindeutiges, klares „Wissen" über diese „Lage" der Welt zur Grundlage haben[264].

Warum ist es bei „uns" anders geworden als bei andern Menschen? 20
Johannes antwortet: **„Wir wissen aber, daß der Sohn Gottes gekommen ist und uns Einsicht gegeben hat, damit wir den Wahrhaftigen erkennen."** Der Sohn Gottes ist **„gekommen"**. Ein „Kommen" von jemand kann auch in unserem natürlichen Leben von Bedeutung sein, wenn etwa der Arzt endlich zu einem Kranken „kommt" und die Hilfe bringt. In der Bibel ist das „Kommen" von Gott her immer Offenbarungs- und Heilsgeschehen. So wird schon mit großem Gewicht vom „Kommen" Johannes des Täufers gesprochen (Mt 11, 18; Jo 1, 7). Jesus selbst gründet sein Werk immer wieder auf sein „Gekommensein" (Mt 18, 11; 20, 28). In seinem „Kommen" oder „Gekommensein" liegt schon die Offenbarung Gottes und das volle Heil[265]. So ist es auch hier für den Apostel das grundlegende „Wissen", daß in diese Welt, die „im Bösen liegt", **„der Sohn Gottes gekommen ist"**. Was er nun in seinem Kommen tut, kann sehr mannigfaltig beschrieben werden. Hier sagt Johannes: er hat uns **„Einsicht gegeben, damit wir den Wahrhaftigen erkennen"**. Das mit „Einsicht" übersetzte Wort meint die „Fähigkeit zur Einsicht, zur Erkenntnis". Jesus übermittelt uns nicht nur richtige Gedanken über Gott, sondern macht uns fähig, Gott selber lebendig erkennen zu können. „Wer mich sieht, der sieht den Vater" (Jo 14, 9). Er macht uns in seinem Erlösungswerk zu Kindern Gottes; darum erhalten wir auch den Sohnesgeist in unser Herz, der schreit: „Abba, lieber Vater" (Gal 4, 6).

[264] Es sei nochmal auf die Theologie K. Heims hingewiesen, die gerade in diesem „Wissen", in dieser Kenntnis der Bedeutung des großen Gottesfeindes einzigartig dasteht. Vilmar hat dieses „Wissen" ebenfalls mit voller Klarheit gehabt und ist dafür viel angefeindet worden. Seine Bücher sind allerdings nur noch antiquarisch zu haben.

[265] Mk 9, 13; 10, 34; Jo 3, 31; 5, 43; 9, 39; 10, 11; 12, 46. Vgl. das zu 5, 6 Gesagte.

Gott wird hier der **„Wahrhaftige"** genannt. Wir erinnern uns daran, daß mit „Wahrheit" im NT nicht die subjektive Aufrichtigkeit gemeint ist, sondern die objektive Wirklichkeit[266]. Gewiß, Gott ist auch in dem Sinne „wahrhaftig", daß er uns nicht täuscht, daß wir uns auf sein Wort unbedingt verlassen können. Hier aber wird er der **„Wahrhaftige"** genannt, weil er der wirkliche Gott und darin überhaupt die einzige wahre und ewige Wirklichkeit ist[267]. Diesen **„Wahrhaftigen"** **„erkennen"** wir in seinem wahren Wesen, weil wir alles das sehen und erfassen, was Johannes in 4, 7—10 gesagt hat. Jesus in seinem „Kommen", in seinem Leben, Lieben, Wirken, Leiden, Sterben hat uns die Fähigkeit zu diesem Erkennen geschenkt.

Johannes setzt hinzu: **„Und wir sind in dem Wahrhaftigen in seinem Sohn Jesus Christus."** Es ist möglich, diesen Zusatz noch unter das „damit" des vorigen Satzes zu stellen: **„Damit wir ... erkennen und in dem Wahrhaftigen sind."** Dem Apostel liegt es auch hier wieder daran, daß wir das „Erkennen" nicht kopfmäßig und theoretisch mißverstehen. Er schreibt ja an Christen, die aus der grie Welt mit ihrem Intellektualismus kamen. Er meint ein **„Erkennen"**, das sich in der persönlichen Gemeinschaft mit dem Erkannten vollzieht, in dem Geliebtwerden von ihm und in dem eigenen Lieben, das daraus folgt. Diese Liebesgemeinschaft ist so ernst und mächtig, daß wir mit unserem Leben und Sein in Gott hineingenommen werden. So hatte es Johannes schon in 4, 11—16 gesagt. Nun hebt er es noch einmal hervor: **„Wir sind in dem Wahrhaftigen[268]."**

Johannes setzt hinzu: Wir sind in dem Wahrhaftigen **„in seinem Sohn Jesus Christus"**. Diese Worte dürfen nicht durch ein Komma abgetrennt werden. Denn dann würden sie ein erklärender Zusatz: „Wir sind in dem Wahrhaftigen, nämlich in dem Gottessohn Jesus Christus." Jesus wäre danach **„der Wahrhaftige"**. Aber es kann hier doch nur Gott selbst gemeint sein, wie gerade die Fortsetzung **„in seinem Sohn"** zeigt. Ohne Komma meint der Zusatz: Wir sind in dem Wahrhaftigen, in dem lebendigen Gott, wenn wir oder indem wir in seinem Sohn Jesus Christus sind. Es gibt kein unmittelbares Sein in Gott, wie die Mystiker aller Zeiten und auch die gnostischen Bewegungen meinten und darum Jesus als unnötig „auflösten". Nur durch

[266] Wir können auch im Deutschen das Wort „wahr" so verwenden, wenn wir etwa sagen: „Er ist ein wahrer Künstler."

[267] So wird das Wort „wahr, wahrhaftig" auch in Jo 7, 28; 17, 3; 1 Th 1, 9 gebraucht.

[268] Was Johannes so wesentlich ist, haben wir durch ein einseitig theologisch-theoretisches Erkennen Gottes auf Grund der „reinen Lehre" verloren. Es wird gerade in der Welt von heute notwendig sein, dieses „Sein in dem Wahrhaftigen" und dieses „Bleiben in Gott" wiederzugewinnen. Es war dies schon das eigentliche Anliegen des Pietismus bei Spener und seinen Freunden. Die Menschen von heute, besonders die jungen Menschen, suchen Realität; sie sind der bloßen „Gedanken" und „Meinungen" überdrüssig.

das Opfer Jesu und in Jesus, dem Sohn, können wir **„in dem Wahrhaftigen“**, in Gott selbst sein. Das ist die Gegenseite davon, daß wir Gott auch nur in Jesus „sehen“ können, ihn in Jesus aber auch wirklich „sehen“ (Jo 14, 9). Auch alle bisherigen Aussagen des Apostels über unser „Sein in Gott“ (3, 24; 4, 12; 4, 16) haben wir in dieser Weise zu verstehen. Es kann keiner unter Berufung auf solche Aussagen behaupten, er sei unmittelbar „in Gott“ und brauche darum Jesus nicht als Mittler.

Es ist gut, wenn wir merken, welch ein Geheimnis mit diesem kleinen Wort **„in“** ausgesprochen ist. Ich kann „in“ einem Zimmer, „in“ einem Walde, auch „in“ einem bestimmten Zustand sein. Aber kann ich **„in“** einer Person sein? Und dies gerade nicht so, daß ich mich in dieser Person auflöse, wie sich ein Fluß in das Meer ergießt. Es geht bei Johannes, wie im ganzen NT, nicht um ein „Aufgehen“ des Menschen in der Gottheit. Mensch und Gott bleiben selbständige Personen. Der Mensch gehorcht Gott, dient Gott, ist verantwortlich vor Gott. Und doch sagt der Apostel Paulus oftmals, daß er „in Christus“ denkt und fühlt und handelt, und Johannes spricht von dem Sein **„in“** dem Wahrhaftigen, von dem Bleiben **„in“** Gott und Gottes Bleiben **„in“** uns. Es ist eine unergründliche Wirklichkeit, die nicht erklärt, aber klar erfahren werden kann, daß hier Personen **„in“** einander sein und doch eigene selbständige Personen bleiben können. Auch der Heilige Geist, für den es ganz wesentlich ist, daß er „in“ uns ist und wohnt, ist nicht eine bloße „Kraft“, sondern ist „Person“.

Nun bezeugt der Apostel: **„Dieser ist der wahrhaftige Gott und ewiges Leben.“** Worauf bezieht sich hier das Wort **„dieser“**? Es weist schon rein sprachlich zurück auf die unmittelbar vorhergehende Nennung Jesu Christi als des Sohnes Gottes. **„Dieser“**, nämlich Jesus Christus, **„ist der wahrhaftige Gott und das ewige Leben“**. Es empfiehlt sich aber auch aus sachlichen Gründen, die Stelle so aufzufassen. Wenn wir das **„Dieser“** auf „den Wahrhaftigen“ zurückbezögen, so wäre das Zeugnis des Apostels eine bloße Wiederholung der schon über Gott gemachten Aussage. Wir erhalten eine sogenannte Tautologie: „der Wahrhaftige“ ist „der wahrhaftige Gott“. Zudem wird sonst nirgends Gott, der Vater, als „ewiges Leben“ bezeichnet. Johannes hat es vielmehr gerade eben erst in 5, 11 f geschrieben, daß uns Gott zwar ewiges Leben geschenkt hat; aber dieses Leben „ist in seinem Sohn“. „Wer den Sohn hat, hat das Leben.“

Aber ist der erste Teil des Satzes nicht doch eine zu große Aussage über Jesus? Kann Jesus so unmittelbar als **„der wahrhaftige Gott“** bezeichnet werden? Johannes war dabei, als Thomas vor Jesus in die Knie sank: „Mein Herr und mein Gott.“ Johannes hat von dem

„Wort", das in Jesus Fleisch wurde, gleich in dem ersten Satz seines Evangeliums ausgesprochen: „Das Wort war bei Gott und Gott von Art war das Wort" (Jo 1, 1). Wir erinnern uns noch einmal an Jo 14, 9, wo Jesus selbst es dem Gott suchenden Philippus sagte: „Wer mich sieht, der sieht den Vater." Wir können „in dem Wahrhaftigen" nur sein, in dem wir „in seinem Sohn Jesus Christus" sind. Aber gerade dann muß dieser Jesus Christus selber **„der wahrhaftige Gott"** sein, damit wir bei unserem „Sein in Christus" zugleich in Gott selber sind. Wir stehen vor dem ganzen Geheimnis der Dreieinigkeit Gottes, das nicht verstandesmäßig zu lösen ist (Gott sei Dank dafür!), das uns gerade aber an unserer Stelle in seiner ganzen Notwendigkeit für unser Glaubensleben deutlich wird[269]. Wir dürfen aus Jesus keinen Halbgott machen, der als solcher „neben" Gott" stände. Unser ganzes Heil, unser ewiges Leben liegt darin, daß Jesus ganz und voll Mensch war, der blutend und sterbend die Last unserer Schuld trug, und daß es doch zugleich von ihm gilt: **„Dieser ist der wahrhaftige Gott."** Denn gerade nur dann ist Jesus überhaupt imstande, der Träger und Tilger unserer Schuld zu werden und in seinem Fluchtod den auf uns liegenden Fluch aufzuheben. Ein bloßer Mensch Jesus, und wäre er noch so edel und liebevoll, könnte uns darin nicht im geringsten helfen. Darum bezeugt es auch der Apostel Paulus gerade im Blick auf die Versöhnung im Kreuz Jesu: „Gott war in Christus und versöhnte die Welt mit ihm selber." Es darf kein geringerer als **„der wahrhaftige Gott"** sein[270], wenn das Werk unserer Errettung absolut gewiß sein soll. So können wir es wohl verstehen, daß der Apostel, dem es in dem ganzen Brief um „Jesus" und um „das Leben" ging, nun am Schluß alles zusammenfaßt in dem — echt johanneisch kurzen, ohne Diskussion vor uns hingestellten — Bekenntnis: **„Dieser ist der wahrhaftige Gott und ewiges Leben."**

21 Dieser Brief des Johannes hat ebensowenig einen Schlußgruß, wie ihm auch der übliche Eingangsgruß eines antiken Briefes fehlte. Er ruft den Gemeinden nur noch eine kurze Mahnung zu: **„Kindlein, hütet euch vor den Götzen!"** Noch einmal, wie in den Mahnungen 2, 1. 28; 3, 7. 18; 4, 4 gebraucht der Apostel nun am Schluß die herzliche Anrede **„Kindlein"**. Er spricht als „der Alte" (II, 1; III, 1) und spricht in der liebenden Sorge um die ihm Anvertrauten. Die Mahnung selbst lesen wir zunächst mit Verwunderung. Sollte heidnischer Götzendienst noch eine ernstliche Gefahr für die Gemeinde sein? Im

[269] Vgl. dazu die Ausführungen auf S. 105.
[270] Vgl. Luther: „Fragst du, wer er ist? Er heißt Jesus Christ, der Herr Zebaoth, und ist kein andrer Gott."

ganzen Brief war davon nicht die Rede; da ging der Kampf gegen die Irrlehrer, die selber durchaus „christlich" und „prophetisch" sein wollten. Aber wir dürfen von unserer heutigen Lage aus Art und Macht des Heidentums nicht unterschätzen. Die Missionare sagen es uns, wie die aus einem wirksamen Heidentum Bekehrten immer wieder von ihrer heidnischen Umwelt angefochten werden. Heidnische Religion ist öffentliche Macht, die alle Gebiete des Lebens durchdringt. Der heidnische Tempel der damaligen Zeit war zugleich etwas wie eine „Bank", von der man Geld leiht; es war die „Gaststätte", in der man größere Festessen gab und wohin man zu solchen eingeladen wurde; er war die lockende Stätte sexuellen Verkehrs, wie er im Griechentum allgemein als erlaubt angesehen wurde. Wenn wir aus dem Sendschreiben in Offb 2, 14 f merken, daß es in der Gemeinde Pergamon Gemeindeglieder gab, die etwas mit „Götzenopfer" und „Unzucht" zu tun hatten, wenn 2 Pt 2, 13—15 vor ähnlichen Abwegen warnt und Paulus auch in Korinth mit solchen zu tun hatte, die in der „Freiheit" ihres Glaubens an Mahlzeiten in heidnischen Tempeln teilnahmen (1 Ko 8, 10. 11), warum sollte dann die kurze Warnung des Apostels auch ganz buchstäblich ohne jeden Grund sein? Die ernste Erinnerung des Johannes an die „Gebote" zeigt, daß die Bewegung, die er bekämpft, ähnlich wie die neue Lehre in Korinth die „Freiheit" proklamierte. Der Christ braucht ihrer Meinung nach nicht ängstlich und „eng" zu sein; er kann ruhig „mitmachen", wo es für ihn bequem und angenehm ist. Sollte er sich dann von dem offiziellen Heidentum radikal trennen, das seine ganze Umwelt formte und durchdrang? Waren die Götzen für einen „Geistesmenschen" noch gefährlich? Johannes warnt scharf und knapp: **„Kindlein, hütet euch vor den Götzen."**

Er kann die Warnung aber auch anders gemeint haben. Das grie Wort für den „Götzen", für das „Götzenbild", heißt „eidōlon". Wir haben es aufgegriffen in dem Lehnwort „Idol". **„Hütet euch vor den Idolen!"** Das kann eine sehr innerliche Mahnung sein. Uns ist die wunderbare Fähigkeit geschenkt, den wirklichen lebendigen Gott zu erkennen, ja, sogar in Jesus Christus in ihm zu sein. Gerade darum wird alles, was uns neben dem wahrhaftigen Gott beeinflussen oder bestimmen will, zum „Idol", zum **„Götzen"**. Hier liegen sehr ernste Gefahren — bis heute. Wieviel gibt es in unserem Leben, das „neben Gott" einen wachsenden Einfluß in unserem Leben gewinnt und damit zum **„Götzen"** zu werden droht! Gerade wenn wir in dem Brief des Johannes die ganze Herrlichkeit und Größe dessen vor Augen haben, was Gott uns in seiner Liebe geschenkt hat, muß er uns „einzig liebenswert und groß" bleiben. Wir verstehen den Zuruf des Apostels, der mit seiner herzlichen Anrede **„Kindlein"** in sorgender Liebe mahnt:

„Hütet euch vor den Götzen[271].“ Jawohl, „Götzen“ locken, „Götzen“ schmeicheln uns, „Götzen“ sehen zunächst recht harmlos aus und versprechen uns Freude. Aber dann werden sie harte Herren, die uns fesseln und unser wahres Leben verderben. Darum ist es wirklich notwendig, daß wir uns vor ihnen hüten und gerade den ersten, scheinbar harmlosen Verlockungen widerstehen[272].

[271] Es besteht kein Grund, diesen Satz als Zusatz zu streichen. Sollte ein späterer Mann erst die Gefahr des Götzendienstes gesehen und diesen Satz angefügt haben? Wie unwahrscheinlich ist das! Der warnende Zuruf hat durchaus einen Zusammenhang mit dem, was Johannes wie eine Zusammenfassung seines Briefes in Vers 20 schrieb.

[272] Wir werden wohl tun, wenn wir immer wieder einmal in unserem Leben nachprüfen, was darin zu einem Götzen für uns zu werden droht oder gar schon geworden ist.

Der zweite Brief des Johannes

DER EINGANGSGRUSS

2 Johannesbrief 1—3

1 **Der „Alte"** (wörtlich: Der Älteste) **an die erwählte Herrin und ihre**
Kinder, die ich selber liebe in Wahrheit, und nicht ich allein, son-
2 **dern auch alle, welche die Wahrheit erkannt haben, * um der Wahr-**
heit willen, die in uns bleibt, und mit uns wird sie sein in Ewigkeit.
3 *** Es wird mit uns sein Gnade, Erbarmen, Friede von Gott, dem**
Vater, und von Jesus Christus, dem Sohn des Vaters, in Wahrheit
und Liebe.

zu Vers 1:
3 Jo 1
2 Tim 3, 7
1 Pt 5, 1
zu Vers 2:
1 Jo 2, 4
zu Vers 3:
1 Tim 1, 2
2 Tim 1, 2

Im Unterschied zum 1. Johannesbrief ist dieses zweite Schreiben auch in seiner äußeren Form als „Brief" gekennzeichnet. Der antike Briefstil stellt an die Spitze den Absender, nennt dann den Empfänger und verbindet beide mit einem Grußwort. Das geschieht weithin in jener kurzen Form, wie wir es aus dem Brief in Apg 23, 26 kennen. Der Apostel Paulus hat schon in seinem frühesten, uns erhaltenen Brief, dem 1. Thessalonicherbrief, diesen üblichen Briefeingang erweitert und ihn dadurch herzlicher und lebendiger gemacht. Er formt ihn in jedem seiner Briefe individuell nach Art und Lage derer, an die er schreibt[273]. Auch Johannes folgt diesem Beispiel, freilich so, daß der Eingangsgruß dadurch typisch „johanneisch" wird. Die für ihn kennzeichnenden Worte „Liebe" und „Wahrheit" beherrschen den Eingangsgruß.

„**Der ‚Alte'** (wörtlich: Der Älteste) **an die erwählte Herrin und ihre** 1
Kinder, die ich selber liebe in Wahrheit, und nicht ich allein, sondern auch alle, welche die Wahrheit erkannt haben." Den Brief schreibt der „**Alte**" (wörtlich: der Älteste, presbyteros). Wir kennen den Ausdruck „Älteste" reichlich aus dem NT. In den jungen christlichen Gemeinden wurde eine Einrichtung übernommen, die dem Judentum vertraut war. Neben den „Hohenpriestern" und den „Schriftgelehrten" stehen überall die „Ältesten" als Autoritätspersonen in Israel. So tritt es uns in den Evangelien (z. B. Mt 16, 21; 21, 23; 28, 3) ebenso wie in der Apg (4, 5; 6, 12) entgegen. Und so setzten dann auch die Apostel in den von ihnen begründeten Gemeinden „Älteste" ein (Apg

[273] Vgl. besonders Gal 1, 1—5.

14, 23; 15, 2. 4; 21, 18; Tit 1, 5). Aber diese „Ältesten" finden wir immer in der Mehrzahl, offenbar in kollegialem Zusammenwirken[274]. **„Der Älteste"** in Einzahl und mit dem bestimmten Artikel kann darum nicht „Amtsbezeichnung" des Briefschreibers sein. Als solche hätte sie ohne Artikel hinter dem Namen stehen müssen, der dann nicht fehlen durfte[275]. Wir dürfen aber daran denken, daß im hell Griechisch die Steigerungsform vielfach nicht mehr als solche empfunden wurde. „Der Älteste" kann dann dasselbe aussagen, was wir mit der Bezeichnung „der Alte" meinen[276]. **„Der Alte"**, das muß ein Mann sein, der unter dieser Bezeichnung allgemein bekannt war und darum mit keinem Personennamen genannt zu werden brauchte. Wenn **„der Alte"** schrieb, so wußte jeder sofort, wer das war, wenigstens jeder in den Gemeinden, mit denen dieser „Alte" in Verbindung stand. Es ist der besonders alt gewordene Jünger Johannes. Seine ganze Art zu schreiben zeigt ja, daß es derselbe Mann ist, der auch den 1. Brief und das Johannesevangelium verfaßt hat[277]. Daß er sich nicht mit Namen nennt, paßt ganz zu seiner inneren Haltung, die auch im Evangelium die eigene Person hinter „dem Jünger, den Jesus lieb hatte", verbirgt und im 1. Brief nur seine Augenzeugenschaft, nicht aber seine persönliche Geltung als „Johannes" hervorhebt.

An wen schreibt „der Alte"? **„An die erwählte Herrin und ihre Kinder."** Haben wir es also mit einem Privatbrief zu tun, der an eine vornehme Frau und ihre Familie gerichtet ist? Aber dann wäre das Fehlen des Namens doch sehr befremdlich. Man hat darum das Wort „Erwählte" als Eigenname auffassen wollen: an „Eklektæ, die Herrin", oder hat auch umgekehrt „Kyria = Herrin" als Namen genommen[278]. Aber wir kennen den Ehrentitel **„Herrin"** sogar für politische Gemeinden. Und Tertullian spricht von der „Domina mater ekklesia", der „Herrin Mutter Kirche". Gegen eine Einzelperson als Empfänger spricht entscheidend der Fortgang des Grußes: **„Alle, welche die Wahrheit erkannt haben"**, lieben sie. Was sollte das für eine Frau sein, die so weithin in der Christenheit bekannt und geliebt wird? Dann wäre ihre Nennung mit Namen besonders nötig. Dagegen kann Johannes an eine der bekannten Gemeinden der Asia schreiben, die wirklich in

[274] So findet sich in Apg 22, 5 und 1 Tim 4, 14 im grie Text das Wort „Presbyterion".
[275] Vgl. „Paulus, Apostel Christi Jesu" (2 Ko 1, 1).
[276] Schon in seinem 1. Brief liebte Johannes solche Eigenschaftswörter, die durch den davor gesetzten Artikel zu bestimmter Personenbezeichnung wurden: „Der von Anfang . . ." und „der Böse" (1 Jo 2, 13 f); „der Heilige" (2, 20); „der aus Gott Geborene" (5, 18); oder „der Wahrhaftige" (5, 20). So ist es nicht auffallend, wenn er sich hier im Briefeingang „den Alten" nennt.
[277] Vgl. dazu das in der Einleitung näher Ausgeführte S. 18.
[278] „Kyria = Herrin" als Name ist inschriftlich bezeugt.

der ganzen damaligen Christenheit geschätzt und wert gehalten wurde. Der Ehrename **„Herrin"** wäre dann besonders angebracht[279].

Bestätigt wird die Auffassung der **„erwählten Herrin"** als einer Gemeinde durch den Schlußgruß in V. 13. Die Gemeindeglieder, die mit dem Apostel zusammen grüßen, werden als „die Kinder deiner Schwester, der Auserwählten" bezeichnet. Es wäre ein seltsames Zusammentreffen, wenn Johannes jetzt bei einer Frau zu Gast weilte, die eine leibliche Schwester der „Herrin" wäre, an die er seinen Brief richtet, und deren „Kinder" die eigentlich Grüßenden sind.

Die Gemeinde ist eine **„erwählte"** Herrin. Was sie ist, das verdankt sie nicht sich selbst, nicht ihrer eigenen Frömmigkeit und Tüchtigkeit. Überall im NT ist es klar, daß über dem Christwerden die „Erwählung" Gottes steht[280]. Die Freiheit der Gnade Gottes, die alles Verdienst auf unserer Seite ausschließt, wird dadurch hervorgehoben. Wer sich nach Kol 3, 12 zu den „Auserwählten Gottes" zählt, ist also gerade nicht hochmütig, sondern bezeugt ein Geschenk, das ihm ohne jedes Verdienst in wunderbarer Weise zuteil geworden ist. Die Gemeinde, an die Johannes schreibt, ist zwar eine **„Herrin"**, aber sie wurde dies nur, weil sie eine **„Erwählte"** ist.

Ihre **„Kinder"** sind dann — wie im 3. Brief Vers 4 — nicht leibliche, sondern geistliche Kinder, wie Johannes ja auch im 1. Brief die Gemeindeglieder immer wieder als „Kinder" oder „Kindlein" anredet. Wenn sie hier als „Kinder der Herrin" bezeichnet werden, könnte das ein Hinweis darauf sein, daß eine erhebliche Zahl von ihnen nicht mehr von Johannes oder einem andern Apostel zu Jesus geführt worden ist, sondern daß zur Zeit des „Alten" die Gemeinden selbst evangelistisch tätig waren und Menschen zu „Kindern" des lebendigen Gottes gewinnen durften. In diesem besonderen Sinn wären sie dann im Blick auf die Gemeinde **„ihre Kinder"**[281]. Aber es muß nicht dies damit gemeint sein. Ist die Gemeinde unter dem Bild einer „Frau" gesehen, dann sind die Gemeindeglieder selbstverständlich „ihre Kinder", durch wen immer sie zum Glauben gekommen sind. So ist es auch wieder am Schluß des Briefes. Dort sind die „Kinder deiner Schwester" ebenfalls Glieder der Gemeinde, bei der der Apostel weilt.

An eine Gemeinde also schreibt der „Alte" und damit auch an die Gemeindeglieder, die ja doch konkret die Gemeinde bilden. Er versichert sie sogleich seiner Liebe: **„Die ich selber liebe in Wahrheit."**

279 Die Gemeinde ist auch in Jo 3, 29; Offb 22, 17; 2 Ko 11, 2; ebenso in Eph 5, 22—32; Offb 21, 9 unter dem Bild einer „Frau" oder „Braut" gesehen.

280 Vgl. besonders Jo 15, 16; 1 Ko 1, 27 ff; Eph 1, 4; Kol 3, 12; 1 Th 1, 4; 2 Tim 2, 10. In 1 Pt 5, 13 wird die Mitgrüßende als die „Miterwählte in Babylon" bezeichnet.

281 Vgl. das bestätigende Gegenstück dazu in Offb 2, 23. Die von der falschen Prophetin, dem „Weib Isebel", entscheidend beeinflußten Gemeindeglieder in Thyatira werden „ihre Kinder" genannt.

Das „ich" ist im Vorausblick auf die nächste Aussage betont hervorgehoben und darum mit **„ich selber"** wiedergegeben. Die **„Wahrheit"** bezeichnet auch hier die Wirklichkeit. Die angeredete Gemeinde darf es wissen: Johannes hat sie „wirklich" lieb. Aber doch nicht nur er allein. Er liebt die Gemeinde nicht selbstisch und darum eifersüchtig. Es freut ihn, daß er sagen kann: **„und nicht ich allein, sondern auch alle, welche die Wahrheit erkannt haben[282]"**. Die Worte des Apostels wären zu leicht genommen, wenn wir sie verkürzt wiedergeben wollten mit einem „sondern auch alle Christen". Wir müßten betont formulieren „alle w a h r e n Christen". Es geht in diesem 2. Brief so wie in dem 1. Brief um die Warnung vor den gnostischen Irrlehrern. Nicht alle, die sich „Christen" nannten (und sogar das Christentum auf neue Höhen führen wollten), schätzten und liebten eine klar apostolisch ausgerichtete Gemeinde. **„Alle, welche die Wahrheit erkannt haben"** ist ein sehr bewußt geschriebener und betonter Satz. **„Die Wahrheit"**, das ist die Wirklichkeit des „wahren und lebendigen Gottes" im Gegensatz zu allen Gottesbildern menschlicher Weisheit und eigener Erfindung. Und Jesus, gerade der „im Fleisch gekommene", der von Gott als „Sühnemittel für unsere Sünde" in die Welt Gesandte, ist **„die Wahrheit"** (1 Jo 4, 2; 4, 10; Jo 14, 6). Wer wahrhaft Christ ist, der hat diese **„Wahrheit"** erkannt. Es steht hier das Perfekt. Denn diese Erkenntnis ist eine abgeschlossene, ein für allemal gültige. Und solche „Christen" werden allerdings in herzlicher Liebe auf jede apostolische Gemeinde schauen.

2 Johannes selbst liebt diese Gemeinde gerade **„um der Wahrheit willen, die in uns bleibt"**. Die **„Wahrheit"**, von der wir eben hörten, **„bleibt"** in uns. Johannes liebt das Wort „bleiben", nachdem er es in seiner ganzen Wichtigkeit von seinem Herrn gehört hatte[283]. Der „Alte" setzt diese göttliche und darum ewige und bleibende Wahrheit dem gefährlichen Trieb damaliger — und heutiger! — Gemeindeglieder entgegen, sich von immer „neuen" Strömungen und Richtungen anlocken zu lassen und das bunte und wechselnde „Neue" über die erkannte und bleibende Wahrheit zu stellen[284]. Die Wahrheit

[282] Freuen wir uns noch darüber, daß auch wir dieses „nicht ich allein" sagen dürfen, sondern in die große Gemeinschaft derer eingefügt sind, „welche die Wahrheit erkannt haben"? Sehen wir darum auch nicht eifersüchtig auf „unser" Werk, „unsere" Gemeinde, „unser" Mutterhaus, „unsere" geistlichen Kinder, sondern ist es uns ein starker Trost, daß sie von vielen gekannt, geliebt und umbetet werden?

[283] Vgl. Jo 15, 4—7; 8, 31.

[284] Wie viele Irrwege ist die Gemeinde Jesu gegangen, weil in ihr die klare apostolische Botschaft nicht genügte. Alles sektiererische Denken entsteht aus dieser Torheit, die begierig nach irgendwelchen Neuheiten greift, anstatt tiefer in die eine bleibende Wahrheit einzudringen. Die Reformatoren haben darum mit Nachdruck betont, daß sie gerade nichts „Neues" wollten, sondern die alte biblische Wahrheit wieder neu auf den Leuchter stellten.

ist dabei eine eigene, lebendige Größe, nicht Objekt oder Resultat unserer Klugheit. Wir haben sie nicht in unserer Hand, sondern sie ist bei uns eingezogen und **„bleibt"** in uns und will u n s in der Hand haben. Johannes fügt mit froher Zuversicht hinzu: **„und mit uns wird sie sein in Ewigkeit."** Wenn wir sie nicht um neuer „Wahrheiten" willen aufgeben und verraten, dann wird sie nicht nur „in uns bleiben", sondern auch **„mit uns sein"**. Im hell Griechisch werden die Präpositionen zwar nicht mehr so genau unterschieden, und doch liegt in dem **„mit uns sein"** der Wahrheit noch ein besonderer Sinn. Die **„Wahrheit"** bleibt nicht untätig in uns; sie wirkt an uns, sie gestaltet unser ganzes Denken, Reden und Handeln. Und das tut sie nicht nur hier und da einmal. Sie wird **„mit uns"** sein **„in Ewigkeit"**, wörtlich „in den Äon hinein", also bis sie uns in der kommenden neuen Welt Gottes zum Ziel gebracht hat. Welch sicherer Führer ist diese Wahrheit für uns!

Wenn Johannes in den ersten Sätzen seines Briefes die **„Wahrheit"** so betont hervorhebt, dann hat das in der damaligen Lage der Gemeinde seinen besonderen Grund und hat doch zugleich auch eine Bedeutung für alle Zeiten. Es geht dabei um die „Liebe", die der Apostel der Gemeinde zugesichert hat. Wir sahen schon beim Lesen des 1. Briefes, wie mißverständlich und mißverstanden das Wort „Liebe" ist (vgl. o. S. 93). Der „Alte" hat diese Gemeinde und ihre Glieder wirklich lieb. Diese wirkliche Liebe ist etwas anderes als menschliche Sympathie oder bloße Freude an ihrem regen Gemeindeleben. Johannes liebt die Gemeinde **„um der Wahrheit willen"**. Seine Liebe zu ihr gründet in der „Wahrheit" und kann von dieser Wahrheit nicht getrennt werden. Wenn die Wahrheit Gottes nicht mehr „in uns bleibt", in dem Apostel und in der Gemeinde und ihren Gliedern, dann ist wirkliche „Liebe" nicht mehr möglich. „Liebe" auf Kosten der **„Wahrheit"** gibt es nicht. Gemeinde und Gemeindeglieder, die von Gottes Wahrheit weichen und „den Jesus auflösen", wie Johannes im 1. Brief in 4, 3 schrieb, könnte er nicht „lieben". Auch in diesem 2. Brief ist „Liebe" nichts Weichliches, nicht eine Freundlichkeit, die alles gelten läßt. Wahrhaft „lieben" können wir nur **„um der Wahrheit willen, die in uns bleibt"**. So quillt unsere Liebe untereinander aus jener Liebe Gottes, die ebenfalls nicht eine Allerweltsliebe ist, sondern die nur „so, auf diese Weise" (Jo 3, 15 f) lieben kann, daß sie den geliebten Sohn für Verlorene in den Tod gibt. Gerade um diese **„Wahrheit"** geht es – bis heute.

Nun folgt der Gruß, der nicht nur ein frommer Wunsch ist, son- 3
dern nachdrücklich die Gewißheit ausspricht: **„Es wird mit uns sein Gnade, Erbarmen, Friede von Gott, dem Vater, und von Jesus Christus, dem Sohn des Vaters, in Wahrheit und Liebe."** Auch die uns

vertrauten Segenswünsche in den Briefen des Apostels Paulus sind nicht nur hingesagte „Wünsche", sondern „Zuspruch" des Segens, den der Apostel sicherlich als wirksam ansieht. Aber Johannes schreibt es ausdrücklich: **„Es wird mit uns sein."** Der Apostel schließt sich ganz mit der Gemeinde zusammen in dem Wissen, auch er als Apostel hat **„Gnade, Erbarmen, Friede"** nötig und freut sich, daß dies alles mit ihm wie mit der Gemeinde sein wird. Wir kennen aus den Briefen des Paulus meist nur den Doppelwunsch „Gnade und Friede". Aber in seinen beiden Briefen an Timotheus verwendet auch Paulus das dreigliedrige Wort des Segens in seinem Eingangsgruß. Dabei betont das hinzugefügte **„Erbarmen"** besonders die Herabneigung der Liebe zu dem schuldigen und leidenden Menschen[285].

Warum ist **„Gnade, Erbarmen, Friede"** für die Gemeinde und ihren Apostel gewiß? Weil sie **„von Gott, dem Vater, und von Jesus Christus"** kommen. Auch Paulus gründet seine Gewißheit im Segenswunsch auf Gott, den Vater, und auf Jesus. Aber während er dabei Jesus Christus als „unseren Herrn" bezeichnet, nennt Johannes ihn **„den Sohn des Vaters"**. Natürlich weiß auch Johannes, daß Jesus „unser Herr" ist. Aber ihm liegt — vom Evangelium her — an der einzigartigen Verbundenheit Jesu mit dem Vater. Geber der Gnade, Vermittler des Erbarmens, Spender des Friedens kann Jesus nur in der Gemeinschaft mit dem Vater als **„der Sohn des Vaters"** sein. Das möchte Johannes hervorheben[286].

Schwierigkeiten macht der Auslegung der Zusatz der Worte **„in Wahrheit und Liebe"**. Zu welchem Satzteil gehören sie und in welchem Sinn werden sie dem Segenswunsch beigefügt? Fr. Büchsel will sie an die vorausgehenden Worte über Jesus anschließen. Das Komma vor ihnen müßte dann fortfallen. Nach dieser Auffassung würde Johannes betonen, daß Jesus Christus in Wahrheit und Liebe oder „durch Wahrheit und Liebe" der Sohn des Vaters sei. Aber das wäre eine ungewöhnliche Aussage, wie sie sonst von Johannes nie über Jesus und seine Gottessohnschaft gemacht wird. So bezieht sich der Zusatz wohl auf den Segenswunsch als ganzen. Er erfüllt sich, indem wir in **„Wahrheit"**, also in der ganzen „Wirklichkeit" Gottes, und darum in **„Liebe"** leben. Schön sagt es A. Schlatter: „In der Erleuchtung des Geistes zum Empfang der Wahrheit und in der Reinigung des Herzens zur Liebe übt Gottes Gnade an uns ihr Werk und kommt

[285] So singen wir es: „Mir ist Erbarmung widerfahren, Erbarmung, deren ich nicht wert."

[286] Auch wir müssen uns darüber klar sein, daß das Bekenntnis zur wirklichen, wesenhaften Gottessohnschaft Jesu nicht ein überflüssiges altes „Dogma" ist, das wir fallen lassen könnten. Ist Jesus nur ein Mensch, dann kann er die Lösung der entscheidenden Frage unseres Lebens, der Schuldfrage, nicht bringen. Das Kreuz ist nur dann unsere Rettung, wenn es der „Sohn des Vaters" ist, der an diesem Kreuz hängt.

der Friede, den Gott zwischen uns und ihm gestiftet hat, an uns zu seiner Frucht" (a. a. O. S. 97). Zugleich blickt der Briefschreiber auf den nächsten Abschnitt seines Briefes voraus[287], der von **„Wahrheit"** und **„Liebe"** im Leben der Gemeindeglieder handelt.

WAHRHEIT UND LIEBE ALS KENNZEICHEN DES RECHTEN CHRISTEN

2 Johannesbrief 4—6

4 **Es ist mir eine große Freude gewesen, daß ich aus deinen Kindern**
solche fand, die in der Wahrheit wandeln, wie wir ein Gebot emp-
5 **fingen von dem Vater. * Und jetzt bitte ich dich, Herrin, nicht als**
ob ich dir ein neues Gebot schreibe, sondern das, welches wir von
6 **Anfang an hatten, daß wir einander lieben. * Und dies ist die Liebe,**
daß wir wandeln nach seinen Geboten. Dies ist das Gebot, wie ihr
gehört habt von Anfang an, daß ihr darin wandelt.

zu Vers 4: 3 Jo 3 f
zu Vers 5: 1 Jo 2, 7; Jo 13, 34
zu Vers 6: 1 Jo 5, 3

Paulus beginnt nach damaliger Sitte seine Briefe mit Dank. Johannes tut es in seiner Weise auch. Er tut es, indem er seine Freude an der Gemeinde hervorhebt. **„Es ist mir eine große Freude gewesen, daß ich aus deinen Kindern solche fand, die in der Wahrheit wandeln, wie wir ein Gebot empfingen von dem Vater."** Aber sogleich stoßen wir auf die Schwierigkeit, einen Brief recht zu verstehen, wenn wir von den Empfängern des Briefes nichts wissen und die ganze Lage, aus der der Brief geschrieben wurde, nicht kennen. Was meint Johannes hier mit seiner Feststellung: **„ich fand"**? Hat er Glieder einer ihm sonst noch nicht näher bekannten Gemeinde irgendwo „getroffen"? Hatten sie ihn vielleicht ihrerseits besucht? War es seine Freude, daß er sie als wahre und echte Christen erkennen konnte? Oder ist das **„aus deinen Kindern solche, die ..."** streng zu nehmen? Kennt er die Gemeinde und hat er Sorge um sie? Blickt der folgende Abschnitt auf eine ernste Bedrohung der Gemeinde durch Irrlehrer? Spricht er gerade darum zuerst einmal seine Freude aus, daß er unter den Gemeindegliedern **„solche fand, die in der Wahrheit wandeln"**? Unterscheidet er sie von den andern, die bereits von der Wahrheit abgewichen sind? Aber wie **„fand"** er dann die Gemeindeglieder, an denen er seine Freude hatte? War er in der angeschriebenen Gemeinde kürzlich zu Besuch gewesen? Eine sichere Entscheidung können wir nicht fällen. Der Fortgang seines Schreibens spricht aber für die erste Auf- 4

[287] Das gehört zum Stil des Johannes. Vgl. die Einleitung zum 1. Brief S. 12.

fassung. Denn der Apostel redet sogleich wieder die ganze Gemeinde mit dem Aufruf zur Liebe an, ohne auf eine tiefe Spaltung in der Gemeinde zu weisen, wie sie doch da sein müßte, wenn nur ein Teil, und sogar der kleinere Teil, der Gemeindeglieder **„in der Wahrheit wandelte"**.

Die **„Wahrheit"**, die rechte Wirklichkeit des Wandels, wird bestimmt durch **„ein Gebot"**, das wir **„empfingen von dem Vater"**. Nicht eigene Ideale, nicht irgendeine menschliche Moral macht das Leben des einzelnen Christen und das Leben einer ganzen Gemeinde wahr und recht. Johannes ist – wie das ganze NT – in seinem Denken „theozentrisch", gottbezogen. Einzig der heilige Wille Gottes bestimmt die **„Wahrheit"** unseres Lebens.

5 Dieser Wille ist im Liebesgebot kund geworden, weil Gott „Liebe ist" (I, 4. 8. 16). Darum fährt Johannes fort: **„Und jetzt bitte ich dich, Herrin, nicht als ob ich dir ein neues Gebot schreibe, sondern das, welches wir von Anfang an hatten, daß wir einander lieben."** Haben wir aus diesem Satz zu schließen, daß der Apostel bisher mit der Gemeinde, der er schreibt, noch nicht persönlich verbunden war und jetzt die Herstellung liebender Verbundenheit erbittet? Ist das **„einander lieben"** in dieser Weise konkret gemeint als Liebe zwischen Apostel und Gemeinde? Damit würden wir aber doch wohl zu viel aus dem Satz herauslesen. Johannes gäbe damit seiner Person eine Stellung und Wichtigkeit, wie wir es gerade an ihm sonst gar nicht kennen. Johannes blickt vielmehr auf das Gemeindeleben als solches und als ganzes. Er tut es auch hier so, wie er es im 1. Brief getan hat, und wiederholt darum dieser bestimmten Gemeinde gegenüber, was er in I 2, 7 gesagt hatte. Er gleicht nicht den Lehrern, die interessante, neue Ansichten in die Gemeinde zu bringen suchen. Er will sich betont auf das alte Gebot stützen, das die apostolischen Gemeinden **„von Anfang an hatten"**. Es ist das Gebot, **„daß wir einander lieben"**. Dieser Satz hängt gewiß von dem „ich bitte dich, Herrin" ab, aber er erläutert zugleich auch den Inhalt des alten und bekannten **„Gebotes"**. Er bittet die ganze Gemeinde darum, daß sie dies ihr längst vertraute Gebot immer neu verwirklicht[288].

6 Ganz ähnlich wie im 1. Brief in 5, 2 schützt der Apostel die Reinheit und Wahrheit der „Liebe" gegen alle menschlichen Entstellungen. **„Und dies ist die Liebe, daß wir wandeln nach seinen Geboten. Dies**

[288] Gerade weil das Gebot der Liebe untereinander das alte längst bekannte Gebot ist, droht es seine Kraft zu verlieren und uns nicht mehr ernstlich zu erfassen. So muß immer wieder die Gemeinde an dieses Gebot erinnert und um seine lebendige Erfüllung gebeten werden. Darüber steht der Ernst der Aussage I 3, 14: „wer nicht liebt, bleibt im Tode." In der Bitte des Johannes kann auch die Mahnung liegen, die Paulus gerade an eine Gemeinde richtet, die die Bruderliebe bereits übt: „Wir ermahnen euch aber, daß ihr noch völliger werdet" (1 Th 4, 10; 3, 12; 4, 1).

ist das Gebot, wie ihr gehört habt von Anfang an, daß ihr darin wandelt." Wir machen uns gern selber ein Ideal der Liebe zurecht, bei dem wir Gott und seinen heiligen Willen aus unserer Liebe zu den Menschen ausklammern. Gott als der Herr, Gott als unbedingter Wille mit seinen Geboten ist ausgeklammert, wenn wir nur „lieben". Auch für den andern, den wir lieben, brauchen wir dann nicht auf Gottes Geboten zu bestehen. Aus „Liebe" können wir ihm erlauben, was Gottes Gebot verbietet, und ihm erlassen, was Gott in seinem Gebot fordert. Johannes aber erklärt, daß das kein wirkliches Lieben sei. So trennen wir den andern von Gott und führen ihn ins Verderben. Wirkliche Liebe können wir andern nur erweisen, wenn unser Herz dabei mit vollem Ernst auf Gott gerichtet bleibt und in Gott die entscheidende Instanz sieht. Wir sind dann davon durchdrungen, daß Gottes Gebote das Leben des Menschen nicht einengen und verkümmern, sondern es im Gegenteil allein zum wahren und erfüllten Leben führen. Darüber hat es in der Gemeinde, die durch Jesu Blut für Gott erkauft ist, nie einen Zweifel geben können. **„Dies ist das Gebot, wie ihr gehört habt von Anfang an, daß ihr darin wandelt."** Von Anfang ihres Christentums an haben sie **„die Gebote" gehört.** In der gemeindegründenden Verkündigung der Apostel war alles zentral auf Gott, auf seinen Willen, sein Gebot und seine rettende Liebe in Jesus ausgerichtet. Wenn die Gemeindeglieder „darin wandeln" und von der rettenden Liebe Gottes leben, dann werden sie auch die rechte Liebe untereinander haben, die das große Gebot der Gottes- und Menschenliebe erfüllt.

ERNSTE WARNUNG VOR FREMDER LEHRE

2 Johannesbrief 7—11

7 **Denn viele Verführer gingen aus in die Welt, die nicht bekennen**
(wollen) **Jesus Christus als den im Fleisch Kommenden. Dies ist**
8 **der Verführer und der Antichrist. * Seht auf euch selbst, damit**
ihr nicht verliert (oder: damit wir nicht verlieren), **was wir er-**
arbeitet haben (oder: was ihr erarbeitet habt), **sondern vollen**
9 **Lohn empfangt** (oder: sondern vollen Lohn empfangen). *** Jeder**
der weitergeht und nicht bleibt in der Lehre des Christus, hat
Gott nicht. Wer in der Lehre bleibt, der hat sowohl den Vater als
10 **auch den Sohn. * Wenn einer zu euch kommt und diese Lehre**
nicht bringt, dann nehmt ihn nicht ins Haus auf und entbietet
11 **ihm keinen Gruß. * Denn wer ihm einen Gruß entbietet, nimmt**
teil an seinen Werken, den bösen.

zu Vers 7:
1 Jo 2, 18. 23
4, 1—3
zu Vers 8:
Gal 4, 11
zu Vers 9:
1 Jo 2, 23
zu Vers 10:
1 Kö 13, 16 f
Mt 10, 13 f
Apg 19, 9
2 Th 3, 6
3 Jo 8
zu Vers 11:
1 Tim 5, 22
Offb 18, 4

7 Wenn es so ist, wie es der vorige Abschnitt darlegte, warum muß es dann von Johannes so ernst unterstrichen werden? Gibt es nun doch Zweifel an dieser apostolischen Haltung? Ja, **„denn viele Verführer gingen aus in die Welt, die nicht bekennen** (wollen) **Jesus Christus als den im Fleisch Kommenden."** Hier stehen wir wohl bei dem besonderen Anlaß dieses Briefes. Die geistig-religiöse Bewegung, die wir mit dem Sammelnamen „Gnosis" bezeichnen, dringt offenbar in einem breiten Strom und nicht ohne Wirkung vor. Es gibt dabei eine „christliche Gnosis", deren Vertreter aus den apostolischen Gemeinden selber kommen (I, 2, 19) und ein „höheres" Christentum in die Gemeinden hineinbringen wollen. Darin lag ihre Anziehungskraft und ihre Gefahr. Für den „Alten" sind sie **„Verführer"**. Sie sind nicht vereinzelte Erscheinungen, die man unbeachtet lassen könnte; ihre Zahl ist groß. Der Apostel spricht von **„vielen Verführern"**. Sie haben ein ausgesprochenes Sendungsbewußtsein. Das liegt in dem Ausdruck: **„sie gingen aus in die Welt"**. Ihre eifrige Werbetätigkeit ist nicht auf einen kleinen Raum beschränkt[289].

Warum kann und warum muß der Apostel sie so schroff abweisen und so ernst vor ihnen warnen? Sollte nicht die „Liebe", zu der Johannes aufrief, auch ihnen gelten? Aber Johannes verband sofort im Eingang des Briefes die „Liebe" unlöslich mit der „Wahrheit". Die **„Verführer"** haben nicht einzelne, besondere Ansichten, die man als solche dulden könnte. Ihre Verkündigung greift das Zentrum der apostolischen Botschaft an, verletzt „die Wahrheit" tödlich. Sie **„bekennen nicht Jesus Christus als den im Fleisch Kommenden"**. Ihr geistiger Christus" ist nicht der Retter der Sünder durch den blutigen Tod am Kreuz[290]. Sie meinen einen größeren und vollkommeneren Christus zu bringen und sehen nicht, wie sie die eigentliche und unentbehrliche Sendung des Sohnes Gottes **„im Fleisch"** gerade verfehlen. Wir vergleichen, was wir uns schon zu I, 4, 1 ff klar machten. Sie verkennen und verleugnen damit die eigentliche Liebe Gottes, die gerade darin „steht", daß Gott seinen Sohn zur Versöhnung für unsere Sünden gesandt hat (I, 4, 10). Dadurch verliert auch das Liebesgebot an uns seine Tiefe und die Kraft zu seiner Erfüllung. Nur als die „zuerst Geliebten" können wir unserseits lieben (I, 4, 19).

Es fällt auf, daß Johannes hier Jesus Christus nicht als den „im Fleisch Gekommenen" bezeichnet, sondern das Präsens: **„den im**

[289] Vgl. im 1. Brief 4, 1 ff.

[290] Es geht dem Apostel — genau wie später den Reformatoren — um die „Ehre Christi" als des einzigen Retters von der Sünde und darin zugleich um das wirkliche Heil des verlorenen Menschen. Auch wir widerstehen modernen Richtungen einzig und allein aus diesem Grund. Aus solchen entscheidenden Gründen aber auch mit aller Bestimmtheit.

Fleisch Kommenden" wählt. Schlatter meint darum, der Apostel spräche hier von der Wiederkunft Jesu, die für die gnostische Heilslehre unwichtig war oder „vergeistigt" aufgefaßt wurde. Aber bei seiner Parusie kommt Jesus nicht mehr als der Leidensfähige und zum Leiden Berufene **„im Fleisch"**, sondern als der Heilsvollender „in Herrlichkeit". Das Präsens wird gewählt sein, weil es sich bei Jesu „Kommen" um einen bleibenden und gegenwärtigen wirksamen Tatbestand handelt. Auch mag die im Johannesevangelium häufige Bezeichnung „ho erchomenos = der Kommende" (Jo 1, 15; 3, 31; 11, 27) hier eingewirkt haben. Jesus ist **„der Kommende"**, aber gerade der **„im Fleisch"** Kommende. Das gehört zu seinem Wesen als „Retter der Welt" (I, 4, 14).

Johannes kann da, wo dieses „Kommen im Fleisch" geleugnet wird, nicht einen tragbaren theologischen Irrtum sehen. Nein, **„dies ist der Verführer und der Antichrist"**. Die **„vielen Verführer"** müssen endzeitlich gesehen werden. In ihnen kommt **„der Verführer"**, also der Teufel, zur Wirkung, genauso wie – auch nach I, 2, 18 – **„der Antichrist"** in den vielen „Antichristen". Johannes will damit nicht die urchristliche Eschatologie entmythologisieren und in bloße gegenwärtige Erscheinungen auflösen. Er sagt nur das gleiche wie der Apostel Paulus in 2 Th 3, 7: „Der Gesetzlose" kommt erst noch, aber „das Geheimnis der Gesetzlosigkeit" ist bereits wirksam. Darum sind die „Irreführer" jetzt so ernst zu nehmen.

Es geht also nicht etwa um eine Vielfältigkeit von Ansichten, die einen theologischen Reichtum darstellen könnte, sondern um das Heil selber, das gerade in der Endzeit – ganz entsprechend den Worten Jesu selbst in Mt 24, 24 – in besonderer Weise von Verführern und Antichristen bedroht wird. Jesu eigener Warnruf an seine Jünger in Mt 24, 4 wird darum von seinem Jünger Johannes aufgenommen: **„Seht auf euch selbst."** Jeder Christ, jede Gemeinde trägt hier eine Verantwortung für sich selbst, die sich ganz praktisch in ihrem ewigen Schicksal auswirken wird. Hier droht der Unachtsamkeit ein schwerer Verlust: **„Damit ihr nicht verliert** (oder: damit wir nicht verlieren), **was wir erarbeitet haben** (oder: was ihr erarbeitet habt)." Die Entscheidung über die Textform „was wir erarbeitet haben" oder „was ihr erarbeitet habt", ist nicht leicht zu treffen. Johannes kann an seine eigene apostolische Arbeit denken, die vergeblich getan ist, wenn sich die Gemeinde von der modernen Verführung erfassen läßt[291]. Johannes hat der Gemeinde das wahre Heil gebracht; die Gemeinde verliert es, wenn sie den Verführern folgt. Der Apostel könnte auch an die eigene „Arbeit" der Gemeinde denken. Gemeinde Jesu in dieser Welt

8

[291] Vgl. dazu die Sorge des Apostels Paulus in Phil 2, 16.

zu sein und als solche zu leben, ist kein Spiel, sondern kostet immer neue Mühe und ernste Arbeit. Alles, was die Gemeinde darin bisher „erarbeitet hat", verliert sie, wenn sie nicht aufmerksam und wach in den innern Bedrohungen der Endzeit steht. Wie immer wir den Text fassen, auf jeden Fall ist es die Sorge des Apostels im Blick auf die Glieder der Gemeinde, daß **„ihr nicht verliert, sondern vollen Lohn empfangt"**. Die neue Bewegung verspricht ihnen einen großen „Gewinn" und stellt es ihnen als verlockend und „lohnend" hin, ein neues und höheres Christentum zu erhalten. Johannes warnt: Ihr „gewinnt" nicht, sondern ihr **„verliert"**. Euch entgeht der wahre, **„volle Lohn"** ewiger Herrlichkeit[292].

Vom **„Lohn"** ist im NT immer wieder ganz unbefangen die Rede. Man hat sich oft daran gestoßen und von einer „niedrigen Lohn-Ethik" gesprochen. Man müsse doch das Gute um des Guten willen tun, ohne nach „Lohn" zu fragen. Nun, darüber müssen wir das NT nicht erst belehren. Jesus hat ein falsches Lohndenken radikal abgewiesen (Lk 17, 10). Und die zentrale Botschaft des NT von der Gerechtigkeit vor Gott ohne Verdienst allein aus Gnade (Rö 3, 24) schließt alles Schielen nach „Lohn" grundsätzlich aus. Aber es gehört zur „Lebendigkeit" und „Menschlichkeit" der biblischen Botschaft, daß sie in scheinbarem Widerspruch dazu nun doch auch froh und mutmachend von **„Lohn"** sprechen kann. Auch der größte ethische Fanatiker wird es nicht ablehnen, wenn ihm nach einem harten und gefahrvollen Einsatz „gedankt" wird und wenn er Anerkennung findet und ein freies Geschenk empfängt. Der „Lohn" im NT ist nie Sache eines Rechtsanspruches. Aber es ist die Freude eines lebendigen und liebenden Gottes, seine Diener in freier Großzügigkeit zu „belohnen", wenn sie durch Gefahr und Not hindurch treu in ihrem Einsatz gewesen sind. So darf die Gemeinde auf den Tag Gottes blicken, an dem es sich zeigen wird, daß keiner vergeblich Gott diente, daß alle Treue in ihrem Einsatz für Gott **„vollen Lohn"** erhält[293]. Diesen Blick soll die Gemeinde gerade jetzt in der Anfechtung durch Verführung haben,

[292] Der Lesart „damit wir nicht verlieren, was wir erarbeitet haben" entspricht eine Umformung des Schlusses: „sondern vollen Lohn empfangen". Dann hätte der Apostel in der ganzen Mahnung nur an sich und seine Mitarbeiter gedacht. Wie unwahrscheinlich ist das!

[293] Es bleibt bei der schönen Regel W. Löhes für seine Diakonissen: „Was will ich? Dienen will ich. Wem will ich dienen? Dem Herrn in seinen Elenden und Armen. Und was ist mein Lohn? Ich diene weder um Lohn noch um Dank, sondern aus Dank und Liebe. Mein Lohn ist, daß ich dienen darf." Aber hier, wie so vielfach in der Bibel, ist das lebendige Leben erst dann voll beschrieben, wenn zugleich das herzliche Lohnen Gottes unbefangen und mit Freude gesehen wird. Die mit „Goldenen Kronen" belohnten „Ältesten" werden schon ihre Kronen immer wieder vor dem Thron niederlegen und Gott allein alle Ehre geben (Offb 4, 10. 11).

damit sie nicht „verliert“, sondern „das Ziel ihres Glaubens davonträgt“ (1 Pt 1, 9) und den vollen Gnadenlohn erhält.

Die Gefahr der Verführung durch die modernen Gedanken der 9
Gnosis ist darum so groß, weil hier ein fortgeschrittenes, höheres Christentum angeboten wird. Die neuen Lehrer gehen anscheinend viel weiter vorwärts, sie lassen das apostolische Christentum hinter sich, das dagegen „veraltet“, „unmodern“ und „primitiv“ aussieht. Soll es wirklich immer nur bei der gleichen Botschaft von Sünde und Gnade, vom stellvertretenden Opfer, von der leidenden Liebe am Kreuz bleiben? Gibt es nicht ganz andere geistige Höhen, großartige Systeme, wunderbare „Erkenntnisse“?

Die Gemeinde soll sich durch all das nicht täuschen lassen. **„Jeder, der weitergeht und nicht bleibt in der Lehre des Christus, hat Gott nicht.“** Was immer die Gemeinden „gewinnen“ mögen durch die neuen Lehren, sie verlieren Gott, den wirklichen Gott und seine wahre rettende Liebe, die nur in Jesus Christus, dem Gekreuzigten, zu finden ist[294]. Welcher geistige „Gewinn“ könnte diesen „Verlust“ aufwiegen? Das „Bleiben“ in der apostolischen Lehre mag rückständig erscheinen, ein bloßes Beharren beim Alten, ein ängstliches Anklammern an die Tradition – es gilt dennoch: **„Wer in der Lehre bleibt, der hat sowohl den Vater als auch den Sohn.“** Die **„Lehre“** kann freilich zu einer bloßen, trockenen Schale werden. Aber das wird sie nur, wenn man sie nicht mehr wahrhaft in ihrem mächtigen Inhalt hört! Den lebendigen Inhalt hat man immer nur in der **„Lehre“**, die allein uns den Inhalt zutragen und vermitteln kann[295]. Der Ausdruck **„Lehre des Christus“** kann als Genetiv des Objektes wie des Subjektes verstanden werden. Es geht um die Lehre, die Christus gerade als den im Fleisch Kommenden, Gekreuzigten und leibhaftig Auferstandenen zum Inhalt hat. Es ist aber auch die Lehre, in der Christus selber in der Macht des Heiligen Geistes Menschen lehrt und überführt. Was sollen wir mehr verlangen? Die Gemeinde hat die Zusicherung: **„Wer in der Lehre bleibt, der hat sowohl den Vater als auch den Sohn“**. Johannes wiederholt

[294] Wie nötig haben auch wir heute diese Mahnung, wenn wir von mancher Seite aufgefordert werden, doch „weiterzugehen“ und die Apostel „besser zu verstehen, als sie sich selbst verstanden“. Aber wir wollen auch für uns selber „Gewinn und Verlust“ nüchtern und klar bedenken.

[295] Luther hat von sich bekannt, daß er zeitlebens ein Schüler des Katechismus geblieben sei (Weimarer Ausgabe 40 III S. 192, Tischreden EVA Berlin 1953, S. 59, S. 163). Auch wir selber können erfahren, wie gerade in schweren Tagen und harten Anfechtungen der „Katechismus“, also die schlichte Zusammenfassung der biblischen Lehre, voll Kraft und Leben ist. Freilich soll uns dann diese Zusammenfassung zum eingehenden Studium der Heiligen Schrift „treiben“. Gründliche Bibelkenntnis und klares Erfassen der „Lehre“ der Apostel tut unseren Gemeinden not. Es ist erschreckend, wie unbewandert in der Bibel viele auch in unseren gläubigen Kreisen sind.

hier, was er im 1. Brief in 2, 23; 4, 15 über die unlösliche Zusammengehörigkeit von Vater und Sohn bezeugt hat. Wir können den Vater immer nur im Sohn und den Sohn nur mit dem Vater zusammen „haben". Es geht nicht um einzelne „Dogmen" und theologische Sätze in denen man auch „anderer Meinung" sein könnte. Es geht um die Wirklichkeit Gottes, und zwar um eine nicht nur theoretisch erkannte, sondern lebendig zu „habende".

10/11 Weil es um das ganze Heil im „Haben" des wahren, lebendigen Gottes geht, darum muß die Abweisung der verführerischen Irrlehre radikal sein. Es genügt nicht eine theologische Bekämpfung der falschen Lehre, es ist auch der Verbreiter der Irrlehre ganz konkret abzuweisen und von der Gemeinde fern zu halten. **„Wenn einer zu euch kommt und diese Lehre nicht bringt, dann nehmt ihn nicht ins Haus auf und entbietet ihm keinen Gruß."** Uns sind solche Sätze zunächst fremd, ja, bedenklich und anstößig[296]. Wir sind an den „Pluralismus" und die Toleranz gewöhnt. Wir kommen darum sofort mit der „Liebe", die doch so nicht handeln könne, wie es Johannes hier von einer Gemeinde verlangt. Aber wir werden einen Johannes nicht erst an die Liebe erinnern müssen! Seine Härte gegen die Irreführer kommt aus der Liebe! Der Liebe geht es um das Leben des Nächsten. Und hier ist das eigentliche Leben in seinem Zentrum bedroht. Gemeindeglieder werden um ihr Leben betrogen, wenn die falschen Lehrer nicht radikal von der Gemeinde ferngehalten werden. Der Apostel ruft nicht nach staatlicher Gewalt zur Unterdrückung der Irrlehrer. Er will ihre Vertreter nicht ins Gefängnis bringen. Aber die apostolische Gemeinde soll sich selber so völlig gegen sie verschließen, daß sie nicht ins Haus aufgenommen, ja nicht einmal gegrüßt werden. Denn der Gruß wäre schon eine Art Anerkennung und ein Stück Gemeinschaft mit ihnen. **„Denn wer ihm einen Gruß entbietet, nimmt teil an seinen Werken, den bösen[297]."**

[296] Wir werden daran denken müssen, daß auch Jesus um der Sache Gottes willen so hart reden konnte (Mk 3, 33—35; Lk 14, 26).

[297] Wir werden diese Sätze eines Johannes zur Kenntnis nehmen müssen. Ja, wir werden uns von ihnen fragen lassen müssen, ob wir nicht gerade dadurch die Liebe verletzen, wenn wir die Kirche zu einem verwirrenden Sprechsaal entgegengesetzter Lehren machen lassen. Es sei noch einmal an Luthers Schrift erinnert: „Daß eine christliche Versammlung oder Gemeinde Recht und Macht habe..." (vgl. S. 100). Freilich wird jeweils zu prüfen sein, ob wir es bei einem Prediger mit einer Irreführung durch falsche Ausbildung zu tun haben, aus der er herausgeholt und herausgebetet werden kann, oder ob er hochfahrend seine falschen Lehren der Gemeinde aufzwingen will. Im Blick auf das Beten für Irrlehrer vgl. das zu I 5, 16 Ausgeführte.

DER ABSCHLUSS

2 Johannesbrief 12—13

zu Vers 12: 1 Jo 1, 4; 3 Jo 13 f; Gal 4, 20
zu Vers 13: 1 Pt 5, 13

12 **Vieles habe ich euch zu schreiben; aber ich wollte es nicht mit Papier und Tinte tun. Ich hoffe vielmehr zu euch zu kommen und von Mund zu Mund zu reden, damit unsere Freude vollendet sei.**
13 *** Es grüßen dich die Kinder deiner Schwester, der Auserwählten.**

Der Apostel bricht seinen Brief hier ab, nicht weil er alles gesagt hat und keinen weiteren Stoff mehr hätte. Im Gegenteil: **„Vieles habe ich euch zu schreiben."** An Stoff mangelt es nicht. Doch der Apostel ist sich der Unzulänglichkeit der schriftlichen Mitteilung bewußt. **„Aber ich wollte es nicht mit Papier und Tinte tun. Ich hoffe vielmehr zu euch zu kommen und von Mund zu Mund zu reden."** Wir freuen uns, daß es „Briefe" gibt. Die Briefe der Apostel sind nicht umsonst ein wesentlicher Teil des NT. Welche Rolle haben „Briefe" auch in der Kirchengeschichte gespielt[298]! Aber sie sind auch immer wieder nur „ein Notbehelf" und können die gründliche Verkündigung und das persönliche Gespräch nicht ersetzen. Auch Paulus hat gerade in der notvollen Situation der Verwirrung in den galatischen Gemeinden die Begrenztheit der schriftlichen Mahnung sehr empfunden. Bei persönlicher Anwesenheit kann man „die Stimme wandeln" (Gal 4, 20) und ganz anders auf die Lage der Hörer, auf ihre Fragen und Schwierigkeiten eingehen. So ist es die Hoffnung des Johannes, nicht nur in den knappen Zeilen des Briefes sich an die Gemeinde zu wenden, sondern von **„Mund zu Mund"** reden zu können[299]. Dann erst wird **„unsere Freude vollendet"**. Bei dem kurzen Brief könnte noch viel zu fragen sein; manches möchte der Gemeinde als „harte Rede" vorkommen. Es bleiben Unklarheiten und Unsicherheiten. Aber wenn Johannes selbst da ist und mit den Gliedern der Gemeinde reden kann, wird alles klar und gewiß werden. Das wirkt dann vollendete Freude im Herzen der Gemeinde und des Apostels[300]. 12

Johannes hat — wie der Apostel Paulus in vielen seiner Briefe — Grüße auszurichten: **„Es grüßen dich die Kinder deiner Schwester, der Auserwählten."** Er grüßt von den Gliedern der Gemeinde, in der 13

298 Unschätzbar sind z. B. die Briefe Vater Bodelschwinghs und Mutter Evas; ebenso die Briefe Luthers oder Calvins.

299 Der Ausdruck „von Mund zu Mund" findet sich schon im AT in 4 Mo 12, 8; Jer 39, 4; LXX.

300 Auch wir werden bei allen Kommunikationsmitteln nicht vergessen dürfen, wie unersetzlich das ist, was Paulus das „Sehen des Angesichtes" (1 Th 2, 17), Johannes hier das „Reden von Mund zu Mund" nennt. Erst im unmittelbaren, persönlichen Zusammensein wird das Wort geschenkt, das konkret in die Lage des andern hineinspricht.

er weilt. Sie wird als **„Schwester"** der Gemeinde[301] bezeichnet, an die Johannes schreibt. Auch sie wird **„die Auserwählte"** genannt, da ihr Dasein als solches völlig auf der Erwählung Gottes beruht[302]. Ihre **„Kinder"** sind die Glieder der Gemeinde, ohne daß damit gesagt sein müßte, daß diese Gemeindeglieder unmittelbar von dieser Gemeinde selbst zu Jesus geführt worden seien. Die Gemeinde als solche mußte konkret dasein, ehe sie weitere Menschen gewinnen konnte. Sie hatte also bereits „Kinder", ehe sie neue Kinder zeugen konnte. Ist eine Gemeinde als „Frau" vorgestellt, so können ihre Glieder nur im Bild der „Kinder" gesehen werden.

301 Damit wird bestätigt, was wir zu der Anrede im Eingangsgruß sagten. Es ist kaum anzunehmen, daß sich der Apostel bei einer leiblichen Schwester der „Herrin" aufhält, an die er als an eine einzelne Frau seinen Brief richtete.
302 Vgl. 1 Th 1, 4. 5.

Der dritte Brief des Johannes

DER EINGANGSGRUSS

3 Johannesbrief 1—2

1 **Der „Alte"** (wörtlich: der „Älteste") **an Gajus, den Geliebten, den** zu Vers 1:
2 **ich selber liebe in Wahrheit. * Geliebter, in jeder Hinsicht wünsche** 2 Jo 1
ich, daß es dir wohlgeht und du gesund seist, wie es ja deiner Seele
wohlgeht.

Wir haben es in diesem dritten Schreiben des Johannes der Form 1
nach mit einem kurzen[303] Privatbrief zu tun. Es ist bezeichnend, daß in ihm die Form antiker Briefe noch stärker eingehalten wird als in dem vorigen Schreiben. Das bestätigt unsere Annahme, daß der 2. Johannesbrief kein Schreiben an eine einzelne Frau ist, sondern einer Gemeinde gilt, die als „erwählte Herrin" angeredet wird. Doch ist auch unser drittes Schreiben kein Privatbrief im eigentlichen Sinne; obwohl es sich an einen einzelnen Mann wendet, spricht es doch von den Angelegenheiten einer Gemeinde.

Der Absender ist, wie im vorangegangenen Brief, der **„Alte"**[304]. Wenn er sich hier auch einem einzelnen Mann gegenüber so nennt, muß es sich um eine Bezeichnung handeln, die weithin bekannt und anerkannt war. An eine Amtsbezeichnung „der Presbyter" ist hier vollends nicht zu denken.

Der Adressat ist ein **„Gajus"**, von dem wir nichts Näheres über unseren Brief hinaus wissen können. Dazu ist der Name viel zu häufig. Er kommt im NT viermal vor: Apg 19, 29; 20, 4; Rö 16, 23; 1 Ko 1, 14[305]. Der Empfänger unseres Briefes ist mit Johannes herzlich verbunden und wird **„der Geliebte"** genannt. Wir denken an Kol 4, 14, wo Lukas, der Arzt, von Paulus so bezeichnet wird[306]. Zu dieser Bezeichnung und zu der Herzlichkeit des ganzen Schreibens würde es gut passen, wenn nach V. 4 Gajus durch Johannes selbst zum Glauben

[303] Der 2. und 3. Johannesbrief sind fast gleich lang (2. Johannesbrief: 1 126 Buchstaben, 3. Johannesbrief: 1 105 Buchstaben) und füllen je ein gleich großes Papyrusblatt. Briefe dieses Formats sind uns aus dem Altertum auch sonst erhalten.

[304] Vgl. dazu die Auslegung von 2 Jo 1.

[305] Von denen, die in diesen Stellen genannt sind, könnte nur „Gajus aus Derbe" (Apg 20, 4) in dem Raum zu denken sein, in den hinein Johannes schreibt.

[306] Die herzliche Benennung als „Geliebter" ist im NT häufig: Apg 15, 25; Rö 16, in der Grußliste mehrfach: Eph 6, 21; Kol 1, 7; 2 Tim 1, 2; Phil 1; 2 Pt 3, 15. Daß dort, wo die Liebe regiert, diese Bezeichnung viel gebraucht wurde, ist verständlich. Ihr inneres Gewicht wird aus Stellen wie Mt 3, 17; Mk 6, 12 deutlich.

gekommen ist. Freilich nennt der alte Apostel im 1. Brief alle Gemeindeglieder „Kinder" oder „Kindlein", ohne daß er darum auch ihr geistlicher Vater im engeren Sinn sein müßte. Aber das betonte „meine" Kinder in V. 4 könnte hier doch – wie Gal 4, 19 – einen engeren Sinn haben.

Gajus steht offenbar in einem Freundeskreis (V. 15), hat aber keine amtliche Stellung in der Gemeinde. Da aber Johannes der Bezeichnung „Gajus, den Geliebten" ausdrücklich hinzusetzt: **„den ich selber liebe in Wahrheit"**, ist Gajus offenbar auch von anderen geliebt worden. Warum er als ein „Geliebter" in der Gemeinde stand, werden uns die Verse 5–7 zeigen. Er darf sich aber darauf verlassen, daß auch der alte Apostel Johannes ihn **„in Wahrheit"**, also wirklich und echt, liebt.

2 Man hat im Briefeingang den üblichen Segenswunsch vermißt. Aber dieser schließt sich in V. 2 als eigener Satz sofort an V. 1 an. Er bleibt in seinen Ausdrücken nahe bei der Formel weltlicher Briefe jener Zeit, in denen der Wunsch für die Gesundheit des Empfängers häufig war und ja auch naheliegend ist. **„Geliebter, in jeder Hinsicht wünsche ich, daß es dir wohlgeht und du gesund seist, wie es ja deiner Seele wohlgeht."** Die Wortstellung bewahrt auch in der Übersetzung die Doppeldeutigkeit des vorangestellten **„in jeder Hinsicht"**. Es verbindet sich unmittelbar mit dem Verb „ich wünsche" und könnte den Sinn haben: „vor allen Dingen wünsche ich". Aber es wird wohl zum Wohlergehen gehören: „In jeder Hinsicht soll es Gajus wohlergehen." Dazu gehört das äußere, körperliche Wohlergehen in der Gesundheit. Auf eine Erkrankung des Gajus ist daraus so wenig zu schließen wie bei unseren Grüßen, die einem andern auch „die beste Gesundheit" wünschen, ohne daß er krank ist. Aber die Gesundheit ist im biblischen Denken nicht die Hauptsache. Viel wichtiger ist es, daß es **„der Seele wohlgeht**[307]". Und das ist bei Gajus der Fall. Der Apostel wünscht, daß das äußere Wohlaufsein des Gajus dem Wohlergehen seiner Seele entspreche. Warum Johannes von dem guten Stand des inneren Lebens bei Gajus überzeugt ist, das wird sogleich im nächsten Satz begründet und dann auch aus V. 5 aufs neue deutlich.

[307] Es ist üblich geworden, heute zu betonen, daß „Seele" ja nicht etwa wirklich die Seele des Menschen meine, sondern einfach mit „Leben" wiederzugeben sei. Aber der Wunsch für die körperliche „Gesundheit" des Gajus zeigt, daß der grüßende Apostel die Seele im Unterschied vom Körper doch als „Seele" sieht. Dazu mußte er wirklich nicht ein platonischer Philosoph sein! Das Wissen um die Seele des Menschen ist uralt und in der ganzen Welt verbreitet. Vgl. dazu die Ausführungen zu I 3, 16.

DAS ECHTE VERHALTEN ZU DURCHREISENDEN BRÜDERN

3 Johannesbrief 3—8

3 **Denn es ist mir eine große Freude gewesen, als Brüder kamen und**
deiner Wahrheit Zeugnis gaben, wie du in (der) **Wahrheit wandelst.**
4 *** Eine größere Freude habe ich nicht als die, daß ich von meinen**
5 **Kindern höre, daß sie in der Wahrheit wandeln. * Geliebter, treu-**
lich handelst du bei allem, was du an den Brüdern, und noch dazu
6 **an fremden tust. * Sie haben für deine Liebe Zeugnis abgelegt vor**
versammelter Gemeinde. Gut wirst du tun, wenn du sie zur Weiter-
7 **reise ausstattest in einer Gottes würdigen Weise. * Denn für den**
Namen sind sie ausgegangen, ohne etwas von den Heiden anzuneh-
8 **men. * Wir sind demnach verpflichtet, uns solcher Männer anzu-**
nehmen, damit wir Mitarbeiter werden für die Wahrheit.

zu Vers 3: 2 Jo 1
zu Vers 4: 1 Ko 4, 15
zu Vers 5: Mk 14, 6
zu Vers 6: Tit 3, 13
zu Vers 7: Mt 10, 8; Apg 20, 35; 1 Ko 4, 12; 9, 12—15
zu Vers 8: Mt 10, 40 f; Rö 16, 2; Hbr 13, 2

3

Wie wir es in den Briefen des Paulus kennen, kommt nun zuerst der „Dank"[308]. Das ist aber keineswegs nur „Formsache". Die Voranstellung des Dankes kennzeichnet die innere Haltung der Apostel und der „Christen". Ihr erster Blick gilt dem Guten und Erfreulichen, das Gott wirkt und schenkt. Das geschieht hier nicht unmittelbar in der Form eines Dankes gegen Gott. Im NT herrscht innerhalb großer Grundlinien volle Freiheit. Johannes gibt einfach seiner Freude Ausdruck, die für ihn selbstverständlich dankende Freude ist. **„Denn es ist mir eine große Freude gewesen, als Brüder kamen und deiner Wahrheit Zeugnis gaben, wie du in** (der) **Wahrheit wandelst."** Wir sehen den äußeren Anlaß des Schreibens. Brüder kamen aus der Gemeinde, in der Gajus lebte, und erzählten dem Apostel von Gajus. Sie **„gaben seiner Wahrheit Zeugnis"**. Was sie erzählten, wurde zum Zeugnis für Gajus, und zwar für seine **„Wahrheit"**. Damit ist auch hier wieder nicht nur die Aufrichtigkeit und Wahrhaftigkeit[309] des Gajus gemeint. Es ist die ganze „Wirklichkeit" des Gajus, die Wirklichkeit seiner inneren Haltung und seines tatsächlichen Lebens, die im Zeugnis der Brüder vor Johannes steht. Das wird in dem ausdrücklichen Zusatz **„wie du in** (der) **Wahrheit wandelst"**, sichtbar. Wenn wir dabei die **„Wahrheit"** durch den Zusatz des Artikels zu einer ganz bestimmten Sache machen, dann meint der Apostel hier **„die Wahrheit"**, die Jesus selber ist (Jo 14, 6), die wahre Wirklichkeit Gottes. In ihr **„wandelt"**, in ihr „lebt" Gajus. Sie gestaltet sein Denken und Leben. Das
ist des Apostels Freude. Denn er kann versichern: **„Eine größere Freu-** 4

[308] So bei Paulus in Rö 1, 8; 1 Ko 1, 4; Phil 1, 3; Kol 1, 3; 1 Th 1, 2; 2 Th 1, 3; 1 Tim 1, 12; 2 Tim 1, 3. In 2 Ko 1, 3 und Eph 1, 3 steht dafür der Lobpreis Gottes.

[309] Vgl. die Ausführungen zu 1 Jo 2, 4. 22; 3, 19.

de habe ich nicht als die, daß ich von meinen Kindern höre, daß sie in der Wahrheit wandeln." Johannes übertreibt nicht. Jeder Verkündiger des Evangeliums, jeder Prediger, jeder Gemeindeleiter, kann es bezeugen: Menschen, die wir zu Jesus führen konnten und die so in besonderem Maße unsere „geistlichen Kinder" sind, liegen uns am Herzen[310]. Es ist nicht selbstverständlich, daß sie im Glauben bleiben und in ihrem ganzen Leben vom Evangelium, von der Wahrheit und Wirklichkeit Gottes, erfaßt und gestaltet werden. Es ist eine Freude einziger Art, wenn wir hören dürfen, daß sie tatsächlich **„in der Wahrheit wandeln"**.

5 Weil diese **„Wahrheit"** nicht eine Theorie, nicht ein Gedankending, sondern eine volle, umfassende „Wirklichkeit" ist, darum gehört zu ihr die Praxis der Lebensgestalt, die herzliche Übung der Liebe. Es war schon im 1. Brief kennzeichnend für den Apostel Johannes, daß ihm in gleicher Weise die Reinheit der Lehre und die Übung der Liebe entscheidend war[311]. So ist auch bei Gajus sein „Wandel in der Wahrheit" zugleich ein praktisches Leben in der Liebe. Wir denken an 1 Jo 4, 16b und 4, 21. Es geht dem Apostel gerade um die Liebe zum „Bruder". Der „Bruder" ist aber nie eine bloß gedachte Gestalt. Er steht konkret in einer bestimmten Lage vor mir und bedarf in dieser Lage meiner ebenso konkreten Hilfe. Gajus hat es mit **„Brüdern"** zu tun, die ihm ganz **„fremd"** sind, weil sie als wandernde Missionare (V. 7) in die Gemeinde kommen und dort Aufnahme und Hilfe nötig haben. Gajus sieht in ihnen seine „Brüder" und gibt ihnen die Hilfe, die sie brauchen. Mit Freude kann der Apostel ihm schreiben: **„Geliebter, treulich handelst du bei allem, was du an den Brüdern, und noch dazu an fremden, tust."**

6 Diese Brüder haben die tatkräftige Liebe des Gajus empfunden. **„Sie haben für deine Liebe Zeugnis abgelegt vor versammelter Gemeinde."** Das ist sicher die Gemeinde, in der Johannes jetzt weilt und von der aus er seinen Brief schreibt. Was er in diesem Vers sagt, ist die Fortsetzung von dem, was er in V. 3 berichtete. Die dort erwähnten Brüder haben ihm nicht nur persönlich von Gajus erzählt; sie haben auch in der Gemeindeversammlung von ihrer Reise berichtet und dabei für die Liebe des Gajus **„Zeugnis abgelegt"**. Das grie Wort für **„Gemeinde"** trägt den Sinn von „Versammlung" in sich. Es kann freilich einfach die „Gemeinde" ganz allgemein benennen. Aber es erinnert zugleich immer daran, daß zum Wesen einer **„Gemeinde"** das wirkliche Zusammenkommen gehört. Es meint die „Gemeindever-

[310] Paulus kann den Thessalonichern schreiben, nun „lebe" er, wenn er weiß, daß sie trotz aller Drangsale „feststehen im Herrn" (1 Th 3, 8).

[311] Das ist aber bei Paulus nicht anders, wie 1 Ko 13 zeigt.

sammlung". So haben wir es hier mit **„versammelter Gemeinde"** wiedergegeben. Nur so konnten die Brüder „vor der Gemeinde" bezeugen, wie Gajus ihnen wohlgetan hatte. Zugleich wird jetzt deutlich, daß die „Brüder" in V. 3 nicht zufällig und nicht nur rein persönlich zu dem Apostel „kamen", sondern daß sie zu den wandernden Evangelisten gehörten, die auch die Gemeinde des Gajus besucht hatten.

Wenn Johannes formuliert: **„Gut wirst du tun, wenn du sie zur Weiterreise ausstattest in einer Gottes würdigen Weise"**, müssen wir wohl annehmen, daß die Brüder von Johannes aus noch einmal in die Gemeinde zu Gajus zurückkehren, um dann erst eine weitere Missionsreise zu unternehmen. Wahrscheinlich nahmen sie den Brief des Apostels mit zu Gajus. Wir stoßen hier auf das Wort „propempein", das wir auch in Apg 15, 9 und Rö 15, 24 finden. Es wird in der LÜ mit „geleiten" wiedergegeben. Aber das trifft den Vorgang nicht, der hier gemeint ist. „Geleiten" konnte Gajus die Brüder nicht; er mußte ja an seinem Ort bleiben. Und mit einem bloßen „Weiterschicken", wie es wörtlich heißt, war es nicht getan. Eine Ausrüstung zur Reise war nötig. Die Benutzung eines Schiffes war kostspielig. Aber auch bei längeren Fußwanderungen mußte Geld für Unterkunft und Verpflegung da sein. Darum bittet der Apostel die Brüder, die er nun kennengelernt hat, für ihre Weiterreisen **„auszustatten"**. Und dies nicht sparsam und kümmerlich, sondern in einer **„Gottes würdigen Weise"**. Gott war für die Christen eine allgegenwärtige Wirklichkeit, die den ganzen Wandel, alles Tun und Lassen, bestimmte. Gott war gegenwärtig, wenn die Brüder verabschiedet wurden. Es wäre unwürdig vor Gott, wenn ihnen nur eben das Nötigste mitgegeben wurde. **„Gottes würdig"** ist nur ein großzügiges Ausstatten der Brüder.

„Denn für den Namen sind sie ausgezogen, ohne etwas von den 7/8
Heiden anzunehmen." Hier sehen wir, daß es sich wirklich um „Missionare" handelt. Für welchen „Namen" sie auszogen, muß nicht erst gesagt werden. **„Der Name"** ist jener „Name über alle Namen" (Phil 2, 9), den Jesus von Gott erhalten hat. Über die Bedeutung des „Namens" vergleiche die Ausführungen zu 1 Jo 2, 12. Auf den **„Namen"** Jesus als Inhalt der Verkündigung der Christen weist auch Apg 4, 10. 17; 5, 40 f; 8, 12; 9, 15. **„Für den Namen sind sie ausgezogen."** Den „Namen Jesu" wollen sie bekannt machen und Menschen für Jesus gewinnen. Dabei wollen sie unterwegs **„von den Heiden"** nichts **„annehmen"**. Wir müssen vor Augen haben, daß damals viele Wanderredner umherreisten, die für religiöse Kulte und für Weltanschauungen und Lebensgestaltungen warben. Es gab darunter recht zweifelhafte Männer, die sich gern von ihren Zuhörern Geld geben ließen und so auf bequeme Weise ihren Lebensunterhalt erwarben. Es mußte den

Boten Jesu daran liegen, nicht mit solchen Leuten verwechselt zu werden und die völlige Redlichkeit und Selbstlosigkeit ihres Handelns zu beweisen[312]. Darum nahmen sie von ihren heidnischen Hörern keine Gaben an. Johannes leitet von daher die Verpflichtung der Gemeinde ab, ihrerseits den Boten Jesu alle notwendige Unterstützung zu gewähren: **„Wir sind demnach verpflichtet, uns solcher Männer anzunehmen, damit wir Mitarbeiter werden für die Wahrheit."** Es können nicht alle Gemeindeglieder in den Reisedienst für Jesus hinausziehen, so dringend nötig dieser Dienst ist. Aber alle, die aus berechtigten Gründen zu Hause bleiben müssen, können **„Mitarbeiter für die Wahrheit werden"**, indem sie die Boten Jesu unterstützen[313]. Es ist schön, daß der Apostel gerade hier ein „Wir" gebraucht und nicht nur mit einem „Ihr" die andern anredet und verantwortlich macht. Wenn wir **„Mitarbeiter für die Wahrheit"** werden, dann ist auch hier wieder **„die Wahrheit"** nicht intellektualistisch gemeint. Es gilt, Menschen die volle „Wahrheit" ihres Lebens aufzudecken, ihre ganze Verlorenheit vor Gott. Es gilt ihnen zu zeigen, wie sie erst in der Annahme der Liebe Gottes und im eigenen daraus erwachsenen Lieben „wahre" Menschen werden.

AUSEINANDERSETZUNG MIT DIOTREPHAES

3 Johannesbrief 9—10

zu Vers 9: Mt 20, 27
zu Vers 10: Mt 23, 13

9 **Ich habe ein kurzes Schreiben an die Gemeinde gerichtet. Aber Dio-**
trephæs, der den ersten Platz unter ihnen einnehmen möchte,
10 **nimmt uns nicht an. * Deswegen werde ich, wenn ich komme, seine**
Werke in Erinnerung bringen, die er tut, indem er mit bösen Worten gegen uns schwatzt. Und sich hiermit nicht begnügend, nimmt er selbst die Brüder nicht auf und hindert auch noch die Willigen und stößt sie aus der Gemeinde aus.

[312] So hatte schon Jesus selbst seinen Boten Anweisungen gegeben (Mt 10, 8). Vgl. vor allem das Verhalten des Paulus: 1 Ko 9, 15—18; 2 Ko 10, 7—10.

[313] Es ist auch bei uns das Geben und Beten der Heimatgemeinde echte Mitarbeit bei der Evangelisation der Welt. Es ist allerdings beschämend wenig getan worden. Unsere „Mitarbeit" in der Evangelisation und in der Diakonie durch Fürbitte und durch das Darreichen von Mitteln müssen wir noch viel ernster zu unserer Sache machen. Wieviel Geld haben wir für uns selber zur Erfüllung eigener Wünsche übrig, und wieviel stellen wir für Gottes Werk zur Verfügung! Vgl. auch dazu die Auslegung von 2 Ko 8 in der W. Stb.

Wir erhalten durch diese Sätze unseres Briefes einen lebendigen Einblick in das urchristliche Gemeindeleben. Seitdem gerade die großen Zentren der Christenheit, Rom und Antiochia, nicht durch namhafte Apostel, sondern durch unbekannte Männer entstanden waren[314], vollzog sich die Evangelisierung ganzer Gegenden weiter durch solche „Brüder", die „für den Namen" Jesu auszogen. Der Apostel Paulus hatte planmäßig seine Arbeit in den größeren Städten getan. Die umliegenden Kleinstädte[315] und die Fülle der Dörfer müssen von den Gemeinden aus, durch „Brüder", erreicht werden. Es wird in dem Dienst des Apostels Johannes nicht anders gewesen sein, wenn wir auch nirgends näheres über seine Arbeitsweise erfahren. Gemeinden boten solchen wandernden Evangelisten gastliche Aufnahme und Reiseunterstützung und wurden so Mitträger ihrer Arbeit.

Aber wir dürfen hier kein ideales Bild urchristlichen Gemeindelebens auf Goldgrund malen. Das nächste Stück unseres Briefes läßt uns auch Schwierigkeiten und Nöte erkennen.

„Ich habe ein kurzes Schreiben an die Gemeinde gerichtet. Aber 9/10
Diotrephæs, der den ersten Platz unter ihnen einnehmen möchte, nimmt uns nicht an." In diesem Schreiben ist es, wie V. 10 zeigt und wie es dem Zusammenhang des Briefes entspricht, ebenfalls um die Aufnahme solcher Brüder gegangen. In der Gemeinde lebt ein Mann namens Diotrephæs. Er will eine führende Rolle in der Gemeinde spielen und **„möchte den ersten Platz unter ihnen einnehmen"**. Er sucht die Gemeinde gegen die wandernden Brüder zu verschließen. Er tut das sehr radikal. Johannes schreibt von ihm: **„Er selbst nimmt die Brüder nicht auf und hindert auch noch die Willigen und stößt sie aus der Gemeinde aus."** Mit welchem Grund er dieses sein Verhalten rechtfertigt, wird nicht gesagt. Vielleicht hat er einzelne schlechte Erfahrungen gemacht, die er nun verallgemeinert. Schon die jüdischen Gemeinden hatten sich gegen Ausnutzung ihrer Gastfreundschaft seitens unlauterer Elemente durch „Empfehlungsschreiben" zu schützen gesucht, mit denen sich redliche Männer aus fremden Gemeinden ausweisen konnten. Diesen Brauch hatte man auch in der jungen Christenheit zu übernehmen begonnen[316], ohne aber ein allgemeines Kontrollsystem daraus zu machen. So mochte Diotrephæs ein gewisses Mißtrauen gegen Wanderprediger haben und sie von vornherein von

[314] Für Antiochia wird uns das in Apg 11, 19—21 anschaulich geschildert.

[315] Ein Beispiel dafür ist Kolossä, wo die Gemeinde nicht durch Paulus, sondern durch Epaphras entstanden ist. Durch seine Erwähnung in Kol 1, 7 kennen wir einmal den Namen eines solchen „Bruders".

[316] Vgl. dazu 2 Ko 3, 1 und die Auslegung in der W. Stb.

seiner Gemeinde fernzuhalten suchen[317]. Aber er ging dabei engherzig und herrschsüchtig vor. Vielleicht fürchtete er auch eine Beeinträchtigung seines Ansehens in der Gemeinde durch fremde Verkündiger.

Johannes hat der Gemeinde zu Hilfe kommen wollen und darum **„ein kurzes Schreiben"** an sie gerichtet. **„Aber Diotrephæs . . . nimmt uns nicht an."** Ist das denkbar, daß ein herrschsüchtiger Mann in einer einzelnen und sicherlich kleinen Gemeinde einen Apostel und seinen Brief **„nicht annimmt"**? Haben wir hier am Ende ein deutliches Zeichen dafür, daß eben doch nicht der Apostel Johannes der Verfasser des Briefes ist? Nun, wir brauchen uns nur daran zu erinnern, wie ein Apostel Paulus in den von ihm selbst gegründeten Gemeinden in Galatien und in Korinth behandelt worden ist! Johannes war „der Alte". Das konnte besondere Ehrfurcht erwecken. Es konnte aber auch geringschätzig ausgesprochen werden: „Ach, der Alte! Was weiß er von den Zuständen heute? Er soll uns in Ruhe lassen. Hier in der Gemeinde jedenfalls bestimme ich, Diotrephæs, hier werden fremde Brüder nicht aufgenommen!"

Johannes gibt sich nicht geschlagen. Seinen Brief kann man beiseitelegen. Aber Johannes wird persönlich in die Gemeinde kommen und vor allen Gemeindegliedern Diotrephæs zur Rede stellen. **„Deswegen werde ich, wenn ich komme, seine Werke in Erinnerung bringen, die er tut, indem er mit bösen Worten gegen uns schwatzt."** Wieder fragen wir, ob denn so etwas gegen einen Apostel Johannes möglich war? Aber wir erinnern uns daran, was in Korinth alles gegen Paulus „geschwatzt"[318] worden ist. Jesus selbst hat ein „solches Widersprechen von Sündern gegen sich erduldet (Hbr 12, 3), und dieses im frommsten Volk der Welt! Der Jünger aber ist nicht über seinem Meister. Die Apostel waren keine machtvollen Kirchenfürsten[319]!

[317] Die „Didache" oder „Zwölfapostellehre", eine Schrift aus der ersten Hälfte des zweiten Jahrhunderts, gibt zum Schutz der Gemeinden vor falschen Lehrern und Propheten strenge Vorschriften. Ohne Arbeit soll kein Bruder länger als zwei, höchstens drei Tage bleiben; dann solle er weiterziehen oder arbeiten. Jeder zugereiste Prophet sei ohne weiteres als Pseudoprophet zu betrachten, der sich in der Ekstase ein Mahl bestellt und dann wirklich das Mahl einnehme, oder der in der Ekstase Geld verlange. Der heidnische Spötter Lucian schildert in seinem „Peregrinus Proteus" einen solchen Wanderredner: „Peregrinus nun zog so zum zweitenmal aus und begab sich auf Wanderschaft; einen hinreichenden Zehrpfennig hatte er von den Christen, die seine Trabanten machten, so daß er in Hülle und Fülle lebte."

[318] Dieses grie Wort für „schwatzen" kann auch den Sinn von „unberechtigten Anklagen" haben. Aber die Grundbedeutung wird hier doch zu bedenken sein. Wieviel wird gerade unter Christen durch das unbedachte „Schwatzen" über andere angerichtet! Wie schnell werden dabei „böse Worte" leichthin gebraucht.

[319] Vgl. 1 Ko 4, 9–13!

Es ist bezeichnend für den Apostel Johannes, daß ihm nicht diese persönliche Mißachtung die Hauptsache ist. Hätte sich Diotrephæs **„hiermit begnügt"**, so hätte Johannes es wohl still ertragen. Aber Diotrephæs geht weiter: **„und sich hiermit nicht begnügend, nimmt er selbst die Brüder nicht auf und hindert auch noch die Willigen und stößt sie aus der Gemeinde aus."** Diese lieblose Härte gegen die Brüder aus der Fremde und gegen die gastfreundlichen Gemeindeglieder wie Gajus kann Johannes nicht durchgehen lassen. Wie Paulus will auch Johannes persönlich in der bedrohten Gemeinde erscheinen und das ganze Tun des Diotrephæs **„in Erinnerung bringen"**, als offen ins Licht stellen. Dann soll die Gemeinde selber urteilen.

Nun müssen wir versuchen, ein klares Bild der Vorgänge zu bekommen, auf die sich die Worte des Johannes beziehen. Diotrephæs **„nimmt selbst die Brüder nicht auf und hindert auch noch die Willigen und stößt sie aus der Gemeinde aus"**. Ist Diotrephæs so etwas wie ein „Bischof" der Gemeinde, der die Gemeinde regiert und mit rechtlicher Vollmacht zu handeln vermag? Ist das „Ausstoßen aus der Gemeinde" der „Bann", den die junge Christenheit von der jüdischen Gemeinde übernommen hat[320]? Wird der „Bann" von Diotrephæs allein mit „bischöflicher" Gewalt verhängt? Es kann zunächst alles so klingen. Aber diese Auffassung der Geschehnisse wird uns sofort zweifelhaft, wenn wir bedenken, daß Gajus in dieser Gemeinde doch ruhig die liebevolle Aufnahme der Brüder vollzogen hat und nun in unserem Brief aufgefordert wird, sie zu ihrer Weiterreise großzügig auszustatten. Doch wie sollen wir den Satz des Johannes verstehen? Zunächst muß sich bei seiner Schreibweise in der Feststellung, **„er stößt sie aus der Gemeinde aus"**, das **„sie"** nicht auf die „Willigen" beziehen, sondern kann auf „die Brüder" zurückgreifen. Dann würde Diotrephæs nicht unmittelbar in die Gemeinde selbst gewaltsam hineinregieren, sondern nur das „Nichtaufnehmen" bis zu einem „Ausstoßen" aus der Gemeinde steigern. Weiter hat man mit Recht darauf verwiesen, daß im Griechischen die Aussagen eines Tätigkeitswortes nicht immer schon die wirklich vollzogene Handlung, sondern manchmal auch den bloßen Versuch dazu meinen („präsens de conatu"). Diotrephæs „versucht" die Willigen zu hindern und sie aus der Gemeinde auszustoßen. In beiden Fällen aber ist klar, Diotrephæs ist nicht der amtliche und verfügungsberechtigte Leiter der Gemeinde. Davon sagt ja auch der Brief nichts. Johannes hat sein ganzes Schreiben „an die Gemeinde" gerichtet. Das wäre ganz unmöglich gewesen, wenn es in ihr schon einen „Bischof" im Sinn späterer Kirchenverfas-

[320] Vgl. etwa Jo 9, 22; 12, 42.

sung gegeben hätte[321]. Diotrephæs ist einfach ein Mann der Gemeinde, der gerade deshalb, weil er kein herrschendes „Amt" hat, **„den ersten Platz unter ihnen einnehmen möchte"**. Dann aber kann es sich nicht um einen „Bann" bei dem „Ausstoßen aus der Gemeinde" handeln, wie er nach bestimmten Regeln von zuständigen Instanzen im Judentum vollzogen werden konnte. Wir würden sinngemäß von einem „versuchten Hinausdrängen aus der Gemeinde" zu sprechen haben[322]. Vor diese, von Diotrephæs persönlich angegriffenen Gemeindeglieder, wird sich Johannes bei seinem Besuch in der Gemeinde stellen, vor allem gewiß vor Gajus selbst.

EINE EMPFEHLUNG FÜR DEMETRIUS

3 Johannesbrief 11–12

zu Vers 11: 1 Jo 2, 29 3, 6. 9; 4, 12 **zu Vers 12:** Jo 19, 35; 21, 24

11 Geliebter, ahme nicht das Böse, sondern das Gute nach. Wer Gutes
12 tut, ist aus Gott: wer Böses tut, hat Gott nicht gesehen. * Dem
Demetrius ist ein (gutes) **Zeugnis ausgestellt, von allen und von**
der Wahrheit selbst. Aber auch wir legen (für ihn) **Zeugnis ab,**
und du weißt, daß unser Zeugnis wahr ist.

11 Gajus mahnt er jetzt in seine nicht leichte Lage hinein: **„Geliebter, ahme nicht das Böse, sondern das Gute nach."** Auch böse Beispiele können eine bestimmte Kraft ausüben. Fand Diotrephæs nicht vielen Beifall in der Gemeinde? Kam man so nicht zur Macht? War es nicht klug, sich fremde Brüder lieber grundsätzlich fern zu halten und die Gemeinde als einen geschlossenen Bereich des eigenen Einflusses zu bewahren? Gajus soll sich von solchen Gedanken nicht anstecken lassen, sondern **„das Böse"** weiter klar als das Böse ansehen, das man

[321] Vgl. dazu die Ausführungen in der W. Stb. S. 37/38 im Philipperbrief, 1, 1. Auch in Korinth werden keine leitenden Männer der Gemeinde, nicht einmal „Älteste" sichtbar, an die sich Paulus als an die Verantwortlichen wenden konnte oder mußte. Vgl. auch das Johannesevangelium 2. Halbb. Einleitung S. 15.

[322] Es ist nicht unwichtig, daß in Jo 9,22; 12, 42 ein ganz anderes Wort steht als in unserer Briefstelle. „Ekballein = hinauswerfen" hat in sich selbst gar keinen „amtlichen" oder „feierlichen" Charakter. Auch in 1 Ko 5, 5 spricht Paulus nicht vom „Ausstoßen des Übeltäters", sondern von seiner „Übergabe an Satan zum Verderben des Fleisches". In Gal 1 werden die Irrlehrer mit dem „Anathema" bedacht, aber ebenfalls nicht „hinausgeworfen". So haben wir auch sprachlich das volle Recht, nicht an einen „Bann" zu denken, sondern an ein persönliches „Hinausdrängen" von Menschen durch den ehrgeizigen und wohl auch einflußreichen Diotrephæs.

nicht nachahmen darf. **„Nachahmen"**[323] darf und soll er schon, aber **„das Gute"**, wie er es bei Johannes gehört und gesehen hat.

Es geht dabei um das Entscheidende im Leben, um das Verhältnis zu Gott. Mag man nach der Methode des Diotrephæs bei Menschen Ansehen und Macht gewinnen, so gilt doch vor Gott: **„Wer Gutes tut, ist aus Gott; wer Böses tut, hat Gott nicht gesehen."** Wieder, wie schon in I 3, 7—10 äußert Johannes seine ganze einfache und darum so unausweichliche Überzeugung. Gott ist eindeutig für das Gute, wer immer es tut. Gott ist radikal gegen das Böse, auch wenn „fromme" oder „christliche" Leute es vollbringen. Nie verträgt sich das Licht mit der Finsternis, nie die Liebe mit irgendwelchen Formen des „Hasses". Wenn Johannes dabei formuliert, daß der Täter des Guten **„aus Gott sei"**, dann teilt er die Überzeugung des Paulus, daß von Natur das Gute nicht in uns heimisch ist (Rö 7, 18). Findet es sich in einem Menschen, dann ist es von Gott her in ihn hineingekommen. Der Satz des Johannes kann also nicht rationalistisch mißbraucht werden, als sei die Sendung und Hingabe des Sohnes Gottes für uns und die ganze christliche „Dogmatik" gar nicht nötig, weil jeder, der das Gute tut, **„aus Gott"** sei. Wohl aber werden wir durch die klare Überzeugung des Apostels gewarnt, das Gute, das außerhalb der gläubigen Kreise geschieht, herabzusetzen und „die Tugenden der Heiden" sofort für „glänzende Laster" zu erklären. Und auf jeden Fall ist der zweite, harte Satz des Johannes: **„Wer Böses tut, hat Gott nicht gesehen"** eine ernste Frage an uns, die wir viel von Gott sprechen. Haben wir Gott wirklich **„gesehen"**, haben wir in seinem Licht gestanden, hat seine Liebe uns überwältigt? Dann können wir nicht so handeln wie Diotrephæs und auch nicht mit seiner Art und Haltung liebäugeln, so erfolgreich sie immer sein mag. Diotrephæs war kein Heide und auch kein „Irrlehrer". Er hat sicher viel und nachdrücklich von Gott gesprochen. An seiner „Lehre" setzt Johannes nichts aus. Der Apostel aber muß zweifeln, ob er je Gott **„gesehen"** hat, wenn er so ungescheut böse Worte gegen einen Apostel schwatzt und die wandernden Brüder nicht aufnimmt und die gastfreundlichen Gemeindeglieder aus der Gemeinde zu drängen sucht.

Noch ein Name fällt: **Demetrius.** Wieder wissen wir nicht, wer die- 12
ser Mann war. Der Name ist häufig. Wir kennen ihn z. B. aus Apg 19, 24, wo ein Demetrius bei dem Aufstand der Silberschmiede in

[323] Das „Nachahmen" oder „Nachfolgen" wird auch von dem Apostel Paulus mehrfach empfohlen. Wir brauchen nicht nur lehrmäßig ethische Gedanken, das ist zu wenig. Wir brauchen „Vorbilder", die uns zur Nachfolge und Nachahmung anlocken und antreiben. Vgl. Phil 3, 17; 2 Th 3, 9; 1 Tim 4, 12; Tit 2, 7. Paulus hinterließ nicht ein Buch über „Christliche Ethik", sondern machte das rechte Leben eines Christen anschaulich an seinem eigenen Leben. Vgl. 1 Ko 4, 16; 11, 1; 1 Th 1, 6.

Ephesus eine führende Rolle spielt. Falls Demas eine Kurzform des Namens Demetrius ist, würde auch der in Kol 4, 14; Philem 24 und 2 Tim 4, 12 genannte Mitarbeiter des Paulus diesen Namen getragen haben. Aber der jetzt von Johannes genannte Mann wird ein ganz anderer sein. Da er dem Gajus so besonders empfohlen wird, kann er nicht ein Glied der Gemeinde sein, in der Gajus lebt. Dann hätte dieser ihn selber gekannt und recht beurteilt. Die Annahme liegt nahe, daß er zu den wandernden Brüdern gehörte und nun mit ihnen — vielleicht als ihr brüderlicher Leiter — zu Gajus kommt. Er mag der eigentliche Überbringer, vielleicht auch der Ausfertiger des Briefes[324] sein. Gajus soll sich von dem Mißtrauen des Diotrephæs nicht anstecken lassen. Demetrius ist ein zuverlässiger Mann. **„Dem Demetrius ist ein** (gutes) **Zeugnis ausgestellt von allen und von der Wahrheit selbst; aber auch wir legen** (für ihn) **Zeugnis ab, und du weißt, daß unser Zeugnis wahr ist."**

Damit wird unser Brief zu einem jener „Empfehlungsschreiben", von denen wir schon sprachen. Die Gemeinde, für die Demetrius ein Fremder ist, darf wissen, daß er in der Christenheit weithin geschätzt und angesehen ist. Ihm ist **„ein** (gutes)[325] **Zeugnis ausgestellt von allen"**. Das ist aber nicht nur menschliche Beliebtheit. Das Zeugnis ist ihm ebenso ausgestellt **„von der Wahrheit selbst"**. Wie Gajus, so wandelt er „in der Wahrheit". Das merkt man ihm an. Die Wahrheit selber beglaubigt den Demetrius in seinem Reden und Tun. Aber auch der Apostel Johannes kennt und schätzt Demetrius und empfiehlt ihn dem Gajus. Dieser aber weiß, daß Johannes nicht leichthin Zeugnisse ausstellt, sondern daß sein Zeugnis **„wahr ist"**, daß man sich darauf verlassen kann, weil es die Wirklichkeit beschreibt. Noch einmal wird die Lage der jungen Gemeinde deutlich. Allerlei fremde Männer kommen zu ihr und wollen Anerkennung und Hilfe von ihr haben. Konnte man ihnen trauen? Ein **„Zeugnis"** war ihnen nötig. Das Zeugnis „des Alten" wog viel, auch wenn ein Diotrephæs es geringschätzig ansah (V. 9). Aber das Zeugnis **„der Wahrheit selbst"**, das die Gemeinde innerlich erkennen kann, bleibt das Wichtigste.

[324] Vgl. 1 Pt 5, 12.

[325] Das Wort „gut" fügen wir im Deutschen gern hinzu, weil etwa ein Schüler auch ein „schlechtes" Zeugnis bekommen kann. Im Text steht nur das Wort „Zeugnis" selbst, das als solches den andern bestätigt und seine Anerkennung fordert. Vgl. die Verwendung des Wortes in Jo 5, 31—36 und 1 Jo 5, 6—11.

DER SCHLUSSGRUSS

3 Johannesbrief 13—15

13 **Vieles hätte ich dir zu schreiben, aber ich will nicht mit Tinte und** zu Vers 13:
14 **Feder dir schreiben. * Ich hoffe aber bald dich zu sehen, und dann** 2 Jo 12
15 **werden wir von Mund zu Mund reden. * Friede** (sei mit) **dir! Es**
grüßen dich die Freunde. Grüße die Freunde mit Namen.

Der Apostel kommt zum Schluß. Er hat einen Briefbogen (ein Papyrusblatt) von gleicher Größe wie bei dem 2. Brief genommen. Der Bogen ist voll. Wie beim 2. Brief ist Johannes sich auch jetzt bewußt, daß er noch vieles auf dem Herzen hat. Soll er ein zweites Blatt nehmen? Nein. **„Vieles hätte ich dir zu schreiben, aber ich will nicht mit Tinte und Feder dir schreiben. Ich hoffe aber bald dich zu sehen, und dann werden wir von Mund zu Mund reden."** So hatte er es auch in II, 12 gesagt. Statt „mit Papier und Tinte" braucht er hier die gleichbedeutende Wendung: **„mit Tinte und Feder"**, wobei die **„Feder"** natürlich nicht unsere Stahlfeder und nicht einmal die Gänsefeder unserer Väter, sondern ein „Schreibrohr" ist. Mit ihm malte man langsam Buchstabe um Buchstabe auf das Papyrusblatt. Umso verständlicher ist der Wunsch, sich lieber im Fluß mündlicher Rede auszutauschen. Einen Besuch in der Gemeinde des Gajus hatte der Apostel schon in V. 10 angekündigt. Weil bei diesem Besuch ein Stück Kampf vor ihm steht, kann Johannes nicht wie im 2. Brief davon sprechen, daß dann „unsere Freude vollendet" sei. Aber das nimmt dem persönlichen Gespräch mit Gajus nichts von seinem Wert. 13/14

Johannes wünscht Gajus mitten in allen Schwierigkeiten **„Friede** (sei mit) **dir"**. Das ist der alte Gruß, den ein Israelit viele Male andern zurief. Aber dieser Gruß hatte durch Jesus, der den Frieden mit Gott und darum auch den Frieden Gottes wirklich brachte, einen neuen Inhalt und eine neue Kraft bekommen. Dieser **„Friede"** hielt stand, auch in den schmerzlichen Spannungen, in denen Gajus nicht zuerst von außen her, sondern gerade in der Gemeinde steht. Gajus darf dabei wissen, daß er treue Freunde auch in andern Gemeinden hat. Johannes bestellt ihm die Grüße **„der Freunde"**, die mit ihm zusammen sind. Und er bittet, **„grüße die Freunde mit Namen"**. Trotz der häßlichen Worte und der ganzen Haltung des Diotrephæs hat Johannes **„Freunde"** in der Gemeinde, die auch die Freunde des Gajus sind. Gajus soll sie **„mit Namen"**, und das heißt wirklich jeden einzelnen besonders, **„grüßen"**. Durch seinen **„Namen"** ist jeder als eine Person eigener Art mit einer eigenen Lebensgeschichte gekennzeichnet. So soll er von dem Apostel geachtet und gegrüßt sein. 15

1 Johannesbrief

EXKURS zu Kapitel 4

„WER LIEBT, IST AUS GOTT GEBOREN."

1. Gegen alles, was wir jetzt bei Johannes lasen, kann sich ein gewichtiger Einwand ergeben. Stimmt denn das, daß man „aus Gott geboren" sein muß, um wahrhaft lieben zu können? Bringt erst die erfahrene Liebe Gottes in der Hingabe seines Sohnes zum Lieben? Kann der Mensch von Natur aus wirklich nicht lieben? Es wird uns sehr konkret entgegengehalten: Haben nicht in den KZ gerade auch Nichtchristen ihr Leben eingesetzt, um Mithäftlingen zu helfen? Gibt es nicht genug Ärzte und Schwestern, die keine Christen sind, die aber Zeit und Kraft, ja, Gesundheit und Leben aufs Spiel setzen, um Kranke zu retten?

2. Wir könnten uns solchen Einwänden entziehen mit dem Hinweis, es handele sich bei Johannes um einen echten Brief in einer bestimmten Situation. Johannes habe gewußt, warum er in diese Lage hinein so habe schreiben müssen, wie er es tue. Aber so billig wollen wir den ersten Einwand nicht abweisen! Wir dürfen es schon deshalb nicht, weil gerade Johannes seine Aussagen sehr grundsätzlich und allgemeingültig formuliert. Wir müssen uns dem Einwand stellen.

3. Der Einwand kommt bezeichnenderweise nie von dem Blick auf uns selbst, sondern nur im Blick auf andere Menschen, die uns auch ohne jede Beziehung zu Gott wahrhaft zu lieben scheinen. Wir können nicht beurteilen, aus welchen Quellen ihr liebevolles Handeln kommt. Wir wissen nicht, ob nicht auch in ihnen eine Geschichte Gottes vorgegangen ist, auch wenn sie nichts davon merken lassen. Wir merken keinen Versuch machen, ihr Handeln irgendwie herabzusetzen, auch wenn Paulus nach 1 Ko 13, 3 mit der Möglichkeit rechnet, daß jemand seinen ganzen Besitz für Bedürftige einsetzt und sein Leben auf die schwerste Weise in den Tod gibt, ohne wirkliche Liebe zu haben. Wir werden in dieser Welt mit ihrer Kälte und Härte dankbar sein für jede Spur von Liebe, die wir irgendwo finden dürfen, und werden Gott darüber preisen.

4. Aber wir werden uns nicht von unserem eigenen Leben ablenken lassen dürfen, indem wir andere Menschen, die doch auch ohne Christus Liebe üben, gegen die Botschaft des Johannes ausspielen. Wir sind durch Johannes gefragt, wie es um uns selber steht! Der Einwand gegen das große Angebot, aus dem Tode der Lieblosigkeit durch das Opfer Jesu herauszukommen in das Leben wirklichen Liebens,

wäre für uns nur dann von Wert, wenn wir bezeugen könnten: „Ich liebe auch ohne jede Begegnung mit Jesus. In mir ist kein ‚auf sich selbst zurückgekrümmtes Herz'. Ich bin aus dem Tode in das Leben hinübergeschritten, weil ich Menschen liebe, und dies auch ohne eine Erlösung durch Jesus!" Wer das aber nicht sagen kann, wer die ganze Verlorenheit im Tode der Lieblosigkeit und das Schuldigbleiben von Liebe bei sich selber erfahren hat, der öffnet sich der Botschaft des Evangeliums und bestätigt jeden Satz des Johannes als Wahrheit. Als Wahrheit, die ihn gerichtet und frei gemacht hat. Er wird diese Wahrheit allen andern weitersagen und wird sich nicht täuschen in der Erwartung, daß sie sich auch an anderen als richtend und rettend bewärt. Die Gegenbeispiele, die ihm selber begegnen, oder die ihm von andern entgegengehalten werden, wird er stehen lassen, bis Gott selber mit jenem Menschen redet. Aber er wird jeden, der sie ihm als Einwand gegen die Aussagen des Johannes entgegenstellt, mit Ernst fragen, wie es denn in seinem eigenen Leben aussehe und ob er nicht das aufs dringendste braucht, was Johannes ihm in seiner Botschaft anbietet.

Sachregister